源氏物語 もの こと ひと 事典

砂崎良――著
鈴木衣津子――絵

朝日新聞出版

「源氏学」の奥深き世界へようこそ！

令和の世に源氏物語という、千年前の本を読んで何になるのか。

この問いに源氏物語の業界人はシンプルな答えを示せません。その理由はきわめて簡単です。私たちが源氏物語マニアだからです。解説書を読みたい、ゆかりの地を訪ねたい、勉強会に参加したい、そういう熱狂的（マニアック）な人種ですから、冒頭の質問は意味をなしません。「え、なんで読まないの!?」「この面白さ、どうしてわからないの？」と、堂々言う人は、さすがにいないでしょうが、内心にはそんな気持ちがあります。興味のない方にしてみれば、（感じ悪ッ！）というところでしょう。…こんな不幸なすれ違いは、あらゆるジャンルにあり得ます。しかし源氏物語に関しては、この問題、もっと複雑です。それは、源氏物語が古典という受験科目で教えられている、言うなれば「社会に下駄を履かせてもらっている」書物であるからです。他の趣味ならば、「へえ、好きでやっているのね。どうぞご自由に」でしょうが、公教育の一端にある以上、「好き」以

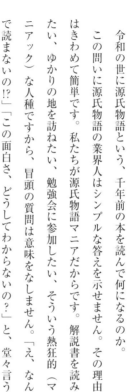

上の理由を明示せねばならないと思います。
一般の方へのそのような発信は、本業が忙しい研究者・教師のみなさまに代わり、砂崎のような者が担うべき…と、活動を始めて早ン十年。志を同じくする方も多く、入門書のレベルは格段に上がりました。一方で、聞こえてくるようになったのは「中級の本がない」という悩みです。あらすじを毎度読まされるのはもうウンザリ、でも専門書は難解すぎる。そんな声にお応えしようと、執筆したのがこの本です。ストーリーを知るだけではなく、それをどう解釈するのか。源氏物語の内容だけでなく、「源氏学」という学問ジャンルを理解するにはどうすればよいのか。そのような事柄を、専門用語をできるだけ避けて、わかりやすく解説いたしました。事典なので、知りたい項をピンポイントで読んだり、気軽に流し読みしたりも可能です。この本を足掛かりに源氏物語をさらにディープに楽しんでいってください！

二〇二四年五月吉日　砂崎　良

著者　**砂崎良**（さざき　りょう）
フリーライター。東京大学文学部卒。古典・歴史・語学など学習参考書を中心に執筆。著書に『マンガでわかる源氏物語』『マンガでわかる世界の英雄伝説』（ともに池田書店）、『1日1原文で楽しむ源氏物語 365 日：紫式部のリアルな“言葉”から読み解く作品世界』（誠文堂新光社）、『リアルな今がわかる日本と世界の地理』（小社）。『マンガでわかる地政学』（池田書店）に執筆協力、『ホロリスニング ホロライブ English -Myth- と学ぶ 不思議な世界の英会話！』（一迅社）の英語翻訳など。
X（旧 Twitter）：@SazakiRyo

もくじ

※平安時代の研究は現在進行形で進んでいます。本書では著者なりに、最新の結論を出しています。

※イラストは可能なかぎり最新研究をもとに忠実に描きましたが、雰囲気を重視しているところもあります。

本書の見方

菊 きく

▼登場シーン

キク科の多年草です。中国には9月9日の重陽《ちょうよう》の日に長寿を祈って菊酒を飲む習慣があり、日本にも伝わりました。晩秋～初冬の**花**で、満開のときだけでなく、そのあとの「残菊／残れる菊」、白い花弁が霜に当たって紫色を帯びる「移ろひたる菊」も愛されました。また重陽節会には、菊の着せ綿《わた》（一晩かぶせて夜露を沁み込ませた綿）で身体を拭いて、老いを拭い取る習わしがありました。**紫式部**も女主人・倫子《りんし》（中宮彰子の**母**）から着せ綿を贈られ、**和歌**でお礼を述べています。

項目名は五十音順（現代仮名遣い）で配列しています。

登場シーン・Checkがある項目は▼のマークで示しています。

項目が立っている文言は太字にしています。

イラストがある項目もあります。

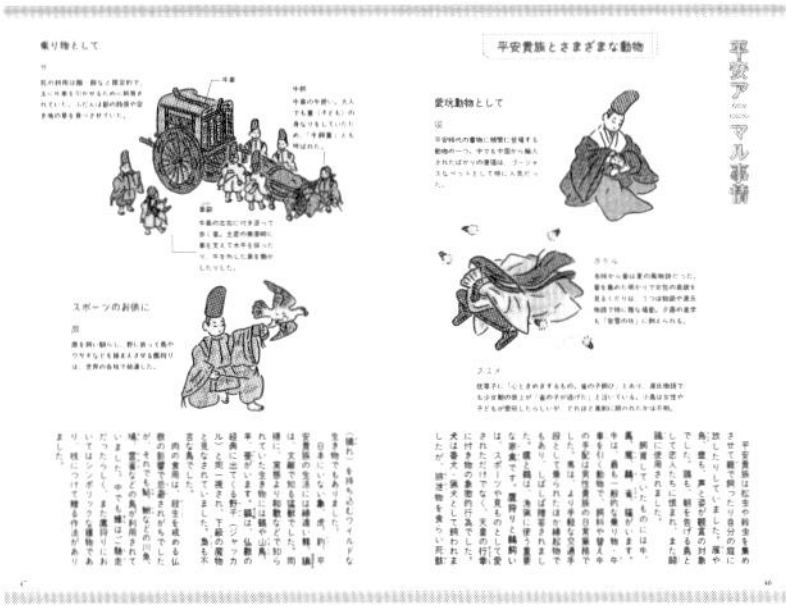

コラム　源氏物語に描かれる当時の様子や平安文学などを解説する、読み物コラムです。

原文を引用しているところは、色文字にしています。

馬の登場シーン【夕霧巻】

御厩《みまや》に足疾き御馬に移し置きて、一夜の大夫をぞ奉れたまふ。「昨夜より六条院にさぶらひて、ただ今なむまかでつると言へ」とて、言ふべきやうささめき数へたまふ

光源氏のマジメな息子・**夕霧**が、珍しくも起こした恋愛騒動の一コマ。本妻・**雲居雁**に**文**（手紙）を奪われて、求愛中の**落葉宮**（とその母・一条御息所）への返歌が遅れに遅れてしまったため、足の速い馬と嘘の言い訳で埋め合わせようとしました。しかし時すでに遅く、御息所は重体に…という場面です。なお、貴人が騎乗で出かけるときは、徒歩の**従者**も伴うため、そこまで速くはなりませんでした。

登場シーン　取り上げている項目のいくつかは、使われているシーンの原文を引用し解説しています。

1巻「桐壺」は、当時の帝・一条と定子の悲恋を連想させるスリリングな内容！

もっと語りたい！　著者・砂崎良がもう少し語りたい！こんな小ネタも伝えたい！というときに登場します。

Check
陰影に富む出だし　宇治十帖の歴史性

宇治十帖の冒頭は「天皇候補でさえあったのに時流に乗れず落ちぶれ、世間から相手にされぬ老いた宮さまとなった方がいた」と始まります。源氏物語の正編（光源氏が主人公の部分）は、天皇にふさわしいのに臣下に落とされ、だが返り咲いた男の栄華の物語でした。対する宇治十帖は、正編と表裏一体、光（源氏）の陰になった男が立役者です。ちなみに14世紀に書かれた歴史物語『増鏡』は、後高倉院の経歴をこの文章に似せて書きました。源氏物語の政治観・皇室意識が後世に影響を与えた例です。

Check　取り上げている項目に関する最新研究、著者なりの見解、源氏物語に描かれているシーンを取り上げて深読みするなど、より詳しく解説しています。

紫《むら》式《しき》部《ぶ》を知る

源氏物語の成立に多大な役割を果たした紫式部。その人生・人となりを辿ります。

紫式部の生い立ちと人生

紫式部は970年頃、当時の首都だった平安京（現・京都府）に生まれました。その頃の官界で最大の氏族だった藤原氏、中でも最も主流であった藤原北家《ほっけ》の出身です。曽祖父・兼輔《かねすけ》（堤中納言《つつみちゅうなごん》）は公卿（閣僚）という上流貴族の地位まで出世し、そのうえ名高い歌人でもあって、三十六歌仙《かせん》に数えられています。しかし祖父・雅正《まさただ》、父・為時《ためとき》は、長年勤めた果てが受領《ずりょう》（守《かみ》＝知事として赴任する地方官）止まりという、中流貴族に下落していました。出自への誇りと落ちぶれた身の程——その2つを痛感しつつ生きる、それが式部の運命でした。

若い頃に恋愛や結婚もあったようですが、記録に残っている夫は藤原宣孝《のぶたか》のみで、これはやや晩婚だったと思われます。一女・賢子《けんし》を授かるも、夫とは早々に死別。この淋しさを忘れるため物語執筆に打ち込み、評判を得た結果、時の権力者・藤原道長《みちなが》に女房（侍《じ》女《じょ》）として雇用されたという説が有力です。

こうして道長の娘・彰子《しょうし》中宮に仕えることになり、父または兄弟の式部省勤務歴から、「式部」という女房名を名乗りました。藤原氏であるため「藤《とう》式部」と呼ばれ、やがて源氏物語の内容を踏まえて紫式部という名が定着したようです。物語制作だけでなく、主家の記録をつけたり、年若い彰子に漢学を教えたりもしました。その晩年・没年は不明ですが、1013年までは動静が確認でき、1019年または1025年頃まで、式部らしき人の記録が散見されます。

紫式部に関係する略系図

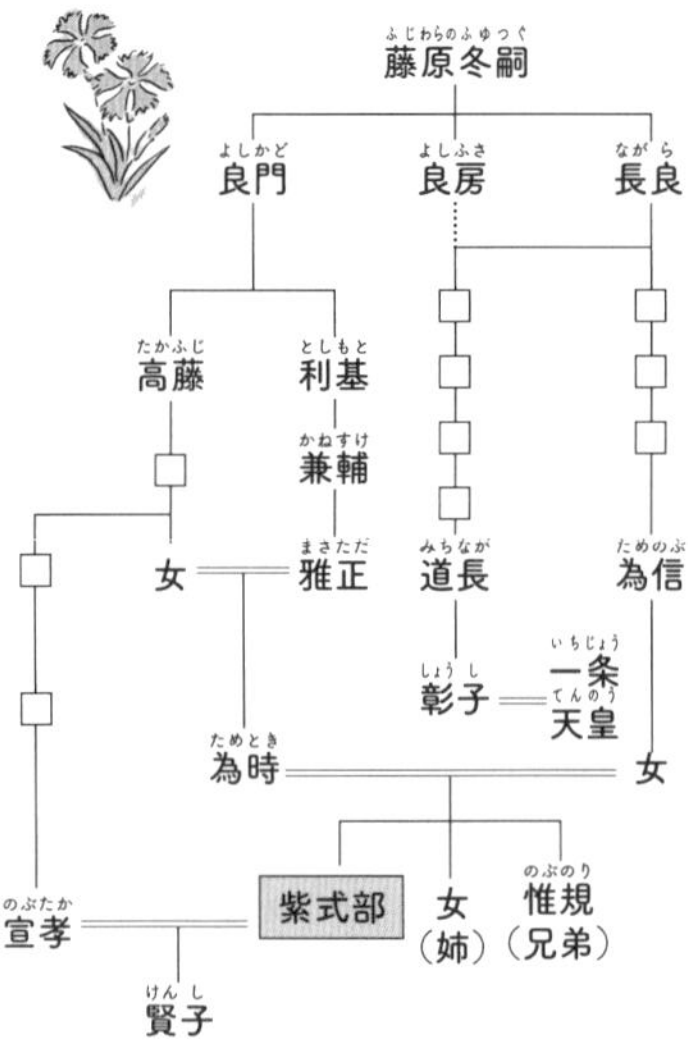

紫式部の性格がわかるエピソード集

紫式部とはどんな人物だったのでしょう。
彼女の人柄がわかるエピソードから読み取っていきます。

男性に対してクール

娘時代のこと。方違え《かたたが》に来た男が、式部と姉の寝所に忍んできた。空蟬《うつせみ》・軒端荻《のきばのおぎ》と光源氏《ひかるげんじ》、宇治の大君《おおいぎみ》・中君《なかのきみ》と薫《かおる》で展開されたような恋愛パターンである。しかし式部は、物語の女君たちより手厳しかった。翌朝男に、式部のほうから和歌を送りつけ非難したのである。

父のことが大好き!

源氏物語は光源氏が紫君《むらさきのきみ》（紫上）を「母なき子を持った気で愛育した」と書いている。「子は妻一族の者」という意識があった当時、これほどの父性愛は珍しい。式部も母なき子だったと思われ、また成人後も父・為時の地方赴任に同行した。親子仲がよほどよかったらしい。

内向的でも気は強い

輿《こし》の担ぎ手や庭の鳥を見ても、その生きづらさを推察し、自身に重ねて苦悩していた式部。とはいえ自分の陣営・彰子サロンをけなされると、たちまち激しく反論している。多忙を極める繁栄ぶりや女房らの群を抜く高貴さを、自虐ふうに誇示するところが式部らしい。

おとなしいふりをして毒舌家

「女らしくないと言われるので、漢字は『一』さえ読めないふりをしています」とおっとり書き残している式部だが、ライバル・清少納言《せいしょうなごん》への批判は苛烈。公開前提の日記・手紙なので、意識的な言動だ。社交辞令と陰口を自在に操れる、有能な宮廷レディといえよう。

とにかく生真面目

式部は日記で、「もっと仏教を学ばねば」という気持ちと、救済へ至る道の険しさを考え、ためらう思いを明かしている。源氏物語も、後半に進むにつれ絶望的な内容になってゆく。仏教・儒学などの知識があるだけに、理想と現実世界の差に悩み、もがいていたようだ。

プライドが高い自信家

式部は中流貴族の出。身の程は痛感したはずだが、強い自負心もあったようだ。自ら編んだ歌集では、容姿や箏《そう》の腕前がさりげなくアピールされている。源氏物語にも、歴史・漢籍・仏教の知識や、自慢の曽祖父・兼輔の和歌がちりばめられ、誇りや自信のほどが窺える。

紫式部をめぐる人間関係

紫式部の人生において特に関わりの深かった人たちとのエピソードを紹介します。

式部の最愛の夫 藤原宣孝《ふじわらののぶたか》

式部の夫。式部同様、藤原北家の出で中流貴族層だが、式部の父・為時より世渡りの才が遥かにあったらしく、国守を歴任したり宇佐神宮への勅使に任命されたりしている。多くの妻と子を持ち、派手な身なりで金峯山《きんぶせん》詣でを行って話題になるなど、豪放な性格だったらしい。

式部のひとり娘 大弐三位賢子《だいにのさんみけんし》

式部が宣孝との間に儲《もう》けた娘。母と同じく彰子に仕え、その従兄弟・兼隆《かねたか》の子を産んで、後冷泉《ごれいぜい》天皇の乳母《めのと》に抜擢された。典侍《ないしのすけ》の職と三位の位を授かり、大宰大弐《だざいのだいに》・高階成章《たかしなのなりあきら》の妻になり、歌人としても名声を得て長寿も保つなど、宮仕え女性の勝ち組コースを歩んだ人。

永遠のライバル 清少納言《せいしょうなごん》

式部の同時代人。随筆『枕草《まくらのそう》子《し》』の著者。一条《いちじょう》天皇の后《きさき》・定子《ていし》に仕える女房で受領《ずりょう》層の出身、学才・文才で名を馳《は》せたなど、式部と共通点が多い女性。直接の接点はなかったと思われるが、女主人どうしがライバルだったせいもあり、式部に激しく非難・批判されている。

仕えている彰子の父 藤原道長《ふじわらのみちなが》

式部の雇用主。三男坊の家に生まれた五男で若年時は不遇だったが、上世代の相次ぐ早死にや、娘を多く授かり彼女らが皇子を相次いで産んだことなどから、藤原氏随一の成功者となった。源氏物語制作のパトロン。またその人柄も、光源氏像に反映されたと思われる。

式部が仕えた女上司 彰子《しょうし》

道長の長女で、式部の直接の女主人。式部に漢籍を習い、また物語制作を一任するなど、実力を発揮させた。一条天皇の后となり、のちの天皇を2人も産んで、道長とその子孫の繁栄を確実なものとした。87歳と長命で、平安の政治・文化を国母《こくも》として護持した人でもある。

そのほかの人々

式部の母は、言及がまったくないことから、物心つく前に亡くなったと思われている。頼れる存在だったであろう姉も夭逝《ようせい》し、式部を悲嘆させた。妹を亡くした女性と知り合って姉と慕った、執筆仲間と文通したなど、同性の友との親しい付き合いで心を慰めていたらしい。

紫式部　そのほかの作品とゆかりの寺

紫式部は、源氏物語以外にも２つの作品を残しています。
またここでは、逸話が残るお寺の一部を紹介します。

作品

・紫式部日記

式部の日記。女主人・彰子が皇子を出産した際の記録など公開前提の内容が中心で、式部が書記としても活躍した証し。友人や同僚に宛てた手紙のような内容も含まれ、式部の勤務ぶりやほかの女房たちへの思いがわかる。

・紫式部集

式部の和歌のアンソロジー。120 ～ 130 首収載。自撰であるため、晩年と自覚する年頃までの生存が推察される。贈答歌が多い点には、友人らとのこまやかな付き合いが窺える。式部の人生や考え方を知る第一級資料である。

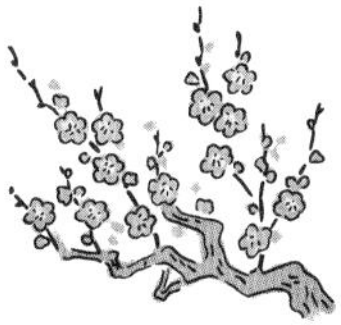

ゆかりの寺

・蘆山寺《ろざんじ》

10 世紀創建と伝わる寺。16 世紀に現在地に移転してきた。昭和に至り、歴史学者・角田文衛《つのだぶんえい》が寺の境内を「式部の屋敷があった場所」と考証した。式部・大弐三位母子の歌碑が建立され、「源氏の庭」が整備されている。

所在地：京都府京都市上京区寺町通広小路上ル北之辺町 397

・雲林院《うりんいん》

平安京の北の郊外・紫野にあった寺。『大鏡《おおかがみ》』の舞台に選ばれるほど世評の高い寺院で、廃絶ののち名跡《みょうせき》が復活され、現代に至る。14 世紀の源氏注釈書『河《か》海抄《かいしょう》』は、式部の墓所を「雲林院の白毫《びゃくごう》院《いん》の南」と記録している。

所在地：京都府京都市北区紫野雲林院町 23

・引接寺《いんじょうじ》

境内に式部の供養塔が現存する。中世、式部は妄語《もうご》の罪で地獄に堕《お》ちたという伝説が広まり、その救済を願って建立されたもの。1386 年、円阿《えんあ》上人の勧進によると刻されている。

所在地：京都府京都市上京区千本通蘆山寺上ル閻魔前町 34

・石山寺《いしやまでら》

8 世紀に創建された歴史ある寺。その観音は貴族女性の信仰を集めた。源氏物語は式部が石山寺で須磨《すま》の巻から起筆したという伝説があり、現在も「源氏の間」が整備されている。

所在地：滋賀県大津市石山寺 1-1-1

・三井寺《みいでら》

園城寺《おんじょうじ》の別称。9 世紀の僧・円珍《えんちん》を「中興の祖」とする歴史ある寺である。平安貴族にも深く敬仰された。式部の異母兄弟・定暹《じょうせん》が阿闍《あじゃ》梨《り》を務め、父・為時も晩年、ここで出家した。

所在地：滋賀県大津市園城寺町 246

源氏物語の構成

源氏物語は三部構成です。また、格調高い本編と、エンタメ的な番外編に大別されます。

第一部
若き光源氏の出世物語

光源氏 1 歳〜
主人公の親と出生、元服、結婚を語る巻。次巻との間に空白があり、雰囲気もガラリと変わるため、後付け執筆説も。

帚木三帖

光源氏 18 歳
本編の起点。結ばれ得ぬ藤壺宮との逢瀬および懐胎、そして2人の女性との出会いにより、真の帝王へ至る旅路、開幕。

光源氏 22 歳
正妻候補の2人の女性（葵上・六条御息所）が相討ちで退場となり、紫上が誕生する。女性主人公の人生・第二章の始まり。

光源氏 26 歳〜
主人公、生涯最大の危機。3年にわたり、慎み・禊の日々を送る。第二の女性主人公・明石君と結ばれ、のちの后が受胎される。

光源氏 28 歳〜
都に返り咲いた後のストーリー。秘密の子が天皇の位につく。その治世を聖代（理想的な時代）に築きあげていく段階に移行する。

光源氏 31 歳
生涯の好敵手・頭中将との、政権を懸けた対決が始まる。

光源氏 33 歳〜
嫡子・夕霧の育成、開始。光源氏体制の「皇宮」六条院が建造される。着々と足場固めが進んでいる。

光源氏 35 歳
長い番外編の始まり。六条院の豪華さ・雅さや、新ヒロイン・玉鬘と貴公子たちの恋模様が見どころ。

光源氏 39 歳
「梅枝」巻と「藤裏葉」巻で大団円。「帝でも臣下の長でもない」という予言が成就し、みなが幸せになって第一部の幕が下りる。

第二部
光源氏の苦悩の晩年

34	若菜 上 (p.252)	
35	若菜 下 (p.252)	
36	柏木 (p.70)	
37	横笛 (p.238)	
38	鈴虫 (p.139)	
39	夕霧 (p.234)	
40	御法 (p.216)	
41	幻 (p.211)	
	雲隠 (p.91)	

光源氏 39 歳～
続編スタート。皇女・女三宮を新たに妻に迎え、より華やぐ六条院の裏側で、苦悩と絶望の心理ドラマが展開する。

光源氏 50 歳
因果と応報、比類なき栄華でも糊塗できぬ四苦八苦、信仰と現実の相克など、仏教的・内面的なテーマが追求されてゆく。

光源氏 53 歳～
当初は存在しなかった巻か？　本文はなく、標題のみで死を暗示し、光源氏編（正編）が終幕する。この巻で約8年が経過。

第三部
光源氏没後の世界

匂宮三帖	42	匂兵部卿 (p.177)	
匂宮三帖	43	紅梅 (p.106)	
匂宮三帖	44	竹河 (p.154)	
宇治十帖	45	橋姫 (p.183)	
宇治十帖	46	椎本 (p.123)	
宇治十帖	47	総角 (p.26)	
宇治十帖	48	早蕨 (p.122)	
宇治十帖	49	宿木 (p.230)	
宇治十帖	50	東屋 (p.28)	
宇治十帖	51	浮舟 (p.38)	
宇治十帖	52	蜻蛉 (p.68)	
宇治十帖	53	手習 (p.167)	
宇治十帖	54	夢浮橋 (p.236)	

「匂兵部卿」「紅梅」「竹河」の3巻で、光源氏の子孫らの現況が紹介される。新たな主人公・薫と匂宮がフォーカスされる。

薫 20 歳～
第三部（続編）の実質的スタート。薫・匂宮と宇治の姉妹との恋を通じ、仏道の追求と俗世の絆（ほだし）の葛藤が描かれる。

薫 26 歳
新ヒロイン・浮舟が投入され、現世への絶望をより突き詰める方向へ話が転換する。

薫 28 歳
光源氏（存命なら）75 歳
信仰・救いを希求する一方で、愛執の断ち難さ、解脱の困難が描かれ、途絶するように終幕する。

源氏物語は、主役（光源氏／薫）の人生を語る本編の間に、こぼれ話的な番外編が挿入されています。［網掛け］は番外編の巻を表します。巻数については、「雲隠」をカウントせず、「若菜」を上下巻に分ける形で54帖としています。

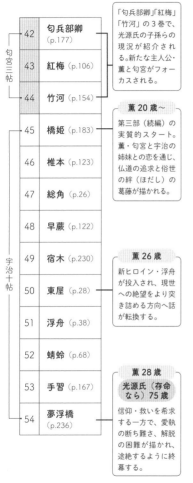

第一部
あらすじ

とある時代のこと。身分低い更《こう》衣《い》が帝寵を一身に受け、他の妃《きさき》らの妬《ねた》みを買って横死しました。遺された少年は天子の器でしたが、それだけに皇位継承争いが危惧され、源氏となって臣下に降《くだ》ります。「光る源氏《ひかるげんじ》」の誕生です。

光源氏は葵上《あおいのうえ》をめとりますがうまくいかず、若い継母《ままはは》・藤壺宮《ふじつぼのみや》に憧れていました。ある年の春、藤壺宮の姪《めい》に当たる少女・紫君《むらさきのきみ》に出会った光源氏は、手を尽くして自邸に引き取り、理想の女性に育ててゆきます。一方で藤壺宮への思慕は断ち難く、一夜ひそかに逢って子を儲《もう》けました。父・桐壺帝《きりつぼてい》は「愛しい藤壺宮から光源氏のように美しい子を得た」と喜び、この皇子を帝《みかど》にと計画します。光源氏の母・桐壺更衣を死に追いやった弘徽殿女御《こきでんのにょうご》（大后《おおぎさき》）やその後見である右大臣《うだいじん》家の、横暴な姿勢を案じた帝は、藤壺宮を立后《りっこう》して箔をつけ、同時に光源氏も昇進させて、皇子の後見役に任じました。光源氏はかたじけなさや申し訳なさ、藤壺宮への恋慕に葛藤しつつ、宮中で地歩を築いていくのでした。

桐壺帝は弘徽殿との子・朱雀《すざく》に譲位し、代わりに新たな春宮《とうぐう》として藤壺宮の子（冷泉《れいぜい》）を立てることに成功します。新帝の身内、大后やその父らが幅を利かせ、光源氏には逆風が吹くように。そんな折、正妻・葵上の一行が車争いで、恋人・六条御息所《ろくじょうのみやすどころ》の一行を虐げる事件を起こします。恨みを買った葵上は、御息所の生き霊に憑《つ》かれ

て衰弱、男児（夕霧《ゆうぎり》）を産んで身まかりました。光源氏は次の妻として、御息所でも朧月夜《おぼろづきよ》（大后の妹）でもなく、紫君を選びます。

　理想の伴侶を得た光源氏ですが、父・桐壺院の死後、情勢はいよいよ悪化していきました。朧月夜との仲が曲解され、謀叛《むほん》に問われる事態にまで至ります。やむなく都を去り、須磨《すま》で浄罪に専念した光源氏。やがて近隣の豪族・明石入道《あかしのにゅうどう》に迎えられ、その娘・明石君《きみ》と

結ばれて、唯一の姫を授かるのでした。

　その頃、都では災害が続き、朱雀帝と大后が病に倒れます。「無実の光源氏を迫害した報い」と悟った朱雀帝は光源氏を召還し、責任を取って冷泉に譲位しました。新帝の後見として光源氏は、一転、政界の主導者となります。受難の時代にも味方してくれた舅《しゅうと》（葵上の父）や、その息子で親友の頭中将《とうのちゅうじょう》らに厚く報いつつ、光源氏は冷泉帝を盛り立て、併せて後宮《こうきゅう》戦略に乗り出すのでした。

　新帝・冷泉の後宮に、いちはやく参入したのは頭中将の娘。光源氏は六条御息所の遺児（秋好《あきこのむ》）を養女に迎え、同じく女御として入内《じゅだい》させます。昔から好敵手だった光源氏・頭中将は、政権を懸けたこの競争でも一歩も譲らず張り合いました。内裏《だいり》での二度にわたる絵合《えあわせ》は、両者が拮抗する好勝負となり、宮中に洗練と賑《にぎ》わいを生み出しました。勝った秋好・光源氏側は、求心力をいっそう強めます。光源氏は次世代戦略も怠りなく、明石君を京に呼び、その娘を紫上の養女にして、皇后候補として育て始めました。

　やがて、運命の人・藤壺宮が死去。冷泉帝は、実の父が光源氏であることを知り、以前にも増して敬愛するようになります。秋好も立后し、光源氏の権勢はいよいよ盤石なものに。口惜しがった頭中将は腹立ちまぎれに、娘・雲居雁《くもいのかり》と、光源氏の息子・夕霧との、幼い恋仲を引き裂いてしまいます。それでも、光源氏は余裕綽々《しゃくしゃく》で、

理想の豪邸・六条院を建造。四季を代表する四町に妻・娘らを住まわせ、雅《みやび》を尽くした生活を始めます。中でも春の町を里とする紫上と、秋の町を里とする秋好中宮は、春秋優劣論を体現して挑み合い、文化の彩りで六条院をもう一つの宮中にしたのでした。

　時は流れ、大団円が近づきます。まず、光源氏の一人娘・明石姫君《あかしのひめぎみ》が成人。后《きさき》を目指し、満を持して春宮へ入内します。その折には養母・紫上と実母・明石君の、対面および和解が実現しました。夕霧は雲居雁と晴れて成婚。長年の愛人・藤典侍《とうないしのすけ》も、引き続き妻妾《さいしょう》の一人として地位が安堵《あんど》されました。典侍の父・惟光《これみつ》の代からの忠勤が実り、その血は主家の系譜に入ったのです。光源氏自身は准太上《じゅんだじょう》天皇という、上皇《じょうこう》に準じる位を得ます。幼年時に得た人相見の「帝王でも臣下でもない」という予言の実現です。親友かつライバルの頭中将は、太政《だじょう》大臣、すなわち臣下の頂点に達しました。さすがの頭中将も光源氏の優位をついに認め、娘・雲居雁と夕霧との幸せな結婚に満足します。両家、つまり皇族と藤原氏は、共存共栄に至ったのでした。

　最終盤では冷泉帝と朱雀院、すなわち今の天皇と前天皇が、連れだって六条院を公式訪問します。光源氏は最高の栄誉と抜きん出た地位、豪華な屋敷と円満な家庭、終生の友と優れた子など、世の幸せのすべてを得たのでした。

第二部
あらすじ

　光源氏が老齢（40歳）間近の頃のこと。異母兄・朱雀院が病のため出家、残してゆく娘・女三宮《おんなさんのみや》の将来を案じ、光源氏に妻とするよう求めました。女三宮は時に13、14歳、かの藤壺宮の姪でもありました。最初はためらった光源氏も、女三宮の血筋・身分への憧れや、朱雀院・春宮（女三宮の異母弟）への配慮から、ついには縁談を受け入れます。

　皇女までも手に入れた准太上天皇として、40の賀宴を方々《ほうぼう》から贈られる光源氏。加えて一人娘・明石姫君が、春宮との間に男児を出産します。光源氏一統の繁栄をより確かなものにする慶事であり、姫の生母・明石君にとっては悲願の成就でした。うわべはいよいよ栄え増す六条院ですが、陰では光源氏・紫上の紐帯《ちゅうたい》が損なわれ、特に紫上には、「栄華を得ても物思いは止《や》まない」と痛感させる打撃となっていました。やがて紫上は発病。その混乱の間に、光源氏が目をかけてきた青年・柏木《かしわぎ》が、女三宮に密通する不祥事が起きます。男児（薫《かおる》）の誕生、女三宮の出家、柏木の死を経て、この醜聞《しゅうぶん》を表面上は隠しおおせつつも、光源氏は自身が若き日に藤壺宮と犯した不義を思い、因果応報《いんがおうほう》を噛みしめるのでした。

　大病を患った紫上はそれ以来虚弱になり、出家をいっそう望むようになります。光源氏に許可されず、代わりに心尽くしの法事を行った紫上は、中宮に昇進した養女・明石姫君と、光源氏とに看取られ、世を去りました。光源氏は世の無常を改めて実感し、追悼に1年を捧げたのち、出家の準備を進めるのでした。

第三部
あらすじ

光源氏と女三宮の子・薫は、自身の出生に疑いを持ち、影のある青年に育っていました。そんな頃、光源氏の異母弟・八宮《はちのみや》が宇治《うじ》で清らかに暮らしていると知り、仏道の先輩として親しむようになります。とはいえ八宮の娘・大君《おおいぎみ》と中《なかの》君《きみ》の琴《こと》の合奏を垣間見《かいまみ》ては、その美貌と魅力に心騒がせ、また実の父が柏木と知っては、やるせない思いに苦しむのでした。一方、光源氏の孫・匂宮《におうみや》は芯から陽性の青年で、恵まれた人生を謳歌《おうか》していました。兄弟同然に育った薫から大君・中君の話を聞き、こちらは素直に恋情を燃やすようになります。

　やがて八宮が死去。遺言にしたがって、薫が姫たちの後見をするようになりました。そして大君に惹かれていきますが、薫以上に悲観的な大君は応じません。匂宮と結ばれた中君の苦悩を見て、結婚や現世への絶望をますます深めた大君は、自らを追い込んでついに衰弱死します。薫は中君と悲嘆を分かち合い、心を通わせていきますが、察知した匂宮に隔てられ、またふさわしい縁談も持ち込まれて、この恋も実らず終わるのでした。

　満たされぬ薫は身代わりに、八宮家の落とし子・浮舟《うきふね》を宇治に囲います。しかし美しい浮舟は、匂宮にも恋されるようになり、その情熱に溺れてしまいます。薫への義理にも悩んだ浮舟は入水《じゅすい》を図り、僧たちに救出されて、すべてをふり捨て出家しました。薫からの連絡は黙殺した浮舟ですが、母への未練には心が乱れます。薫のほうも、仏道に心寄せてきた身でありながら、なおも愛執《あいしゅう》に惑い続けるのでした。

番外編

あらすじ

第一部の番外編は、光源氏と一般女性（中《なか》の品《しな》の女）との一話完結式ロマンスが基本です。2巻「帚木《ははきぎ》」では聡明な人妻・空蝉《うつせみ》との、忘れ難い恋が描かれます。3巻「空蝉」は、空蝉に追いすがる光源氏と、空蝉の継娘《ままむすめ》・軒端荻《のきばのおぎ》との、人違いから始まる恋愛譚《たん》。4巻「夕顔《ゆうがお》」は、束の間の純愛が怪異によって終わります。この三巻が帚木三帖《さんじょう》で、互いに緩やかにつながっており、光源氏17歳の青春物語となっています。

6巻「末摘花《すえつむはな》」は「夕顔」巻に直結する小話。ただしコメディです。宮家の血を引く零落《れいらく》した姫、荒れた屋敷、琴の演奏など、恋物語定番のお約束がすべてひっくり返されます。11巻「花散里《はなちるさと》」は「空蝉」巻同様に、「心深い女と浅い女」の対比ストーリー。よい娘が男の心を射止めて幸せになる勧善懲悪譚《たん》で、この話では脇役だった女君・花散里がこののち目立つヒロインに昇格します。15巻「蓬生《よもぎう》」、16巻「関屋《せきや》」は、末摘花・空蝉の後日譚。20巻「朝顔《あさがお》」では、「結婚を拒む女」や「女が生きる苦悩」が追求されます。第二部や39巻「夕霧《ゆうぎり》」、宇治十帖で、より突き詰められていく主題です。

玉鬘《たまかずら》十帖は番外編の連作です。夕顔の遺児・玉鬘が、中の品から成りあがるシンデレラ・ストーリーが芯となっています。前半では六条院の栄華が描かれ、後半では結婚をめぐり女の生き方が模索されます。

第二部唯一の外伝「夕霧」巻では、夕霧が落葉宮《おちばのみや》を手に入れる過程が、陰影深く描かれます。第三部42巻「匂兵部卿《におうひょうぶきょう》」は、新主人公・薫&匂宮の紹介、43巻「紅梅《こうばい》」、44巻「竹河《たけかわ》」は、紅梅（柏木の弟）や真木柱《まきばしら》、玉鬘など、脇役たちの後日譚です。

アーサー・ウェイリー Arthur Waley（1889〜1966）

源氏物語の2番めの英訳者です（1番は**末松謙澄**《すえまつけんちょう》）。末松訳が部分的なものだったため、ほぼ全編を訳出したという意味では初の英訳（**外国語訳**）者です。

イギリスの東洋学者で、李白《りはく》・**白居易**《はくきょい》ら古代中国の詩人の作品や、日本の『**枕草子**《まくらのそうし》』、謡曲（**能**の台本）など、多くの東洋古典を翻訳しました。中でも『The Tale of Genji』は、英国の王朝ロマン風に訳されてわかりやすく、英語としても名文で、幅広い層に読まれレディー・ムラサキ（**紫式部**《むらさきしきぶ》）の知名度を高めました。その読者の中からE・サイデンステッカー、D・キーンなど、著名な日本学者が育っています。

なおウェイリー訳の源氏物語は、2008年から佐復秀樹《さまたひでき》により、2017年から毬矢《まりや》まりえ・森山《もりやま》恵《めぐみ》により、日本語への再翻訳が刊行されました。主語の明示・敬語の削除などがもたらす効果が研究対象となっています。

葵 あおい

第9巻です。正妻・**葵上**《あおいのうえ》と恋人・**六条御息所**《ろくじょうのみやすどころ》の**車争い**、それを恨んだ六条の生き霊化、長男・**夕霧**《ゆうぎり》を**出産**したあとの葵上の死、新たに正妻格となる**紫上**《むらさきのうえ》との**結婚**が語られます。

話の肝は、紫上を**光源氏**《ひかるげんじ》の第一の妻にすることです。当時のエリート貴公子は引く手あまたな存在であり、不幸な姫が男君の愛のみで正妻になるのは嘘《うそ》くさすぎるものでした。ではどうすれば、このシンデレラ・ストーリーに現実味をおびさせることができるのか。作者が考えた筋立ては、「政略結婚の正妻（葵）とゴージャスな恋人（六条）が相討ちで消え、そこへ紫が運よく入り込む」というもの。現実の結婚とファンタジーな恋愛を、かろうじて両立させたストーリーが9巻「葵」なのです。

この巻のもう一つの注目点は、六条御息所というキャラの明確化です。4巻「**夕顔**《ゆうがお》」で六条あたりに住む貴婦人という、おぼろげな姿を見せた彼女は、この巻で「前の皇太子（故人）の妻」「シンママ」と具体化されました。彼女の娘・**秋好**《あきこのむ》が14巻「**澪標**《みおつくし》」以降で重要な役となることから、作者はこの辺りで長編化を決意し、構想を練り直したのではないかといわれています。

葵 あおい ▼登場シーン

植物です。旧仮名では「あふひ」と書かれるため「逢《あ》う日」を連想させ、恋の誘いかけによく使われました。旧暦4月の**賀茂祭**《かものまつり》（賀茂神社の例祭）は葵が飾りに使われるため、「葵祭」とも呼ばれます。

葵上 あおいのうえ ▼登場シーン

光源氏《ひかるげんじ》の初妻です。9巻「**葵**」が主な出番であったため、後世の読者に「葵上」と呼ばれました。父は**左大臣**《さだいじん》、母は内親王《ないしんのう》（**大宮**《おおみや》）という最上級の貴婦人です。プライドが高く、光源氏より4つほど年長だったせいもあって冷たい夫婦仲でした。**車争い**で**六条御息所**《ろくじょうのみやすどころ》の名誉を傷つけ、その生き霊に苦しめられて、息子（**夕霧**《ゆうぎり》）を**出産**した直後に死去します。

葵の登場シーン【幻巻】

大方《おおかた》は　思ひ捨ててし　世なれども　あふひは猶《なお》や　つみをかすべき

光源氏《ひかるげんじ》が**召人**《めしうど》・中将君《ちゅうじょうのきみ》に詠んだ**和歌**。「だいたいの未練は捨てたが葵はまだ摘みそう（逢瀬《おうせ》の**罪**は犯しそう）だ」と、求愛に応える内容です。**紫上**《むらさきのうえ》の死後、妻たちとは縁を絶った光源氏ですが、中将君は近づけていました。それが妻と召人の差異であり、また言い寄ってくる女を拒まない**色好み**の優しさ、かつ**出家**へ向けて執着から少しずつ離れていくプロセスでもあったのでしょう。人目や自身の心に波風を立てず、なだらかに出家へ至るのが、作者の理想の境地だったようです。

葵上の登場シーン【葵巻】

いときよげにうち装束きて出《い》でたまふを、常よりは目とどめて見出《みい》だして臥《ふ》したまへり

男君を見送るのは貴婦人の愛情表現。4巻「**夕顔**《ゆうがお》」の六条の貴婦人や、18巻「**松風**《まつかぜ》」の**明石**《あかしの》**君**《きみ》が、この態度を見せています。葵上が光源氏を見送るこの場面は、彼女唯一の、そして最後の妻らしいシーンです。

白馬節会 あおうまのせちえ

正月7日に宮中（皇居内）で行われる行事です。白馬21頭を引き出させて鑑賞することにより、邪気を祓《はら》うとされました。

21巻「**少女《おとめ》**」では、太政大臣《だじょうだいじん》（**大臣の首席**）となった**光源氏《ひかるげんじ》**が、臣下の身ながら自邸・**二条院《にじょういん》**で開催しています。臣下のトップにまで出世しただけでなく、皇室と同じ行事を行えるという、抜きん出た威勢を物語るエピソードです。「昔の例《ためし》よりも事《こと》添へて」開催したとあり、先例に改良を加えて実施した偉大な政治家ぶりが称《たた》えられています。

青表紙本 あおびょうしぼん

平安末期の名歌人・**藤原定家《ふじわらのていか》**が校訂した源氏物語写本です。最も古い時代の姿を伝える写本と見られています。定家自身の名声もあって世々尊重され、5巻が最古の源氏物語写本として現存します。

青柳 あおやぎ

春に見られる、新緑が芽吹いている状態の**柳**です。35巻「**若菜《わかな》下**」では、**女三宮《おんなさんのみや》**の姿を2月中旬あたりの青柳に例えており、華やぎはないけれども高貴で可憐《かれん》だとしています。また、**紫式部《むらさきしきぶ》**は『紫式部日記』の中で、最も親しかった同僚・小少将君《こしょうしょうのきみ》を「二月ばかりのしだり柳のようだ」とも書いています。そのため、女三宮のモデルは小少将君ではともいわれます。

明石 あかし ▼Check

現・兵庫県明石市の海沿いの地名で、13巻「**明石**」の舞台です。作者は来たことがなかった地と思われますが、夫・**藤原宣孝《ふじわらののぶたか》**から話を聞いたものか、淡路島を望む風光明媚《めいび》なたたずまいや港町の賑《にぎ》わいを記述しています。ただし、平安人にとっては畿外《きがい》（**都**の文明パワーが及ぶ地の外）でした。そのような地方への見下しが存在する時代に、未来の皇后（**明石姫君《あかしのひめぎみ》**）、優秀な子孫（春《とう》宮《ぐう》や**匂宮《におうみや》**、女一宮《おんないちのみや》など）の出生につながったということで、源氏物語では「明石の浦」はしばしば讃《さん》嘆《たん》をこめて言及されています。

明石 あかし

第13巻です。**光源氏《ひかるげんじ》**の**須磨《すま》**から**明石**への転居、**明石入道《あかしのにゅうどう》**一家との交流、**明石君《あかしのきみ》**との**結婚**、**罪**を許されての帰京と政界復帰が描かれます。

ポイントは、明石への移転の決断です。光源氏は須磨で謹慎している身。ぎりぎり畿内《きない》（**都**の行政区域内）である須磨を出て、隣接地とはいえ畿外の明石へ移り住むことは、罪をさらにかぶせられる恐れがありました。それでもあえて踏み切ったのは、亡き父・**桐壺**《きりつぼ》**帝**《てい》の**夢**のお告げと住吉《すみよし》の**神**を信じたからでした。平安視点では、親への孝行という美徳であり、かつ嵐（**須磨の嵐**）という天のさとしを、正しく読み解いた賢明さを意味します。

それらのおかげで光源氏は、明石君と運命的な出会いを果たし、結ばれました。2人の間には、のちに皇后・国母《こくも》となる**明石姫君**が誕生します。理想の治世と光源氏一族の繁栄へ向かい、運命が上向いていく契機です。

明石尼君

あかしのあまぎみ

光源氏《ひかるげんじ》の身分低い妻・**明石君**《あかしのきみ》の**母**親です。中務宮《なかつかさのみや》の孫という名家の生まれですが、ヘンクツな夫（**明石入道**《にゅうどう》）に従って明石へ下りました。しかし、娘が光源氏の子（**明石姫君**）を産んだことから、娘・孫と共に帰京。孫を養女に出す話が持ちあがったときには、迷う娘を説得して決断させ、孫の出世の道筋をつけました。孫の成人後には、出生の秘密を明かす役割を担います。ひ孫が**立坊**《りつぼう》（皇太子になること）したのちは、住吉《すみよし》神社への豪勢な御礼参りに同道し、「明石尼君」という語が縁起のよい呪文になるほど、世間にもてはやされました。明石一族の零落《れいらく》と返り咲き、両方を体験し、ハッピーエンドを享受した存在です。

Check

源氏物語の舞台を愛した松平忠国《まつだいらただくに》

江戸時代、明石藩主となった**松平忠国**は、源氏物語の大ファンでした。忠国が領内をめぐって明石君の館があった場所などの空想をめぐらし、**和歌**を詠むなどした結果、多くの源氏物語ゆかりの地が明石に発生しました。光源氏が住んだとされた善《ぜん》楽寺《らくじ》・無量光寺《むりょうこうじ》（源氏稲荷《いなり》）、月見をしたとされた朝顔光明寺《こうみょうじ》が現存します。明石君のもとへ通った道とされた「蔦《つた》の細道」、琴を橋代わりに川を渡ったという伝説がつくられた「琴ノ橋」も、地名となって残っています。

明石君 あかしのきみ　▼Check

光源氏《ひかるげんじ》のはとこで妻の一人。元・**受領**《ずりょう》（中流貴族）の娘で地方（**明石**）育ちという、本来なら妻にはなれない身の程です。一方で、親が富裕かつ元々は名家だったため、財産と品格ある教養を受け継いだ点が強みでした。

運命と住吉《すみよし》の**神**に導かれて、追放中の光源氏と結ばれ、一人娘（**明石姫君**）を**出産**。上京して**大堰**《おおい》（**都**の西の郊外）に4年ほど住み、のちに**六条院**《ろくじょういん》の冬の町の女主人として迎えられました。劣等感と自尊心のギャップに苦悩しつつも一流の夫を選び、愛執《あいしゅう》と母性に葛藤しながらも、娘を高貴な**紫上**《むらさきのうえ》の養女に出すという、高すぎる理想に向かって努力する生き方を貫いた人です（ある意味ギャンブル）。それが大当たりして、晩年には孫の皇子女たちを育てつつ、六条院をほぼ占有する生活を送りました。つまりは光源氏の妻たちの最終勝者です。

明石入道 あかしのにゅうどう

光源氏《ひかるげんじ》の舅《しゅうと》かつ母方親戚です。**大臣**の息子で、近衛**中将**《このえのちゅうじょう》という華やかな職に就いていましたが、それを捨てて播磨守《はりまのかみ》（現・兵庫県西部の知事）になり、**都**落ちしたあげく**明石**に居ついてしまった変わり者です。**須磨**《すま》で謹慎していた光源氏を、自分の根拠地・明石に迎え取って支援し、一人娘・**明石君**《あかしのきみ》を嫁がせました。のちに明石君らは、光源氏を頼って上京しますが、入道は残って仏道修行に努め、彼女らの繁栄を宗教的に支え続けました。孫（**明石姫君**）が春宮《とうぐう》（皇太子）に入内《じゅだい》し第一皇子を授かると、願いは叶ったとして現世《げんせ》の富を捨て、奥山での完全な**出家**生活に入りました。

Check
明石君の実態と敬称の移り変わり

明石君は格段に身分の低い家柄でしたが、本人の品格ある物腰や雰囲気は内親王《ないしんのう》レベルと、最高級の賛辞が捧げられています。ただし、原典内で「上《うえ》」という高ランクの敬称は決して使われず、「御方《おんかた》」と呼ばれるにとどまっています。それが平安の身分意識ですが、後世のファンは不満だったらしく、勝手に「明石上《あかしのうえ》」と呼ぶようになりました。

明石姫君 あかしのひめぎみ

光源氏《ひかるげんじ》唯一の実の娘です。生母は身分低い**明石君**《あかしのきみ》で、**紫上**《むらさきのうえ》の養女となって皇后教育を施されました。入内《じゅだい》してすぐ4男1女を産み、自身は**后**《きさき》、第一皇子は春宮《とうぐう》（皇太子）に選ばれるという、トントン拍子の人生を送った人です。その弱点は生母の身分および地方（**明石**）生まれという点であり、第一子**出産**に先立って自分自身を知る試練を潜《くぐ》り抜けました。若い頃は危ういほど世間知らずでピュア、長じては見識を養い良妻賢母に成長した姿が描かれ、作者理想の貴婦人と思われます。

明石姫君の乳母 あかしのひめぎみのめのと

明石姫君が生まれたとき、**光源氏**《ひかるげんじ》が**都**から派遣した養育係です。その**母**は故・**桐壺帝**《きりつぼてい》に仕えた「宣旨《せんじ》」という上級**女官**で、父は宮内卿《くないきょう》かつ宰相《さいしょう》という高官です。**乳母**にしては高貴な出自で、明石姫君を皇后候補として育てるために選ばれました。不安定な人生を生きる、当時よくいた女性の一人です。

（明石&光源氏一族の系図）

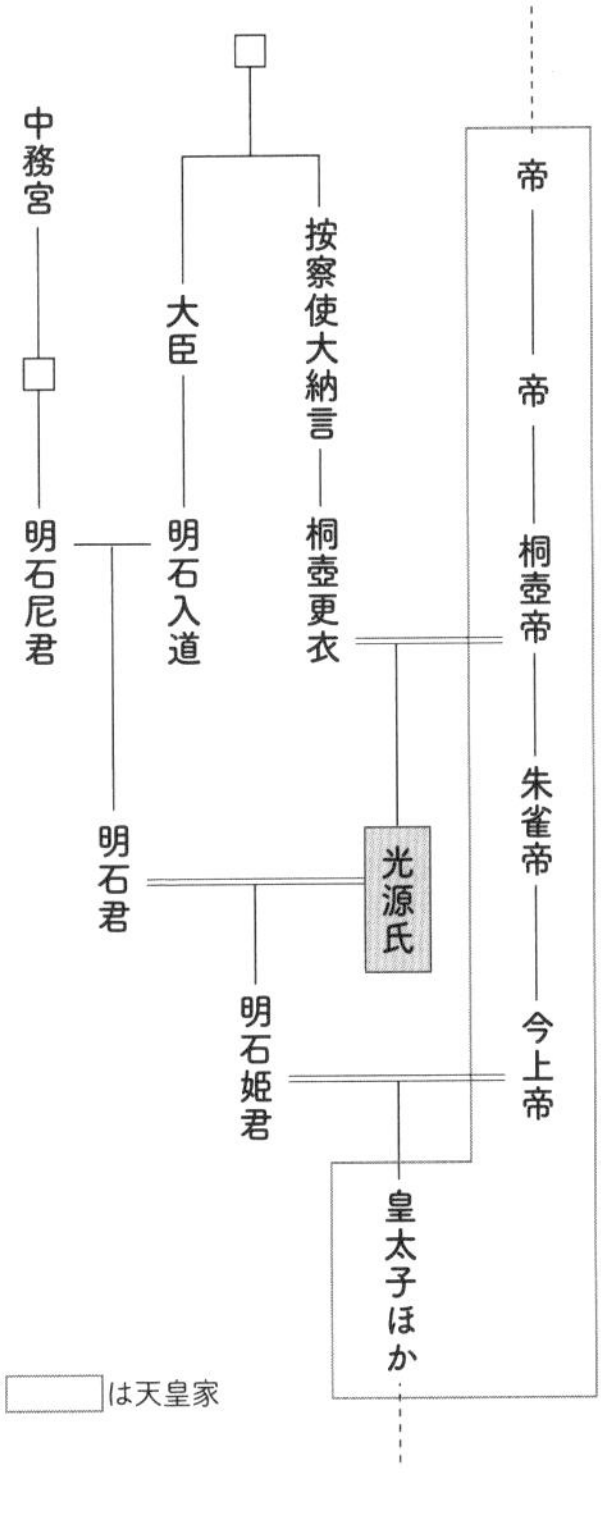

平安政界はポストの奪い合い。父の地位を継げるのは嫡子くらいで、他の息子やその子孫は落ちぶれがちでした。しかし光源氏と明石入道は、子孫を春宮（次期天皇）にする大逆転をなしとげたのです。

秋好

あきこのむ

故・皇太子と**六条御息所**《ろくじょうのみやすどころ》の間に生まれ、伊勢《いせ》の**斎宮**《さいぐう》を務めたあと**冷泉**《れいぜい》帝の女御《にょうご》になり、最終的には**后**《きさき》に昇りつめた女性です。「斎宮《さいぐうの》女御《にょうご》」「梅壺女御《うめつぼのにょうご》」と呼ばれる時代もあります。別格の血筋・身分が魅力で、**光源氏**《ひかるげんじ》の養女となり、その権勢をバックに**立后**《りっこう》、光源氏派の栄華の一翼を担いました。光源氏からの求愛は気品で跳ねのけ、風雅《ふうが》の友として最後まで付き合った聡明な貴婦人です。

総角

あげまき

第47巻です。**薫**《かおる》の**大君**《おおいぎみ》への求愛とその失敗、**匂宮**《におうみや》と**中君**《なかのきみ》の**結婚**、大君の死が描かれます。

2組の男女が共通点ゆえに惹《ひ》かれ合い、一方で差異のため遠ざけ合って、ままならぬ恋を展開する話です。4人とも高貴で美質に富み、しかし姉妹は貧しく**宇治**《うじ》（当時は田舎）住まい、対して男2人は富裕な都人《みやこびと》です。姉姫（大君）と薫は共に潔癖で理想を追い求め、傷つけ合って死別に至ります。妹姫（中君）と匂宮は相性がよく、しかし格差のため逢瀬《おうせ》もままなりません。憂愁《ゆうしゅう》に満ちたこの巻は、ロマンスより女の生きづらさを描き始めます。第二部で、**紫上**《むらさきのうえ》や**落**《おち》**葉宮**《ばのみや》が表したテーマの進化形です。この**主題**は、最終ヒロイン・**浮舟**《うきふね》を登場させ、物語を終幕へと導いていきます。

朝顔

あさがお

第20巻です。**光源氏**《ひかるげんじ》の**朝顔宮**《あさがおのみや》への求愛と**紫上**《むらさきのうえ》の苦悩が描かれます。ラストの「雪まろばし」の場面で、光源氏が紫上の魅力を再認識し、一応の落着を迎えますが、夫婦の間に薄闇を沈めたまま話は続いていきます。第二部の**主題**を先取りしたような巻であり、作者の構想の変遷を推測する上でも重要な箇所です。**色好み**の老女・源典侍《げんのないしのすけ》が**出家**後の姿を見せ、故・**藤壺宮**《ふじつぼのみや》が光源氏の**夢**に現れて成仏していないことが判明するなど、深掘り要素を多く含みます。

朝顔

あさがお

花の名です。寝起きの顔としばしば掛詞《かけことば》にされます。早い時間にしぼむことから世の儚《はかな》さ、美の衰えを感じさせました。ヒロインの一人である「**朝顔宮**《あさがおのみや》」のニックネームは、**光源氏**《ひかるげんじ》がこの花を贈ったことにちなみます。

朝顔宮　あさがおのみや

光源氏《ひかるげんじ》の、友人以上恋人未満であり続けた従姉妹《いとこ》です。**式部卿宮**《しきぶきょうのみや》という最も格が高い宮家の姫で、賀茂《かも》の**斎院**《さいいん》も務めました。光源氏に好感は持ちつつも**結婚**は強く拒む姿勢を若年時代から維持し、風《ふう》雅《が》の友に徹しました。光源氏の**須**《す》**磨**《ま》**流離**にあたっては、斎院の任期中である彼女への求愛が、**帝**《みかど》への謀叛《むほん》とされ罪状に数えられました。斎院を降りたあと、光源氏から再度強く求愛される様子が20巻「**朝顔**」および21巻「**少女**《おとめ》」冒頭で描かれます。光源氏の一人娘・**明石**《あかしの》**姫君**《ひめぎみ》の入内《じゅだい》に当たっては、**薫物**《たきもの》（お香）や書を贈り親戚として祝いました。35巻「**若菜下**《わかな》」で、すでに**出家**済みであり、修行に専念する生活を送っていることが語られます。

朝餉　あさがれい

朝食の意です。天皇が朝にとる軽食を指します。宮中の**清涼殿**《せいりょうでん》には「朝餉の間」という、そのためのスペースがありました。

あさきゆめみし

大和和紀《やまとわき》（1948〜）作の少女マンガです。物語のほぼ全編をラストまで描いた作品で、発行部数も多く、源氏物語の普及に寄与しました。内容はだいたい原典に沿っていますが、創作エピソードもあり、特に冒頭部分に多く見られます。

浅茅　あさじ

植物の名です。手入れがなされなくなった庭に繁茂《はんも》するため、家運の衰えを象徴する草でした。

阿闍梨　あじゃり／あざり

仏教の僧侶の階級です。僧都《そうず》や**律師**《りっし》より下で、一般の**僧**たちよりは上という、中間管理職的な立場でした。53巻「**手習**《てならい》」の**浮舟**《うきふね》が**出家**するシーンでは、彼女の**髪**の大半を阿闍梨が断ち、額髪《ひたいがみ》（前髪）のみ僧都が切る様子が描かれます。

網代
あじろ

細く裂いた**竹**を編んだ道具です。牛車《ぎっしゃ》の屋形（覆いに当たる部分）や、垣根、**屏風**《びょうぶ》など、さまざまに利用されました。これを川の中に設置して魚を獲《と》る「網代漁」を単に「網代」と呼ぶこともあり、宇《う》治《じ》川の名物でした。

源氏物語では、田舎の別荘に網代屏風がよく使われ、素朴な雰囲気を醸《かも》し出しています。また**薫**《かおる》が**宇治**で網代漁の見物を勧められて断っており、**仏教**の信仰厚い性格を表すツールとなっています。

網代車
あじろぐるま

牛車《ぎっしゃ》の一つです。**網代**を屋形（乗車スペースを覆い、屋根・壁をなす部分）に使用していることからこの名があります。牛車の中では最もスタンダードなタイプで、貴人のお忍びから中級層の日常使いまで、幅広く利用されました。

源氏物語では、**光源氏**《ひかるげんじ》ら主要男性キャラが恋の出歩きなど、人目を避ける移動によく使っています。

東屋
あずまや

第50巻です。最後のヒロイン・**浮舟**《うきふね》の生い立ちや婚約破棄、異母姉・**中君**《なかのきみ》のもとでの仮住まい、**匂宮**《におうみや》との出会い、**薫**《かおる》の隠し妻としての**宇治**《うじ》への移住が語られます。中流階級の、世知辛《せちがら》くもパワフルな生き方が魅力の巻です。浮舟の**結婚**は不吉尽《づ》くしで、その暗い将来を物語ります。

汗
あせ

源氏物語では、貴婦人が精神的に追い詰められた状態を汗で表現します。ただし、不潔さや悪臭といったネガティブな印象は希薄です。物思い（悩み）自体が、生活のゆとりや心の柔軟性を意味し、レディのステイタスだった時代であるためでしょう。多量に発汗している描写は、極めて高貴な女性に集中しており、類いまれで**貴**《あて》（貴やか）な苦悩を象徴しているようです。現代に例えれば、有名な映画で美人女優が流す涙といったところでしょうか。平安の読者が感動をもって注視した箇所だと思われます。

遊び
あそび

直接的には、**歌**や楽器演奏による娯楽を指します。ただし、本義は「心をくつろがせ楽しませるもの」といったイメージです。娯楽の手段が今よりはるかに少なかった平安人にとっては、人生の目的の一つとできるような楽しみのときであり、よい遊びは人々の語り草となりました。名月のときなど天候や季節がよい折には、自然とやりたくなるものであり、反面、ムードが沈鬱《ちんうつ》な折には、やる気にならないものでした。喪中やVIPの病気療養中、主催者に苦悩があるときには、おのずから控えられる様子が書かれており、現代風にいえば自粛されたようです。

遊女 あそび

交通の要衝など人で賑《にぎ》わう場所に現れ、**歌**など芸能を披露して対価を得た女性のことです。後世では性産業の用語となっていきますが、平安時代においてはエンターテイナーというニュアンスです。ただしそれは、性交渉を特別視する空気自体が平安期には存在しなかったためだと思われます。彼女らが客と契《ちぎ》ることは珍しくもなく、気にもされず、むしろ芸能スキルに注意が払われたものでしょう。

源氏物語では難波《なにわ》の遊女たちの自分から男性に言い寄る態度を、**光源氏**《ひかるげんじ》に嫌悪させています。

貴 あて

「高貴な」という意味の形容動詞で、最上・別格のほめ言葉です。**皇族**や作者が好感を持っているキャラなど、特別な人に使われます。ただし、それ以外ほめる点がない皇族に対して、一応の評価を与えるときにも使用されます。

海人 あま

海で働く人のことです。女性の場合「海女」とも表記します。平安貴族には縁遠い存在でしたが、古歌などを通してその存在はよく知られていました。当時、日々せっせと労働しなければいけない貧しい者の代表例としてよく引き合いに出され、「海水に袖《そで》を濡らす」イメージから、「涙で袖を濡らす」意味を重ねて**和歌**にも詠まれました。**尼**《あま》を連想させる存在でもあります。低い身分を謙遜《けんそん》したり、哀《あわ》れな我が身を嘆いたりするときにも、自分を海人に例えます。

尼
あま

出家して仏道に入った女性のことです。**髪**を後ろは背中から腰あたり、額髪《ひたいがみ》は頬骨《ほおぼね》のあたりで断ち落とす「尼削《そ》ぎ」というスタイルにしました。**紫式部**《むらさきしきぶ》が生きた時代には、尼削ぎから完全に剃る「剃《てい》髪《はつ》」へと、修行の深化とともにステップアップする尼が見られ始めていましたが、それより数十年前を舞台とする源氏物語では、尼削ぎの尼が主流です。

仏教が現世利益《げんせりやく》や極楽往生《ごくらくおうじょう》をもたらす有り難いものとして尊崇されていた平安社会ですが、同時に出家・出家者に対する忌避《きひ》感も存在しました。特に女性は、夫の死後や現世に絶望した場合など、不幸を経て出家することが多かったためでしょう、尼の存在自体が嫌がられたり、尼姿を見ることさえ不吉がられたりしました。

源氏物語では、密通する**斎宮**《さいぐう》・**斎院**《さいいん》といった神職を務めるなど、仏教的な**罪**を犯したヒロインのみが出家しています。また、何かにつけ角を立てないことを理想とした作者には、いきなり尼になる／完全に世間から離れる、というあり方自体が好ましくなかったらしく、出家後もしばらくは家政を司《つかさど》ったり**音楽**や**絵**を楽しんだりしつつ、次第に勤行《ごんぎょう》中心の生活へ移行していく様がよく描かれます。

雨夜の品定め
あまよのしなさだめ

2巻「**帚木**《ははきぎ》」の約半分を占める場面のことです。「品定め」とは、何かについて論評したり良し悪《あ》しを比べたりすることで、自分の教養をアピールしたり同好の士を見つけたりできる機会であり、社交の場で人気の話題でした。この場面では、長雨の夜の気晴らしにと、男性たちが女性の品定めをしています。

この「雨夜の品定め」が重視されるのは、当時の女性観・**結婚**観がわかるからです。また、**光源氏**《ひかるげんじ》が中流女性に目を向ける布石であり、このあとの帚木三帖《さんじょう》につながっていきます。思い出話として語られる各女性がそれぞれ個性と魅力に富み、加えて美術論・人生訓まで併せて述べられる、奥の深いくだりです。

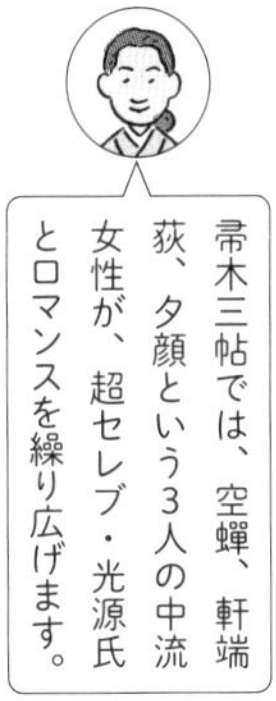
帚木三帖では、空蝉、軒端荻、夕顔という3人の中流女性が、超セレブ・光源氏とロマンスを繰り広げます。

菖蒲 あやめ

植物の菖蒲《しょうぶ》のこと。**和歌**では「あやめ」と詠まれました。現在のアヤメやハナショウブとは別種です。「文目《あやめ》（道理）もわからなくなるほどの恋」とよく掛詞《かけことば》にされました。

あはれ あわれ

心を深く動かされたときに発する言葉です。現代語の「ああ」に該当します。形容動詞化した「あはれなり」という語もよく使われます。平安人にとって「**もののあはれ**」は、善悪の観念や法律とは別の次元で、優しく思いやるべき人情でした。

異郷訪問譚 いきょうほうもんたん

民話の**話型**の一つで、人間の主人公が不思議の国（天界や水界、神仙《しんせん》の世界など）へ行くというパターンの話を指します。日本の場合、海幸山幸《うみさちやまさち》や浦島太郎が典型で、男性が異郷へ行き妻になる女性と巡り合います。**光源氏**《ひかるげんじ》の**須磨**《すま》**流離**には、この話型の影響が指摘されています。

石踊達哉 いしおどり・たつや（1945〜）

日本画家です。**瀬戸内寂聴**《せとうちじゃくちょう》訳源氏物語の装丁画を担当するなど、現代の**源氏絵**作者の一人です。

石山寺 いしやまでら

滋賀県に現存する寺院です。平安時代にも重要な寺であり、女性をも救済することで名高かった観音《かんのん》の信仰が盛んで、多くの参詣《さんけい》者を集めました。**都**から比較的近く、淡海《おうみ》（琵琶湖）での船乗りも楽しめるため、格好の小旅行先でもありました。

源氏物語では16巻「**関屋**《せきや》」で、石山寺へ行こうとする**光源氏**《ひかるげんじ》と、常陸《ひたち》から上京する**空蝉**《うつせみ》が**逢坂**《おうさか》**の関**で再会し、後日**和歌**を贈答しています。

いづれの御時
いずれのおおんとき

御時とは「天皇の時代、治世」の敬語です。当時は改元が頻繁に行われたため、元号より「○○帝が治めていらしたとき」という感覚のほうがピンと来たようです。それを逆手にとって源氏物語の冒頭は、「いづれの御時にか（どの**帝**《みかど》の御世のことだったか）」と、はぐらかした言い方から始まっています。「○○の御時」や「昔…」という語り出しが一般的だった当時においては、「もしかして今のことかも!?」と興味を掻《か》き立てる、画期的な叙述テクニックでした。

1巻「桐壺」は、当時の帝・一条と定子の悲恋を連想させるスリリングな内容！

伊勢物語
いせものがたり

10世紀半ば頃に成立したと思われる作品です。ジャンルとしては歌物語という、名歌が詠まれた経緯を語る短編集に属します。実在の人物ながら伝説化されたほどの**色好み**男性・在原業平《ありわらのなりひら》（825〜880）を主人公にした話が中心です。

17巻「**絵合**《えあわせ》」では、伊勢物語と「正三位」という作品が比較され、古めかしいけれども業平の名誉は却下できないという消極的理由で、伊勢物語（およびそれを出品した**光源氏**《ひかるげんじ》サイドの**秋好**《あきこのむ》）の勝利となっています。イマドキの華やかさを象徴する正三位に対し、一見地味だが正統派の名作という位置づけで、光源氏や秋好の奥ゆかしさ、堅実ぶりを象徴しています。

また、光源氏と**朧月夜**《おぼろづきよ》のロマンス（女の親に裂かれる恋）や、**夕霧**《ゆうぎり》・**雲居雁**《くもいのかり》の幼なじみの純愛は、伊勢物語へのオマージュです。ただし源氏物語ではどちらの話も、ややケチのつく結末を迎えており、また女の態度を咎《とが》める文言も添えられます。作者の時代は、**仏教**の影響で恋愛観が抑制的になりつつあったので、伊勢物語の大らかなロマンスは、もはや手放しではほめられないものになりつつあったようです。

鼬 いたち

平安貴族にとって身近な動物ではなく、聞いて知っている存在であったようです。「鼬の無き間の鼠《ねずみ》（自分より強いイタチがいない間は、ネズミは安心できる）」ということわざがありました。イタチは疑い深くて目陰《まかげ》（目の上に手をかざし遠くを見るしぐさ）をよくするという俗説から「鼬の目陰」という慣用句も使われました。

源氏物語の50巻「**東屋**《あずまや》」では、**中将君**《ちゅうじょうのきみ》（**浮舟**《うきふね》の母）が卑下《ひげ》して自分をネズミに例え、鼬が側《そば》にいる鼠のようで安心できない旨を語り、**中君**《なかのきみ》が「その御目陰が気づまりです（お疑いは心外）」と返事しています。また53巻「**手習**《てならい》」では浮舟が、老尼《ろうに》の奇怪な**しぐさ**を見て、「目陰をする鼬のよう」と怯《おび》えます。老いは**仏教**の四苦《しく》の一つであり現世《げんせ》の忌《い》まわしさの証しでもあることから、浮舟は**出家**の決意を固めるのです。

一条兼良 いちじょう・かねよし（1402〜1481）

室町時代の源氏学の大家で、**注釈書**『**花鳥余情**《かちょうよじょう》』の作者です。関《かん》白《ぱく》・太政《だじょう》大臣に至った高位の公家《くげ》であり、武家に圧迫されて生きる貴族の矜持《きょうじ》として、源氏物語を始めとする王朝文化の研究・保持に努めました。応仁《おうにん》の乱で京が焼け野原となった折、貴重な写本類の焼失を強く危惧し、避難先の四国で源氏物語の書写・流布に尽力しました。戦国時代には、京文化に憧れた地方の有力大名《だいみょう》の間で源氏物語の写本入手や**源氏絵**制作を行うムーブメントが起きましたが、その動きに多大な貢献をした人です。

犬 いぬ

平安時代は犬も栄養不良で、また半ば野犬化していることも珍しくありませんでした。犬はしばしば、遺棄された遺骸《いがい》を食い荒らしたり、その断片をくわえ歩いて穢《けが》れを持ち込んだりもしました。そのため平安人にとって犬は、愛玩《あいがん》対象ではありませんでした。紫君《むらさきのきみ》（**紫上**）の遊び相手らしき女童《めのわらわ》の名が「いぬき」なのは、そそっかしく粗相《そそう》が絶えない性格に加え、つまらぬ童名をつけることによる魔除《まよ》け効果をねらった命名かと思われます。また**匂宮**《におうみや》が隠密裏に**宇治**《うじ》を訪ねた際に犬に吠えられることが2回も語られるのは、**浮舟**《うきふね》を警護する武士たちの粗暴さと併せて、匂宮が晒《さら》されている危険を表しています。

井原西鶴 いはら・さいかく（1642〜1693）

江戸時代の作家です。当時は、教養として教えられる王朝モノを庶民むけにシャレのめす作品が人気でした。西鶴の『好色一代男《こうしょくいちだいおとこ》』もその一つです。

今めかし いまめかし

「今風の／斬新な」という意味の形容詞。基本はほめ言葉です。古く由緒あるものを尊ぶ雰囲気があり、また着用してよい**色**のルールが決まっている時代ではありましたが、同時に新たなチャレンジをもてはやし、禁制ぎりぎりを攻めるファッションが受ける空気もありました。

源氏物語では、**紫上**《むらさきのうえ》にしばしば「今めかし」が使われ、その美貌やセンスが称《たた》えられています。一方で**光源氏**《ひかるげんじ》に対抗する側（**朧月**《おぼろづき》**夜**《よ》の性格や2代目**弘徽殿女御**《こきでんのにょうご》が集めた絵巻類）に「今めかし」が強調される例もあり、軽薄と紙一重だったことも窺《うかが》えます。

伊予介 いよのすけ

伊予国に派遣される官人で、二等官です。源氏物語では、**空蝉**《うつせみ》の夫が伊予介です。彼は「伊予守《かみ》（一等官）」と呼ばれる箇所もあり、守も兼ねたものか、または誤記かと思われます。

色 いろ ▼Check

色彩のことです。源氏物語では、衣の色に特に注意が払われ、おしゃれに着重ねるファッションセンスや、きれいに染める腕前は絶賛の対象です。

また、異性の魅力を指すこともあります。貴公子や**女房**（侍女《じじょ》）の「色めかし」い性格は、度が過ぎれば批判はされるものの、基本的には宮中や主家を華やかにするものであり、もてはやされました。一方で、宮仕《みやづか》えしない女性、特に高貴な姫にはご法度でした。

色好み いろごのみ

異性の魅力に対して感性が豊かで審美眼があり、優れたパートナーを希求する人のことです。**伊**《い》**勢**《せ》**物語**が書かれた頃には、男女問わず称《たた》えられるべき性質だったようです。在原業平《ありわらのなりひら》や交野少将《かたののしょうしょう》は、この美質を備えたキャラでした。

しかしその後の数十年で、性に対して抑制的な空気が高まったらしく、源氏物語にもその雰囲気が窺《うかが》えます。具体的には、**桐壺帝**《きりつぼてい》は多くの女御《にょうご》・更衣《こうい》を抱え、**女官**にも美女を喜ぶ、古き良き時代の色好みです。次世代の**光源氏**《ひかるげんじ》や**頭中**《とうのちゅう》**将**《じょう》は、基本的には多くの恋人を持ちますが、光源氏が極上のレディ、または訳ありで中流に落ちた女性にしか目を向けないのに対し、頭中将は下の階層にも手を出し、その点を批判されています。以降の世代では妻の数がさらに減り、恋人や**女房**（侍女《じじょ》）にも手はつけるが愛人待遇はしない態度が、「乱れ給はず」と好感をもって受け止められています。

岩佐又兵衛 いわさ・またべえ（1578〜1650）

江戸時代初期の**絵師**。戦国武将の子に生まれながら父の死後は武門から離れ、画業で生計を立てた人物です。画風や画題の選び方に特異な個性を見せ、独創的な**源氏絵**を残しました。

Check

平安時代を彩る日本の伝統色

平安貴族が愛でていたさまざまな色。衣の染色は貴婦人の誇れるスキルでもありました。

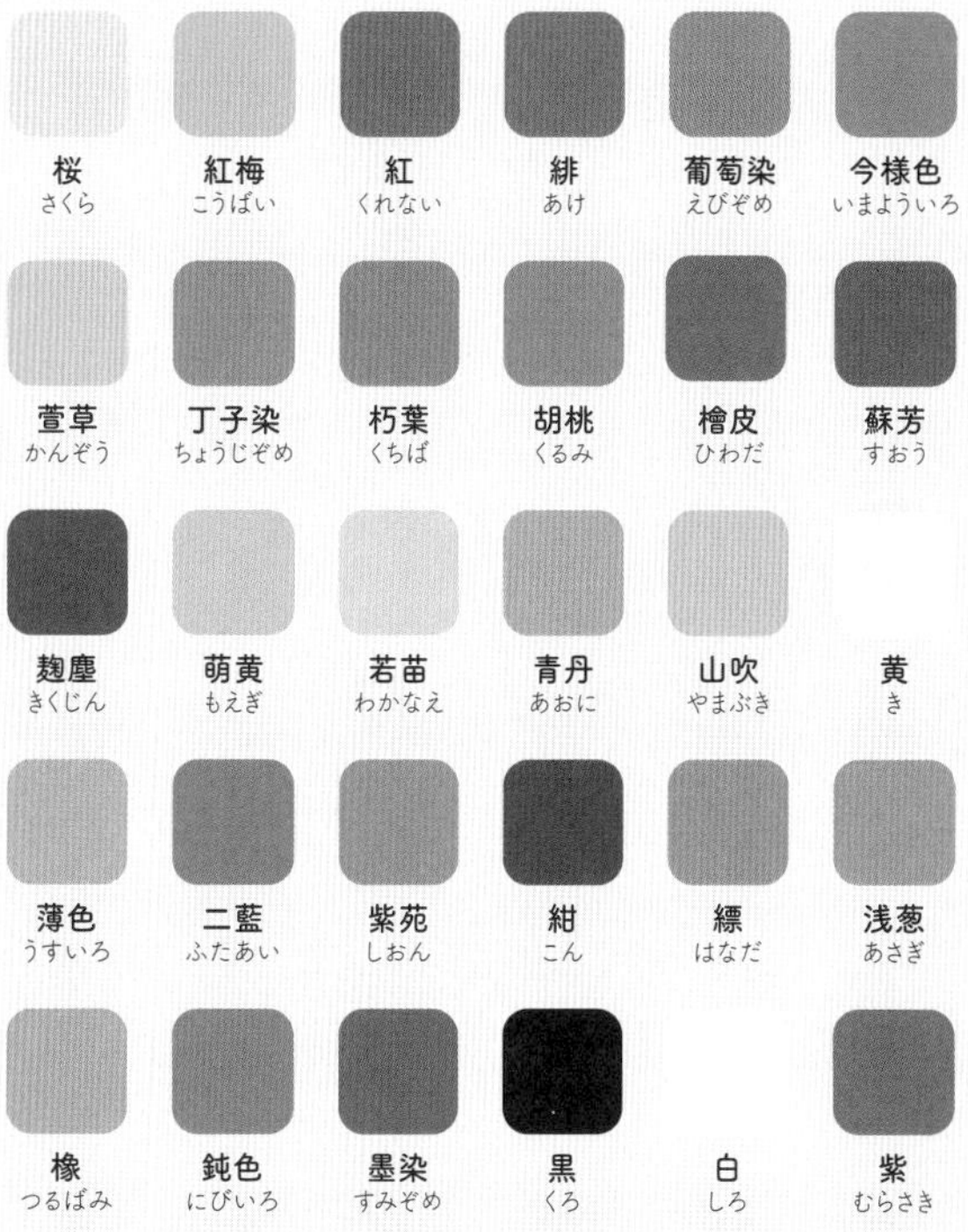

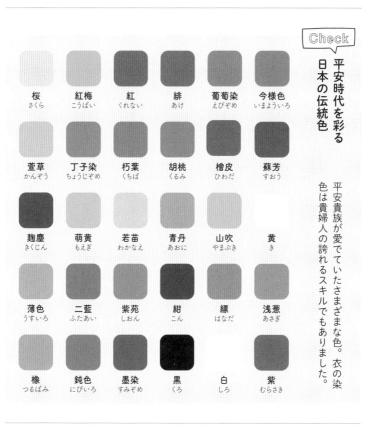

引接寺　いんじょうじ

京都府の寺です。境内に14世紀建立の**紫式部**《むらさきしきぶ》供養塔が存在します。当時は**仏教**思想が広く深く浸透し、紫式部は（フィクションを書くという）狂言綺語《きょうげんきご》により妄語《もうご》の**罪**で地獄に堕《お》ちたという、堕地獄《だじごく》伝説が広まっていました。この塔はそんな紫式部を救済するために建立されたと伝わります。この塔の前には近年、紫式部の像も建てられました。

鵜　う

水鳥です。魚を丸のみして食する性質があり、世界各地で古来「**鵜飼い**」という漁に使われてきました。日本でも、鵜を捕獲して献上する地域が当時の法律で定められており、公的な役所で飼われる官鵜がいました。

上　うえ　▼Check

貴人の妻に対する敬称です。源氏物語の中では**呼称**が注意深く使い分けられているため、作者の意図を分析する上で重要ポイントとされています。**紫上**《むらさきのうえ》は作者自身が原典内で「紫のうへ」と呼んでいますが、他の**物語**に見られない「対《たい》の上」という呼び方をめぐって、彼女は正妻か否かという論争でよく争点となります。**花散里**《はなちるさと》は当初「御方《おんかた》」と呼ばれていましたが、**夕霧**《ゆうぎり》の養母となり**六条院**《ろくじょういん》へ移転したあとは「上」と「御方」の両方が見られます。**葵上**《あおいのうえ》は作中では「葵」も「上」も見られませんが、後世の読者がこのニックネームで呼ぶようになり、かつ身分や**結婚**の経緯に照らしても「上」と呼んで問題ないと見られるため、論争にはなっていません。なお、内親《ないしん》王《のう》は結婚後も「上」ではなく「宮《みや》」と呼ばれますが、これは「宮」のほうが格上だからだと思われます。

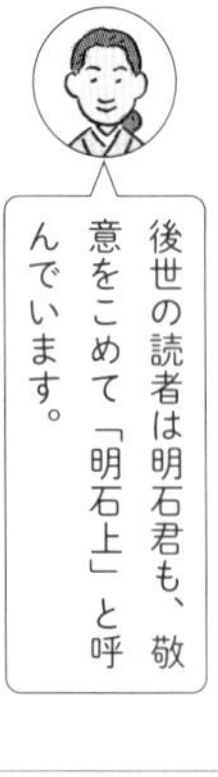
後世の読者は明石君も、敬意をこめて「明石上」と呼んでいます。

上田秋成　うえだ・あきなり（1734～1809）

江戸時代の作家です。当時の知識人の常で源氏物語を読み込んでいたようですが、著作では登場人物の口を借りて、キャラの言動や江戸時代の道徳観に合わない点（密通や友の寡婦《かふ》への恋など）を厳しく批判しています。秋成は武士らしさや雄々《おお》しさを好む人だったので、源氏物語の作者が女性である点や、ロマンスが多いところを嫌ったものでしょう。しかし源氏物語の文章の美しさや心理描写の細やかさは「和漢にも並びなき(日本にも中国にも敵《かな》う作品がない)」と評価しています。

鵜飼い　うかい

川での**鵜**を使用する漁労です。中国の影響で日本でも、帝王の権威を象徴する**儀式**として古来行われてきました。**行幸**《ぎょうこう》(天皇の外出)の折には、陸の**鷹狩**《たかが》**り**で仕留めた**雉**《きじ》と川・池の鵜飼いで獲《と》った魚を、対《つい》にして献上する儀礼がありました。見物の対象としても人気で、宇治《うじ》川の名物でもありました。

浮舟　うきふね

源氏物語の最後のヒロインです。**宇治**《うじ》の**八宮**《はちのみや》と**女房**・**中将**《ちゅうじょう》**の君**の娘で、**薫**《かおる》のものとなり、**匂宮**《におうみや》にも愛されて身投げを決意します。**横川**《よかわの》**僧都**《そうず》に救われるも、女としての人生には戻ろうとせず、**尼**《あま》となって薫の誘いも拒否しました。**桐壺更**《きりつぼのこう》**衣**《い》に似ている**藤壺宮**《ふじつぼのみや》や、藤壺宮の姪《めい》・**紫上**《むらさきのうえ》が、敬意をこめて愛される「**御代はり**」なのに対し、浮舟は**大君**《おおいぎみ》の「**形代**《かたしろ》」と、まるでモノ扱いです。薫とのなれそめは凶事に満ち、流される運命を示していました。後見のない女性が多い源氏物語でも、突出して立場の弱いヒロインであり、その生きづらさが際立ちます。身分の低い女君でありながら存在感は増す一方で、最後には薫以上の主役ぶりを見せ、物語を幕切れに導きました。

Check

「上」が表す妻のランク

源氏物語では1人の男性が複数の女性と関係を持っています。女性たちは、出自や実家の勢力、夫からの扱いなどにより、漠然と序列をなしています。その上下関係を表すのが敬称です。上位女性には「上」が使われ、「御方」はそれより格下で、「御許《おもと》」はさらに下です。

基本的に「上」は、「本妻」や「北方《きたのかた》」と呼ばれる上位妻に使われる特別な敬称です。ただこれらの女性は、「御方」と呼ばれることもあります。また「北方」は1人とは限らず、一《いち》男性が複数の北方を持っていることもあります。

浮舟　うきふね

第51巻です。**匂宮**《におうみや》の**浮舟**発見と2人の仲の深化、**薫**《かおる》による厳しい警備、葛藤した浮舟の自死の決意が語られます。匂宮が浮舟を連れ出し舟で宇治《うじ》川を渡るシーンは、しばしば日本画に描かれます。

話型としては「妻争い伝説」「菟《う》原処女《ないおとめ》型」などと呼ばれる、2人の男性に求愛された女性が死を選ぶ話です（**入水譚**《じゅすいたん》）。このタイプの逸話は万葉集《まんようしゅう》に複数記録されており、古代日本では人気のテーマだったようです。ただし**仏教**の浸透に伴い、このような愛欲絡《から》まる死は忌避《きひ》されるようになったと思われます。源氏物語では「浮舟は育ちが悪いためこんな決断をした」「**物**《もの》**の怪**《け》のせい」などと言い訳を設けています。そこまでして古い話型を採用したところに、作者の強い動機が感じられます。

浮海布　うきめ

海に浮いている海藻のことです。「憂《う》き目（辛《つら》い目）」とよく掛《か》け詞《ことば》にされました。

右近　うこん

女房（侍女《じじょ》）の名です。父や兄弟が右近衛府《うこんえふ》（天皇の身辺警護をする2役所のうちの一つ）の官人だったことにちなみます。平安時代にはありふれた女房名でした。

源氏物語では、中流の女性たち（**夕顔**《ゆうがお》・**玉鬘**《たまかずら》、**浮舟**《うきふね》）に仕える女房が右近です。主役級キャラ（**光**《ひかる》**源氏**《げんじ》や**紫上**《むらさきのうえ》、**薫**《かおる》など）づきの女房たちに比べると、出自の低さが感じられます。

右近　うこん

源氏物語には右近が3人登場します。1人めは**夕顔**《ゆうがお》・**玉鬘**《たまかずら》の**女房**です。夕顔の**乳母**《めのと》の子で、**母**を早くに亡くし、夕顔と共に育った腹心の女房でした。夕顔と**光源氏**《ひかるげんじ》のお忍びデートに付き添い、彼女の死・**葬送**を見守り、以後は光源氏、ついで**紫上**《むらさきのうえ》の女房を務めました。夕顔の遺児・玉鬘の行方を求めて願掛けを続け、初瀬《はつせ》（**長谷寺**《はせでら》）詣での折に再会して、**六条院**《ろくじょういん》入りへの道を拓《ひら》きます。玉鬘が**髭黒**《ひげくろ》と結ばれたあとは、玉鬘に従って髭黒邸に移転。光源氏からの密《ひそ》かな**文**《ふみ》（手紙）を取り次ぐ場面で、最側近の右近さえ真相は知らない様子が記され、光源氏と玉鬘の恋の清らかさを表す役目を果たしました。

2人めは、**中君**《なかのきみ》づきの女房です。

母の大輔《たいふ》ともども仕えており、**匂宮**《におうみや》が**浮舟**《うきふね》に言い寄った折には妨害に当たりました。**物語**の朗読を命じられていることから、**声**のよい女房だったと思われます。

3人めは浮舟づき女房で、乳母の子でもある右近です。2人めの右近（中君づきの女房）と混同されたのかもしれません。薫を装った匂宮を見破れず浮舟の寝所に導き、その後は2人の仲を隠すことに尽力しました。秘密が薫に発覚したことを知って浮舟を慰め、また自身の姉が三角関係で身を誤った悲劇を聞かせて忠告するなど、浮舟の気持ちを尊重しつつも事態を丸く収めようとしますが、裏目に出て逆に浮舟に死を決意させることとなりました。浮舟失踪後も女房らの中で最も長く、**宇治**《うじ》で服《ふく》喪《も》していたと語られます。

宇治　うじ

京の南方向、20㎞ほどの距離にあった地名です。大和路《やまとじ》と宇治川の交差点で、古くから橋（宇治橋）が架かっていました。京から牛車《ぎっしゃ》で4、5時間と小旅行によい行楽地であったため、別業《べつぎょう》（別荘）が多く建てられ、**長谷寺**《はせでら》へ行く際の中継地としても栄えました。網代《あじろ》漁や**鵜飼い**《うか》、舟遊びなどが名物です。一方で地名の「うぢ」が「憂《う》し（辛《つら》い、苦しい）」と掛詞《かけことば》にされ、川霧がよく発生し、近くの木幡山《こはたやま》は藤原《ふじわら》氏の墓地であるなど、陰鬱《いんうつ》なイメージもありました。

46巻「椎本」では、宇治を「恨めしと言ふ人もありける里の名」と言っています。

宇治市源氏物語ミュージアム　うじしげんじものがたりミュージアム

宇治十帖《じゅうじょう》の舞台である京都府宇治市に、1998年に建てられた公立博物館です。**六条院**《ろくじょういん》の想定模型や、実物大の牛車《ぎっしゃ》、源氏物語シーンの等身大人形による再現展示などがあります。

「平安の間」の展示。
（写真提供：宇治市源氏物語ミュージアム）

宇治十帖 うじじゅうじょう

▼Check

源氏物語のラスト10巻（45巻～54巻）です。主な舞台が**宇治**であることから、こう呼ばれます。主人公は**光源氏**《ひかるげんじ》の子（実は**柏木**《かしわぎ》の子）・**薫**《かおる》で、副主人公として光源氏の孫・**匂宮**《におうみや》が絡み、**八宮**《はちのみや》家の3姉妹との恋が交錯する、憂愁《ゆうしゅう》に満ちたパートです。

宇治という、人気の行楽地であると同時に暗い印象の地が舞台になることで、栄華からこぼれ落ちた層（八宮家の人々）がフォーカスされます。落ちぶれたレディと、栄華を極める都人《みやこびと》（薫・匂宮）が出会うことで、人と人との間に働く感情や力関係、愛がもたらす救いや絶望が描き出され、きわめて近代的な小説に仕上がっています。

Check

陰影に富む出だし 宇治十帖の歴史性

宇治十帖の冒頭は「天皇候補でさえあったのに時流に乗れず落ちぶれ、世間から相手にされぬ老いた宮さまとなった方がいた」と始まります。源氏物語の正編（光源氏が主人公の部分）は、天皇にふさわしいのに臣下に落とされ、だが返り咲いた男の栄華の物語でした。対する宇治十帖は、正編と表裏一体、光（源氏）の陰になった男が立役者です。ちなみに14世紀に書かれた歴史物語『増鏡《ますかがみ》』は、後高《ごたか》倉院《くらいん》の経歴をこの文章に似せて書きました。源氏物語の政治観・皇室意識が後世に影響を与えた例です。

宇治橋姫 うじのはしひめ

橋姫とは橋の守護女神のことで、宇治橋のものが古来有名でした。橋は人や経済を結ぶ重要ツールであり、同時に橋桁《はしげた》が欠落したり、橋そのものが流失したりすることも珍しくない、危うい構造物でした。そのため、願いや畏怖《いふ》を寄せられ、多彩な伝説が生じがちだったのです。**古今和歌集**《こきんわかしゅう》に「さむしろに　衣《ころも》かたしき　こよひもや　我を松覧（待つらん）　宇治の橋姫」という**和歌**があることから、平安人にとって橋姫は夫を待つ魅力的な女性を連想させる女神だったと思われます。源氏物語では、**八宮**《はちのみや》家の姉妹たち（**大君**《おおいぎみ》・**中君**《なかのきみ》）を指す語として使われます。

後世には、嫉妬から宇治川に身を浸して鬼と化した女という伝承も生まれ、貴船《きぶね》神社の「丑刻参り《うしのこくまいり》」の伝承と結びついて、鬼女神のイメージが生じました。現在は宇治橋のたもとにある橋姫神社が祭祀《さいし》を行っています。

薄雲 うすぐも

第19巻です。**光源氏**《ひかるげんじ》の一人娘・**明石姫君**《あかしのひめぎみ》が、身分低い生母・**明石君**《きみ》のもとから引き取られ、**紫上**《むらさきのうえ》の養女になります。また、光源氏の運命の女性・**藤壺宮**《ふじつぼのみや》が逝去し、藤壺の子である**冷泉**《れいぜい》帝が出生の秘密（実の父は光源氏であること）を知ります。光源氏の**秋好**《あきこのむ》（養女）に対する想《おも》いや、**都**の郊外（**大堰**《おおい》）にひっそり暮らす明石君への労《いた》わりも描かれます。

ポイントは、光源氏が娘を后《きさき》がね（皇后候補）として育てる環境を整えたこと、つまり次世代の政権争奪戦への足掛かりを築いたことです。同時に、藤壺との不義は内々のまま収束させ、かつ天皇の実父として不動の権勢を築きました。紫上・秋好・明石君など、周辺の女性たちへの利益配分やケアを怠らず、彼女らの内助の功をしっかり獲得しています。八方に抜かりのない歩調といえるでしょう。

歌 うた

言葉をメロディに乗せて響かせる芸能の総称です。もともとは、**声**や語調の美を味わうもので、しばしば**音楽**と合わせられました。**催馬楽**《さいばら》などの歌謡（メロディつきの歌）だけでなく、**和歌**や**漢詩**も朗読されることが多かったため、歌にカテゴライズされていました。当時最も一般的な歌は、主に三十一《みそひと》文字《もじ》の和歌を指しました。

右大臣 うだいじん

平安朝の重要な官職です。そもそも**大臣**という役職じたいが、臣下の男性がなり得る最高のポジションであり、官人たちの憧れでした。大臣の中では、太政《だじょう》大臣、**左**《さ》**大臣**、右大臣、内《ない》大臣という序列があり、下位者寄りです。

源氏物語では、いかにも権力者というタイプの男性キャラに多い役職です。**左大臣**と対比してネガティブに描かれます。

右大臣 うだいじん

源氏物語序盤で、**光源氏**《ひかるげんじ》の対抗勢力として描かれる人々の領袖《りょうしゅう》です。その娘が、コテコテの悪役である弘徽殿女御《こきでんのにょうご》（**弘徽殿大后**《おおきさき》）です。

右大臣は皇太子（朱雀《すざく》）を孫に持ちながら、**左大臣《さだいじん》**閥の取り込みに失敗してヘゲモニーを握れず、**桐壺帝《きりつぼてい》**の時代には第二勢力に甘んじました。要するに分《ぶ》をわきまえさせられたわけです。ただし、左大臣家の嫡子《ちゃくし》・**頭中将《とうのちゅうじょう》**を婿《むこ》に迎えて友好関係を樹立し、桐壺時代の安定・繁栄の一翼を担いました。孫・朱雀帝（**朱雀院**）の時代には太政《だじょう》大臣に出世し、栄華を極めますが、強引な政権運営で人望を失い、次世代の皇太子も誕生させられず、その派閥は凋落《ちょうらく》へ向かいました。彼の死は、源氏物語の暗黒時代の終わりを象徴するものとなっています。とはいえ、娘の弘徽殿大后よりはマシな悪役に造型されており、六女・**朧月夜《おぼろづきよ》**に甘いなど、情を解する人として描かれます。

宇多の帝《うだのみかど》（867〜931）

平安前期に実在した**帝**・宇多天皇（第59代、在位887〜897）のことです。宮廷内の政治力学が思わぬ働き方をした結果、源氏となって臣下に降《くだ》り、のちに皇籍へ復帰、即位しました。日本史上稀《け》有《う》な即位事例です。

源氏物語の執筆時から100年ほど前の人物であり、作者・読者らにとっては、古き良き時代の模範とすべき帝でした。その名は源氏物語でも引き合いに出されており、**桐壺帝《きりつぼてい》**を**醍醐《だいご》天皇**（宇多の子）と思わせる効果を上げています。臣籍降下《しんせきこうか》させられた**光源氏《ひかるげんじ》**にも皇籍復帰・即位の可能性があると感じさせる存在でもあります。唐猫《からねこ》を愛したことでも有名で、物語内の今上帝《きんじょう》（桐壺帝の孫）のイメージ形成に、影響を与えた可能性が指摘されています。

内海清美《うちうみ・きよはる》（1937〜）

現代のアーティストです。源氏物語を創作のテーマの一つとしています。和紙で複数の人形を作り、照明や背景を備えたセットに配置して、ストーリー性ある場面を表現するという作風です。

空蟬《うつせみ》

第3巻です。**光源氏《ひかるげんじ》**と中流の女性との恋をテーマにした読み切り短編で、本筋の内容とはあまり関わらない、いわば番外編です。光源氏の**空蟬**への断ち難い想《おも》い、**碁《ご》**を打つ空蟬と彼女の継娘《ままむすめ》・**軒端荻《のきばのおぎ》**を**垣間見《かいまみ》**る場面、空蟬と誤っての軒端荻との逢瀬《おうせ》、恋の形見《かたみ》として空蟬の薄衣が光源氏の手に渡るエピソードなどが描かれます。

空蝉　うつせみ

ヒロインの一人です。衛門督《えもんのかみ》にして中納言《ちゅうなごん》という上流貴族を父に持ち、**帝**《みかど》への宮仕《みやづか》えを志して育てられた第一級令嬢ですが、父の早逝で没落し、年配で裕福な中流貴族の後妻に収まりました。「**方違**《かたたが》**え**」という風習で泊まりに来た**光**《ひかる》**源氏**《げんじ》に一夜の夜伽《よとぎ》相手とされますが、聡明かつ誇り高い振る舞いで相手の敬意を勝ち得、かつスキャンダルにもせずに事態を収めました。のちに16巻「**関屋**《せきや》」で光源氏と再会し**和歌**を贈答、夫亡きあと継子《ままこ》に言い寄られて**尼**《あま》になりました。23巻「**初音**《はつね》」では、光源氏に庇護《ひご》されて平穏な信仰生活を送る姿が描かれます。

若くなく美人でもない中流貴族の女性が、知性とたしなみでセレブ男性を夢中にさせ、安泰な晩年を手に入れるという話で、作者の自己投影や願望が感じられるヒロインです。光源氏に仕え使者を務めた弟・**小君**《こぎみ》（のちの衛門佐《すけ》）ともども、リアルで人間的な感情の動きや現実的な生き様が魅力のキャラクターです。呼び名は、薄い小袿《こうちぎ》を残して光源氏から逃げ、空蝉（セミの抜け殻）をテーマに和歌を交わしたことにちなみます。

卯槌　うづち　▼登場シーン

桃の木などの木材を直方体に整え、穴をあけて、五色《ごしき》の組糸を垂らした縁起物です。邪気払い効果を期待して室内に飾りました。正月の最初の卯《う》の日に贈答する習慣があり、51巻「**浮舟**《うきふね》」でヒロイン・**浮舟**が、異母姉・**中君**《なかのきみ》とその息子宛てに贈っています。

卯槌の登場シーン【浮舟巻】

卯槌をかしう、つれづれなりける人のしわざと見えたり

浮舟は、異母姉・中君のもとに密《ひそ》かに身を寄せていたとき、**匂宮**《におうみや》（中君の夫）の目に留まり言い寄られました。中君はその後、浮舟の所在・身元をうまく隠していましたが、贈られた卯槌を匂宮に見られ、気づかれてしまいます。この文章は、卯槌に工夫が凝らされ美しく仕上げられていたことから、「贈り主は有閑階級のレディ」「**女房**など並々の者ではない」と匂宮が見て取り、「あの姫君か」と察しをつける場面です。

うつほ物語 うつほものがたり ▼Check

源氏物語に先行する文学作品です。同じ平安中期に書かれており、作り**物語**（フィクション）である点、長編小説であることも似ているため、比較することにより当時の状況や文芸観がわかります。うつほ物語に描かれた諸要素、例えば、哀《あわ》れな育ちの姫が美貌・才能で貴人を射止めるシンデレラ・ストーリー、琴《きん》の伝授で紡がれるファミリー・ヒストリー、不遇な学者が抜擢《ばってき》され出世するという政治風刺性などは、源氏物語にも継承されました。

源氏の17巻「**絵合**《えあわせ》」でも、うつほ物語「俊蔭《としかげ》」巻と**竹取**《たけとり》**物語**の優劣が侃々諤々《かんかんがくがく》論じられています。25巻「**螢**《ほたる》」では、**紫上**《むらさきのうえ》がうつほのヒロイン・あて宮《みや》を「失敗はしない人だけれど情が強くて女らしくない」と批判しています。同時代の**枕草子**《まくらのそうし》でも言及されており、人気ぶりが窺《うかが》えます。

枕草子では、定子中宮や女房たちが、うつほのイケメンキャラである涼《すずし》と仲忠《なかただ》を品定めしています！

移り詞 うつりことば

源氏物語の文体を研究する用語の一つです。源氏物語には、ナレーターがキャラ本人になりきって語っているような文章があちこちに見られますが、それらははっきりとした境目を設けずに、客観的な記述へいつの間にか移行しています。江戸時代の国学者・中島広《なかじまひろ》足《たり》（1792〜1864）はこれを「移り詞」と呼びました。読者を引き込んでキャラの心情と同化させる効果があります。

優曇華 うどんげ

植物の名です。「三千年に一度ひらく霊瑞《れいずい》の**花**で、開花のとき転《てん》輪聖王《りんじょうおう》の中でも最上の金輪王《こんりんおう》が世に現れる」という古代インドの説話がありました。日本には**仏教**の知識として伝わり、稀有《けう》なことの例として使われました。

5巻「**若紫**《わかむらさき》」で、紫君《むらさきのきみ》（**紫上**）の大伯父《おおおじ》である僧都《そうず》が、**光源氏**《ひかるげんじ》のような優れた人に会えた喜びを「優曇華の開花を見た思いがする」と**和歌**に詠んでいます。

「三千年に一度咲く花」はもちろん架空の存在ですが、優曇華と名づけられた植物は実在します。芭蕉を優曇華と呼ぶことも！

あ

馬　うま　▼登場シーン

動物の名です。迅速かつ簡便な乗り物でした。牛車《ぎっしゃ》より格が低く、大げさにしたくない外出時や急ぎ・旅行の際は、貴人や女性も騎乗しました。縁起物でもあり、諸国の御牧《みまき》から馬を宮廷へ献上する儀礼や、馬の行列を観覧して邪気を祓《はら》う「**白馬節会**《あおうまのせちえ》」という重要な年中行事があったほか、贈答品としても貴重でした。**和歌**に詠む際は「こま」のほうが好まれました。

Check

『無名草子《むみょうぞうし》』に出てくるうつほ物語

さても、この源氏作り出《い》でたることこそ、思へど思へど、この世一つならずめづらかにおぼほゆれ。（略）わづかに宇津保《うつほ》・竹取《たけとり》・住吉《すみよし》などばかりを物語とて見けむ心地に、さばかりに作り出でけむ、凡夫のしわざともおぼえぬことなり

『**無名草子**』は鎌倉時代の文芸評論書。源氏物語のクオリティを称《たた》えて「お手本にする作品がうつほ・竹取・住吉物語などしか無かったのに」と述べており、うつほが源氏に与えた影響を認識しています。

馬の登場シーン【夕霧巻】

御厩《みまや》に足疾《と》き御馬に移《うつ》し置きて、一夜の大夫《たいふ》をぞ奉れたまふ。「昨夜《よべ》より六条院にさぶらひて、ただ今なむまかでつると言へ」とて、言ふべきやうささめき教へたまふ

光源氏《ひかるげんじ》のマジメな息子・**夕霧**《ゆうぎり》が、珍しくも起こした恋愛騒動の一コマ。本妻・**雲居雁**《くもいのかり》に**文**《ふみ》（手紙）を奪われて、求愛中の**落葉**《おちばの》**宮**《みや》（とその母・一条御息所《いちじょうのみやすどころ》）への返歌が遅れに遅れてしまったため、足の速い馬と嘘の言い訳で埋め合わせようとしました。しかし時すでに遅く、御息所は重体に…という場面です。なお、貴人が騎乗で出かけるときは、徒歩の**従者**《じゅうしゃ》も伴うため、そこまで速くはなりませんでした。

平安アニマル事情

平安貴族とさまざまな動物

愛玩動物として

猫

平安時代の書物に頻繁に登場する動物の一つ。中でも中国から輸入されたばかりの唐猫《からねこ》は、ゴージャスなペットとして特に人気だった。

ホタル

当時から螢は夏の風物詩だった。螢を集めた明かりで女性の美貌を見るくだりは、うつほ物語や源氏物語で特に雅《みやび》な場面。夕霧の進学も「蛍雪《けいせつ》の功」に例えられる。

スズメ

枕草子に「心ときめきするもの。雀の子飼ひ」とあり、源氏物語でも少女期の紫上が「雀の子が逃げた」と泣いている。小鳥は女性や子どもが愛玩したらしいが、どれほど真剣に飼われたかは不明。

平安貴族は松虫や鈴虫を集めさせて籠《かご》で飼ったり自分の庭に放したりしていました。雁《かり》や烏《からす》、鹿も、**声**と姿が観賞の対象でした。鶏も、朝を告げる鳥として恋人たちに恨まれ、また闘《とう》鶏《けい》に使用されました。

　飼育していたものには牛、**馬**、**鷹**《たか》、**鵜**《う》、雀《すずめ》、**猫**がいます。牛は、最も一般的な乗り物・牛《ぎっ》車《しゃ》を引く動物で、飼料や替え牛の手配は男性貴族の日常業務でした。馬は、より手軽な交通手段として乗られたほか縁起物でもあり、しばしば贈答されました。鷹と鵜は、漁猟に使う重要な家禽《かきん》です。**鷹狩り**と**鵜飼い**は、スポーツや見ものとして愛されただけでなく、天皇の**行幸**《ぎょうこう》に付き物の象徴的行為でした。**犬**は番犬・猟犬として飼われましたが、排泄《はいせつ》物を食らい死骸《しがい》

乗り物として

牛

乳の利用は酪《らく》・酥《そ》など限定的で、主に牛車を引かせるために飼育されていた。ふだんは都の路傍や空き地の草を食べさせていた。

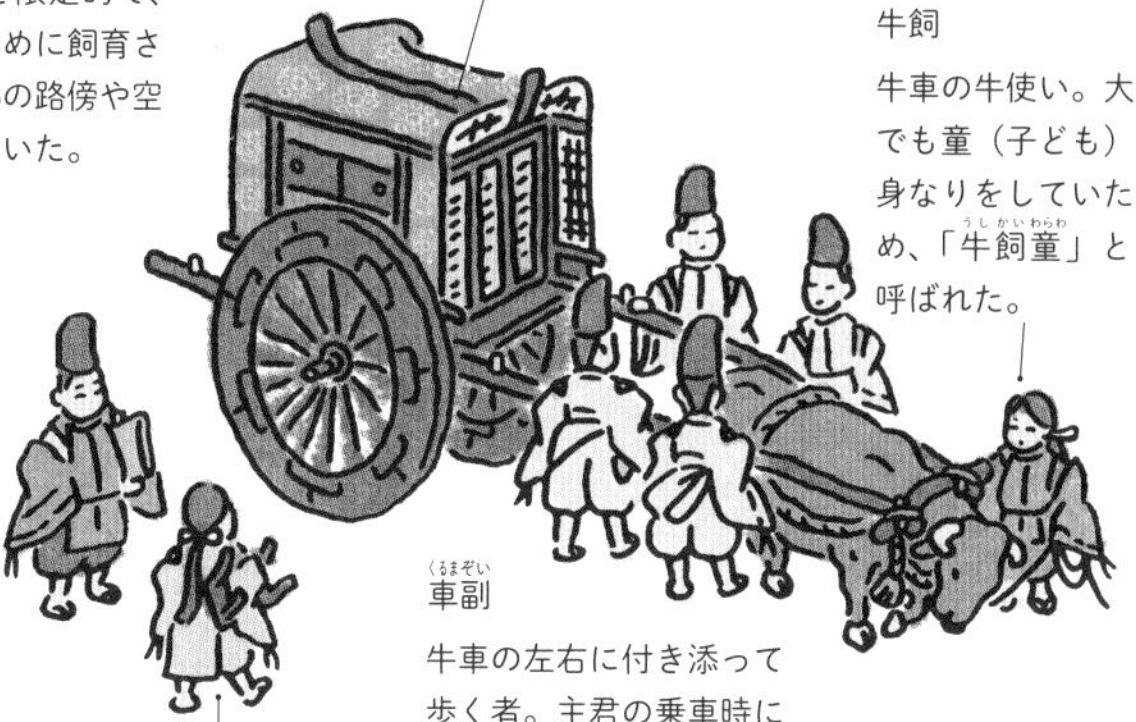

牛車

牛飼

牛車の牛使い。大人でも童（子ども）の身なりをしていたため、「牛飼童《うしかいわらわ》」とも呼ばれた。

車副《くるまぞい》

牛車の左右に付き添って歩く者。主君の乗車時に車を支えて水平を保ったり、牛を外した車を動かしたりした。

スポーツのお供に

鷹

鷹を飼い馴らし、野に放って鳥やウサギなどを捕まえさせる鷹狩りは、世界の各地で発達した。

（穢《けが》れ）を持ち込むワイルドな生き物でもありました。

　日本にいない**象**、虎、豹《ひょう》、平安貴族の生活には縁遠い**熊**、**狼**《おおかみ》は、文献で知る猛獣でした。同様に、実態より**和歌**などで知られていた生き物には鶴や山鳥《やまどり》、羊、蚕《かいこ》がいます。**狐**《きつね》は、**仏教**の経典に出てくる野干《やかん》（ジャッカル）と同一視され、下級の魔物と見なされていました。梟《ふくろう》も不吉な鳥でした。

　肉の食用は、殺生《せっしょう》を戒める仏教の影響で忌避《きひ》されがちでしたが、それでも鮎《あゆ》、鮒《ふな》などの川魚、鳩《はと》、雲雀《ひばり》などの鳥が利用されていました。中でも**雉**《きじ》はご馳走《ちそう》だったらしく、また鷹狩りにおいてはシンボリックな獲物であり、枝につけて贈る作法がありました。

梅 うめ

植物です。古代に白梅が、平安前期に紅梅《こうばい》が大陸から渡来したと思われます。「梅」とだけいった場合は白梅を指すことがほとんどです。正月（旧暦1月）に開花を始めるため、ウグイスともども新春の風物詩として愛されました。中国で「君子の花」とされていたため、高貴な印象がある花でした。「梅の香りを桜に移したい」は春の会話の定番で、「紅梅は色に香りを取られる分、白梅ほど匂わない」という俗信もありました。43巻「紅梅」では匂宮《におうみや》が、「この紅梅は匂いもよい」と喜んでいます。

梅 うめ

衣装のカラーバリエーションとして梅襲《がさね》があったようです。枕草《まくらのそう》子《し》に用例が見られます。

梅枝 うめがえ

第32巻です。直前まで展開された玉鬘《たまかずら》をめぐる話（玉鬘十帖《じゅうじょう》）は名残もなく消え、光源氏《ひかるげんじ》の子ども2人（明石姫君《あかしのひめぎみ》と夕霧《ゆうぎり》）の縁談が語られます。大部分は明石姫君の結婚支度についてで、薫物《たきもの》（お香）や書籍の製作、裳着《もぎ》（成人式）の準備・実行が豪勢に記述され、文化史的にも貴重な史料となっている巻です。

ポイントは明石姫君の春宮《とうぐう》（皇太子）への入内《じゅだい》に際し、光源氏が初めての妃《きさき》という地位を他家へ譲ったことです。権力ずくではなく、他の有力貴族と協調する、理想的な為政者であることを意味します。一方、光源氏のライバル頭《とうの》中将《ちゅうじょう》（現・内大臣《ないだいじん》）は、娘・雲居《くもいの》雁《かり》を入内させるどころか、夕霧との縁談も危ぶまれ、傷物にしかねない状態です。2人の長年の出世競争は、決着目前となっています。

恨む うらむ ▼登場シーン

不満を持つ／不満を口に出すことです。平安人は、人の心を傷つけ恨みを買うと病《やまい》や短命になると恐れており、角を立てぬ言動を心がけました。

一方で男女の間の恨みは、相手に対し愛情があることや、心理的な隔て（距離／障害物）がないことの証しでした。恨みつらみを述べたり態度で表したりする行為は、怒りや反発も呼ぶけれど、想《おも》いを掻《か》き立て2人の絆《きずな》を強めるものでもありました。

雲林院 うりんいん

平安京の外、北方に広がる紫野《むらさきの》にあった寺院です。平安前期の天皇・淳和帝《じゅんな》（786～840）の離宮を、歌人としても名高い**僧**・遍照《へんじょう》（遍昭）が預かって寺にしたもので、10世紀以降、菩提講《ぼだいこう》という法会《ほうえ》がことに賑《にぎ》わいました。源氏物語の100年ほど後に成立した歴史物語『大鏡《おおかがみ》』も、この雲林院の菩提講を舞台にしているほどです。応仁《おうにん》の乱で廃絶しましたが、江戸期に名を継承して再興され、かつて広大だった寺域の一部を占める形で現存します。

源氏物語では、10巻「**賢木**《さかき》」に登場します。**藤壺宮**《ふじつぼのみや》に言い寄って拒絶された**光源氏**《ひかるげんじ》は、母方の伯父《おじ》が**律師**《りっし》（僧の位。僧正《そうじょう》・僧都《そうず》の次）になっている雲林院に籠《こも》るけれど、未練や絆《ほだし》から**出家**には至らず帰京するという筋書きです。源氏物語を「理想の出家・極楽往生《ごくらくおうじょう》を模索する**物語**」という視点で読んだ場合、若き日の、俗世への責任・煩《ぼん》悩《のう》が断ち難い段階を描いた場面に位置づけられます。

なお、14世紀に書かれた源氏物語**注釈書**『**河海抄**《かかいしょう》』に、**紫式部**《むらさきしきぶ》の墓は雲林院の寺域内、小野篁《おののたかむら》墓の隣にあるという伝説が記録されており、それを尊重して築かれた紫式部墓が今も存在します。

雲林院の近くにある紫式部の墓。

恨むの登場シーン【賢木 巻】

恨みきこえたまふに、こころ思ひあつめたまへるつらさも消えぬべし

光源氏《ひかるげんじ》と**六条御息所**《ろくじょうのみやすどころ》の別れの場面。御息所は、「熱烈な求愛に負けて付き合ったのに／光源氏の愛は薄かった／**葵上**《あおいのうえ》の死後はむげに捨てられた」など、傷つけられたという思いを種々集めています。しかし、光源氏が懇々と恨むので（愛している証し）、その傷も消えていく…という次第です。この「よい別れ方↓和解」は、のちの光源氏出世の伏線です。御息所が娘・**秋**《あき》**好**《このむ》を養女にくれなければ、17巻「**絵合**《えあわせ》」の光源氏派の勝利、つまり**冷泉**《れいぜい》帝時代の政権獲得は不可能でした。

うるはし　うるわし

「美しい／見事な／立派な／端整な／きちんとしている」などと訳される形容詞です。フォーマル感とゴージャスさがある、端整な美を表す語といえるでしょう。上流階級の身なりや性格、唐《から》めいた（中華帝国風の）衣装・家具などによく使われます。基本的に、格の高さ・非の打ちどころのなさを称《たた》えるほめ言葉ですが、源氏物語は和《わ》様《よう》や親しみある魅力をより重視しているため、「情味に欠ける／融通がきかない」など否定的な意味でも使われます。

温明殿　うんめいでん

内裏《だいり》の建物の一つです。内部を横切る馬道《めどう》（床が地面のままの長い廊下）によって南北に分かれ、南は賢所《かしこどころ》（三種の神器の一つ「八《や》咫鏡《たのかがみ》」の安置所）、北は内侍《ないし》（**女官**の一種）の住居でした。この北側部分で、7巻「**紅葉賀**《もみじのが》」のコミカルな恋愛騒動（**色好み**の老女・源典侍《げんのないしのすけ》と**光源氏**《ひかるげんじ》、**頭中将**《とうのちゅうじょう》の三角関係）が展開されます。

絵　え

高価な文房具・絵の具を要する高等スキルです。中・下流貴族にとっては、家の芸や本人の特技として身につける特殊技能であり、上流層には豊かな感性が自然と表れる芸事でした。

源氏物語では、**光源氏**《ひかるげんじ》・紫君《むらさきのきみ》（**紫上**）・**秋好**《あきこのむ》・**明石君**《あかしのきみ》・**匂宮**《におうみや》など、主人公サイドまたは**皇族**系のキャラが絵をよくたしなみ、ライバル側または藤原《ふじわら》氏の人物を打ち負かす構図が見られます。**手習**《てなら》**ひ**（書道の練習）でも絵心は役立ちました。

絵合　えあわせ

第17巻です。**光源氏**《ひかるげんじ》の養女・**秋**《あき》**好**《このむ》の入内《じゅだい》、2代目**弘徽殿女御**《こきでんのにょうご》との競争、**絵合**（絵のコンテスト）と秋好サイドの勝利、光源氏の**出家**志向が語られます。

ポイントは、秋好と弘徽殿との絵合という形で、それぞれの父（光源氏と**頭中将**《とうのちゅうじょう》）の勢力争いが行われたことです。このあとも続く光源氏派と頭中将派の出世競争の、いわば緒戦で、今回は光源氏側が勝ったことを意味しています。左グループと右グループがおのおの優秀で、対決を通じて切磋琢磨《せっさたくま》し、左方が僅差《きんさ》で勝つという筋書きには、平安朝の理想の対決スタイルが表れています。文化事業が新規に創始され、大成功を収めるということは、時の**帝**《みかど》・**冷泉**《れいぜい》（と後見人・光源氏）の善政の象徴でもあります。

絵合　えあわせ

物合《ものあわせ》の一つです。物合とは、左右の2組に分かれて物を出し合い、その優劣を競うゲームです。**和歌**を出し合う歌合《うたあわせ》がメジャーでしたが、そのほかにも、貝の数や種類を競う**貝合**《かいあわせ》、菖蒲《しょうぶ》（**あやめ**）の根の長さを比べる根合《ねあわせ》などがありました。

源氏物語では17巻で、**巻名**になるほど大がかりな絵合が開かれます。物語絵（**物語**を絵画化した絵巻）を比べ合う物合ですが、**紫式**《むらさきしき》**部**《ぶ》の時代やそれ以前には実例が見られません。**冷泉**《れいぜい》帝の治世を印象づけるために、作者が創造した行事だと考えられています。**絵**の巧《こう》拙《せつ》というより、描かれている題材（その物語のキャラの生き様など）が評価の対象となっており、また勝敗の決め手は、自分側の作品を称《たた》え相手のものをディスる巧みな弁舌です。清少納言《せいしょうなごん》や小式部内侍《こしきぶのないし》など、弁の立つ**女房**たちが活躍していた当時の雰囲気が感じられます。

映画　えいが

源氏物語の映画化は、天皇を現《あら》人神《ひとがみ》としていた戦前には実現できず、終戦後から行われるようになりました。**歌舞伎**・映画スターの長谷川一夫《はせがわかずお》（1908〜1984）の主演により、1951年に『源氏物語』、1957年に『源氏物語 浮舟』が公開。1961年には、長谷川同様、歌舞伎にルーツを持つ映画スター・市川雷蔵《いちかわらいぞう》（1931〜1969）の主演で『新源氏物語』が公開されました。これらはいずれも、長大な原作の一部を映画化したものです。

平成に入ってからは、2001年に『千年の恋 ひかる源氏物語』、2011年に『源氏物語 千年の謎』が制作・公開されました。これら平成源氏は、作者・**紫式部**《むらさきしきぶ》の人生とオーバーラップさせながら、**光源氏**《ひかるげんじ》が主役のパートを要約して描いています。

栄花物語 えいがものがたり

平安後期に書かれた歴史物語です。**紫式部**《むらさきしきぶ》の同僚・赤染衛門《あかぞめえもん》が、主要部分の執筆に関わっていると見られます。そのため、紫式部と同時代の内容が充実しており、源氏物語の研究において貴重な資料となっています。流刑《るけい》となる藤原《ふじわらの》伊周《これちか》を**光源氏**《ひかるげんじ》に例えて書いている点も、当時の読者の感覚を知る手がかりになります。

永楽善五郎 えいらく・ぜんごろう

室町時代まで遡《さかのぼ》れる陶芸の家系で継承されている名跡《みょうせき》です。16代永楽善五郎（1917〜1998）は、源氏物語をテーマにした作品に取り組み、全54巻をすべて作品化しました。物語の内容についての正確な知識と、それをクリエイティブに構成した優れたデザインが見どころです。

絵入源氏物語 えいりげんじものがたり

江戸時代に、蒔絵師《まきえし》で歌人の山《やま》本春正《もとしゅんしょう》（1610〜1682）が、歌学者・松永貞徳《まつながていとく》（1571〜1653）の指導のもと編集・出版した源氏物語です。初版は慶安《けいあん》3（1650）年で、再販・増刷がその後50年以上繰り返されました。226点もの挿絵が全54巻にわたりつけられていることから「絵入源氏物語」と呼ばれています。**本**《ほん》**文**《もん》にも、読点や濁点、振り仮名、**注釈**がつけられて読みやすくなっており、源氏物語を町人層にも手が届きやすいものにしました。

絵師 えし ▼登場シーン

平安朝で「絵師」と呼ばれた人々は主に中・下流の貴族男性で、官人として朝廷で勤務しつつ上流層（職場の上司やプライベートな主君）のために絵筆を揮《ふる》いました。源氏物語では**光源氏**《ひかるげんじ》と同時代の名絵師として、**村上**《むらかみ》**天皇**の時代に実在した千枝《ちえだ》、飛鳥部常則《あすかべつねのり》、巨勢公茂《こせのきんもち》、「いにしえの絵師」として**醍**《だい》**醐**《ご》**天皇**の時代の絵師・巨勢相覧《おうみ》の名が挙げられています。例えば、光源氏が**須磨**《すま》で**絵**を描いていると、その上手さに驚嘆した**従者**《じゅうしゃ》たちが「千枝、常則などに彩色させたい」と言ったりするのです。物語内の出来事を、史実のように見せかけるテクニックです。また、当時の絵の工程が線描と彩色に分かれていたこと、線描の描き手が主導者だったこともわかります。実際、**国宝源氏物語絵巻**も、絵の具の下に線描者の指示書きが残っており、このセリフの裏づけとなっています。

穢土　えど

「穢《けが》れた地」という意味の**仏教**用語で、この世を指します。「穢れた現世《げんせ》を厭離《えんり》（嫌って離れる）し、清らかな極楽浄土《ごくらくじょうど》を欣求《ごんぐ》（喜んで希求）せよ」という意味の「厭離穢土欣求浄土」は、当時の仏教の基本理念でした。

円地文子　えんち・ふみこ（1905〜1986）

作家・戯曲家です。現代国語学の基礎を築いた国語学者・上田万年《うえだかずとし》（1867〜1937）を父に持ち、古典の深い知識をいかした作品を多数世に送り出しました。定子《ていし》中宮や**藤原道長**《ふじわらのみちなが》などを描いた小説『なまみこ物語』を創作したほか、『源氏物語』『和泉式部《いずみしきぶ》日記』『夜半の寝覚《よわのねざめ》』などの**現代語訳**も手掛けました。彼女の作品は、フェミニンな文体と**雅**《みやび》な雰囲気が原典をよく反映しています。

艶なり　えんなり

色っぽい魅力がしっとりと放たれる感じの魅力をいう言葉です。恋の場面、それも関係が始まったばかりでロマンチックな頃に、相手の様子や振る舞い、雰囲気のなまめかしさをこう表現します。相手に「もっと距離を詰めたい！」と思わせる魅力ではありますが、度が過ぎると情に流され好色となる危険をはらみます。

9巻「**葵**《あおい》」には「ただひとへに艶にのみあるべき御仲にもあらぬを〈略〉物越しにてなどあべきかは（**光源氏**《ひかるげんじ》さまと**葵上**《あおいのうえ》は、ただ艶であるべき間柄ではないのですから〈略〉**几帳**《きちょう》越しなどではなく直接ご対面なさるべきですわ）」とあります。これは「（夫婦なのだから、恋人同士のように）色っぽく振る舞わなくともよいでしょう」の意です。

絵師の登場シーン【浮舟巻】

「絵師どもなども、御随身《ずいじん》どもの中にある、睦ましき殿人《とのびと》などを選《え》りて、さすがにわざとなむせさせ給ふ」と申すに、いとど思し騒ぎて

薫《かおる》が隠し妻・**浮舟**《うきふね》のために家を用意し、秘密裏ながら**障子**《しょうじ》絵《え》は入念に描かせている場面。三角関係にある**匂宮**《におうみや》がそれを知って動揺しており、**絵**による室内装飾が高価なインテリアと考えられていたことがわかります。

王権《おうけん》

天皇の権力・権威を表す言葉です。源氏物語研究では「王権論」というトピックがあり、**光源氏**《ひかるげんじ》と天皇位との関係がどのように描かれているかを研究するジャンルとなっています。

源氏物語第一部の主要テーマは、「帝王の人相を持つ、しかし臣下に降《くだ》った光源氏が天皇になれるのか」という問題です。ストーリーでは、光源氏は運命的に**后**《きさき》と結ばれ、天皇の密《ひそ》かな父となり、准太上《じゅんだじょう》天皇の位に登ります。これを潜在王権、つまり実質的な帝王になったものと解釈するのが現代の定説です。ただし、伝統的に太陽に例えられる天皇に対し、光源氏の「光」を月の光と見れば、光源氏の王権は夜の国を統治するもの、つまり闇の王権となります。江戸時代には「**冷泉**《れいぜい》帝（光源氏の子）の即位は皇統を乱したのか」という点から論じられました。また、実在した光孝《こうこう》天皇・宇多《うだ》天皇（**宇多の帝**《みかど》）のイレギュラーな即位経緯を踏まえて考察することで、物語内の皇位継承が持つ意味を理解しようとする試みも、古来行われてきています。

逢坂の関《おうさかのせき》

平安京の東方、逢坂山《おうさかやま》にあった関所です。**都**と東国を結ぶ街道のチェックポイントであり、天皇の代替わりなど政治的に重要な行事の折は関所を封鎖する「固関《こげん》」が古来行われていました。身内が東国へ赴任するときや、東国から**馬**など貢納《こうのう》物が来る際は、関迎え（関まで送迎に出る）をするのが都人《みやこびと》の習いでした。「逢瀬《おうせ》」をイメージさせる語感から、男女の仲の関門に例えるのが**和歌**の定石《じょうせき》です。

源氏物語では、東国赴任から帰京する**空蝉**《うつせみ》と、**石山寺**《いしやまでら》へ参詣《さんけい》に行こうとする**光源氏**《ひかるげんじ》が、ここで偶然すれ違います。2人の間に縁があることを示すとともに、後日和歌をやり取りするきっかけとなります。のちに23巻「**初音**《はつね》」で空蝉が、光源氏に庇護《ひご》され余生を送っていることが語られますが、その伏線となる再会の舞台です。

紫式部のライバル・清少納言も、「夜をこめて　鳥の空音は　はかるとも　よに逢坂の　関はゆるさじ」と、逢坂の関に逢瀬の意味を掛けた和歌を詠んでいます。

近江君
おうみのきみ

光源氏《ひかるげんじ》のライバル・**頭中将**《とうのちゅうじょう》（内《ない》大臣《だいじん》）が、若い頃、格下女性（近江守《かみ》の娘？）との間に儲《もう》けた姫です。おしゃべりで早口の愛嬌《あいきょう》あるキャラクターで、場違いな言動が周囲に笑われる、**烏滸物**《おこもの》（コメディ説話）特有の道化役です。

光源氏の養女・**玉鬘**《たまかずら》と対比される存在で、近江君自身の出来の悪さや、それを隠しおおせない頭中将一家の不手際を通して、玉鬘や光源氏の聡明さが際立つ仕掛けとなっています。なお近江君が夢中になっている双六《すごろく》は、たびたび禁止されたギャンブル性の強い娯楽であり、彼女の庶民性を表します。

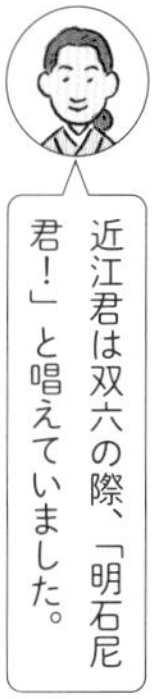
近江君は双六の際、「明石尼君！」と唱えていました。

王命婦
おうみょうぶ

「命婦」とは、中級の**女官**です。「王」とは、天皇の子孫だけれども親王《しんのう》ではない者を指す語です。したがって「王命婦」は、**皇族**筋の女性で命婦として宮仕《みやづか》えしている女性に与えられる呼び名です。

源氏物語では、**光源氏**《ひかるげんじ》の運命の人・**藤壺宮**《ふじつぼのみや》に親しく仕え、光源氏との仲を取り持った**女房**（侍女《じじょ》）を指します。宮の側近中の側近であることから、近親であったかと思われます。7巻「**紅葉賀**《もみじのが》」では、光源氏と宮の縁の深さを思いやり、また宮の内心を推察して仲介に尽くしますが、それが宮の不興《ふきょう》を買って一時遠ざけられます。10巻「**賢木**《さかき》」では宮に従って**出家**し、12巻「**須磨**《すま》」では宮の代わりに皇太子（**冷泉**《れいぜい》）に付き添いました。19巻「**薄雲**《うすぐも》」では、宮の没後に光源氏と対面し、重要な情報を伝える役割を果たします。ただし、このとき「宮中の御匣殿《みくしげどの》で勤務している」と書かれることが、すでに出家後の身には不自然であり、古来矛盾とされています。

大堰
おおい

平安京の西方、大堰川《おおいがわ》流域の地名です。嵯峨《さが》、桂《かつら》に隣接し、平安人視点では郊外の景勝地で、別荘や隠棲《いんせい》用の寺が散在していました。**明石君**《あかしのきみ》は上京後、曽祖父・中務宮《なかつかさのみや》が土地・建物を所有していた大堰に約4年間住み、「大堰の御方《おんかた》」と呼ばれました。

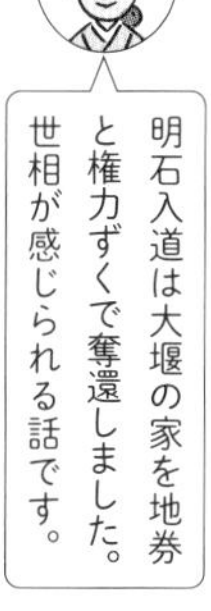
明石入道は大堰の家を地券と権力ずくで奪還しました。世相が感じられる話です。

大君　おおいぎみ

貴人の長女の尊称です。源氏物語絡みでは宇治《うじ》の八宮《はちのみや》家の長女を主に指しますが、紅梅《こうばい》や玉鬘《たまかずら》の娘をいうほか、「ご長女」の意で一般的に使われる語でもあります。

大君　おおいぎみ　▼登場シーン

宇治十帖《うじじゅうじょう》の主要キャラです。**宇治**に隠棲《いんせい》する**八宮**《はちのみや》の長女で、思慮深く誇り高い姫君です。主人公・**薫**《かおる》に求愛され、彼の気高さ、誠実さに敬意は払いつつも、現世《げんせ》や**結婚**に希望を持つことができず、代わりに妹（**中君**《なかのきみ》）と結婚するよう求めます。薫がそれを拒んで中君を**匂宮**《におうみや》に取り持ち、しかもその結婚が安定しなかったことから、大君はますます現世や薫に絶望し、わが身を物思いで痛めつけて、自死に等しい死を遂げました。

結婚を拒否し通した姫・**朝顔宮**《あさがおのみや》や、第二部の**紫上**《むらさきのうえ》を通して追求されたテーマ「女性に妻として幸せに生きる道はあり得るのか」を、より深刻に体現したキャラクターです。朝顔・紫上の存在は、**光源氏**《ひかるげんじ》を理想的な**出家**へ導きましたが、大君との出会いは薫を逆に愛執《あいしゅう》・煩悩《ぼんのう》へ引き込んでいきます。宇治十帖の宗教的な雰囲気を一身に負った存在です。

狼　おおかみ

12巻「**須磨**《すま》」には、「いとどなまめかしうきよらにて、ものを思《おぼ》いたるさま、虎《とら》、狼《おおかみ》だに泣きぬべし（**光源氏**《ひかるげんじ》さまはたいそう上品でお美しく、嘆きに沈んでおいでのご様子は、虎・狼でさえ泣いてしまうだろう）」とあります。平安人に馴染《なじ》みの動物ではなかったようで、実物が登場することはなく、物の例えにのみ使われます。人情を理解しないケダモノ、または人をも食う恐ろしい生き物というイメージです。

大君　おおきみ

皇族の尊称です。平安人にとっては別格に高貴な血筋であり、憧れの対象でした。**光源氏**《ひかるげんじ》が身分柄許されるカジュアル・ファッション「大君姿」や、天皇の子孫である源氏の一族を指す「大君だつ筋」という語は、このような貴種《きしゅ》意識に基づくほめ言葉です。

ただし当時は、同じ皇族の中でも、親王宣下《しんのうせんげ》を頂いた（いわば正式に皇子と認知された）親王が格上の存在でした。大君という語は、一段下の王《おう》（親王宣下のない皇族男子）を指して使われることもあり、その場合は親王に比べ劣るというネガティブな意味を含みます。

大島本　おおしまぼん

源氏物語の、現時点で最良とされている写本です。**藤原定家**《ふじわらのていか》が校訂した「**青表紙本**《あおびょうしぼん》」の系統に属します。大正末期に佐渡の旧家から出現し、池田亀鑑《いけだきかん》博士（1896〜1956）の研究書『校異源氏物語』の底本に採用されました。現在の源氏物語研究の基盤となっている写本です。

大原野行幸　おおはらのぎょうこう

29巻「**行幸**《みゆき》」で開催される、**冷**《れい》**泉**《ぜい》帝の大原野へのご外出です。**玉**《たま》**鬘**《かずら》が見物に出て**帝**《みかど》や実父・**頭中将**《とうのちゅうじょう》（内大臣《ないだいじん》）、求婚者の**螢宮**《ほたるのみや》、**髭黒**《ひげくろ》を実見する機会となっています。主要男性キャラたちが、玉鬘の目を通して序列化される場面であり、**光源氏**《ひかるげんじ》・冷泉帝の別格ぶりが示されるとともに、のちの見せ場となる冷泉帝とのラブシーンへの伏線となる箇所でもあります。

行幸の衣装や**儀式**が具体的に書かれることから、古来、資料としても重視されてきた場面です。実在した**醍醐**《だいご》**天皇**の延長《えんちょう》6（928）年の大原野行きをモデルにしたと考えられています。作者の歴史的知識が見える箇所でもあります。

平安京の西南西にある大原野は、藤原氏の氏社・大原野神社の在所。ただしこの巻の行幸は、お参りではなく鷹狩りが目的でした！

大君の登場シーン【総角巻】

みづからも、たひらかにあらむとも仏をも念じたまはばこそあらめ、なほかかるついでにいかで亡《う》せなむ、この君のかく添ひゐて残りなくなりぬるを、今はもて離れむ方なし

衰弱から**病**《やまい》に陥った大君。薫は必死で看病します。しかし大君は治るようにと仏に祈るどころか、「このついでに何とかして死にたい」と考えます。その理由は、「この君（薫）から今や逃れきれない、結ばれれば行く末の不幸は見えている」と絶望していたからなのです。男にほだされ**女房**落ちする姫が多かった時代。薫もそんな**召人**《めしうど》を抱えているだけに、大君の危惧も無理なかったのです。

大宮　おおみや

桐壺帝《きりつぼてい》の同母姉妹に当たる女性キャラです。女三宮《おんなさんのみや》（第三皇女）であることが、20巻「**朝顔**《あさがお》」で妹の女五宮《おんなごのみや》により明かされます。**左**《さ》**大臣**《だいじん》の本妻となって**頭中将**《とうのちゅうじょう》・**葵上**《あおいのうえ》を産み、姑《しゅうとめ》・おばとして**光源氏**《ひかるげんじ》を可愛がりました。琴の演奏や衣装の仕立て、書の腕前など、諸芸にも秀でた理想的なレディです。孫たち（**夕霧**《ゆうぎり》や幼い日の**雲居雁**《くもいのかり》）も育て、**玉鬘**《たまかずら》を実父・頭中将に引き合わせる役目も果たしました。亡くなったときの光源氏の悲しみようは、実子の頭中将以上だったと夕霧に回想されます。

政治的には、**桐壺前史**の重要人物です。后腹《きさきばら》で現・天皇の同母姉妹という最も高貴な皇女・大宮が、臣下の左大臣に降嫁《こうか》した背景には、特別な事情があったと推察されるからです。モデルとしては、藤原《ふじわらの》良房《よしふさ》に嫁いだ源潔姫《みなもとのきよひめ》（嵯峨《さが》天皇皇女）、藤原師輔《もろすけ》に降嫁した**醍醐**《だいご》**天皇**皇女・康子《やすこ》が挙げられます。

尾形乾山　おがた・けんざん（1663〜1743）

江戸時代を代表する陶工で、兄・光琳《こうりん》ともども**絵師**でもありました。「色絵**夕顔**文《ゆうがおもん》茶碗」など、源氏物語をテーマにした陶器も作っています。

荻　おぎ

イネ科の多年草です。その丈高《たけたか》き葉を揺らす風音が人の訪れを感じさせ、「待つ恋」を表す草でした。中流貴族のあけっぴろげな娘・**軒**《のき》**端荻**《ばのおぎ》に、**光源氏**《ひかるげんじ》は長い荻につけた**文**《ふみ》を贈りました。

烏滸物　おこもの

説話の**話型**の一つで、烏滸（愚《おろ》か）なキャラが非難とともに笑いを取るパターンを指します。源氏物語では、不器量で鈍い**末摘花**《すえつむはな》、**色好み**の老女・源典侍《げんのないしのすけ》、早口で庶民的な**近江君**《おうみのきみ》が、烏滸物のヒロインとなっています。

源氏物語は当時の女児むけの教育的読み物でもあったため、彼女らはいわば反面教師です。ただし、末摘花にはイワナガヒメの醜《しこ》のパワー、源典侍の場合は女性の性的自由、近江君には**光源氏**《ひかるげんじ》一家・**頭中将**《とうのちゅうじょう》（内大臣《ないだいじん》）一家を対比する意図などがこめられており、分析し甲斐のある存在です。

納殿　おさめどの

物置のことです。高価な食品、

金銀、生地類、調度品《ちょうど》、舶来《はくらい》の高価な品々などを納めました。納殿を複数設け、収納する品を分類していることもあります。

源氏物語では、重要な**儀式**の前にここから品々を取り出していきます。「入り用なら買う！」とはいかない時代なので、ここに貯《た》めておいた物の質・量が儀式のクオリティを左右しました。

愛宕　おたぎ

葬送地です。**平安京**の東方の平野部ですが、正確な位置はわかっていません。**光源氏**《ひかるげんじ》の母・**桐壺更衣**《きりつぼのこうい》はここで火葬され、三位《さんみ》の位（女御《にょうご》に相当する位階《いかい》）を贈られました。また**柏木**《かしわぎ》も愛宕で荼毘《だび》に付されたらしく、**夕霧**《ゆうぎり》がここで供養を行っています。

なお「あたご」と読むと修験道《しゅげんどう》の聖地・愛宕山《あたごやま》のことです。**薫**《かおる》が**浮舟**《うきふね》への仲介を希望して、弁君《べんのきみ》に対し「愛宕の**聖**《ひじり》」を引き合いに出して頼んでいます。

落葉宮　おちばのみや

朱雀《すざく》帝（**朱雀院**）と一条御息所《いちじょうのみやすどころ》との間に生まれた女二宮《おんなにのみや》（第二皇女）です。皇女を妻にしたいと望む**柏木**《かしわぎ》のために、父・**頭中将**《とうのちゅうじょう》（太《だ》政《じょう》大臣）が奔走して降嫁《こうか》を実現させました。しかし、柏木の心は異母妹・**女三宮**《おんなさんのみや》にあり、また更衣《こうい》腹（身分低い**妃**《きさき》・更衣を母に持つ皇子女）だったせいもあって軽視され、淡い夫婦仲のまま死別しました。「落葉宮」というニックネームは、柏木が内心で（女三宮を**葵**《あおい》に例えるならこの宮は落葉だ）と見下したことに由来します。

柏木の死後、その弟・**紅梅**《こうばい》からの懸想《けそう》は適切に退けましたが、**夕**《ゆう》**霧**《ぎり》に対しては琴《こと》を合奏するなど対処を誤り、**母**の死や夕霧・**雲居雁**《くもいのかり》の離婚騒動などのスキャンダルの果てに、夕霧の妻にならざるを得ませんでした。朱雀帝の子育て方針のまずさや、第二部以降で描かれる貴婦人が名誉を保って生きることの難しさを、体現しているキャラクターです。

光源氏《ひかるげんじ》没後の世界では、**六条院**《ろくじょういん》の夏の町に住み、雲居雁と同等の扱いを夕霧から受けました。夕霧と**藤典侍**《とうないしのすけ》の間に生まれた娘・**六君**《ろくのきみ》を養女にし、**匂宮**《におうみや》との**結婚**のときには新婦の母として後朝《きぬぎぬ》の**文**《ふみ》を代筆しました。その内心はほとんど語られませんが、外形的には**右大**《うだい》**臣**《じん》・夕霧の妻として、安定した暮らしを送っています。

御伽草子　おとぎぞうし

「中世小説」とも呼ばれます。室町時代〜江戸時代前期にかけて作られた**物語**のことです。多くは**絵**のついた絵巻、絵本でした。その中には「一寸法師」「鉢《はち》かつぎ姫」など、形を変えつつ現代も楽しまれているお話が含まれています。

御伽草子には合戦もの、動物の擬人化など、さまざまなジャンルが存在しましたが、平安時代風の公家《くげ》ものも人気でした。源氏物語のネタや場面を翻案した作品も多く見られ、古き良き王朝時代への、中世人の憧れが感じられます。

男踏歌　おとことうか

正月の14日に行われた行事です。男性貴族らが**催馬楽**《さいばら》を「歌」いながら大地を「踏」みしめる儀礼で、**内裏**《だいり》から**上皇**《じょうこう》・**后**《きさき》の居所をめぐりました。

源氏物語では23巻「**初音**《はつね》」で、臣下である**光源氏**《ひかるげんじ》の自邸・**六条院**《ろくじょういん》まで、遠距離にもかかわらずめぐってくる様子が描かれ、その威勢を表しています。しかし同じ**玉**《たま》**鬘十帖**《かずらじゅうじょう》でも末尾の31巻「**真木柱**《まきばしら》」では、六条院が省略されており、ここに光源氏の勢威の陰《かげ》りを読み取る説もあります。

男踏歌は、**紫式部**《むらさきしきぶ》が生きた時代には既に廃絶していたと思われます。したがって作者がこれを描いたのは歴史の記録であり、また源氏物語の舞台が過去であることを示すためだったのでしょう。踏歌の場面では、白と青の衣装や猥雑《わいざつ》な歌詞がネガティブに書かれており、廃《すた》れた理由が偲《しの》ばれます。

少女　おとめ

第21巻です。**光源氏**《ひかるげんじ》の**朝顔宮**《あさがおのみや》への求愛がフェイドアウト的に終息したこと、**夕霧**《ゆうぎり》の**元服**《げんぷく》と大学入り、**秋好**《あきこのむ》の**立后**《りっこう》、夕霧・**雲居雁**《くもいのかり》の純愛と**頭中将**《とうのちゅうじょう》（内大臣《ないだいじん》）介入による離別、光源氏の**六条院**《ろくじょういん》造営と移転が語られます。

朝顔宮との関係は双方の賢明な振る舞いにより、スキャンダルにならない理想的な形で親戚・友人付き合いに戻ります。このことがのちの32巻「**梅枝**《うめがえ》」で、朝顔宮からの祝賀が**明石姫君**《あかしのひめぎみ》を盛り立てる伏線となります。秋好の立后成功は、**冷泉**《れいぜい》帝の時代における光源氏派閥の勝利であり、頭中将との出世争い2回戦も光源氏が勝ったことを意味します。六条院は、実質的な帝王となった光源氏が**神**のような存在として四季を統括する宮殿です。かつて光源氏を裏切った**式部卿宮**《しきぶきょうのみや》（**紫上**《むらさきのうえ》の父）の**算賀**《さんが》を六条院で盛大に行うことは、光源氏の勝利・栄華の象徴であり、同時に紫上が「親への孝養《きょうよう》」という**仏教**的善行を積む場でもあります。総じて、光源氏の成功への足場固めが着々と進んでいく巻です。

小野　おの

平安京の北東方向、比叡山《ひえいざん》のふもとに広がる一帯を指す地名です。39巻「**夕霧**《ゆうぎり》」で、夕霧と**落葉宮**《おちばのみや》の陰影深いロマンスの舞台となります。また源氏物語の最終盤で、**浮**《うき》**舟**《ふね》が**出家**し隠棲《いんせい》する地でもあります。

朧月夜　おぼろづきよ

光源氏《ひかるげんじ》と「ロミオとジュリエット」的な恋を繰り広げるヒロインです。8巻「**花宴**《はなのえん》」で出会い、朧月を描いた扇《おうぎ》を交換したことから、このニックネームで呼ばれます。光源氏から見れば、政敵・**右大臣**《うだいじん》家の六君《ろくのきみ》（六女）であり、皇太子に入内《じゅだい》予定の姫という危険な恋でした。彼女は恋ゆえに**妃**《きさき》となる機会を失い、御匣殿《みくしげどの》・尚侍《ないしのかみ》など高級**女官**として皇太子（朱雀《すざく》、のちに**帝**《みかど》）の愛を受けつつ、光源氏との**忍ぶ**仲を続けました。この恋が帝への謀叛《むほん》の意思とこじつけられ、光源氏は**須磨**《すま》へ流離することとなります。光源氏の帰京後は、そのアプローチに応えず**朱雀院**の実質的な妃として生きますが、34巻「**若**《わか》**菜**《な》**上**」で、光源氏と関係を一時再燃させ、のちに**出家**しました。

女郎花　おみなえし

秋の**花**です。「おみな（女）」という名前から、女性をイメージさせます。

御膳　おもの

正式な食事のことです。朝夕2回とりました。通い婚関係の女性とは共にしないのが通例で、そのため御膳を一緒にとることには、重みまたはデートならではの非日常性がありました。

源氏物語では、食べる行為自体が品のないものとして描写が避けられがちであるため、御膳は貴人が食べる気にもならないという、物思いに沈んだ**雅**《みやび》さの表れとして書かれることがほとんどです。なお、貴人の食べ残しは「下ろし」として召使《めしつかい》の食事になります。

御賀　おんが

「賀」つまり祝い事の敬語表現です。源氏物語では、**算賀**《さんが》（40歳から10年ごとに祝われる長寿祝い）の敬語として頻出する用語です。

音楽　おんがく

音楽の才・スキルは平安貴族にとり、仕事（神仏への祭祀《さいし》や公私の宴会）で必要な特技でした。そのため育ちのよい人は、幼時から習うものでした。

源氏物語では親・配偶者からの奏法の伝授が重視されており、特に**琴**《きん》の琴《こと》については、作品の筋にも関わってくるほど重視されています。

女車　おんなぐるま

女性が乗っている牛車《ぎっしゃ》です。男性乗車中の牛車と異なる点は、簾《すだれ》を上げないこと、下簾《したすだれ》も垂らして外からの視線を遮《さえぎ》っていること、沓《くつ》を持って従う**従者**《じゅうしゃ》がいないことです。乗り手のセンスのよさは袖《そで》・裾《すそ》の覗かせ具合に表れました。宮仕《みやづか》えの身である**女房**たちの場合、袖・裾を華やかに覗かせたり詠みかけられた**和歌**に迅速に応えたりして、主家の繁栄ぶりをアピールするのも仕事の一つでした。

男性乗用の牛車はヒエラルキーを厳格に守ることが求められ、格上の相手には道を譲るなどする必要があったため、男性でもお忍びの場合は女車のふりをすることがありました。

女三宮　おんなさんのみや

第二部の新キャラであり、キーパーソンです。**朱雀院**《すざくいん》が最も愛した娘であり、先行きを案じて**光源氏**《ひかるげんじ》に降嫁《こうか》させました。幼く頼りない人となりで、**柏木**《かしわぎ》に恋されて密通し、不義の子・**薫**《かおる》を産んで**出家**しました。第三部では薫に庇護《ひご》さ

れて、穏やかな信仰生活を送っている様が描かれます。

第一部ではスルーされた「光源氏と**藤壺宮**《ふじつぼのみや》の不義」「間に生まれた子の即位による栄華」の、**罪**の側面を問い直し、因果応報《いんがおうほう》をもたらすためのキャラクターです。舅《しゅうと》の権力や世間体に守られずとも成り立つ純愛**結婚**である光源氏と**紫上**《むらさきのうえ》の結びつきを、動揺させる存在でもあります。血統や身分というヒエラルキーへの信頼や、光源氏・紫上など理想化されたキャラクターという、作者自身が大事に創作してきた作品世界は、女三宮の登場によって激震し、かろうじて破綻《はたん》はせず美しく終焉《しゅうえん》します。女三宮の立場や人格は、そのような筋書きを繕《つくろ》うために創り出されたものであり、おそらく作者に最も嫌われたキャラですが、彼女の出現で源氏物語は文学作品として一段と進化しました。

陰陽師 おんようじ／おんみょうじ

中国渡来の学問「陰陽道」に基づき、暦《こよみ》や物事の吉凶を占い、解決策を示すスペシャリストです。平安人にとってはれっきとした技術者であり、中務省《なかつかさしょう》の陰陽寮に属する官人でした。ただし位としては中・下流の貴族であり、源氏物語内では、高貴な出自の**僧**による**仏教**の**加持祈祷**《かじきとう》のほうが信頼されています。

貝合 かいあわせ

平安貴族が好んだ文化的競技、物合《ものあわせ》の一つです。左右に分かれて貝殻を出し合い、その多さや美しさを競いました。後年、ハマグリ殻による神経衰弱ゲーム「貝覆《かいおおい》」という遊戯が生まれ、こちらが貝合と呼ばれるようになっていきました。

ハマグリは対《つい》の貝殻にしかハマらないことから、縁起物として貝覆の一式を婚礼道具として持参する習わしが生まれ、そのための容器として貝桶《かいおけ》が作られます。婚礼道具には源氏物語など王朝風の絵柄が好まれたことから、**源氏絵**彩色貝桶など蒔絵《まきえ》工芸の傑作が多く伝世しています。

「遊び」は公務!? 平安の政治

貴族のさまざまな遊び

音楽

パイプオルガンに似た音色の笙《しょう》や、縦笛のような篳篥《ひちりき》、西域渡来の琵琶《びわ》など、さまざまな楽器を使って演奏した。楽曲は日本古来のものから、大陸から伝来したもの、作曲されたものまでさまざま。

舞楽

舞踊と音楽を組み合わせたもので、宮廷の行事などで披露された。源氏物語では、イベントごとに具体的な曲名が挙げられ、パフォーマーが品定めされる。

碁

現在の囲碁と同じもので、当時は貴族の教養の一つ。庶民的な双六に対し、碁は品格あるたしなみだった。

　源氏物語は、平安の世のあり方を知ると、文章の端々《はしばし》にこめられた意味がわかり、スリリングなストーリー展開が見えてきます。平安人は、自分が出世できたら役得を親族・姻族《いんぞく》・家来に分け与え、権力をふるって彼らを庇護《ひご》するのが当然の責務と考えていました。この考えは政界の上層部でも同じで、天皇は即位すると母方親族（母・祖父・おじなど）に位を贈り、彼らに補佐されて政務を執りました。側近も、親族や長年の家来たちに入れ替えました。部族主義、縁故主義が当たり前だったのです。

　そのため政権の獲得には、娘や姉妹を**后**《きさき》に立てることや、生まれた皇子を**立坊**《りつぼう》（皇太子に立つ）させることが必須でした。入内《じゅだい》する姫君たちも「后の地位

物合《ものあわせ》

２組に分かれ、用意してきたモノを提出し、その優劣で勝負を決める。この絵画バージョンが絵合《えあわせ》。文化力・財力が必要で勢力を可視化した。

雛遊び《ひいなあそび》

女の子のための、雛（人形）を使ったごっこ遊び。雛の本体や屋敷は紙で作られたらしい。

双六《すぐろく》

現在の双六とは異なり、一対一の対戦ゲームだった。出たサイコロの目の数だけ石を進め、先にすべての石を敵陣に送り込むと勝ちだったらしい。

蹴鞠《けまり》

平安時代のサッカーともいえる遊び。４～６人でチームになり、いかに鞠を落とさないで蹴り続けられるかを競う。

こそ究極の幸せ」「わが子や一族への贔屓《ひいき》こそ愛の証し」と考えていたため、自身の**立后**《りっこう》や子の立坊を切望して、天皇に強く働きかけました。

　平安政治のもう一つのポイントは「遊」です。古語の「**遊び**」は、単なる遊興ではなく舞や**音楽**、宴会などを通して幸せを堪《たん》能《のう》することを指しました。これを通して、神仏を喜ばせお恵みを頂いたり、人間関係（君臣や夫婦の間柄）を円満にしたり、寿命を延ばしたりできるというのが平安人の考えでした。文化的イベントや宴会の場面が讃嘆《さんたん》をこめ丹念に描かれたり、**光源氏**《ひかるげんじ》が**青海波**《せいがいは》をみごとに舞って正三位《しょうさんみ》という高位に特進したりしているのは、このような政治観に由来するのです。

外国語訳 がいこくごやく

源氏物語を外国語訳する試みは、19世紀末の**末松謙澄**《すえまつけんちょう》の部分英訳、1925年に始まった**アーサー・ウェイリー**のほぼ全編の英訳からスタートしました。現在、32言語の翻訳が確認されています。ただし、英語からの重訳であるものや、原典ではなく**現代語訳**から訳したもの、部分訳にとどまるものも多く、そのクオリティはさまざまです。現在、最も多く翻訳されているのは英語で、先行訳に改善が加えられ**注釈**の質・量も増えて、質が向上しています。

垣間見 かいまみ

垣《かき》の間から見ること、つまり覗き見です。垣根だけでなく、格子《こうし》の隙間《すきま》や**障子**《しょうじ》（現在の襖《ふすま》）の穴などから覗くことも指しました。

女性は姿を隠すのが平安貴族のスタンダードなので、男女の出会いはたいてい、男性の垣間見により始まりました。源氏物語では、5巻「**若紫**《わかむらさき》」で**光源氏**《ひかるげんじ》が紫君《むらさきのきみ》（**紫上**）を、44巻「**竹河**《たけかわ》」で蔵人少将《くろうどのしょうしょう》が**玉鬘**《たまかずら》の大君《おおいぎみ》・中君《なかのきみ》を、45巻「**橋**《はし》**姫**《ひめ》」で**薫**《かおる》が**宇治**《うじ》の**大君**・**中君**を垣間見しています。よく絵画化される場面で、「竹河」巻と「橋姫」巻のシーンは**国宝源氏物語絵巻**にも描かれ、現存しています。恋物語の見せ場だったようです。

海竜王 かいりゅうおう

仏教や古来の民間信仰に基づく、海の**神**です。その宮殿は海底または海の彼方にあるとされます。源氏物語では、**明石君**《あかしのきみ》が父・**明石入**《にゅう》**道**《どう》に「残念な**結婚**をして身を落とすくらいなら海に身を投げろ」と揶《や》揄《ゆ》まじりに気位《きぐらい》高く育てられたことから、「海竜王の**后**《きさき》になるつもりの箱入りお姫さま」と呼ばれています。

また、**光源氏**《ひかるげんじ》は**須磨**《すま》の海辺にわび住まいしているとき、突然の嵐と高潮に襲われました（**須磨の嵐**）。その直後に異形《いぎょう》のモノから「宮に参上なされ」と言われる**夢**を見たことから、「海竜王に魅入《みい》られた」と判断しています。光源氏と明石君との出会いの背景で動いている巨大な力を感じさせる逸話です。このような「信《しん》心《じん》と宿命の甲斐《かい》あって驚異の玉《たま》の輿《こし》が実現！」という話は、平安人にとって捨てきれぬ夢でした。

かをる かおる

漢字だと「薫る」で、「霧や煙

などの気が放たれ立ち込める」の意です。「美しさや魅力をぼうっと発する」という意味で使うこともありますが、多くは芳香の広がりを指します。

第三部の主人公・**薫**《かおる》は、身に生まれつき芳香が備わっていることから、このニックネームで呼ばれます。第一部・二部の主役・**光源**《ひかるげん》**氏**《じ》が「**ひかる**」という特徴を持っていたように、薫の「かをる」も主役らしさの表れです。また、原始的な社会を生きていた平安人にとって、芳香は極楽《ごくらく》や**仏教**のイメージであり、薫の仏教への深い信仰を象徴しています。ただし、光源氏が一貫して極度に理想化された、いわば主役らしい主役であったのに対し、薫は超人性が強調されるのは登場時だけで、あとは巻が進むにつれ、リアルで人間的な描かれ方をするようになります。

薫　かおる

36巻「**柏木**《かしわぎ》」で誕生し、第三部で主役を張る男性です。准太上《じゅんだじょう》天皇・**光源**《ひかるげん》**氏**《じ》と、内親王《ないしんのう》・**女三宮**《おんなさんのみや》の間に誕生し、後見人は**冷泉**《れいぜい》院（上《じょう》皇《こう》）と**秋好**《あきこのむ》（后《きさき》）の夫婦、異母兄・**夕霧**《ゆうぎり》は政界の重鎮、異母姉・**明石姫君**《あかしのひめぎみ》は現在の中宮（后）という、錚々《そうそう》たる血筋・立場の貴公子です。ただし実の父は**柏木**で、そのことを察していたため、実世界からは半身を引いて生きていました。そして**宇治**《うじ》の**八宮**《はちのみや》のもとへ通って**仏教**を学びますが、宮の娘たち（**大君**《おおいぎみ》・**中君**《なかのきみ》・**浮舟**《うきふね》）を知って恋に迷います。**都**では順調に出世を重ね、天皇の愛娘・女二宮《おんなにのみや》をめとりながら、宇治での恋はいずれも実らず、虚無感と愛執《あいしゅう》に悩み続ける、複雑で憂愁《ゆうしゅう》に満ちたキャラクターです。

河海抄　かかいしょう

室町時代の**左大臣**《さだいじん》にして歌人・四辻善成《よつつじよしなり》（１３２６～１４０２）が書いた源氏物語**注釈**書です。貞《じょう》治《じ》年間（１３６２～）頃、将軍・足利義詮《あしかがよしあきら》の命で執筆されました。語句の解釈やモデルになったと思われる史実、行事や装束の決まりごと、**紫式部**《むらさきしきぶ》・源氏物語についての伝承など、平安末期以来の源氏研究の成果をまとめた20巻に及ぶ大著です。後世の源氏学に大きな影響を与えました。また、失われた古記録からも源氏物語関係の情報を収集しており、歴史学的にも貴重な資料となっています。

篝火　かがりび

第27巻です。**頭中将**《とうのちゅうじょう》（内大臣《ないだいじん》）家に引き取られた**近江君**《おうみのきみ》は、世の物笑いとなっていました。**玉鬘**《たまかずら》は**光源氏**《ひかるげんじ》に迎え取られた幸せに気づきます。2人の心は近づいていき、一夜、琴を枕に添い寝しました。そこへ、玉鬘に恋する貴公子らがやって来て、**御簾**《みす》の外から思いを込め、さまざまに**音楽**を奏でます。

初秋の一夜を主なトピックとした、短編映画のような一帖です。残暑を避けて照明に篝火（室内でなく庭で灯《とも》す）を選び、その光に玉鬘の美貌が浮かびあがり、光源氏はじめ**夕霧**《ゆうぎり》・**柏木**《かしわぎ》・**紅梅**《こうばい》という超セレブ男性らの懸想《けそう》・演奏が味を添えるという、視覚・聴覚・心情に訴えかける一幕です。

学習マンガ　がくしゅうマンガ

昭和後期以降、源氏物語に出会うきっかけとして、大きな役割を果たすようになったメディアです。多くは学校教育の副読本的なスタンスで書かれ、あらすじや有名場面など、一部をマンガ化したもので、教育的に好ましくないと感じられる要素（密通や夜這《よば》い婚など）を省いたり脚色したりしているのが特徴です。

大和和紀《やまとわき》（1948〜）の『**あさきゆめみし**』は、少女マンガとしてスタートしつつも初期段階で学習マンガとしての需要に気づき、そちらを意識し始めた（原典の筋書きに近づけ、習俗や衣装の知識を充実させた）ものと思われます。

蜻蛉　かげろう

第52巻です。**薫**《かおる》・**匂宮**《におうみや》との板挟みに悩んだ**浮舟**《うきふね》の失踪、周囲の嘆きと**葬送**、薫・匂宮それぞれの悲嘆、薫の女一宮**垣間見**《かいまみ》、宮君《みやのきみ》の出仕、薫による回想と内省が語られます。

浮舟の入水《じゅすい》が起こす心理模様が、秀逸に描かれる一巻です。浮舟サイドの人々（**母**・**継父**《ままちち》・**乳母**《めのと》・侍女《じじょ》ら）の反応と身の振り方は極めて哀切《あいせつ》で、しかし彼らと物語の主役層との、圧倒的な身分差を見せつけます。薫・匂宮は共に深く心痛し、しかし彼らのセレブライフに影響は微塵《みじん》もありません。新たなレディたちもいっそうゴージャスに登場し、悲運の三角関係は幕を閉じます。

蜻蛉日記　かげろうにっき

藤原道綱母《ふじわらのみちつなのはは》による日記です。筆者は、**紫式部**《むらさきしきぶ》の親世代に当たります。道綱母と夫・兼家《かねいえ》（兼家の子・**藤原道長**《みちなが》は式部の雇用主）との**結婚**生活をつづったもので、当時の婚姻慣習や風俗、考え方がわかる第一級資料です。また、**和歌**を多く含むとはいえ主体は散文で書かれています。当時の女性たちに、「**歌**ではなく文章でも感情を表現できるのだ」と示したことは、源氏物語や**枕草子**《まくらのそうし》の誕生に寄与したと思われます。

加持祈祷　かじきとう

加持とは、手で印《いん》を結び（特別な形に組み）、真言《しんごん》という呪力ある言葉を唱える**仏教**的な行為、祈祷とは**神**や仏に祈る儀礼を指します。当時、最も先進的で効果がある（と信じられた）医療行為でした。

平安貴族は**病**《やまい》を悪行の報《むく》い、魔物・穢《けが》れの作用、他者からの呪詛《じゅそ》のせいなどと考えたため、頼りにする**僧**に日々加持祈祷をしてもらい、一家の防衛力を強化していました。発病するとまずは比叡山《ひえいざん》から高僧を呼び、土で壇《だん》という盛土を築いて加持祈祷してもらいました。正式な仏僧以外の僧や民間信仰の行者《ぎょうじゃ》による加持祈祷は信頼度が低く、切羽《せっぱ》つまったとき藁《わら》をもすがる思いで頼む様子が見られます。また病人が死ぬと壇が壊され、服喪《ふくも》に従う僧以外の行者たちは、死穢《しえ》を嫌って急いで家を出ていきます。その様は、死の現実をつきつける悲しい光景でした。

梶田半古　かじた・はんこ（１８７０～１９１７）

明治・大正期の日本画家です。さまざまな流派の日本画・歴史画を学び、衣装・風俗の知識を身につけました。源氏物語にも造詣《ぞうけい》が深く、全54帖の場面を取り上げてまとめた**源氏物語図屏風**《びょうぶ》が有名です。世々描かれてきた名場面は外さずに、しかし近代のセンスを盛り込んだ、清新で知的な**源氏絵**となっています。

柏木《かしわぎ》

柏の木のことです。ブナ科の落葉高木で、新緑の候の美しい青葉は、楓《かえで》と並んで初夏に愛《め》でられました。葉守《はもり》の神（樹木の葉を茂らせる**神**か？）が宿る木と信じられ、衛門府《えもんふ》や兵衛府《ひょうえふ》（**内裏**《だいり》の守衛を担う役所）、その兵士の異称でもありました。

柏木《かしわぎ》

第二部の主要キャラです。主な出番のときに右衛門督《うえもんのかみ》（右の衛門府の長官）であり、その役所の異称が「柏木」です。また第36巻「**柏木**」で死去したせいもあり、読者にこのニックネームで呼ばれるようになりました。

光源氏《ひかるげんじ》の親友かつライバルである**頭中将**《とうのちゅうじょう》と、**右大臣**《うだいじん》家の**四君**《よんのきみ》の間に生まれた長男です。物語の序盤では、美声の次男・**紅梅**《こうばい》のほうが目立つ役回りでした。**玉鬘十帖**《たまかずらじゅうじょう》から脚光を浴び、「岩漏《いわも》る**中将**《ちゅうじょう》」という美称で呼ばれて、**玉鬘**の求婚者の一人になります。かつ、**夕霧**《ゆうぎり》（光源氏の長男）の親友兼ライバルに位置づけられ、父たちの若き日を彷彿《ほうふつ》とさせるキャラとして定着します。

第二部で表舞台に躍り出て、光源氏の若き妻・**女三宮**《おんなさんのみや》に長年の懸《け》想《そう》の果て密通し、不義の子・**薫**《かおる》を形見に死去します。光源氏に、かつて父の**后**《きさき》と通じた**罪**の因果応報《いんがおうほう》を知らしめる、わが子も同然の存在です。

柏木《かしわぎ》

第36巻です。**柏木**の重病、**女三**《おんなさんの》**宮**《みや》の**出産**と**出家**、柏木の死去、生まれた赤子・**薫**《かおる》の誕生後五十日《いか》の祝い、柏木への追悼の思いが描かれます。

光源氏《ひかるげんじ》の妻・女三宮と密通した柏木は、光源氏の怒りに触れて病《びょう》悩《のう》し、死去します。不義という不祥事の隠蔽《いんぺい》に成功し、平安貴族にとって最も大事だった「世間体」が保たれたことは、光源氏の対処能力の高さを表します。また目で睨《にら》み殺す威力や、裏切った２人（柏木と女三宮）が罰を受けたこと（死や出家）は、光源氏の勢威が未《いま》だ超人レベルに健在である証拠です。とはいえ、**六条御息所**《ろくじょうのみやすどころ》の死霊《しりょう》に暗躍を許し、最も格の高い妻（女三宮）を出家という残念な形で失ったことは、光源氏の威力の衰退を意味しています。

形代　かたしろ

禊《みそぎ》や祓《はらえ》など、厄払いをするときに使う道具です。本人の身代わりにする品で、紙や薄い板で作り、体を撫《な》でて災いを移行させ、それから川に流し捨てました。撫で物とも呼び、また人間の形に作ったものは人形《ひとがた》ともいいます。

源氏物語では、人の「**代はり**」となることは当人の属性を帯びることでありポジティブに評価されますが、形代は流し捨てられる「モノ」であり低い評価が与えられています。

方違へ　かたたがえ　▼Check

「天一神《てんいちじん》（中神《なかがみ》）が塞《ふさ》いでいる方角へは行くべきでない」という信仰に基づき、方角を変えるため別の住居に泊まることを指します。貴人が格下の者の家に不意に泊まりに来たり、めったに外出しない貴婦人がよそに宿ったりするため、普通ならばあり得ない出会いが起こりがちでした。

源氏物語では、**光源氏**《ひかるげんじ》と**空蝉**《うつせみ》、光源氏と**夕顔**《ゆうがお》の恋のきっかけに用いられています。また、夫・**夕霧**《ゆうぎり》の浮気に怒った本妻・**雲居雁**《くもいのかり》が、穏便に実家へ帰るため方違えを口実にしています。**匂宮**《におうみや》に言い寄られ居場所をなくした**浮舟**《うきふね》が、一時転居した小家は、方違え用に所有してあった物件でした。

Check

光源氏と夕顔のミステリアスな恋の理由

山里に移ろひなんと思《おぼ》したりしを、今年よりは塞《ふた》がりける方《かた》にはべりければ、違《たが》ふとて、あやしき所にものしたまひしを見あらはされたてまつりぬることと思し嘆くめりし

4巻「夕顔」にある、このシーン。夕顔は一見、身分低く見えますが、さすがはヒロイン、実は公卿《くぎょう》というＶＩＰの娘です。下《しも》の品《しな》が住む庶民街・五条《ごじょう》にいたのは、長期の方違えのためでした。そんな場所に滞在していた恥ずかしさから身元を極端に隠し、光源氏も対抗して秘密主義になり…という悪循環に陥ったのです。

花鳥余情　かちょうよじょう／かちょうよせい

室町時代に書かれた、源氏物語の**注釈書**です。先行する注釈書『**河海抄**《かかいしょう》』の誤りを訂正し、不足を補うスタンスで書かれています。作者の**一条兼良**《いちじょうかねよし》（名は、かねらとも読む）は、関白《かんぱく》・太政《だじょう》大臣という公家《くげ》の頂点に至った人物で、当時の朝廷が継承していた文化遺産にアクセスできる立場でした。そのため有職故実《ゆうそくこじつ》についての知識が豊富で、後世に多大な影響を与える注釈書となりました。

桂　かつら

木の名前です。**葵**《あおい》と共に**賀茂祭**《かものまつり》（葵祭）に用いられる植物で、桂の枝に葵を絡めた諸葛《もろかずら》を、簾《すだれ》や柱、冠につけて飾りとしました。桂を揺《ゆ》する風は賀茂祭やその季節（4月・初夏）を思い出させるものでもありました。また、省試《しょうし》（式部《しきぶ》省《しょう》が行う官吏《かんり》任用試験）に合格することを、中国の故事を踏まえ「桂を折る」といいました。**夕霧**《ゆうぎり》の愛人・**藤典侍**《とうのないしのすけ》は、大学出身の夕霧を「桂を祈りし人」と呼び、恋愛関係を維持しています。

桂の院　かつらのいん

桂殿《かつらどの》とも。**光源氏**《ひかるげんじ》が所有する別荘です。西川《にしかわ》（大堰川《おおいがわ》／桂川）の西岸、「桂」と呼ばれる地域にありました。**明石君**《あかしのきみ》が上京後住んでいる**大堰**、光源氏が御堂《みどう》（**仏教**施設）を建てている嵯峨《さが》の両方から近く、光源氏は桂の院滞在や**嵯峨の御堂**での勤行《ごんぎょう》を口実として明石君のもとへ通いました（重臣は許可なく**都**を離れられないため）。光源氏を慕って貴族らが集まり、**鵜飼**《うか》**い**・**鷹狩**《たかが》**り**の獲物が献上されて詩・管弦の宴が**雅**《みやび》に催され、**帝**《みかど》からの使者まで来訪するなど、光源氏の勢威が示される舞台となります。大堰の屋敷との落差は、明石君に身の程を痛感させる役割を果たします。

源氏物語を分析する立場から見ると、18巻「**松風**《まつかぜ》」、19巻「**薄雲**《うすぐも》」の2巻にのみ唐突に登場する別邸であり、構想が突然変わったことを感じさせます。当初の執筆プランでは、上京した明石君が**二条東院**《にじょうひがしのいん》に住む予定だったものの、何らかの理由で都外の大堰居住に変更されたものかと思われます。桂の地が選ばれたのは、**うつほ物語**などでも主役級キャラが雅に過ごす景勝地であり、実際に別荘を持つ貴人・文人が多かったイケてるイメージのためかと思われます。

かなし

胸がキュンとする心情を指します。漢字だと「悲し（哀し）／愛し」で、前者なら現代語とほぼ同じ意味ですが、後者だと「可愛い／愛しい」の意です。平安文学では、親に「かなしう」されることは特権なみの強みで、教育や財産を格別に与えられ、周囲からの評価も高くなりました。

狩野派　かのうは

室町時代中期から明治時代中期にかけて、日本画の最大流派だった**絵師**集団です。**源氏絵**でも多くの優品を生み出しました。有名なものには、宮内庁が管理する皇居三の丸尚蔵館所蔵の、伝・狩野永《えい》徳《とく》（１５４３〜１５９０）の**源氏物語図屏風《びょうぶ》**（旧襖絵）、狩野探幽《たんゆう》（１６０２〜１６７４）の五十四帖屏風があります。

樺桜　かばざくら

28巻「**野分**《のわき》」で、**紫上**《むらさきのうえ》の美貌の例えに引用されている**花**です。普通の**桜**より遅れて咲く種類であることが41巻「**幻**《まぼろし》」の記述からわかります。一説には今のウワミズザクラで、「かにはざくら」の表記が変化して「かばざくら」と書かれたものとされます。

歌舞伎　かぶき

江戸時代の庶民に大人気のエンタメ・歌舞伎には、「王朝物」と呼ばれる、平安時代以前や公家《くげ》を扱ったジャンルがあります。しかし江戸時代の庶民の好みは勧善懲悪、主君への忠義を命がけでつらぬく家来や貞節のため死ぬ妻が善玉キャラとなる時代でした。源氏物語は合うテーマではなかったらしく、元禄《げんろく》16（１７０３）年の『源氏六十帖』や宝永《ほうえい》２（１７０５）年の『源氏供養』、翻案作品『**偐**《にせ》**紫田舎**《むらさきいなか》**源氏**』の劇化が見られる程度です。明治〜戦前も、今度は皇室への不敬の懸念から、源氏物語の歌舞伎化の動きはやはり低調でした。

戦後は皇室タブーがなくなり、また源氏物語ブームが起きたことから、源氏物語やそれに題材を取った歌舞伎作品が作られるようになりました。長谷川一夫《はせがわかずお》（１９０８〜１９８４）や市川雷蔵《いちかわらいぞう》（１９３１〜１９６９）など歌舞伎界で育ったスターは、容姿や着こなしの美しさをいかして、源氏物語の**映画**化にも寄与しました。

髪 かみ

平安貴族にとって髪は、女性の最も美しい部分でした。その長さ、豊かさ、光沢、そしてゆったりと垂らしておける余裕こそが美です。その実現には、労働不要な身であることや、たっぷりケアさせられる人手が必要であり、身分や富を有する家のほうが美女を生み出しやすいものでした。髪を邪魔にならぬように上げるのは下層階級っぽくて下品、とする価値観もあったようで、源氏物語では**雲居雁**《くもいのかり》が「耳挟《みみはさ》み（額髪《ひたいがみ》を耳に掛けること）」することさえ、所帯じみた態度として批判的に描いています。

ただし源氏物語は、裕福そうな健康美を称《たた》えつつも、それがやや損なわれたところに魅力を見いだします。例えば**紫上**《むらさきのうえ》の場合、少女時代は「通常短いはずの額髪さえ長い」と、髪のおびただしさ（つまり超絶美貌）が描かれますが、成人後は**光源氏**《ひかるげんじ》が追放された悲しみで髪が少し減った点を特筆しています。これは物思いや**仏教**への信仰心など、ゆとりのある貴族ならではの理由で髪が減ることに、高貴さ・**雅**《みやび》さを感じたものでしょう。そうでない理由による短い・少ない髪は、ただの不器量です。

神 かみ

▼登場シーン

平安中期は、古来の神と外来の**仏教**が共に信仰されていた神仏《しんぶつ》習合《しゅうごう》の時代です。神を祀《まつ》る義務がある天皇・皇后でも、晩年は**出家**する例が増えるなど、仏教が宮中・皇室にも浸透した時代でした。しかし一方で、斎王《さいおう》（伊勢《いせ》神宮・賀茂《かも》神社に仕える**皇族**女性〈**斎**《さい》**宮**《ぐう》・**斎院**《さいいん》〉）は仏事を避けるなど、仏教と神信仰を峻別《しゅんべつ》する意識・習慣も残っていました。

先進地域・大陸から伝来した仏教のほうが、格が高く見られる傾向がありましたが、神への信心《しんじん》も健在です。源氏物語の分析には、平安人の信仰心を理解する**視点**が欠かせません。定期的に参詣《さんけい》してお供えを捧げ、願が叶《かな》った暁には御礼参りをするのが平安の信仰スタイルです。**夢**などで示されたお告げを敬虔《けいけん》・謙虚に受け止めること、正しく読み解くこと、その実現のために努力することが、善男善女の態度でした。

源氏物語で重要な役割を果たすのは、住吉神《すみよしのかみ》、伊勢神、賀茂神、八幡神《はちまん》です。例えば**玉鬘**《たまかずら》は石清水《いわしみず》八幡宮へ行き、そのあと**長谷寺**《はせでら》へ詣《もう》でて運がひらけました。

賀茂祭　かものまつり

平安京の地主神・賀茂神に捧げる祭祀《さいし》です。11月に「臨時祭《りんじのまつり》」もありますが、主に4月（初夏）の例祭を指します。この例祭は「葵《あおい》祭《まつり》」とも呼ばれ、都人《みやこびと》にとっては「祭り＝葵祭」であるほどの盛事でした。祭りに先立っての御禊《ごけい》（斎王《さいおう》が**禊**《みそぎ》に行くこと）、その3～4日後の祭り当日、その翌日の斎王が賀茂神社から**斎院**《さいいん》に帰る「祭のかへさ」と、宗教的にも都人のエンタメとしても重要な催しが続き、参加者も見物人も大いに盛りあがりました。

源氏物語では、9巻「**葵**」の**車争い**が、祭りで酒に酔った下人たちの失態とされています。33巻「**藤裏葉**《ふじのうらば》」では**夕霧**《ゆうぎり》の愛人・**藤典侍**《とうないしのすけ》が祭りの使者に選ばれ、多くの知人から物を贈られて、そのコネ&人望の程が示されます。35巻「**若**《わか》**菜下**《な》」では御禊の準備の慌ただしさで侍女《じじょ》らが手薄になった隙に、**柏木**《かしわぎ》・**女三宮**《おんなさんのみや》の密通が起きています。

神の登場シーン【明石巻】

住吉の神を頼みはじめたてまつりて、この十八年になりはべりぬ

明石君《あかしのきみ》の玉《たま》の輿《こし》と子孫の繁栄は、住吉神の御利益です。父（**明石入道**《にゅうどう》）は夢のお告げを信じて、それを実現させるため必死に金を稼ぎ、娘の教育と財政基盤づくりに尽力しました。おかげで明石君は年に2回、キッチリ参《さん》詣《けい》しつつ育つことができました。「去年《こぞ》今年は障《さわ》る事ありて怠《おこた》りけるかしこまり」とも書かれ、障る事（妊娠）があって怠《なま》けた分は次回「かしこまり（お詫《わ》び）」をすればよかったようです。几帳面《きちょうめん》なようで大らかな、平安人の信仰ぶりが窺《うかが》えます。

年中行事

時期	暦（太陰暦）		行事	内容
正月	1月	睦月	朝賀・小朝拝	元日の朝に天皇が大極殿へ行き、臣下一同から新年の祝賀を受ける儀式。平安時代中期以降は、略式化された「小朝拝」として行われた。
			白馬節会	天皇が紫宸殿で白馬（青馬）を見る行事。正月に青馬を見ると、一年の邪気を祓えるという中国の考え方・行事に由来している。
			踏歌	集団で地面を踏み鳴らしつつ歌い踊ることで、豊穣を祈願する。男踏歌と女踏歌があり、前者は14日、後者は16日に行われる。
春	3月	弥生	上巳の祓	3月最初の巳の日に、形代（自分の身代わりとなる人形）を海や川に流して穢れを祓う。現代の雛祭りのルーツとなった。
夏	4月	卯月	夏の更衣	4月1日に、衣装や設えなどを夏用のものに替える衣替えの行事。この日から裏地のついていない「単《ひとえ》」を着る。
			賀茂祭	4月の2回目の酉の日に、上賀茂神社と下鴨神社で行われる祭礼で、「葵祭」とも呼ぶ。祭りに先立ち両神社に奉仕する皇族女性の「斎院」が鴨川で禊を行う「御禊」も注目を集めた。

平安人は年中行事を、神仏を喜ばせたり自身から穢《けが》れを落としたりして、天災を鎮《しず》め健康・長寿を招くものと考え、とても大事にしていました。年中行事の実施は朝廷・貴人の責務でした。源氏物語でも、何の楽器／舞が得意か、年中行事でどれほど活躍したかなどが、登場人物の性格や能力、勢力などを語るツールとして、具体的かつ繊細に描かれます。

頻出するのは、初夏の**賀茂祭**《かものまつり》と冬の**五節**《ごせち》です。4月の賀茂祭は「葵祭《あおいまつり》」とも呼ばれ、パレードとその見物が一番の関心事でした。五節は11月に4日かけて行われる、最も重要な祭祀《さいし》でした。その趣旨は収穫祭で、おごそかな新嘗会《しんじょうえ》から、パフォーマンス&グルメが楽しめる五節舞・豊明《とよのあかり》の宴まで、さまざまな

季節	月	異名	行事	内容
	5月	皐月	端午の節会	5月の端午の日に菖蒲で邪気を祓う。香り高いものを玉にし、五色の糸をつけた薬玉を飾ったり贈答したりもする。騎射や競馬なども催される。
秋	7月	文月	七夕	牽牛と織姫の伝説をもとに、星を見て「二星会合（牽牛と織姫が出会うこと）」を願い、織姫に供え物をした。
	8月	葉月	月見の宴	8月15日に名月を愛でながら、和歌を詠んだり舟遊びをしたりして酒宴を行う。いわゆる「十五夜」「中秋の名月」。
	9月	長月	重陽の節会	最大の陽数（奇数）である「九」が重なる九月九日、菊に綿を被せ、溜まった夜露で体を清める。また、菊の花を浮かべた酒を飲む宴を行う。
冬	10月	神無月	冬の更衣	10月1日に、衣装や設えなどを冬用のものに替える衣替えの行事。この日から裏地のついた「袷《あわせ》」を着る。
			亥子餅	10月の亥日に餅を食べ、無病息災と子孫繁栄を祈る。この日の亥の刻に穀物を混ぜた餅を食べると、無病になるという中国の風習にちなむ。
	11月	霜月	新嘗会（五節）	11月の2回目の丑の日から4日間行われる最重要行事。新米を神に供え、天皇も食して収穫を感謝する。五節舞姫による舞楽も行われる。
	12月	師走	追儺	大晦日の夜、鬼に扮した人を桃の弓と葦の矢で追い払う。疫病やその年の災厄を祓う意味があった。現在の「節分」。

催しが目白押しの、神聖にして賑《にぎ》やかな行事でした。そのほか、大晦日の追儺《ついな》や正月の祝い事、踏歌《とうか》も重視されています。

行事の前や最中はとても多忙でした。男性は、職務として行事に関わることが多く、段取りを調べたり覚えたり、連絡をつけたりと奔走《ほんそう》しました。女性は衣装や用具、引出物《ひきでもの》などを、手作りしたり人に作らせたりして調達しました。このせわしさから、男性が妻のもとへ通えなくなったり、姫の守りが手薄になって密通が起きたりと、種々の人間ドラマが生まれています。

河内本　かわちぼん

　鎌倉時代の初期にまとめられた、源氏物語の写本です。校訂したのが源光行《みなもとのみつゆき》（1163〜1244）・親行《ちかゆき》（生没年不詳）の父子で、2人が共に河内守《かわちのかみ》になったことから、この名で呼ばれます。現代に伝わる源氏物語写本の多くは、**藤原定家**《ふじわらのていか》の**青表紙本**《あおびょうしぼん》の系統か、この河内本系統かに大別されます。青表紙本よりも文意がつかみやすく、一時期は青表紙本以上に流行しました。

河原院　かわらのいん　▼Check

　嵯峨《さが》天皇の子・源融《みなもとのとおる》（822〜895）が、六条《ろくじょう》に建てた豪邸です。有名な景勝地・陸奥塩竈《むつしおがま》の風景を模して池や築山を設けただけでなく、難波《なにわ》から海水を毎日運ばせて、平安人に人気の海辺のアトラクションだった塩焼き（製塩）を京都で行わせたという、富と**雅**《みやび》の極みのような屋敷でした。融の死後は子が宇多上皇《うだじょうこう》（**宇多の帝**《みかど》）に献上し、上皇の没後は寺になりましたが、火災に遭うなどして荒廃しました。

　今昔物語集《こんじゃくものがたりしゅう》に「宇多上皇が**妃**《きさき》と過ごしていたところ融の亡霊が出現した」「東国から上京した夫婦が宿を借りたところ妻が取り殺された」という逸話が残るなど、良くも悪くも都人の語り草となった名園だったようです。その最盛期は、**光源氏**《ひかるげんじ》が建てた**六条院**を連想させます。荒廃後の様子は、光源氏が秘密のデート先に選び、**物の怪**《もののけ》に襲われて**夕顔**《ゆうがお》が落命した「なにがしの院」を彷彿《ほうふつ》とさせます。

Check

光源氏と共通点が多い源融《みなもとのとおる》

陸奥《みちのく》の　しのぶもぢずり　誰《たれ》ゆゑに　乱れそめにし　われならなくに

　小倉《おぐら》百人一首にある源融の**和歌**です。源融は嵯峨天皇の子に生まれ、臣下に降《くだ》って、**左大臣**《さだいじん》にまで出世しました。第57代・陽成《ようぜい》天皇が退位した際は、帝位に野心を見せたといわれます。河原《かわらの》左大臣とも呼ばれ、**紫式部**《むらさきしきぶ》から見れば100年以上前の著名人でした。歌才もあり、六条に名園を築き嵯峨に山荘「棲霞《せいか》観《かん》」を建てるなど、光源氏と共通する点が多いことから、光源氏のモデルの一人であったと考えられます。

か

代はり　かわり

「身代わり／後釜」の意味になりますが、源氏物語ではもっとポジティブかつ荘重《そうちょう》な意味で使われる重要キーワードです。有名なところでは、**光源氏**《ひかるげんじ》が「幼い紫君《むらさきのきみ》（**紫上**）を**藤壺宮**《ふじつぼのみや》の御代はりにしたい」と思うくだりがありますが、そのほかにも多数用例があり、「代はり」の人間は、本人の属性を帯びる、または代行し得るというニュアンスがあります。

似た意味の「**形代**《かたしろ》」はモノをイメージさせる上、**薫**《かおる》から**浮舟**《うきふね》に対してしか使われない（しかも薫自身も浮舟本人には、形代と思っていることを隠す）など、ネガティブな使われ方をしています。それに対して「代はり」のほうは堂々と、時に誇りをもって使われる語です。これは貴人の「御代はり」として使者や代返者が立つ習慣があったことや、恋人・故人を思い続けることを美徳とする価値観などによると思われます。

漢詩　かんし

古代中国の詩です。平安貴族は訓読というやり方により、日本語として読みこなしていました。また漢詩を自作することを「**ふみ**作る」といい、貴族男性にとっては公私両面で必須のスキルでした。

督の君　かんのきみ

長官の職にある人への敬称です。平安朝のポジション名は、役所によって漢字が違い、したがって音読みも異なりましたが、**訓読み**は上から「かみ（長官）」「すけ（次官）」「じょう（三等官）」「さかん（四等官）」と決まっていました。そのため長官を訓読みで呼ぶときは「かみのきみ」、それが訛《なま》って「かんのきみ」となったのです。

源氏物語では、女性だと尚侍《ないしのかみ》（内侍司《ないしのつかさ》の長官）である**朧月夜**《おぼろづきよ》や**玉鬘**《たまかずら》、男性では右衛門督《うえもんのかみ》（右の衛門府の長官）である**柏木**《かしわぎ》が、よく「督の君」と呼ばれています。

巻名　かんめい

源氏物語の全54巻、それぞれの**タイトル**です。作者自身がつけたものか、読者がつけたものかは不明です。多くは**本文**《ほんもん》中の**和歌**に由来します。ただし、別の巻名が**注釈書**などに記録されているものや、本文内には存在しない語が巻名となっているものもあり、古来さまざまに研究されてきています。

菊 きく ▼登場シーン

キク科の多年草です。中国には9月9日の重陽《ちょうよう》の日に長寿を祈って菊酒を飲む習慣があり、日本にも伝わりました。晩秋〜初冬の**花**で、満開のときだけでなく、そのあとの「残菊／残れる菊」、白い花弁が霜に当たって紫色を帯びる「移ろひたる菊」も愛されました。また重陽節会には、菊の着せ《き》綿《わた》（一晩かぶせて夜露を沁《し》み込ませた綿）で身体を拭いて、老いを拭《ぬぐ》い取る習わしがありました。**紫式部**《むらさきしきぶ》も女主人・倫子《りんし》（中宮彰子《しょうし》の**母**）から着せ綿を贈られ、**和歌**でお礼を述べています。

聞く きく

「聞く」という行為は現代以上に重要でした。貴人・異性とは物越し（**御簾**《みす》や**几帳**《きちょう》越し）に会うことが多かったため、相手の**声**や身じろぎ・衣ずれから、気持ちや性格を推察する必要があったためです。またIT技術などむろん無く、**絵**や本も高価な時代だったため、教育や情報収集には耳学問《みみがくもん》が大きな役割を果たしていました。きょうだいや主君が学んでいるとき近くで聞いて自分の教養にしたり、お喋《しゃべ》りや噂《うわさ》から人の評判や世論の動向を察したりする、聞く力が世渡りに役立ったのです。

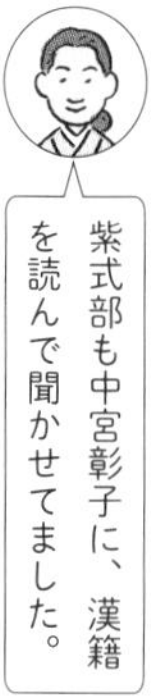
紫式部も中宮彰子に、漢籍を読んで聞かせてました。

菊の登場シーン【紅葉賀 巻】

かざしの紅葉いたう散り透《す》きて、顔のにほひにけおされたる心地すれば、御前《おまへ》なる菊を折りて左大将《さだいしょう》さしかへたまふ

一院《いちのいん》（おそらく**桐壺帝**《きりつぼてい》の父）の長寿を祝う催し「紅葉賀《もみじのが》」は、主催者・桐壺帝の勢威を表す大成功イベントとなり、物語内で末永く語り継がれます。その立役者・**光源氏**《ひかるげんじ》のすばらしさを象徴するのが、挿頭《かざし》（冠に飾る花）の紅葉さえその美貌に負けて見えたことであり、代わりに挿《さ》されたのが菊花です。なお、平安の菊は後世ほど品種改良されておらず、小ぶりで挿頭に適した花でした。

きさき

天皇・春宮《とうぐう》（皇太子）の妻たちをいいます。律令《りつりょう》（古代の法律）では「后（きさき／きさい）」という漢字は「天皇の嫡妻《ちゃくさい》（正式な配偶者＝皇后）」の意であり、「妃（きさき）」はそのほかの配偶者の称号「妃《ひ》・夫人《ぶにん》・嬪《ひん》」の一つを指します。そのため日本史や国文学では、天皇の配偶者らの総称として「キサキ」というカタカナ表記をよく用います。妃・夫人・嬪というキサキは平安時代に入ると減少し、代わって女御《にょうご》や更衣《こうい》という、律令の規定外のキサキが一般化しました。源氏物語のキサキたちは、后（中宮）・女御・更衣という序列をなしており、女御は**大臣**や親《しん》王《のう》以上、更衣は大納言《だいなごん》以下の家の娘です。そして中宮は女御以上から選ばれる、となっています。各天皇が最も重要なキサキを唯一の后（妻后《つまぎさき》）に立てるものであり、その**立后**《りっこう》プロセスが重大な政局として描かれます。

雉 きじ

食材です。29巻「**行幸**《みゆき》」に「**左**《さ》**衛門尉**《えもんのじょう》**を御使にて、雉一枝**《ひとえだ》**奉らせたまふ**（左衛門府尉を使者として、枝をつけた雉を一羽、さしあげさせなさいます）」という場面があります。**鵜**《う》**飼**《か》**い**で採る魚と**鷹狩**《たかが》**り**で獲《と》る雉は、対《つい》をなす水陸の産物で、天皇の権威を表しました。そのため**行幸**《ぎょうこう》を始め貴人の遊猟には雉がつきもので、枝をつけて献上する特別な作法が古来ありました。

儀式 ぎしき

行事において手順どおりに行われる作法です。平安時代には、前例を踏まえて正しく儀式を行うことが天災を祓《はら》うなどの効力を持つと考えられ、重要な政務の一つでした。儀式を華やかに挙行するには、財力や人を集められる人望が必要で、主催者の勢力が端的に表れます。一方で、部下らの負担軽減のため「事削《ことそ》ぐ（省いて簡略にする）」のが美徳でもありました。

湯殿の儀式の様子。

貴種流離譚　きしゅりゅうりたん

高貴な生まれの主人公が、苦難に満ちたさすらいの旅という試練を経て最後は成功する、という**話型**です。古来、民話によく見られました。源氏物語では、**光源氏**《ひかるげんじ》の**須磨**《すま》・**明石**《あかし》行き、**玉鬘**《たまかずら》の九州育ちがこれに該当します。

北山　きたやま

平安京の北方の山々をいいます。5巻「**若紫**《わかむらさき》」で**光源氏**《ひかるげんじ》は北山の「なにがし寺」を訪ね、瘧病《わらわやみ》の治療を受けました。**紫上**《むらさきのうえ》と**明石君**《あかしのきみ》という、2人の重要ヒロインの初登場の舞台です。なにがし寺のモデルとしては鞍馬寺《くらまでら》、貴船神社《きぶねじんじゃ》、大雲寺《だいうんじ》が候補に挙げられていますが、そのいずれも、源氏物語の描写に完全には合致しません。それらを複合した、作者の空想の寺と思われます。

北山僧都　きたやまのそうず　▼登場シーン

紫上《むらさきのうえ》の母方の祖母（故・按察使《あぜちの》大納言《だいなごん》の本妻）の兄弟です。「僧都」という高い地位の**僧**であり、**光源氏**《ひかるげんじ》に聖徳太子の数珠《じゅず》など豪華で由緒ある品々を贈っていることから、高貴な血筋が感じられます。光源氏が**須磨**《すま》に追放された際には、その復権と紫上の悲嘆の抑制のため、少納言乳母《しょうなごんのめのと》（紫上の**乳母**）に依頼されて**加持祈祷**《かじきとう》を行いました。

几帳　きちょう　▼登場シーン

室内用の布製パーティションです。建物内に局《つぼね》（小部屋）を設けるための仕切りや、覗かれることを防ぐ目隠しとして、なくてはならぬ家具でした。中央部分の布地は敢《あ》えて縫い合わさず、「綻《ほころ》び」と呼ばれる隙間《すきま》になっており、レディはここから外や対面相手を覗き見しました。

狐　きつね

平安貴族にとっては実際に見聞きする獣《けもの》というより、よからぬ魔物でした。深刻に恐れる対象ではなく、小悪党的な位置づけです。**末摘花**《すえつむはな》の荒れた屋敷に棲《す》みついたり、失踪して救助された**浮舟**《うきふね》が「狐にさらわれてきたのだろう」と言われたりしています。

衣配り　きぬくばり

22巻「**玉鬘**《たまかずら》」末尾の、**光源氏**《ひかるげんじ》が妻たち娘たちに新年の晴れ着を選び贈る場面を指します。**源氏絵**にしばしば描かれる有名なシーンです。製糸から布を織ったり服を縫ったりまで、すべて手作業で行っていた当時、衣服はきわめて高価な品であり、また通常は妻（とその実家）が夫（婿《むこ》）のために用意するものでした。この場面は光源氏が、妻の家の婿になる世の男性たちとは別格の存在であり、天皇のように妻妾《さいしょう》集団を統括する立場であることを示します。また同居の妻である**紫上**《むらさきのうえ》の優位や、女性キャラたちの立場・個性が明示される箇所でもあります。

北山僧都の登場シーン【若菜下巻】

故僧都のものしたまはずなりにたるこそ、いと口惜《くちお》しけれ。おほかたにてうち頼まむにも、いとかしこかりし人を

この時代には、一家の繁栄・安泰を宗教的に守るため、息子の一人が幼時から**出家**する例が多く見られました。35巻「**若菜**《わかな》**下**」で明かされる北山僧都の死去は紫上にとって、血縁の僧による加持祈祷というパワフルな防衛手段がなくなったことを意味します。案の定、**六**《ろく》**条御息所**《じょうのみやすどころ》の死霊《しりょう》が発現し、紫上を重病に至らしめました。

この場面、当時の読者なら「あっ、紫上が危ない！」とピンと来たでしょう。

几帳の登場シーン【野分巻】

御簾《みす》ひき上げて入りたまふに、短き御几帳ひき寄せて、はつかに見ゆる御袖口《そでぐち》は、さにこそはあらめと思ふに、胸つぶつぶと鳴る心地するも

端近《はしぢか》（外に近い辺り）に出るときは、**御簾**が不意に捲《まく》れ上がっても姿を見られないよう、小さい几帳を側《そば》に引き寄せておくのが貴婦人のたしなみでした。ここでは「**光源氏**《ひかるげんじ》が御簾を上げた隙間から、小さい几帳とその陰《かげ》から微《かす》かにのぞく袖口が見えた」と言っています。光源氏のマジメな息子・**夕霧**《ゆうぎり》は、このとき15歳。前日、**紫上**《むらさきのうえ》の美貌を**垣**《かい》**間**《ま》**見**したせいもあって、「あの袖は紫上さまだろう」とドキドキしてしまっています。

あのキャラのお召し物は!?

男性の正装「束帯《そくたい》」

着用シーン：宮中など

袍《ほう》（上着）と表袴《うえのはかま》（ズボン）を着け、冠をかぶり、笏を持つ。武官と一部の文官は太刀をつける。袍の色は位（身分）によって異なる。

位と袍の色

一位～三位	紫または黒
四位	深緋
五位	浅緋
六位	緑

源氏物語は時代小説。執筆された一条《いちじょう》朝期（986～1011年）より数十年前の、延《えん》喜《ぎ》・天暦《てんりゃく》（10世紀前半）頃の話かと思わせる物語です。延喜・天暦あたりの男性の袍《ほう》（勤務用アウター）は、一位《いちい》～三位《さんみ》は紫を名目としつつも実際には黒、四位《しい》＝深緋、五位《ごい》＝浅緋、六位《ろくい》＝緑と思われます。直衣《のうし》はよりカジュアルな表着《うわぎ》ですが、夜勤時や特別な許可がある場合は、フォーマルな場でも着ていました。袍と異なり、下位者のほうが濃い色です。

女性の場合は、紅梅襲《こうばいがさね》や濃き色など、赤系の衣装が花形キャラのお召し物。高価な染料を豊富に使うからです。反面、糊《のり》の落ちた「萎《な》えたる」服は、生計の苦しさを表します。また、目上の方の御前に出る場合は、

男性の略装「直衣《のうし》姿」

着用シーン：自宅・知人宅など

直衣（上着）は、袍と形はほとんど変わらないものの、位による色の規定がない。指貫《さしぬき》（ズボン）とともに着て、烏帽子をかぶる。

さらに軽装「狩衣《かりぎぬ》」

狩衣は、もともと鷹狩りなどで使われた動きやすい上着で、脇の切れ目から下に着ている衣が見える。袖口にある紐を絞れば、袖《そで》が邪魔にならないように、たすき掛けにすることができる。

女性の正装「女房装束」

着用シーン：宮中・勤務先など

宮中などで仕える女房の服装で、後世は「十二単」とも呼んだ。重ね着のいちばん上に「唐衣《からぎぬ》」を羽織り、裳《も》を着けて扇を持つ。

女性の略装「袿《うちぎ》姿」

着用シーン：自宅・自室など

女性の場合、ふだんは唐衣や裳をつけない。単《ひとえ》と袴の上に、時と場合に応じて袿を重ね着して体温調節する。

裳《も》・唐衣《からぎぬ》を着け正装するのが礼儀でした。

模様が織り込まれた生地の服は、男女問わず豪奢《ごうしゃ》さ・華やぎを醸《かも》し出しました。そのため身分ある人の着料や、祝いの場の晴れ着に使われました。逆に無《む》紋《もん》は遠慮・悲哀《ひあい》の表れで、謹慎時や喪中の服でした。

紀伊守
きのかみ　▼登場シーン

紀伊国（現在の和歌山県を中心とする一帯、上国《じょうこく》）の国守（県知事）です。いわゆる**受領**《ずりょう》に当たる中流貴族です。源氏物語には2人登場しており、国守の仕事を務めつつ上流貴族にも家人として仕える姿が描かれます。

1人めは**空蝉**《うつせみ》の継息子《ままむすこ》に当たる紀伊守で、父の**伊予介**《いよのすけ》ともども**左**《さ》**大臣**《だいじん》家に親しく出入りしています。その縁で左大臣家婿《むこ》の**光源氏**《ひかるげんじ》とも人脈ができたらしく、**方違え**《かたたがえ》先として自邸を提供し、**小君**《こぎみ》の出仕を仲介するなどの働きを見せました。光源氏の**須磨**《すま》**流離**中は距離を置いたこと、河内守《かわちのかみ》になったこと、空蝉に懸想《けそう》しその**出家**理由となったことが書かれています。

2人めは**薫**《かおる》の家人の紀伊守です。**浮舟**《うきふね》が失踪後、身を寄せている先の大尼君《おおあまぎみ》の孫に当たります。浮舟一周忌に布施とする女装束の調製を依頼し、また薫の悲嘆ぶりを噂《うわさ》として伝えました。

紀局
きのつぼね　（生没年不詳）

12世紀前半に宮中にいた**女官**または**女房**と思われます。俗に「**源氏絵**陳状」と呼ばれる史料に、源氏物語絵巻20巻の主要な**絵師**として、**長門局**《ながとのつぼね》と共に記録されています。

着物
きもの

着物の模様の一つ「御所解《ごしょどき》」模様は、宮中や公家《くげ》の文物をかたどったものです。牛車《ぎっしゃ》やその車輪、檜扇《ひおうぎ》などのほか、古典の場面も人気の題材でした。特に「留守《るす》模様」という、人物そのものは出さずに品物・風景で有名シーンを暗示する模様パターンに、源氏物語はよく採用されています。雀《すずめ》と転がった籠《かご》で「**若紫**《わかむらさき》」巻、扇と**夕**《ゆう》**顔**《がお》**の花**で「**夕顔**」巻を表すなど、謎解きの面白さがあるジャンルです。

行幸
ぎょうこう／みゆき

天皇（および上皇《じょうこう》など）の外出のことです。平安時代には一大セレモニーであり、**皇族**や臣下らがこぞってお伴《とも》しました。一同が晴れの衣装をまとい、行幸先でも華やかな**儀式**が繰り広げられるため、都人《みやこびと》も貴賤《きせん》・老若男女を問わず詰めかけて見物を楽しみました。

源氏物語では29巻「**行幸**《みゆき》」で、**冷泉**《れいぜい》帝の大原野《おおはらの》（**平安京**の西方の野）への行幸が克明に描かれます。延長《えんちょう》6（928）年に実際に行われた**醍醐**《だいご》**天皇**の**大原野行幸**をモデルにしていると思われます。儀式の次第や参加者、通常と異なる衣装が克明に記録されており、平安貴族がどのような知識を必要としていたのかがわかります。物語の中では、**玉鬘**《たまかずら》の求婚譚《たん》の重要プロセスです。求婚者たちの容姿や社会的地位が白日のもとにさらされ、**光源氏**《ひかるげんじ》一統（光源氏・冷泉帝・**夕霧**《ゆうぎり》）の優位が示されます。

軽服　きょうぶく

服喪《ふくも》の種類です。期間が1年のものを**重服**《じゅうぶく》、それ未満を軽服としていました。祖父母・養父母が5カ月、外祖父母・妻・兄弟姉妹が3カ月です。喪の深浅により喪服も黒・鈍色《にびいろ》・薄鈍色（薄墨色）と染め分けが規定されていました。ただこの時代の染色は、各家庭で手作業により行われるので、規定の**色**の範囲に収めながらも悲しみの度合いを加味して、染めの程度を変えていました。

きよら

光り輝くような美を指す言葉です。源氏物語では、第一級の人に対して使われます。**光源氏**《ひかるげんじ》は生涯にわたり「きよら」と評され、一方ライバルの**頭中将**《とうのちゅうじょう》には「きよげ」と、一段くだったほめ言葉が与えられます。**薫**《かおる》は幼時「きよら」で光源氏に縁を感じさせます。しかし**浮舟**《うきふね》には「きよげ」と見え、「きよら」な**匂宮**《におうみや》に負けるのです。

紀伊守の登場シーン【関屋巻】

守《かみ》もいとつらう、「おのれを厭《いと》ひたまふほどに。残りの御齢《よわい》は多くものしたまふらむ、いかでか過ぐしたまふべき」などぞ

空蝉の出家を知った紀伊守（現・河内守）が「この先の長い人生をどうやって生きていくつもりなのか」と言う、負け惜しみの捨てゼリフですが、真実でもあります。扶養してくれる人がないレディが貧窮《ひんきゅう》するのは**尼**《あま》になっても同じで、寺の周辺には、**僧**らの洗濯女や「具（相手）」を務め露命をつなぐ尼たちがいました。物語末尾で出家する浮舟も、扶養者が老いた**横**《よ》**川僧都**《かわのそうず》だけでは、行く末暗かったことでしょう。

桐壺　きりつぼ

後宮《こうきゅう》の建物の一つ。別名は淑景《しげい》舎《しゃ》です。天皇の御殿《ごてん》・清涼殿《せいりょうでん》から遠く、通常は春宮《とうぐう》（皇太子）などが住む所でした。桐壺更衣《きりつぼのこうい》が帝《みかど》の妃《きさき》でありながらここを割り当てられたことは、その後見が非力であることを暗示します。更衣死後も、その女房（侍女《じじょ》）集団が居住し、のちには光源氏《ひかるげんじ》の娘・明石姫《あかしのひめ》君《ぎみ》が春宮妃としてここに入りました。桐の花は紫であり、藤の花が咲く藤壺《ふじつぼ》との「紫のゆかり」を感じさせます。

桐壺　きりつぼ

第1巻です。桐壺更衣《こうい》と帝《みかど》の悲恋、主人公の誕生、更衣の死、主人公の臣籍《しんせき》降下、藤壺宮《ふじつぼのみや》の入内《じゅだい》、主人公の元服《げんぷく》と結婚が描かれます。

ポイントは「主人公は将来、帝になれるのか!?」という問いを立てたことです。抜群の資質や父帝の愛など強みが示され、同時に、母方の弱さ、異母兄の存在など弱みも説明されます。そして臣下に降《くだ》り源氏となることが決まって、希望が一度断たれます。しかし運命の女・藤壺宮との出会いや、有力者・左大臣《さだいじん》家との政略結婚により、帝位への別ルートが拓《ひら》かれるのです。

桐壺前史　きりつぼぜんし　▼Check

源氏学の一ジャンルです。作者が語っていない、1巻「桐壺」以前の政界事情を推測する研究です。物語に明記されていない裏事情を解明することで、作者の構想の壮大さや登場人物の行動の動機が見えてくる、始めると〝沼る〟領域です。

ポイントは「桐壺帝の皇統と先《せん》帝《だい》（藤壺宮《ふじつぼのみや》の父）の皇統との間に何があったのか」「前坊《ぜんぼう》（六条御息所《ろくじょうのみやすどころ》の夫）は廃太子されたのか」「按察使大納言《あぜちのだいなごん》（光源氏《ひかるげんじ》の祖父）・大臣（明石入道《あかしのにゅうどう》の父）の兄弟にどんな違《たが》ひ目（食い違い）があったのか」です。それぞれに政争と、敗れた者が勝者を恨《うら》むこと（勝者の子孫への祟《たた》り）が想定でき、一見のどかに見える源氏物語世界のダークサイドが窺《うかが》えます。

桐壺帝　きりつぼてい

光源氏《ひかるげんじ》の父帝で、源氏物語の中では初代の天皇です。7巻「紅葉《もみじの》賀《が》」や8巻「花宴《はなのえん》」で、参加者の満足度抜群の催しを主宰できており、その治世には人材が輩出したとも書かれて、理想の帝《みかど》に位置づけられています。光源氏を重用するよう遺言《ゆいごん》して死去し、それを違《たが》えた息子・朱雀《すざく》帝（朱雀院）に霊となって罰を与え、また須磨《すま》流離中の光源氏の夢に現れて労《いた》わりました。その後は鎮魂されたらしく出現しません。光源氏は妻・女三《おんなさんの》宮《みや》に裏切られたとき父帝を思い出し怒りを鎮めます。

桐壺更衣　きりつぼのこうい　▼Check

光源氏《ひかるげんじ》の母です。彼女の父が、按察使大納言《あぜちのだいなごん》という大納言の筆頭まで出世しながら**大臣**になれずに死去したことにより、女御《にょうご》になれず更衣にとどまりました。一方で、更衣が建物名を冠して呼ばれるのは異例であるため、「桐壺更衣」という呼称には更衣にしては格が高い、または**帝**《みかど》の愛がそれだけ厚いなどの特別感が漂います。

Check

「桐壺」巻に見る桐壺前史の起点

この大臣《おとど》（左大臣）の御おぼえいとやむごとなきに、母宮、内裏《うち》のひとつ后腹《きさいばら》になむおはしければ、いづ方《かた》につけてもいとはなやかなるに

左大臣《さだいじん》と**右大臣**《うだいじん》では、左のほうが序列が上。しかし左大臣の娘が**葵上**《あおいのうえ》（光源氏の妻）で、右大臣の娘が**弘徽殿大后**《こきでんのおおきさき》（桐壺帝の**妃**《きさき》）であるため、左大臣のほうが若いと思われます。しかも、桐壺帝の同母姉妹（后腹）をめとっていますが、**帝**《みかど》の血縁ではなさそうです。このようにイレギュラーな現象が複数起きていることから、異例の皇位継承があったのでしょう。

Check

多様に読み取れる桐壺更衣の本性

かぎりとて　別るる道の　悲しきに　いかまほしきは　命なりけり

1巻「**桐壺**」にある桐壺更衣が詠んだ唯一の**和歌**。女のほうから詠みかけており、しかも直球で「生きたい」とうたっています。儚《はかな》げな印象が強い彼女ですが、実は強い人だったのかもしれません。この和歌の直後に「言おうとして、もはや言えない」様子が描かれるのは、当時の風潮を考えると、「光源氏を春宮《とうぐう》（皇太子）に」と言いかけたのでしょう。それを多様に解釈できるよう書いたのが、作者の筆の見事なところです。

琴　きん

琴（こと）とは琵琶《びわ》など弦楽器の総称で、琴（きん）はその中の一つを指します。紫式部《むらさきしきぶ》の頃には廃絶していた楽器らしく、それより数十年前という設定の源氏物語では、弾ける人の減少が嘆かれています。中国から伝わった格の高い楽器で、物語内では**光源氏**《ひかるげんじ》始め**皇族**すじの人々が弾いています。**朱雀院**《すざくいん》が娘・**女三宮**《おんなさんのみや》への教授を要求するなど、奏法の伝授には重い意味があったようです。

癖　くせ

偏った好みに基づく習癖《しゅうへき》、欠点を指します。**光源氏**《ひかるげんじ》の場合、**神**や帝王の妻、または身分が劣る中流の女に惹《ひ》かれがちな性格が「くせ」と呼ばれています。当時の、だんだんお堅くなりつつあった空気の中で、ドキドキのロマンスを実現させるきっかけとなる個性です。**末摘花**《すえつむはな》も引っ込み思案な「くせ」により、腹黒い叔母の魔手《ましゅ》を免れています。このように欠点ではありますが、個性や愛嬌《あいきょう》、活路にもなり得る性格です。

国冬本　くにふゆぼん

源氏物語の写本の一つです。メジャーな**青表紙本**《あおびょうしぼん》・**河内本**《かわちぼん》の2大系統に属さない、いわゆる「異本」系の写本です。**光源氏**《ひかるげんじ》の究極の理想の御殿《ごてん》・**六条院**《ろくじょういん》が建てられず、代わりに二条京極《きょうごく》邸（**二条東**《にじょうひがしの》**院**《いん》？）が出現するなど、特異なストーリーを持っています。作者が完成させる前に流出した草稿に基づく可能性があり、現在の流布本の矛盾を解明する手がかりとして注目されています。

熊　くま

34巻「**若菜上**《わかな》」で**明石入道**《あかしのにゅうどう》が「深き山に入りはべりぬる。かひなき身をば、熊、狼にも施しはべりなむ（深山に入って完全な修行生活に入ります。このつまらぬ身体を、熊・狼への施しに致しましょう）」と、妻・娘に別れを告げています。平安貴族にとっては馴染《なじ》みの薄い、山奥の猛獣というイメージの生き物でした。

雲居雁　くもいのかり

光源氏《ひかるげんじ》の次の世代のヒロインの一人です。**夕霧**《ゆうぎり》（光源氏の子）の従姉《いとこ》であり、共に祖母・**大宮**《おおみや》のもとで育った幼なじみかつ初恋相手です。父・**頭中将**《とうのちゅうじょう》によって引き裂かれますが文通で心を通わせ続け、第一部の最終巻で晴れて**結婚**しました。

想《おも》い初《そ》めた少年少女が成人後に結ばれるという、**伊勢《いせ》物語**「**筒《つつ》井筒《いづつ》**」のオマージュ的な女君キャラです。ただしこの時代にはそのような恋はもはや「お育ちの悪い」ものだったらしく、言い訳を添えつつのピュアな幼恋が描かれます。そのようなやや品下《しなくだ》る格は、不用心な昼寝姿や、夕霧より一段下の美貌で表現され、光源氏一族と頭中将一族の差をも表します。第二部に入るとよりリアルに欠点がえぐり出され、「琴も弾けぬ」という育ちのキズや、はしたない言動が記述されます。現代人視点だと肝《きも》っ玉《たま》母さんぶりが魅力的で、家事育児に追われる姿に共感できてしまうのが、作者の筆の凄《すご》いところです。

雲隠　くもがくれ

41番目の巻に当たります。「雲隠」という**タイトル**だけがあって、**本《ほん》文《もん》**のない巻です。執筆当時はなかったと思われ、学術的には除いて考えるのが現在の主流です（その場合は「若菜《わかな》」の上下を2巻に数えて、全54巻に帳尻《ちょうじり》を合わせます）。

現存最古の**注釈書**『**源氏釈《げんじしゃく》**』（12世紀末）に痕跡が見られることから、後世さまざまな解釈・憶測・二次創作を生みました。「**光《ひかる》源氏《げんじ》**の死を描くこの巻が読者を**出家**に誘引したため天皇の命令で焼き捨てた」という伝説や、補作『**雲隠六帖《ろくじょう》**』などです。この巻の中で8年が経過したはずであり、光源氏始め**頭中将《とうのちゅうじょう》**、**朱雀院《すざくいん》**、**髭《ひげ》黒《くろ》**、**螢宮《ほたるのみや》**など、正編の主要キャラが死去しています。

雲隠六帖　くもがくれろくじょう

源氏物語に書かれていない部分を後世の人が補った作品です。「雲隠」「巣守《すもり》」「桜人《さくらひと》」「法《のり》の師《し》」「雲雀子《ひばりこ》」「八橋《やつはし》」の6巻から構成されます。雲隠は**光源氏《ひかるげんじ》**の**出家**・死を描き、巣守〜八橋では**薫《かおる》**・**浮《うき》舟《ふね》**の再婚、**匂宮《におうみや》**の即位と**中君《なかのきみ》**の**立《りっ》后《こう》**、浮舟の再出家が語られます。

この補作が6巻であるのは、天《てん》台《だい》六十巻という**仏教**の経典に合わせて、源氏物語全54帖を全60帖にするためだったと思われます。中世の社会は平安以上に仏教色が強まっており、「源氏物語は人々を仏教に導くための方便」と言われたりしていました。この巻数には、そんな時代の空気が感じられます。また、薫と浮舟の再会・再縁は実現したのか、匂宮と中君は

帝《みかど》・**后**《きさき》カップルになれたのかなど、読者なら気になる要素を押さえており、今と変わらぬファン心理が感動的です。

内蔵寮　くらづかさ

宮中の役所の一つです。中務省《なかつかさしょう》の下部組織で、朝廷の財物の管理に当たっていました。源氏物語では、**桐壺帝**《きりつぼてい》がわが子・**光源氏**《ひかるげんじ》を溺《でき》愛《あい》する度合いを、ここからの出費をまるで気にしない様子により描いています。

栗　くり

植物です。落栗《おちぐり》色（一説には黒ずむほど濃い紅《くれない》）は、一時代前の流行色でした。美味な食品でもあり、**大臣**の**大饗**《だいきょう》という宴会の折には天皇から乾栗《ほしぐり》が与えられる習わしでした。49巻「**宿木**《やどりぎ》」では、**浮**《うき》**舟**《ふね》の侍女《じじょ》たちが栗をぼりぼり食べ、**薫**《かおる》をげんなりさせています。

車　くるま

源氏物語では、主に牛車《ぎっしゃ》を指します。**光源氏**《ひかるげんじ》ら主要キャラの男性たちはセレブなので、**網代車**《あじろぐるま》を使うのは身分を隠すときです。12巻「**須磨**《すま》」で光源氏が**女車**《おんなぐるま》（女性が使用中の車）を装った牛車を使用しているのは、官位を剥奪《はくだつ》されているため牛車に乗れない身分であり、敵対勢力に見つかると乱暴される恐れがあったためです。

牛車は大内裏《だいだいり》内を通行できないのが原則です。19巻「**薄雲**《うすぐも》」で光源氏が牛車通行の許可を頂いているのは、**冷泉**《れいぜい》帝の格別の厚意を表します。ふだんは姿をさらさない貴族女性でさえ、大内裏の深奥《しんおう》部分・**内裏**（**帝**《みかど》の住居エリア）は牛車を降り、徒歩で通行せねばなりません。しかし、女御《にょうご》以上など格別に高貴なレディには帝から「**輦**《て》**車**《ぐるま》の宣旨《せんじ》」が下され、輦車（牛ではなく人が引く車）に乗って通行できました。この宣旨は、**妃**《きさき》にも出ないことがあるほど重い許可であり、1巻「**桐壺**《きりつぼ》」で**桐壺更衣**《こうい》に下されたのは帝の偏愛ぶりを、33巻「**藤裏葉**《ふじのうらば》」で**紫上**《むらさきのうえ》に出たのは光源氏の嫡妻《ちゃくさい》たる高貴さを表します。

車争い　くるまあらそい

▼登場シーン

牛車《ぎっしゃ》の通行や駐車場所をめぐって起きるケンカです。**平安京**は、血筋・身分による上下関係が確固として有る一方で、その時の羽振りのよさにより収入・発言力・部下の数が激しく変動する社会でした。部下らは主君の権威を自慢する機会を常に狙っていたため、上下関係のハッキリしない2車が行きあうと、石を投げたりお伴《とも》どうしの暴力沙汰《ざた》となったりしがちでした。

訓読み　くんよみ

平安貴族の言語生活では、漢字の音読みと訓読みがTPOで使い分けられていました。基本的には公《おおやけ》・男性的・荘重《そうちょう》な表現の場合に音読み、プライベート・女性的・**雅**《みやび》なシチュエーションで訓読みです。官職名には**唐名**《とうみょう》と和訓があり、例えば**大臣**は唐名では槐《かい》門《もん》・相国《しょうこく》、和訓では「おとど／おほいまうちぎみ」でした。女性の読み物で雅を志向する源氏物語では、訓読みが目立ちます。

雨夜の品定めでは、学者の娘が「風病／草薬／極熱」などと漢語&音読みを駆使して、ひんしゅくを買っています。

車争いの登場シーン【葵巻】

「これは、さらにさやうにさし退《の》けなどすべき御車にもあらず」と、口強《くちごわ》くて手触れさせず

平安文学中、最も有名な車争いのシーンです。**左大臣**《さだいじん》の娘かつ**光源氏**《ひかるげんじ》の妻・**葵上**《あおいのうえ》を押し立てる一行は、当然、周囲の**車**を追い退けますが、対する**六条御息所**《ろくじょうのみやすどころ》は前坊《ぜんぼう》（先の皇太子）の妻。身分は上回りますが夫亡き今や権勢はなく、抵抗むなしく追いやられてしまいます。この2人の子（**夕霧**《ゆうぎり》・**秋好**《あきこのむ》中宮）はのちに、夕霧は一《いち》官人、秋好は**后**《きさき》と上下関係が逆転し、目下の権力に驕《おご》って貴人を見下してはいけないという教訓になります。

家司　けいし

貴人の屋敷で庶務の責任者を務める者です。**受領**《ずりょう》など中流貴族が希望して任命され、代わりに貴人に庇護《ひご》してもらったり官職の斡旋《あっせん》を受けたりしました。家司は同時に宮廷でも官人として働いているものであり、複数の主君に家司・家人として仕えることもありました。主君の側も、家司は複数かかえていました。

源氏物語では**光源氏**《ひかるげんじ》の良清《よしきよ》（**源良清**）、**薫**《かおる》の仲信《なかのぶ》が家司と明記され、家や庭の管理に当たっています。また、光源氏が妻・娘のそれぞれに家司と政所《まんどころ》（家政機関）を設置する様子は、その女性をどれほど大事に思っているかを世間・読者に明示する効果を持っています。家司は家人や**女房**らと同様、主君の羽振りが悪いと見るや他の主《あるじ》のもとへ行ってしまうものであり、その人数や勤めぶりの熱心さは、主君の勢力のバロメーターでした。なお、イレギュラーな用法としては、内親王《ないしんのう》の降嫁《こうか》を望む臣下が「家司としてお仕えしたい」という卑下《ひげ》した言い方で、**結婚**の申し込みをしています。

芥子　けし

植物（一説にはカラシナ）の種子です。**物《もの》の怪《け》**を調伏《ちょうぶく》するための**加持祈祷**《かじきとう》の際に火にくべ、香気を立てます。**葵上**《あおいのうえ》、**浮舟**《うきふね》の闘病中に使われました。**六条御息所**《ろくじょうのみやすどころ》は芥子の香が自分の体に染みついていたため「自分が生き霊になったのだ」と信じ込みました。

結婚　けっこん

源氏物語の結婚は、基本は男性が3夜連続で通い、「**三日夜**《みかよ》**の餅**《もちい》」を食べることで成立します。この「3夜連続」と「餅」には呪術的な重みがあり、男女双方にとって「結婚した」という意思・事実を確認できる行為でした。ただし絶対不可欠な儀礼ではなく、これを満たさなくとも、男が通いを稀《まれ》にでも継続し女も待ち続けている間は、いちおう婚姻状態です。ただし男性には、妻子を扶養する義務はなく（**光源氏**《ひかるげんじ》が扶養しているのは彼特有の温情）、むしろ妻サイドに、夫の衣装や諸費用（生地類）を調達し貢《みつ》ぐ義務が発生しました。男性が妻（や実家の扶養パワー）を気に入れば、後朝《きぬぎぬ》の**文**《ふみ》（初夜の翌朝、夫が妻に贈る手紙）が迅速に到来し、来訪の回数・文のやり取りも頻繁になりましたが、そうでなければ音信が間遠《まどお》となり（夜離《よが》れ）、一夜で仲が絶えることもありました。それを防ぐため、妻サイドは両親・兄弟を動員し、三日夜の餅の直後に露顕《ところあらわし》の宴を開催して世間に知らしめ社会的プレッシャーを掛ける、**母**親はやんわり恨《うら》みごとの**和歌**を詠み、父・兄弟は政治的圧力も辞さぬなど、硬軟さまざまな後見テクを駆使して、夫を妻に繋《つな》ぎ止めようとしました。

中国から伝わった律令《りつりょう》により法律は一夫一妻多妾《たしょう》制でしたが、実態は一夫多妻多妾制であり、妻の序列は夫の愛、実家の勢力、本人の身分・血筋・人望など、諸要因により変動しました。妻の実家に華やかに婿《むこ》取られる結婚が、世間体でも実利面でも好ましく「**今めかし**（当世風）」と高評価される一方、「おのが心（当人、主に男性の恋愛感情）」から始まる古来の**忍ぶ**恋に憧れる気持ちも、特に夫に強く、その葛藤が主要テーマの一つとなっています。一方で姫君本人にとっては、親権者が勝手に決める結婚こそ理想であり、実家が権勢で夫と結びつけてくれると安泰でした。後見人なき姫君は、結婚すること自体が「男に対し隙《すき》がある／だらしない」イメージになるため、極めて不利な立場に置かれました。

三日夜の餅の様子（推測含む）。

蹴鞠《けまり》

「鞠」と呼ぶことも。革製の鞠を数人で蹴りあげ、落とさずに続けられた回数を競う球技です。平安後期以降、ルール化・様式化が進むものの、源氏物語が書かれた頃にはもっとシンプルに楽しまれていました。素早い動きや服装の乱れを伴うため、品がない遊戯と見られがちでしたが、始まるとプレイヤーも見る側も熱中してしまうものだったようです。

当時の恋愛・結婚事情

始まりは垣間見《かいまみ》

男女が直接顔を合わせることはほとんどなかったため、男性は垣根や御簾、几帳のすき間から女性をのぞき見て、恋心を抱いた。

和歌のやりとり

男性　→　従者　→　女房　→　女性

アプローチは懸想文《けそうぶみ》で

想いを寄せた女性に、男性からラブレターである「懸想文」を送る。内容は主に和歌で、受け取った女性も和歌で返事を書く。

源氏物語の世界では、恋愛・**結婚**は「男が行動、女は待ち」が大原則。男性は**和歌**を贈ったり夜訪ねたりして、求愛や逢瀬《おうせ》の時を過ごします。女性側は慎《つつ》ましやかにひたすら受け身、男性のアプローチがあったときだけ、ピシッと切り返したり可憐《かれん》にすがったりして、相手の想《おも》いを刺激するのがイイ女です。自分から**歌**を贈ったり誘ったりする女は感心されません。ましてや姫君は、殿方に近づこうとなぞ思いもしないもの。親の命令や**女房**の説得を経て、しかたなくお返事したり結婚したりするのがお姫さまです。これは当時の現実と比べると、ややお堅い価値観だったと思われます。主要スポンサーである上流貴族の、「ウチの姫には品行方正に育ってもらいたい」という教育

結婚適齢期は今よりぐっと若く、10代

男性の成人式である元服《げんぷく》は12～16歳、女性の裳着《もぎ》は12～14歳と、現在よりもかなり早め。裳着は結婚が意識されると行われた。確かな後見がいない男女は、成人式以前から事実婚することも。

さまざまな手順を踏んだ結婚の儀

男性が女性のもとに3夜連続で通うことで、結婚が成立する。3日目には、女性の家で「三日夜の餅」という餅が新郎新婦に出される。その後、男性だけが宴席に出て女性の身内一同にもてなされる（露顕）。

平安時代にも離婚があった

律令《りつりょう》（古代の法律）では離婚の条件として次の7つが定められていた。しかし実際は、男性が通ってこなくなったり女性が転居したりする、自然消滅型離婚が多かった。

（離婚の条件）

1　**子がいない**
2　**身持ちが悪い**
3　**舅《しゅうと》に孝行しない**
4　**おしゃべり**
5　**盗みをはたらく**
6　**嫉妬がはげしい**
7　**悪い病気がある**

求婚から結婚まで

文を贈り続けて求婚する
↓
女性側から何らかのOKサインが出る
↓
一夜を共にする
↓
後朝《きぬぎぬ》の歌
↓
3夜連続で通う
↓
三日夜《みかよ》の餅《もちい》
↓
露顕《ところあらわし》

志向を反映したものだったのでしょう。

結婚は男性が3夜連続して通うことと、3日めに**餅**《もちい》を食べること（三日夜《みかよ》の餅）が、重視されています。それらは現代でいえば、誓いや指輪のような神聖さが感じられる儀礼だったようです。また、世間や女房らに詳しく知られぬ**忍ぶ**仲のほうが、派手な結婚よりロマンチックなものとされています。とはいえ親、特に新婦側の両親が華やかに後援する結婚のほうが、万事につけて有利であり、長続きする傾向がありました。現実の結婚も、**藤原道長**《ふじわらのみちなが》の時代以降、急速に**儀式**化し、新郎の親も関わる盛儀となっていきました。3夜連続の通いと「三日夜の餅」は逆に形骸化していったようです。

けはひ　けわい

「雰囲気」「様子」を意味する語です。似た意味の「けしき」が表情などビジュアル面を指すのに対し、より広く、音やムードなど五感すべてで感知されるものです。

貴人や異性とは**御簾**《みす》・**几帳**《きちょう》類を挟んだ物越しでの対面が多いライフスタイルだったため、「けはひ」は現代の顔なみに、個人を特定できるものでした。男性はしばしば、レディに接近できたとき感知した「けはひ」で、恋心を高鳴らせたり、逆に失望したりしています。

源氏絵　げんじえ

源氏物語のシーンを描いた絵画作品のことです。原典の執筆直後から制作されるようになったと思われ、世々新作が出て、質・量ともに日本画の一大ジャンルとなっています。

現存する最古の源氏絵は、12世紀の作と推定される**国宝源氏物語絵巻**です。その後、画帖《がじょう》や**屏風**《びょうぶ》絵、扇《おう》絵として、**土佐**《とさ》**派**、**狩野**《かのう》**派**など多くの流派が制作に取り組みました。描く場面の選び方や、衣服の**色・紋様**《もんよう》や道具類についての知識に各派の個性が見られ、秘伝書も残されました。各時代の権力者が、威勢の誇示に大作を発注・継承してきたため、現代に残る作品を研究すると、当時の世相や経済の実態、有力者間の力関係も見えてきて、歴史学の資料ともなります。江戸時代には庶民層からも優品が生まれ、明治以降は流派の垣根は消える一方で制作数は減少するなど、時代の煽《あお》りを受けています。今日でも新作の発表が続いており、**現代語訳**の挿絵が大作の発表機会となったり、マンガやアニメなど新しいジャンルが拓《ひら》かれたりしています。

源氏香　げんじこう　▼Check

源氏物語が後世の文化に影響を与えた例の一つです。

平安時代にもお香（**薫物**《たきもの》）を楽しむ文化はありましたが、それとは別物の「香道《こうどう》」という芸道が後世の室町時代に出現します。その中から、5種類の香木を5包みずつ計25包み作り、無作為に5包み取り出して順々に香を聞き、異同を判別する競技が生まれました。その組み合わせパターンが52種類あることから、源氏物語54帖のうち1巻「**桐壺**《きりつぼ》」と54巻「**夢浮橋**《ゆめのうきはし》」以外の**巻名**を当てて呼ぶようになり、いつしかこの競技や、香りの組み合わせを表す幾何学《きかがく》的模様を「源氏香（之図）」と呼ぶようになりました。

この模様が定着するにつれ、**源氏絵**や源氏モチーフの工芸品に取り入れられるようになり、巻の内容を模様に当てはめるようにもなりました。例えば**初音**《はつね》模様は吉で正月、**御法**《みのり》模様は凶で秋を表すなど、一つ一つの源氏香模様が、吉凶や季節を表すシンボルとなったのです。現代でもファッショナブルな和柄として各種デザインに使われ、特に源氏物語イベントでは定番となっています。

国際数学オリンピック日本大会では源氏香がロゴに！

Check

源氏香と源氏物語の巻名

源氏香は、縦線5本に横線を組み合わせて表される幾何学模様です。

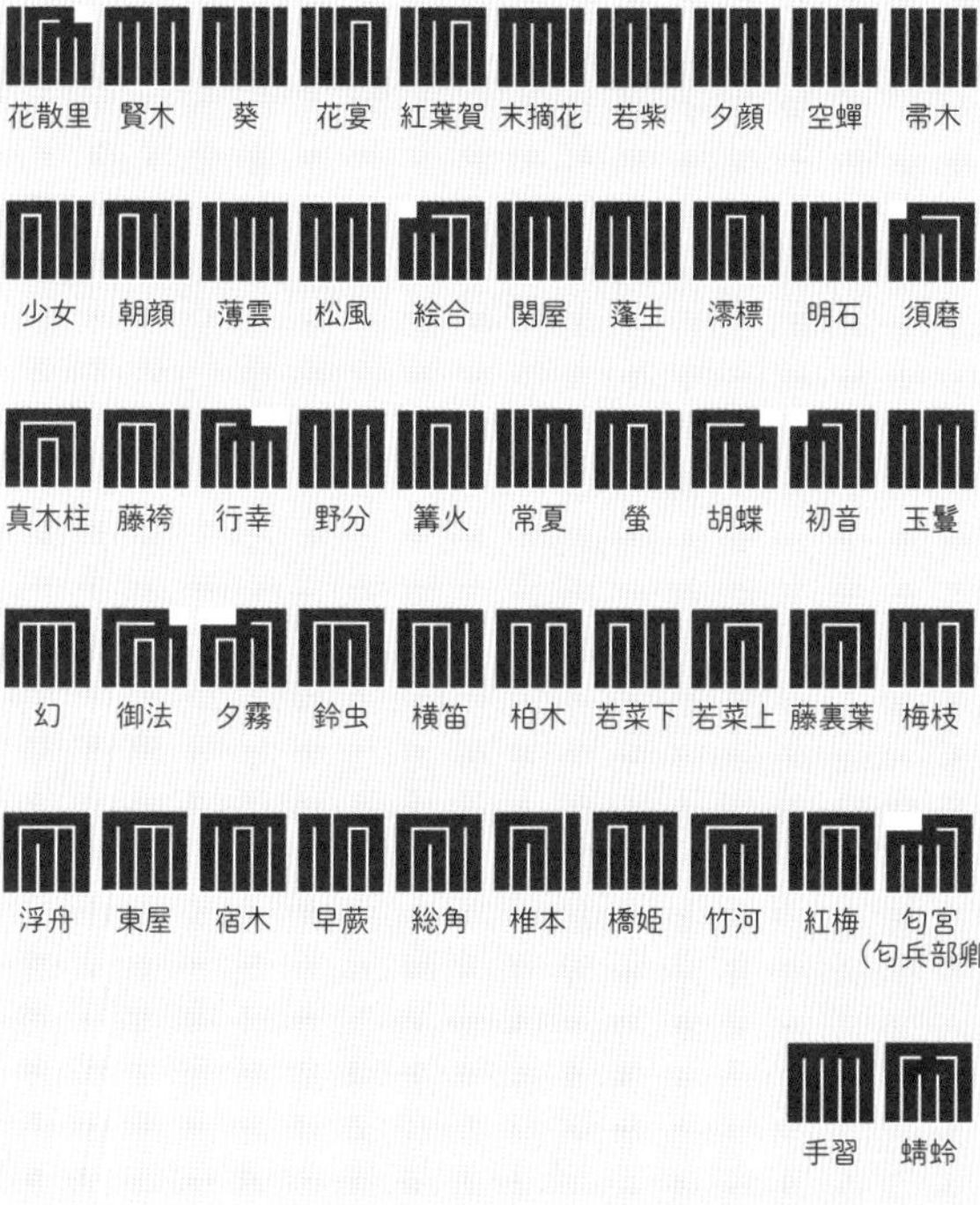

源氏釈　げんじしゃく

源氏物語の、現存する最古の**注釈書**です。**藤原行成**《ふじわらのゆきなり》を祖とする世《せ》尊寺《そんじ》家の、6代目・伊行《これゆき》の著作です。原典執筆時の社会体制が残る平安末期に書かれており、また**青表紙本**《あおびょうしぼん》より古い**本文**《ほんもん》が引用されていることから、貴重な資料となっています。

源氏名　げんじな

源氏物語の**巻名**にちなむ女性の呼び名です。古くは**藤原定家**《ふじわらのていか》が、自邸の**女房**を「**梅枝**《うめがえ》」などと呼んだ例が確認できます。この慣習は、公家《くげ》・朝廷の女房・**女官**から武家の奥女中《おくじょちゅう》へと広まり、しだいに源氏の巻名だけでなく、**雅**《みやび》な呼び名全般を指すようになりました。江戸時代には遊郭《ゆうかく》に取り入れられ、現代では、接客業界での通称を指す語となっています。

源氏物語奥入　げんじものがたりおくいり

奥入、定家卿釈《ていかきょうしゃく》とも。『**源氏釈**』に次ぐ最古期の源氏物語**注釈**書です。大歌人であり、源氏物語の保存・普及に決定的な貢献をした、**藤原定家**の著作である点も重要です。定家が校訂した源氏物語写本「**青表紙本**《あおびょうしぼん》」の巻末（奥）に、書き入れてあった旧説・自説を切り離して纏《まと》めた本であるため、「奥入」と呼ばれます。引用されている**和歌**や故事、有職故実《ゆうそくこじつ》の考証がメインで、また定家の解釈を知る上でも重要な書物です。

源氏物語画帖　げんじものがたりがじょう

画帖とは、折りたたんだ帖《じょう》に**絵**を描いたり別紙に描いた絵を貼ったりしたものです。江戸時代、絵画作品の形態の一つとして多く制作されました。土佐光則《とさみつのり》（1583～1638）、住吉如慶《すみよしじょけい》（1599～1670）などの名品が残っています。

国文学研究資料館所蔵「源氏物語画帖」

源氏物語かるた《げんじものがたりかるた》

平安時代が遠くなるにつれ、その洗練された文化を懐かしむ空気が生じ、上流階級で歌貝《うたがい》という遊戯が広まりました。これは**貝合**《かいあわせ》・貝覆《かいおおい》が混同されたハマグリ殻を合わせるゲームに、王朝の**和歌**を貝に書き込む装飾を加えたもので、美術品としても古歌を覚える教育用具としてもニーズがありました。

16世紀後半、ポルトガル人によりトランプのカードゲームが伝えられ「かるた」として広まりました。歌貝もこの影響を受け、和歌の下《しも》の句を書いた札を取る遊戯「歌がるた」が人気となり、競技性も高まっていきました。最も普及したのは**藤原定家**《ふじわらのていか》が編纂《へんさん》した歌集・小倉《おぐら》百人一首を歌がるた化した通称「百人一首」ですが、源氏物語に出てくる和歌を利用したものもあり、「源氏物語かるた」と呼ばれます。

源氏物語図屏風《げんじものがたりずびょうぶ》

源氏物語の名場面を描いた**屏風**です。屏風は、風を遮《さえぎ》ったり物・人を隠したりする家具で、伝統的な日本の建築には必須の家具でした。したがって、その表面に**絵**を描くニーズは非常に大きく、**源氏絵**も人気の画題で優品が多く残っています。全54帖すべてから1シーンずつ描いているものは、特に「五十四帖屏風」と呼ばれます。

源氏物語千年紀《げんじものがたりせんねんき》

源氏物語の存在が明確に確認できる記録は、紫式部《むらさきしきぶ》日記に書かれた1008年11月1日の記述が最古です。それから千年を記念する事業をと、国文学者の秋山虔《あきやまけん》（1924〜2015）、日本学者のドナルド・キーン（1922〜2019）、作家の**瀬戸内寂聴**《せとうちじゃくちょう》ら有識者が提言し、「源氏物語千年紀委員会」が発足、展示会やシンポジウムなど幅広いイベントが実施されました。観光・旅行業界や出版・映像関係、京都を中心とする全国の寺社・美術館でも、さまざまな企画が実施され、広汎《こうはん》な盛りあがりを見せました。なお、11月1日が「古典の日」に制定されたのは、この千年紀イベントが契機となっています。

源氏物語玉の小櫛　げんじものがたりたまのおぐし

江戸時代の国学者・**本居宣長**《もとおりのりなが》による、源氏物語の**注釈**書です。寛政《かんせい》8（1796）年に執筆、同11年に刊行されました。宣長の源氏物語研究の集大成といえる本です。源氏物語の本質は「**もののあはれ**」という人間の根源的な情動であると唱え、儒教・**仏教**の理念から源氏を批判する当時の風潮に対抗しました。**本文**《ほんもん》や注釈の整理・解釈でも、旧説の誤りを指摘し新**年立**《としだ》**て**を立てるなどさすがの分析ぶりで、後世に影響を与えました。

源氏物語手鑑　げんじものがたりてかがみ

和泉《いずみ》市久保惣《くぼそう》記念美術館が現在所蔵する**源氏絵**作品です。手鑑とは一般には、古《いにしえ》の名書家らの作品の断片を網羅して帖《じょう》に仕立てたものを指しますが、この作品は源氏物語のシーンを描いた**絵**80点と、それにつけられた短い詞書《ことばがき》とを手鑑ふうにまとめています。16世紀後半の**絵師**・土佐光吉《とさみつよし》（1539～1613）の代表作で、詞書は中院通村《なかのいんみちむら》（1588～1653）、烏丸光広《からすまるみつひろ》（1579～1638）など18名の公家《くげ》が分担した大作です。江戸前期の大名・石川忠総《いしかわただふさ》（1582～1651）の依頼で慶長《けいちょう》17（1612）年に制作され、平成25（2013）年度、国の重要文化財に指定されました。

源氏物語抜書　げんじものがたりぬきがき

抜書とは、必要な部分だけを抜き出して書くことを指します。源氏物語の**本文**《ほんもん》から、有名な箇所や**和歌**などを抜粋して書道の作品とした「源氏物語抜書」は、公家《くげ》や大名らにより多々制作されました。書のお手本、筆跡鑑定の資料、美術品として相続され、今日にも優品が多く伝わっています。

還俗　げんぞく　▼Check

「俗に還《かえ》る」の意です。**出家**して**僧**や**尼**《あま》になった人が、俗人（一般社会の人）に戻ることを指します。出家者にとって性的関係や肉食、飲酒は**罪**ですが、還俗すれば無問題です。

源氏物語では、**横川僧都**《よかわのそうず》は**浮舟**《うきふね》に還俗を勧めたのか否かがしばしば論争となります。史実では、**紫式部**《むらさきしきぶ》と同時代の**后**《きさき》・定子《ていし》が**髪**を切った（尼になった）後、一条《いちじょう》天皇に再び召されており、世間から「還俗した」と見られています。

現代語訳　げんだいごやく

江戸時代までの読者たちは、当時の書き言葉が古文を模範とする文体だったため、源氏物語も勉強して原典で読んでいました。明治になると近代化の一環で、書き言葉と話し言葉を一体化した「言文《げんぶん》一致」が図られました。その影響を受け、歌人・**与謝野晶子**《よさのあきこ》が初の現代語訳を行いました。

その後、**谷崎潤一郎**《たにざきじゅんいちろう》や**円地文子**《えんちふみこ》、**瀬戸内寂聴**《せとうちじゃくちょう》など多くの作家が現代語訳に携わり、その刊行に合わせ舞台化・映像化なども行われて、源氏物語ブームの起爆剤となってきました。また、現代語訳に加えて縮約したり、大胆な翻案を行ったりした**田辺聖子**《たなべせいこ》、**橋本治**《はしもとおさむ》らもおり、読者層の拡大に寄与しています。

元服　げんぶく／げんぷく

男子の成人式です。源氏物語では11、12歳という異例の若さで行われ、その年齢にもかかわらず当事者が成熟していることを肯定的に描いています。これは早い成人・**結婚**と跡継ぎ誕生が、政治的に切望されていた当時の空気の反映と考えられます。

なお、公卿《くぎょう》（上達部《かんだちめ》）の子は元服のときに「こうぶり（冠、五位《ごい》の位）」を授かることができました。このポジションは、**紫式部**《むらさきしきぶ》の父など中流貴族男性にとっては、長年の年功序列の果てにやっと到達できる、出世のベンチマークでした。**光源氏**《ひかるげんじ》やその嫡子《ちゃくし》・**夕霧**《ゆうぎり》は元服時に四位《しい》になれる立場であり、そのずば抜けた優位・高貴さが窺《うかが》われます。

Check

横川僧都は浮舟に還俗を勧めたのか？

もとの御契り過《あやま》ちたまはで、愛執《あいしゅう》の罪をはるかしきこえたまひて、一日の出家の功徳《くどく》ははかりなきものなれば、なほ頼ませたまへとなん

54巻「**夢浮橋**《ゆめのうきはし》」にある、横川僧都から浮舟に宛てた手紙の文言です。訳すと「元のご縁を違《たが》えなさらず、愛執の罪を晴らし申しあげなさって、出家の効果は一日でも測り知れないものだから、なお頼りになさるように」となります。「還俗して薫《かおる》と再び夫婦になれ」の意か、それとも「出家者として、薫の愛執の罪を晴らすよう努めよ」なのか…。解釈が分かれるところです。

碁 ご

平安貴族が愛したボードゲームです。庶民的な双六《すぐろく》に対し、碁は品格ある競技とされました。源氏物語では、幼い紫君《むらさきのきみ》（**紫上**《むらさきのうえ》）や**宇治**《うじ》の**大君**《おおいぎみ》・**中君**《なかのきみ》がその才覚や個性を碁に覗かせています。**空蟬**《うつせみ》が**軒端荻**《のきばのおぎ》と、**浮舟**《うきふね》が少将尼《しょうしょうのあま》と碁で対戦する場面では、空蟬・浮舟が勝っています。中《なか》の品《しな》（中流）のヒロインの、それでも周囲の中流女性からは抜きん出た資質を表します。**玉鬘**《たまかずら》の娘たちが碁を打ち、**垣間見**《かいまみ》される場面は、**国宝源氏物語絵巻**の**絵**が今日まで伝わっています。

孝 こう ▼Check

親を大切に思い、尽くすことです。中国の儒教が特に重んじた美徳で、平安期には儒教だけでなく**仏教**の面からも「不孝」が大罪とされ、貴族たちの意識に多大な影響を与えました。

源氏物語では、実の父を知らぬことすら不孝の**罪**であり、**冷泉**《れいぜい》や**薫**《かおる》は出生の秘密を知った際に、一面では安堵《あんど》しています。真面目な**夕霧**《ゆうぎり》が父・**光源氏**《ひかるげんじ》のもとへ毎日挨《あい》拶《さつ》に来る姿、認知されなかった**浮舟**《うき》でさえ父・**八宮**《はちのみや》の墓参りに行く様子は、2人が良い子キャラであることを表します。

恋ふ こう ▼Check

「こひ（恋）」の動詞形です。共に居たいのに居られない相手や、過ぎ去った良き時代を思い返し、思慕《しぼ》する気持ちを指します。必ずしも異性に対するものだけでなく、近しい親族や仲のよい友人に対しても使われます。

後宮 こうきゅう

君主の妻妾《さいしょう》が住む宮殿です。日本の場合、「七殿五舎《しちでんごしゃ》」と呼ばれる12の建物で構成され、春宮《とうぐう》（皇太子）とその后妃《こうひ》も住みました。源氏物語では**光源氏**《ひかるげんじ》の私邸が主要な舞台ですが、後宮も折々、重い意味を持って描かれます。

柑子 こうじ／かんじ

ミカンの一種です。貴族のくだもの（間食品）の定番で、箱の蓋《ふた》などに盛りつけ、つまみとして日常生活の傍らや宴席に置かれました。

源氏物語ではレディの口ぎれいな様子や衰弱した病人のもはや何も喉《のど》を通らない様などを、「柑子すら見入れぬ」などと表現します。

皇族《こうぞく》

天皇の血縁者です。制度上、臣下より一段上の存在と位置づけられ、心情面でも憧れの存在でした。平安文学の善玉キャラは、軒並み皇族（またはその子）です。

男性皇族にとっては、皇太子（ひいては天皇）になれるか否かが運命の分かれ道でした。なれれば皇統に名を刻み子々孫々帝王ですが、なれない場合は名ばかり高く、出世は閉ざされ収入・子孫の地位は下落する一方の立場でした。源氏物語でも**螢宮**《ほたるのみや》や**匂宮**《におうみや》には、この不安定さが強く表れています。

Check

継子いじめモノにはお人好しの父がつきもの

「をかしの御匂ひや。御衣はいと萎《な》えて」と（父宮は）心苦しげに思《おぼ》いたり

5巻「**若紫**《わかむらさき》」のワンシーンです。紫君《むらさきのきみ》の父宮（兵部卿宮《ひょうぶきょうのみや》。のちの**式部卿宮**《しきぶきょうのみや》）の、光源氏の移り香に気づかぬおっとりぶりと、娘の貧しさに胸を痛める善性を表すシーンです。落窪《おちくぼ》物語にも見られる通り、平安の継子《ままこ》いじめモノは継母《ままはは》が極悪で、父は極度のお人好《よ》しゆえ虐待を止められない…のがお約束。ヒロインに不孝の罪を犯させぬためには、のちに父娘を和解させるしかないからです。

Check

天下の人に恋われる光源氏

天《あめ》の下《した》の人、院を恋ひきこえぬなく、とにかくにつけても、世はただ火を消ちたるやうに…限りなき御事をばさるものにて、またかの紫の御ありさまを心にしめつつ、よろづのことにつけて、思ひ出できこえたまはぬ時の間《ま》なし

古注釈によると「火を消ちたるやう」は、法華経《ほけきょう》の「薪《たきぎ》尽きて火の滅するが如《ごと》し」を踏まえ釈迦《しゃか》の死を連想させる表現です。一方、かの紫（**紫上**《むらさきのうえ》）は、明石中宮《あかしのちゅうぐう》（**明石姫君**）・女一宮《おんないちのみや》という最上の貴婦人2人によって恋われています。**光源氏**《ひかるげんじ》と紫上の人徳を物語るエピソードです。

紅梅《こうばい》

第43巻です。**頭中将**《とうのちゅうじょう》の次男にして**柏木**《かしわぎ》の弟である**紅梅**大納言《だいなごん》、**髭黒**《ひげくろ》の娘で**螢宮**《ほたるのみや》と**結婚**・死別した**真木柱**《まきばしら》、この2人が再婚して幸せになっている様が描かれます。

政治模様としては、紅梅が**夕霧**《ゆうぎり》に対抗して娘を春宮《とうぐう》（皇太子）に嫁がせた件が重要です。また真木柱の連れ子・宮御方《みやのおんかた》に、後半の主要キャラ・**匂宮**《におうみや》が求愛するけれど、**八宮**《はちのみや》の姫などとの浮名のため敬遠される次第も述べられます。匂宮のエピソードは、のちの47巻「**総角**《あげまき》」および49巻「**宿木**《やどりぎ》」の記述とリンクするものです。ただしこの巻の内容は、政治ネタも恋バナも発展せず、本筋に食い込めずに消えていきます。くわえて「宿木」巻では、紅梅が藤壺女御《ふじつぼのにょうご》や女二宮《おんなにのみや》（この2人は母娘）に懸想《けそう》しており、当巻での真木柱との睦《むつ》まじさとは矛盾します。そのため、作者別人説も取り沙汰《ざた》されています。

紅梅《こうばい》

植物の**梅**の一種です。大陸から渡来した時期は白梅より後でしたが、赤い染料（紅花＝**末摘花**《すえつむはな》）が高価で憧れの対象の時代だったため、たちまち大人気の**花**となりました。

41巻の「**幻**《まぼろし》」に「「ばばののたまひしかば」とて、対《たい》の御前の紅梅とりわきて後見《うしろみ》ありきたまふ…（幼い**匂宮**《におうみや》が『お祖母《ばあ》さま〈**紫上**《むらさきのうえ》〉が仰ったから』と言って、棟のすぐ前の紅梅を特に熱心にお世話なさる）」とあるように、源氏物語では、紫上が「紅梅と**桜**」を自身の形見《かたみ》として言い残すなど、春の象徴となっています。

紅梅《こうばい》

春の衣装です。赤い衣は高価な染料を豊富に要するため、富裕さ・高貴さの表れであり女性たちの憧れでした。

源氏物語でも、**衣配り**《きぬくばり》のときの**紫上**《むらさきのうえ》、**柏木**《かしわぎ》に**垣間見**《かいまみ》される**女三宮**《おんなさんのみや》、女楽《おんながく》の場の**明石姫君**《あかしのひめぎみ》（**光源氏**《ひかるげんじ》一族の華と**帝**《みかど》の妻という皇室性を兼備）など、花形ヒロインの衣服となっています。

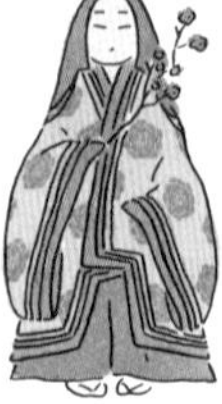

紅梅　こうばい

頭中将《とうのちゅうじょう》と四君《よんのきみ》の次男です。8歳頃に既に登場して美声をほめられ、その後も要所要所でパフォーマンスを披露する貴公子です。柏木《かしわぎ》亡きあと一族を背負い、真木柱《まきばしら》をめとって後宮《こうきゅう》戦略にも乗り出す姿が描かれますが、結局は本筋に関わらず消えてゆきます。当初は柏木（長男）よりも重要なキャラになる予定だったと見られ、作者の構想過程を推測する上でも重要な人物です。

声　こえ　▼Check

暗がりや御簾《みす》ごしでの対面が多い平安貴族は、声から多くの情報を得ていました。声で相手を特定したり、その身分・教養の程を推察したりできるものでした。

男性の場合、美声も売りの一つです。男踏歌《おとことうか》という歌を歌って回る新春行事や、宴会・イベントの際の歌声は、女性や世間にアピールできる機会でした。一方で女性は、顔・姿同様、声も異性に披露すべきではないものでした。例外は和歌を詠みかけられたときで、返歌が遅れるダサさよりは、姫自身が小声ででも答えるほうが好まれました。

男踏歌の様子。

Check

姫君が声を出すのはご法度!?

いかで、かばかりも人に声聞かすべきものとならひたまひけんと、なまうしろめたし。

宮君《みやのきみ》は、**式部卿宮**《しきぶきょうのみや》という宮家筆頭の名家に生まれ、后妃《こうひ》を目指して育てられました。52巻「**蜻蛉**《かげろう》」では父宮の死後、**明石姫**《あかしのひめ》**君**《ぎみ》（時に后《きさき》）の**女房**に身を落とした宮君を、かつて婿《むこ》候補だった**薫**《かおる》が訪問し、労《いた》わりの挨拶《あいさつ》を述べています。すると女房（侍《じ》女《じょ》）が代返するのではなく宮君本人が返事をしたため、「男に声を聞かせることに慣れて（＝スレて）しまったのか」と、薫が眉《まゆ》をひそめている場面です。

弘徽殿　こきでん

後宮《こうきゅう》の建物の一つです。天皇の住まい・清涼殿《せいりょうでん》のすぐ北にあり、勢力ある后妃《こうひ》が住みました。源氏物語では、光源氏《ひかるげんじ》の対抗勢力である右大臣《うだいじん》派（そのリーダーが弘徽《こき》殿大后《でんのおおきさき》）の血筋のレディに継承されています。

この建物の西の廂《ひさし》は、南北に細く長い空間となっており、「細《ほそ》殿《どの》」と呼ばれていました。通常、細殿は几帳《きちょう》・屏風《びょうぶ》を立て並べて仕切り、女房（侍女《じじょ》）たちが局《つぼね》にして住んでいました。源氏物語では8巻「花宴《はなのえん》」で、光源氏と朧月夜《おぼろづきよ》の出会いの場となっています。

弘徽殿大后　こきでんのおおぎさき

最大の敵役です。源氏物語は話が進むにつれ、善悪の単純な対立はなくなっていくのですが、第一部はストーリーが比較的シンプルで、この人が最大の悪玉として君臨します。

桐壺帝《きりつぼてい》（光源氏《ひかるげんじ》の父）の女御《にょうご》（高位の妃《きさき》）で、右大臣《うだいじん》という権力者の娘です。最古参の妃（つまり妃たちの中で最も長く仕えている）で、皇子1人（朱雀《すざく》）・皇女2人以上を産んでおり、妃としての勤務実績は抜群です。恋敵・桐壺更《きりつぼのこう》衣《い》を死に追いやり、遺児である光源氏とも敵対して須磨《すま》・明石《あかし》へ退去させました。結局は光源氏を葬りきれず、逆に寛大に仕えてもらう羽目《はめ》となり、歯がみしつつ晩年を送る姿が描かれます。気性の荒い悪役ではありますが、漢籍に通じた教養人で右大臣派を率いる力量も有します。光源氏と敵対するのも右大臣派のため、我が子・朱雀帝（朱雀院）のためという面があり、優秀な政治家の顔も持つ、魅力的なヒールです。

弘徽殿女御　こきでんのにょうご

冷泉《れいぜい》帝の時代に弘徽殿に住んだ女御（高位の妃《きさき》）です。弘徽殿大《おお》后《きさき》や朧月夜《おぼろづきよ》の姪《めい》に当たり、血縁ゆえ弘徽殿を継承したと思われます。父は光源氏《ひかるげんじ》の親友かつライバル頭《とうの》中将《ちゅうじょう》です。光源氏派の女御・秋好《あきこのむ》を相手として、帝《みかど》の愛を華やかに競い合い、絵合《えあわせ》（絵巻のコンテスト）で立派に対抗馬を務めました。中宮《ちゅうぐう》（皇后）の座をめぐる競争には惜敗しましたが、温和な性質の理想的な貴婦人です。

小君　こぎみ

少年の呼び名です。源氏物語では、貴人の側仕《そばづか》えをしている童《わらわ》2

名（**空蝉**《うつせみ》の弟と**浮舟**《うきふね》の異母弟）の呼称となっています。空蝉弟の小君は、**光源氏**《ひかるげんじ》が渡りをつけるため召し抱えた童です。光源氏の恩顧《おんこ》をこうむりながら、**須磨**《すま》への都落ちには従わず地方へ逃亡。それでも家来として復帰させてもらい、感激して空蝉への文使《ふみづか》いを再び務めました。光源氏との関係が同性愛だったという説には賛否両論があります。浮舟弟の小君は彼女の失踪後、残された家族を思いやった**薫**《かおる》によって従者に取り立てられました。**出家**後の浮舟に薫の恋文を運び、家族愛という愛執《あいしゅう》で動揺させせました。

古今和歌集　こきんわかしゅう

勅撰《ちょくせん》（天皇の命令で選ばれ編集された）和歌集の、最初のものです。10世紀初頭に**醍醐**《だいご》**天皇**の命令で作られ、平安貴族に必須の教養書となりました。

源氏物語では、会話や**和歌**だけでなく文章にも、古今の**歌**の引用が頻出します。また、**光源氏**《ひかるげんじ》の一人娘・**明石姫君**《あかしのひめぎみ》の**裳着**《もぎ》（成人式）に当たっては、叔父・**螢宮**《ほたるのみや》から「うちには女児がいないから」と、醍醐天皇直筆の古今和歌集が贈られました。この歌集が貴重な財産として相続（**処分**《そうぶん》）されたこと、女子が継ぐものだったことがわかるエピソードです。

国司　こくし／くにのつかさ

京から地方へ派遣される官人のことで、この時代の任期は4年でした。上から守《かみ》・介《すけ》・掾《じょう》・目《さかん》の四つの等級がありましたが、トップである国守（いわば県知事）のことを「国司」と呼ぶ例も見られます。

源氏物語では、主なキャラは**都**に常在する上流貴族であり、地方へ赴任する国守（**受領**《ずりょう》）やその家族の女性たちは「田舎者」と蔑視される存在です。彼ら自身もそのことを自覚しており、**浮舟**《うきふね》が**薫**《かおる》に対しひどく卑屈なように、恋においてのコンプレックスとなっています。一方で国司、特に国守は非常に高収入であり、子女に豊かな教育を授けられました。そのため国守の階層は、宮中や上流貴族宅で**女房**（侍女《じじょ》）として活躍できる、優秀な女性たちを輩出しました。物語内でも**光源氏**《ひかるげんじ》と格差婚する**明**《あか》**石君**《しのきみ》、彼の記憶の中で終生輝き続けた**筑紫五節**《つくしのごせち》など、魅力的なヒロインが国守の娘です。

国宝源氏物語絵巻　こくほうげんじものがたりえまき

現存する最古の**源氏絵**です。平安末期の優れた宮廷**絵師**・藤原隆《ふじわらのたか》能《よし》（1126?～1174?）の筆と伝えられたため、隆能源氏と呼ばれた時代もありました。源氏物語が書かれた時期から百数十年後の制作と見られますが、同じ平安時代に描かれた**絵**であり、生活様式や装束などがわかる貴重な史料となっています。

国宝初音調度　こくほうはつねのちょうど

千代姫《ちよひめ》婚礼調度とも。17世紀前半、江戸幕府3代将軍・徳川家光《とくがわいえみつ》が娘・千代姫を尾張《おわり》徳川家に嫁がせた際、持参させた嫁入り道具です。貝桶《かいおけ》や棚《たな》、手箱《てばこ》などの調度《ちょうど》品類で、表面に源氏物語23巻「**初音**」の景物が蒔絵《まきえ》細工で描かれているため、この呼び名があります。制作者は室町時代以来の蒔絵師・幸阿弥《こうあみ》家の10代目・幸阿弥長重《ちょうじゅう》です。平安風の屋敷や庭を背景に、**梅**や**松**、ウグイスなどを配置し、**明石**《あかしの》**君**《きみ》の**和歌**「年月《としつき》を　まつにひかれて　経《ふ》る人に　今日うぐいすの　初音きかせよ」の文字を隠し文字で入れ込んだ作品群で、当時の蒔絵工芸の最高水準を今に伝えています。付属品として、24巻「**胡蝶**《こちょう》」をモチーフとした調度や**宇治**《うじ》**十帖**《じゅうじょう》にちなむ香箱《こうばこ》類もあり、源氏物語が当時どのように鑑賞されていたのかがわかる貴重な史料です。

苔　こけ　▼登場シーン

コケ植物や地衣類《ちいるい》などの総称です。時間をかけて厚みを増し地表や岩を覆う風情や、季節により変化する色合いが、景色として愛《め》でられ、また長い時間の例えに用いられました。貴族男性は戸外で地面に座ることも多く、その場合は苔が敷物代わりにされました。

苔の登場シーン【蜻蛉巻】

穢《けが》らひといふことは、あるまじけれど、御供の人目もあれば上りたまはで…いとしげき木《こ》の下《した》に、苔を御座《おまし》にて、とばかりゐたまへり

浮舟《うきふね》の失踪は遺書により入水《じゅすい》と判断されましたが、偽《いつわ》りの葬儀で世間体をつくろいました。**従者**らは「浮舟さまは山荘内で亡くなった」と信じているため、**薫**《かおる》は死穢《しえ》を避けるふりをして家内には入らず、庭の苔の上に座った、という場面です。

湖月抄　こげつしょう

江戸時代の源氏物語**注釈**書です。延宝《えんぽう》3（1675）年に刊行されました。著者は歌人・俳人・国学者の北村季吟《きたむらきぎん》（1625〜1705）です。**本文**《ほんもん》（三条西《さんじょうにし》家本《けぼん》か）を段落ごとに載せ、上部や横に注釈をつけた形式で、現代の注釈書の雛形《ひながた》的な記述スタイルとなっています。**河海抄**《かかいしょう》、**花鳥余情**《かちょうよじょう》など先行する注釈書の説を取捨・集成したもので、源氏物語の普及に寄与しました。**タイトル**は、**紫式部**《むらさきしきぶ》が**石山寺**《いしやまでら》で琵琶湖上の月を見て源氏を着想したという伝説に由来します。

心の鬼　こころのおに

心の中にある疑いや恐れのことです。**物語**で使われる場合は、やましいことのある人がその**罪**を突きつけられた際に感じる恐れ、つまり「良心の呵責《かしゃく》」を多く指します。根拠のない考えすぎ、すなわち「取り越し苦労」を意味することもあります。

輿　こし／よ

人力による乗り物で、獣《けもの》がひく牛車《ぎっしゃ》より格が高いと考えられていました。駕輿丁《かよちょう》（担ぎ手）が肩に載せて担う輿は特に格上で、天皇・皇后・斎王《さいおう》（伊勢《いせ》神宮・賀茂《かも》神社に仕える**皇族**女性）の乗用でした。源氏物語では、乗車する人の格別の高貴さを演出する乗り物として言及されます。

一段格下の輿としては、腰輿《ようよ》（担ぎ手が腰あたりで持つ輿）と**輦車**《てぐるま》（車輪つきで人力でひく）がありました。輦車（手車とも書く）は、女性でも徒歩が原則の**内裏**《だいり》内で天皇の許可を得て用いられ、乗車人への別格のご恩顧《おんこ》を表しました。

小侍従　こじじゅう

女房（侍女《じじょ》）の名で、源氏物語内に2人登場します。1人は**雲居雁**《くもいのかり》の女房で、**乳母**《めのと》の子に当たる側近です。**夕霧**《ゆうぎり》との幼い恋を取り持っていた存在と思われます。

もう1人のほうが重要で、**女三宮**《おんなさんのみや》の女房であり、やはり乳母の子です。この乳母と**柏木**《かしわぎ》の乳母が姉妹であり、女系社会の強い絆《きずな》から、宮の噂《うわさ》が柏木に伝わり恋情を起こさせる要因となりました。宮と柏木の仲が密通にまで至ったことや、それが**光源氏**《ひかるげんじ》にバレてしまった件などは、小侍従の軽薄《けいはく》な言動のせいと描かれています。のちに「胸を不意に病んで死んだ」と語られ、因果応報《いんがおうほう》が示されます。平安の女房ネットワークや、女主人の不義を取り持つ女房心理などを今に伝える、興味深いキャラクターです。

また**母**の宮仕《みやづか》え先に娘も勤務すると、母の女房名に「小」をつけた名で呼ばれることがありました。例えば名歌人・和泉式部《いずみしきぶ》の娘が小式部《こしきぶ》です（ちなみにこの母娘は**紫式部**《むらさきしきぶ》の同僚）。したがって「小侍従」という女房名は、母が「侍従」と名乗って勤めているお屋敷に、母のコネで出仕した使用人だと感じさせます。幼時から仕えることが多いこの手の侍女は、しばしば主君の腹心でした。

呼称　こしょう

呼び方のことです。源氏物語はナレーターが語る形式で書かれており、各キャラをナレーターがどう呼んでいるかを分析すると、作者の価値観や表現したかったことが見えてきます。

代表的な例では、貴人の妻に対する敬称「上《うえ》」が挙げられます。後世の**注釈**や現代の書物には「明《あか》石上《しのうえ》」という呼称が見られますが、源氏物語では**明石君**《きみ》に「上」が使われることは一例もなく、作者が彼女を「この格の高い呼称には相応《ふさわ》しくない」と見ていることが窺《うかが》えます。**光源氏**《ひかるげんじ》の**母**の「**桐壺更衣**《きりつぼのこうい》」という呼称も、更衣という身分低い**妃**《きさき》が殿舎を丸ごと与えられているならば、女御《にょうご》（高位の妃）並みの扱いを受けているということを表します。新たな発見が尽きない、興味深い研究領域です。

小少将君　こしょうしょうのきみ

落葉宮《おちばのみや》の**女房**（侍女《じじょ》）です。宮の**母**・一条御息所《いちじょうのみやすどころ》の姪《めい》に当たります。このような近親の側近は、女房集団の中心人物（の一人）となることが多く、女主人の運命に大きな影響を及ぼし得ました。39巻「**夕霧**《ゆうぎり》」では、**光源氏**《ひかるげんじ》の息子・**夕霧**が亡くなった親友の妻・落葉宮を手に入れるため、小少将君を贔屓《ひいき》にして手なずける様が描かれます。

牛頭栴檀　ごずせんだん

インドの牛頭山に生える栴檀（香木《こうぼく》の名）のことです。赤色で麝香《じゃこう》の香りがし、万病に効くとされました。**仏教**知識として平安貴族が知っていた木で、**薫**《かおる》の香のかぐわしさを大げさに称《たた》える際に引用されています。

五節　ごせち

収穫祭である新嘗会《しんじょうえ》（天皇の即

位直後は**大嘗会**《だいじょうえ》）を中心として、前後4日間にわたり行われた諸行事です。五節舞姫《まいひめ》という4人（大嘗会の折は5人）の女性の舞が一番の見物でした。舞姫に加えお伴《とも》の童女たちまで天皇が御覧になる行事であり、みなが気合を入れて人選に当たったため、美女集団が参内《さんだい》してくる大変華《はな》やかなイベントとなりました。その注目度を反映して、舞姫・童女の衣装が華美になり、負担の大きさから辞退者が相次いだり、親類縁者が準備に協力したりと、大騒動になるのが常でした。

　源氏物語では21巻「**少女**《おとめ》」で**光**《ひかる》**源氏**《げんじ》が舞姫を出す役に当たり、腹心の家来・惟光《これみつ》（**藤原惟光**）の娘を舞姫に選定、妻たちのもとから童女候補を選りすぐる模様が描《え》かれます。11月の中《なか》の丑《うし》（2回めの丑）の日から始まる行事でしたが、丑の日が2回しかない場合は上の丑（1回めの丑）の日から始まりました。

　五節舞姫は花形ですが、顔・姿を晒《さら》すやや下等な仕事でもありました。第一級のレディは務めず、「大納言《だいなごん》の劣《おと》り腹《ばら》の娘がなる」「中流の上層である惟光がためらう」役職です。**近江君**《おうみのきみ》の腹心が「五節君」（母が舞姫だったものか？）と名乗っており、下流貴族には名誉だったと思われます。

胡蝶 こちょう

　第24巻です。**玉鬘十帖**《たまかずらじゅうじょう》の3巻めです。前半では、**六条院**《ろくじょういん》で初めての春たけなわを贅沢《ぜいたく》かつ**雅**《みやび》に過ごす、**光源氏**《ひかるげんじ》一家が描かれます。**和歌**が列挙されるという、**うつほ物語**などにも見られるシーンが展開され、**漢詩**も引いて美麗な光景が語り尽くされます。後半は**玉鬘**への求婚譚《たん》です。光源氏を筆頭とする抜群の男たちが、さまざまに焦がれ、口説《くど》くありさまが見どころです。

胡蝶 こちょう

　蝶のことです。鳥と並んで飛ぶ存在であり、**花**ともども愛《め》でる対象でした。「来てふ（来いという）」と掛詞《かけことば》で**和歌**によく詠まれます。舞楽《ぶがく》には「鳥（迦陵頻《かりょうびん》）」とペアの曲「**胡蝶**」がありました。この舞は24巻「**胡蝶**」で舞われ、**巻名**にもなっています。**六条院**《ろくじょういん》では**紫上**《むらさきのうえ》が**秋好**《あきこのむ》中宮にも勝る地位だと示す小道具の舞です。

五島美術館　ごとうびじゅつかん

東京都世田谷区にある美術館です。明治〜昭和の実業家・五島慶《けい》太《た》（1882〜1959）が収集したコレクションを中心に、昭和35（1960）年に開館しました。**国宝源氏物語絵巻**、紫式部日記絵《え》詞《ことば》（こちらも国宝）を所蔵しています。

子ども　こども

物語に描かれる子どもは、当時の児童がどのように生きていたか、人々が子どもに何を感じていたかなどを今に伝える史料でもあります。源氏物語でも初登場時の駆けだしてくる紫君《むらさきのきみ》（**紫上**）、タケノコにかぶりつく乳児の**薫**《かおる》、**浮舟**《うきふね》の存在を**匂宮**《におうみや》に暴露する女童《めのわらわ》などは、平安貴族の美意識からすると野蛮な行動を取り、その衝撃がストーリーを展開させていきます。背景には童児神など、子どもに聖性を見る価値観があったとする説もあります。

源氏物語が描く上流貴族層では、男性にとって子は出世・一族繁栄に必須の援軍であり、女性には夫婦関係の維持や老後の扶養の担い手でした。子のない（または少ない）妻との自然離婚や身寄りなき女性の困窮《こんきゅう》がありふれていた時代に、**光源氏**《ひかるげんじ》が示す子なき妻への終生扶養は、当時の理想像を感じさせます。また光源氏が不義の子・**薫**《かおる》に、自分と似た「**きよら**」を見て子として育てるように、血筋を超えた縁（**宿世**《すくせ》）が信じられていた一方、親の**罪**により子孫が絶えるという因果《いんが》観も存在しました。光源氏に、自派の維持が危ういほど子が少ないこと、**冷泉**《れいぜい》や薫に跡取りがいないことに、作者のポリシーが見て取れます。

高麗　こま

朝鮮半島北部にあった国・高句《こうく》麗《り》（?〜668）のことです。ただし平安人は、大陸の唐《とう》以外の地域を「こま／こうらい」と総称することもあります。高麗から渡来した人・物・文化は、高麗人《こまうど》・高《こ》麗笛《まぶえ》・高麗縁《こうらいべり》などと呼ばれ、唐から伝わった唐物《からもの》とは対比されて愛《め》でられました。

小松　こまつ

1月の最初の子《ね》の日には、「根《ね》延《の》び」に掛けて小松を根ごと引き抜き、**若菜**を摘んで羹《あつもの》にして食べ、長寿を祈る風習がありました。小松はまた、生《お》い先《さき》長い幼児を連想させる存在でもありました。

御霊信仰《ごりょうしんこう》 ▼Check

死者の祟《たた》りを恐れ「御霊」として祀《まつ》って鎮めようとする信仰です。源氏物語が書かれた時代には、「先祖の霊が子孫の繁栄のため、また敵の子孫を絶やすために策動する」という考えがありました。子孫にとっては守護霊であり、対抗者にとっては怨霊《おんりょう》です。

特に**出産**は産婦の身体が弱る折であり、誕生という一族繁栄の機会でもあるため、敵方の怨霊がたいそう恐れられ、**加持祈祷**《かじきとう》に財力・権力・人脈が駆使されました。源氏物語でも、**葵上**《あおいのうえ》の出産時に**六条御息所**《ろくじょうのみやすどころ》の父の霊も恐れられています。平安中期の政争において、敗者を追い込もうとせず復権を図る動きがあるのは、怨霊への恐怖が強かったためです。

Check

葵上一家も恐れた御霊信仰

過ぎにける御乳母《めのと》だつ人、もしは親の御方につけつつ伝はりたるものの、弱目《よわめ》に出で来たるなど、むねむねしからず乱れ現《あらわ》るる

9巻「**葵**《あおい》」で、出産間近の葵上《あおいのうえ》が、自身の亡き乳母の霊や先祖代々伝わり祟っている霊につきまとわれている場面です。ただし、これらは弱り目に出てきがちなものであり、むねむねし（しっかりした）脅威ではない、とあります。致命的に作用したのは、すぐれた祈祷**僧**にも抑えきれなかった、六条御息所《ろくじょうのみやすどころ》の生き霊でした。

斎院《さいいん》

都の地主神・賀茂《かも》明神に仕える未婚の**皇族**女性です。その住居も指します。天皇の代理で奉仕する尊い巫女《みこ》であり、占いで選ばれ約3年籠《こも》って身を清めたのち、紫野《むらさきの》（**平安京**の北の郊外）にある院に入りました。天皇の代替わりや親の喪《も》により交替するのが原則でしたが、大斎院《だいさいいん》・選子《せんし》のように5代にわたって務めた例もあります。立場上、仏事を避ける必要があり、そのため**罪**深いとされました。

源氏物語では、**光源氏**《ひかるげんじ》の従姉妹《いとこ》・**朝顔宮**《あさがおのみや》が斎院を務めています。彼女に求愛の手紙を贈り続けていたことも、神を怒らせ朱雀《すざく》帝（**朱雀院**）の御世を損なう企《たくら》みとして謀叛《むほん》にこじつけられ、光源氏を**須磨**《すま》へ追う要因となりました。

再会譚 さいかいたん

一度別れた人たちの再会をテーマとする**話型**（話のパターン）です。当時、連絡先不明者をさがす有力な手は口コミでした。**平安京**の貴族人口は2千～3千人であり、職場はみな朝廷関係というムラ社会だったので、噂《うわさ》により消息判明するケースはかなりあったのです。とはいえ引き籠《こも》って暮らす姫君は、親・兄弟が死ぬと外部との接点を失いがちでした。また、離京が絡むと再会の難度は跳ねあがりました。社会の機構が今より粗かったため、朝廷といえど**都**の外の人間を管理するのは困難だったのです。権力ある貴族でも娘を地方へ連れ去られると、所在がわかっていても取り戻せませんでした。加えて再会できたとしても、本人確認や血縁の証明に写真やDNA検査等はありません。記憶や証言だけが頼りです。そんな時代だったため、再会は運命を感じさせる人気ネタでした。源氏物語では**光源《ひかるげん》氏《じ》**が**明石君《あかしのきみ》**とニアミスする14巻「**澪標《みおつくし》**」、**空蟬《うつせみ》**と行き会う16巻「**関屋《せきや》**」がこの話型で、思いこもる**和歌**の贈答が見どころとなっています。**玉鬘十帖《たまかずらじゅうじょう》**に至っては、3重の再会譚が繰り広げられます。

「玉鬘十帖」では、新ヒロイン・玉鬘と女房の右近、光源氏と玉鬘（亡き恋人の遺児）、頭中将と玉鬘(娘)という、3組が再会します！

斎宮 さいぐう

伊勢《いせ》神宮に滞在し、皇室の先祖神とされる天照大神《あまてらすおおみかみ》に仕える巫女《みこ》です。その居所も指します。未婚の**皇族**女性から占いで選ばれ、約3年籠《こも》って身を清めたのち、多数の随行者に囲まれ伊勢へ向かいました（斎宮群行《ぐんこう》）。天皇の代替わりや親の喪《も》により交替します。立場上、仏事を避ける必要があり、そのため**罪**深いとされました。

源氏物語では、前春宮《とうぐう》（皇太子）と**六条御息所《ろくじょうのみやすどころ》**の間に生まれた**秋好《あきこのむ》**が斎宮となり、母・御息所ともども伊勢へ下向します。**都**こそ至上と思う平安貴族にとっては、聖なる役目のため身を犠牲にして鄙《ひな》（田舎）へ赴く姫宮は感傷を掻《か》き立てる存在でした。神聖な斎宮との禁断の恋もそそるネタだったようで、**伊勢物語**では在原業平《ありわらのなりひら》（825～880）と斎宮・恬子《てんし》との夢のような逢瀬《おうせ》が語られます。

催馬楽 さいばら

メロディに乗せて歌う声楽曲です。男性陣には美しい**声**の見せどころでした。歌垣《うたがき》など男女の交歓に使われていた古代の民謡をルーツに持つと見られ、きわどい歌詞が含まれます。宮廷**音楽**という高尚な体裁を保ちつつ性に踏み込めるツールとして、恋・婚姻の場面で活用されました。

細流抄 さいりゅうしょう

室町時代の源氏物語**注釈**書です。室町後期の文化人・**三条西実《さんじょうにしさね》隆《たか》**の講釈をまとめたもので、三条西家源氏学の範囲を超え後代の源氏学に影響を与えました。いわゆる「**草子地《そうしじ》**」の概念を確立した書です。

賢木 さかき

第10巻です。**六条御息所《ろくじょうのみやすどころ》**の伊勢《いせ》行き、**桐壺帝《きりつぼてい》**（院）の死去、**朝顔《あさがおの》宮《みや》**の**斎院《さいいん》**就任、**藤壺宮《ふじつぼのみや》**の**出家**、**朧《おぼろ》月夜《づきよ》**との密会の発覚などが描かれる、本編のストーリーが大きく動き出す巻です。

「野宮《ののみや》の別れ」で六条との関係が修復されたことで、のちに娘・**秋《あき》好《このむ》**が**光源氏《ひかるげんじ》**の養女となり**後宮《こうきゅう》**の覇権を握る布石が打たれます。一方で、父・桐壺院の死により**弘徽殿《こきでん》大后《おおきさき》**らを抑制できる者がいなくなり、光源氏・藤壺宮らには冬の時代となります。光源氏と藤壺宮の仲という究極の秘密は守り通せた一方で、朧月夜・朝顔宮との関わりが謀叛《むほん》罪に仕立てあげられ、光源氏が窮地に陥る巻です。

榊 さかき

「賢木」と表記することも。ツバキ科の常緑樹で、神事に用いられる神聖な木です。斎王《さいおう》が身を清める場所は、木綿《ゆう》（コウゾの樹皮の繊維で作った糸や布）を幣《ぬさ》（神への供え物）として掛けた榊を、四隅に立てる習わしでした。

源氏物語では**朝顔宮《あさがおのみや》**（**斎院《さいいん》**）・**六条御息所《ろくじょうのみやすどころ》**（娘が**斎宮《さいぐう》**）など神域にいる女性との、本来なら遠慮すべき恋の場面で用いられています。また**光源氏**一家の住吉《すみよし》詣では、神楽《かぐら》の舞人が榊をなかなか持ち去らぬ様を描くことで、終了し難いほど魅力的な神事だったことを表しています。

さがなし

性質の悪さを形容する言葉です。重い意味では木霊《こだま》・鬼など魔性に通じる不吉さを表し、軽い意味では**子ども**の悪戯《いたずら》や「口さがなし（口が悪い、やかましい）」など、常識的な状態を破るルール違反を指します。**光源氏**《ひかるげんじ》の仇敵・**弘徽殿**《こきでんの》**大后**《おおぎさき》や、意地悪な継母《ままはは》キャラなど、典型的な悪役に対して、反感や恐れをこめて使われます。一方で、**夕霧**《ゆうぎり》が妻・**雲居雁**《くもいのかり》を「さがな者」と言うなど、軽口や謙遜《けんそん》、親愛のニュアンスを醸《かも》し出す用例もあります。

嵯峨の御堂　さがのみどう

▼登場シーン

光源氏《ひかるげんじ》が建てた**仏教**施設です。堂とは仏像を安置した建物のことで、寺院も指します。嵯峨は**平安京**の西の郊外で、野原（嵯峨野《さがの》）が広がり、大堰川《おおいがわ》（下流では桂川《かつらがわ》）が流れ、西山《にしやま》（**都**の西に連なる山々）を近くに望める景勝地でした。

平安貴族は晩年は**出家**し、**花・鳥**など目耳《めみみ》を楽しませるものから離れて、来世《らいせ》の極楽《ごくらく》行きだけを祈念する修行生活を送るべきと考えていました。それで光源氏も31歳（17巻「**絵合**《えあわせ》」）のとき、出家に備えてこの「嵯峨の御堂」の建設を始め、複数の堂・仏像をつくらせました。この建設事業や近隣の別荘・**桂の院**《かつらのいん》への行楽は、**大堰**に住む**明石君**《あかしのきみ》を忍んで訪ねる際の口実にもなりました。のちには光源氏の40歳祝い（**算賀**《さんが》／御賀）として、**紫上**《むらさきのうえ》が薬師《やくし》仏（病苦を救う仏）をこの御堂で供養しています。光源氏は出家後の最晩年を、この御堂で過ごしたと語られます。

嵯峨の御堂の登場シーン【松風巻】

造らせたまふ御堂は大覚寺《だいかくじ》の南に当たりて、滝殿《たきどの》の心ばへなど劣らず、おもしろき寺なり

藤原公任《ふじわらのきんとう》が「滝の音《ね》は　絶えて久しく　なりぬれど　名こそ流れて　なほきこえけれ」と**和歌**に詠んだことでも有名な実在の寺・大覚寺。光源氏の「嵯峨の御堂」はその南にあり、同様に滝が見事だったと語られます。虚構にリアリティを与える文章テクニックです。同時に、大覚寺の南方に別荘・棲霞観《せいかかん》を持っていた源融《みなもとのとおる》（822〜895）を、光源氏のモデルと思わせる記述でもあります。

さ

桜　さくら

晩春を代表する**花**です。ただ「花」といった場合は桜を指すほど人気でした。**内裏**《だいり》の南殿には**橘**《たちばな》と桜が植えてあり、この桜の花見は公式行事で、8巻「**花宴**《はなのえん》」で**朧月**《おぼろづき》**夜**《よ》との出会いのきっかけとなっています。山桜・**樺桜**《かばざくら》・八重桜などの種類があり、その咲く時期を踏まえて春の庭が花で満ちるようガーデニングを仕切るのは主《あるじ》の力量でした。なお、現代主流のソメイヨシノは江戸時代に生まれた品種であり、源氏物語に出てくる桜は原種にもっと近い、葉も花と同時に芽吹く植物です。それでも、満開時の美麗さ、すぐ散る儚《はかな》さは、平安貴族が愛惜《あいせき》してやまぬものでした。

源氏物語では、最も理想的なヒロイン・**紫上**《むらさきのうえ》のシンボルフラワーが桜です。また**光源氏**《ひかるげんじ》の勝負服は**桜襲**《さくらがさね》であり、後半では**匂宮**《におうみや》が桜に例えられるなど、高貴さ・美・華を兼ね備える主役級キャラを表す花です。

桜　さくら

桜色の衣服、または重ね方が「桜襲《さくらがさね》」と呼ばれるパターンの衣服。春の衣装です。**光源氏**《ひかるげんじ》の「**大君姿**《おおきみすがた》（**皇族**・高位者の身なり）」が桜の直衣《のうし》と特筆されており、その別格性・不老性の象徴と見られています。

狭衣物語　さごろもものがたり

11世紀後半頃の成立と見られる平安文学です。**紫式部**《むらさきしきぶ》の娘・大弐《だいにの》三位《さんみ》が作者という説がありましたが、禖子内親王《ばいしないしんのう》（後朱雀帝《ごすざくてい》皇女）に仕えた宣旨《せんじ》（**女房**の職・呼び名）の作と思われます。源氏物語の影響を強く受けた作品で、主役・狭衣は**薫**《かおる》を思わせる憂愁《ゆうしゅう》に満ちた人物です。彼が**藤壺宮**《ふじつぼのみや》・**夕顔**《ゆうがお》・**紫上**《むらさきのうえ》らを思わせる女性たちとロマンスを繰り広げつつ、最後は天皇に即位するというストーリーです。王朝文学の名品として源氏物語とペアで扱われ、**御伽草子**《おとぎぞうし》や謡曲のテーマにもなりました。

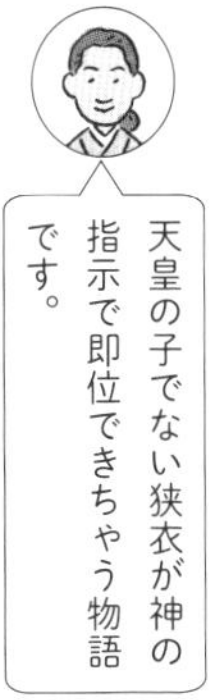
天皇の子でない狭衣が神の指示で即位できちゃう物語です。

笹　ささ

イネ科のササ類の総称です。実際の植物というよりは、「小笹《おざさ》原《はら》」や「玉笹《たまざさ》」など、古歌を踏まえた定型表現として口にされます。

左大臣　さだいじん

▼登場シーン

平安政界の大物ポジションです。源氏物語の政治家最高位は太政《だじょう》大臣ですが、こちらは「適任者がいなければ置かない」臨時職であるため、常置の官としては左大臣が「臣下一同の筆頭」となります。

左大臣　さだいじん

右大臣《うだいじん》に悪役キャラが多いのに対し、**左大臣**は高貴で温厚な役回りです。**光源氏《ひかるげんじ》**の舅《しゅうと》が代表例です。

頭中将《とうのちゅうじょう》・**葵上《あおいのうえ》**きょうだいの父で、**光源氏《ひかるげんじ》**の舅《しゅうと》です。人情に厚い人徳者で、光源氏の人柄に惚《ほ》れ込んで愛娘の婿《むこ》に迎え、かいがいしく育ててあげました。**右大臣《うだいじん》**派の台頭で息子たち共々逆境に立たされますが、光源氏が復権して引き立てたため、摂政《せっしょう》太政大臣として幸福な晩年を送った、とされます。

大宮《おおみや》（后腹《きさきばら》内親王）を正妻に迎えている点や右大臣より若そうなところから、名門の嫡流《ちゃくりゅう》と思われます。一見、好々爺《こうこうや》ですが強《したた》かな政治家にも見え、**桐壺《きりつぼ》前史**を深掘りするといっそう面白くなるキャラクターです。

作法　さほう

葬式など仏事のしきたりのことです。転じて、礼儀にかなった手順や立ち居振る舞いも指します。平安人にとっては催しの格を高め、参列者の気持ちを一つにする大事なマナーでした。

左大臣の御むすめの登場シーン【竹河巻】

左大臣の御むすめを得たれどをささ心もとめず…いかに思ふやうのあるにかありけん

玉鬘《たまかずら》の長女に恋している青年・蔵人少将《くろうどのしょうしょう》が「めとった左大臣家の令嬢には目もくれない」という場面。彼は**夕霧《ゆうぎり》**・**雲居雁《くもいのかり》**の愛息子で、トントン拍子に出世しています。恵まれた境遇にまるで気づいていない無知や傲慢《ごうまん》が、左大臣家とのご縁組さえ、幸せと思わず疎《おろそ》かにする態度で表現されています。

方位と時刻

古方位と古時刻

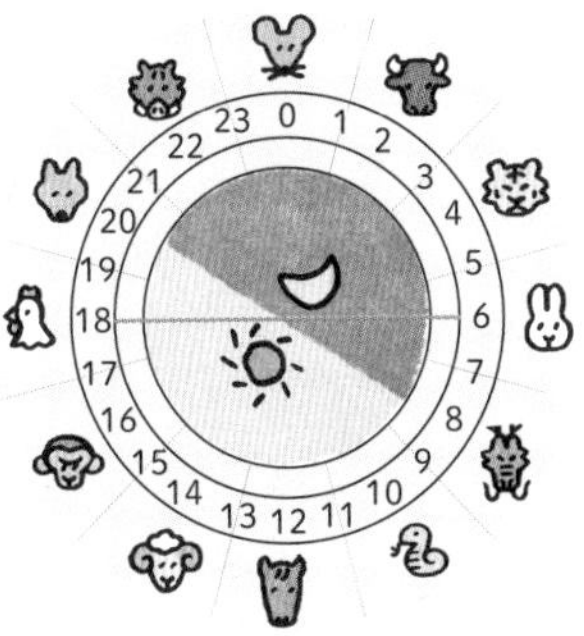

古方位

方位を 12 等分し、北を「子」として、右回りに十二支を配置。鬼門である北東は、丑と寅の中間なので「丑寅《うしとら》」という。

古時刻

1 日の時刻を約 2 時間ごとの 12 の時辰《じしん》に分け、十二支を配置。それぞれの時辰の始まる時刻を「初《しょ》刻《こく》」、中間を「正刻《せいこく》」という。

方位と時刻は、干支《えと》により表しました。北東である丑寅《うしとら》は鬼門と呼ばれ、鬼が出入りする忌《い》むべき方角とされました。平安京の丑寅には延暦寺《えんりゃくじ》、反対の未申には石清水《いわしみず》八幡宮があり、**都**の守りとして尊崇されていました。

方角絡みでは方塞《かたふた》がりも重要です。中神《なかがみ》のいる方角が「塞がっている」とされ通行できない禁忌《きんき》で、別の方角に臨時宿泊して**方違《かたたが》え**せねばなりませんでした。源氏物語では、中流女性とのロマンスのきっかけとして方違えが頻出します。高貴すぎる**光源氏**《ひかるげんじ》が普通の（中流貴族の）女性と出会うには特別な理由が必要で、また方違えの際はドタバタするので、淑女《しゅくじょ》でも少しは隙が生じます。というわけで、程よい出会いの演出ができたのです。

時刻は、水の滴《したた》りを利用した漏刻《ろうこく》時計を用い、陰陽寮《おんようりょう》所属の漏刻博士が計測して、太鼓を打たせて周知していました。夜間の宮中では、近衛府《このえふ》の役人が名乗りつつ時刻を触れ歩く「時《とき》の奏《そう》（『宿直《とのい》申し』とも）」でも時間がわかりました。当時は太陰暦だったので、月の出・入の時刻や満ち欠けも、カレンダーや時計の代わりに使われました。

出立《しゅったつ》の時や**儀式**の開始時刻などは、暦《れき》博士に吉時を調べさせて決定しました。とはいえ、各自が時計を持っているわけではなく、遅刻を責めるにも使いをやって伝えるしかない時代だったので、予定時刻のずれ込みは日常茶飯事でした。

更級日記 さらしなにっき

平安の女流文学作品の一つです。筆者・菅原孝標女《すがわらのたかすえのむすめ》の約40年間の人生を、回想形式で綴《つづ》った日記です。その中には少女時代、源氏物語を始めとする**物語**に夢中だったことや、「**夕顔**《ゆうがお》・**浮舟**《うきふね》のようになりたい」と夢みたことなどが書かれています。執筆された時期が寛仁《かんにん》4（1020）年、筆者が13歳の頃からと、確かな記録で資料的価値が高く、源氏物語の成立や広まり方・受け止められ方を知る上で、第一級の情報源となっています。

早蕨 さわらび

第48巻です。姉・**大君**《おおいぎみ》を亡くした**中君**《なかのきみ》の悲嘆、京・**二条院**《にじょういん》への転居、**薫**《かおる》の中で彼女への想《おも》いが増す様が書かれます。

ポイントは中君が世間に対して「**匂宮**《におうみや》**の妻**」と公表されたことです。姉の死や匂宮の稀《まれ》な訪れに傷つく彼女を真剣に支える中、しだいに募り始めた薫の慕情は、早くも障害にぶつかったわけです。読者にとっては1巻「**桐壺**《きりつぼ》」で**桐壺更衣**《きりつぼのこうい》の実家として現れ、**光源氏**《ひかるげんじ》・**紫上**《むらさきのうえ》が住んだ二条院が、再び登場したことでも感慨深い巻です。

算賀 さんが

長寿祝いのことです。源氏物語では「御賀」と敬語で呼びます。数え年40歳の年と、その後10年の節目ごとに行いました。1年を通して近親者が代わる代わる開いて祝賀するものであり、祝う側・祝われる側双方の勢力・人望が可視化される機会でした。

源氏物語では、7巻「**紅葉賀**《もみじのが》」で一院《いちのいん》（**桐壺帝**《きりつぼてい》の父か？）の算賀が描かれ、**光源氏**《ひかるげんじ》・**頭中将**《とうのちゅうじょう》が舞った**青海波**《せいがいは》の見事さが、理想の時代の象徴として長く語り継がれます。光源氏の40の算賀は、権勢ある妻子たちによって豪華に祝われ、光源氏の栄華を表します。ただし本人が遠慮しても辞退しきれず贅沢《ぜいたく》な賀宴が繰り返される様は、光源氏の統率力の衰退も意味しています。**朱雀院**《すざくいん》の50の賀は、光源氏・**女三宮**《おんなさんのみや》・**柏木**《かしわぎ》の摩擦を体現したイベントとなっています。女三宮主催のものは、光源氏の全力投球にもかかわらず幾度も延期され、12月25日に辛《かろ》うじて行われる無様《ぶざま》をさらします。対して**落葉宮**《おちばのみや》・柏木夫婦が主催したものは、つつがなく華やかに終了し、光源氏を打ちのめすこととなります。

三条西実隆 さんじょうにし・さねたか（1455〜1537）

室町時代の公家《くげ》・歌人・書道家です。その日記『実隆公記《こうき》』は62年にわたる記録で、この時代の第一級史料となっています。多くの古典を研究し、特に源氏物語の書写・研究に励んで、**注釈書**『弄花《ろうか》抄《しょう》』『**細流抄**《さいりゅうしょう》』を著しました。登場人物の系図作成にも熱心で、4種類が現存しています。彼の関与した写本「三条西家本」は、昭和に「**大島本**《おおしまぼん》」が発見されるまで、もとにすべき良質な写本として長く広く利用されてきました。

三部構成説 さんぶこうせいせつ

源氏物語の全54帖が、三部から構成されるという説です。源氏物語の近代的研究に寄与するところ大だった国文学者・池田亀鑑《いけだきかん》（1896〜1956）が、昭和24（1949）年に提唱し、**主題**が「光明と青春」「闘争と死」「死を超えるもの」と展開されていくとしました。現在、ほぼ定着している見方です。

古来、光源氏が主役の部分（桐壺〜幻または雲隠）は正編／前編、薫が主人公の部分（匂兵部卿〜夢浮橋）は続編／後編とされてきました。三部構成説は、正編／前編をさらに2つに分け、物語の主題や作者の構想に、変化・成長を読み取る見方です。内容的に妥当といえるでしょう。

椎本 しいがもと

第46巻です。**匂宮**《におうみや》の**宇治**《うじ》立ち寄り、**中君**《なかのきみ》との**和歌**贈答、**八宮**《はちのみや》の死去、**薫**《かおる》による葬儀と手厚いケアが描かれます。

ポイントは、匂宮が八宮家姉妹に求婚し始めたこと、八宮が薫に姫たちの後見を頼んだこと、複雑な**遺言**《ゆいごん》を残しての八宮の死、薫の**大君**《おおいぎみ》への思慕《しぼ》です。好色な誘いをかけてくる男たちは匂宮以外にも多く、八宮の不安を掻《か》き立てました。衰弱を自覚した八宮は薫に後見の依頼という形で、娘との**結婚**を婉曲に打診しますが、薫は求婚に踏み出せず、両者の思惑は食い違ってしまいます。あきらめた八宮は娘たちに「恥となる結婚だけはしてくれるな」と言葉をかけ、直後に急逝。結果、遺言となったこの訓戒は大君の心を固く縛り、のちの悲劇へと続いていくのです。

ジェンダー

男女の生物学的な性「セックス」に対し、社会的・文化的に形成された性を「ジェンダー」といいます。源氏物語をジェンダーの**視点**で読み解く研究は、フェミニズムによる研究ともども、1990年代から活発化しました。女性たちに憧れの目を向けられる**光源氏**《ひかるげんじ》が、男性たちには女と見られるといった光源氏の両性具有性や、現代では女性ジェンダーらしい行為とされる「泣く」「涙を拭く」**しぐさ**が平安文学内では男女両方のジェンダーに見られること、しかしその中でも「拭き方」を表す表現には男女差があることなど、従来見過ごされてきた点を明らかにしました。

式部卿宮　しきぶきょうのみや

「式部卿」とは、中央省庁の一つ式部省の「卿（長官）」を意味します。重い役職で、平安期には親《しん》王《のう》の名誉職となり「式部卿宮」という呼称が一般化しました。宮家に与えられる官職の中で最も格が高く、事実上親王の筆頭でした。一方で、とても高貴なのに春宮《とうぐう》(皇太子)になれなかった有力な親王に与えられ、不満をなだめる色彩を帯びたポジションでもありました。

源氏物語の**紫上**《むらさきのうえ》、**狭衣**《さごろも》**物語**の藤《ふじ》壺女御《つぼのにょうご》など、**物語**のヒロインに式部卿宮の娘が多いのは、主役の男君のセレブ度・出世ぶりを象徴するトロフィー・ワイフになり得たためです。一方で、家格の晴れがましさとは裏腹に、資産や子・孫の地位は振るわぬものであり、春宮になれた場合とは雲泥《うんでい》の差がありました。

式部卿宮　しきぶきょうのみや

紫上《むらさきのうえ》の父であり、初登場時は兵《ひょう》部卿宮《ぶきょうのみや》、のちに式部卿宮に昇格した人です。当初は「おっとり過ぎて悲劇を防げない」という**継子**《まま こ》**いじめ譚**《たん》の父親像に近いキャラとして登場し、和解後はよき父として紫上に孝心《こうしん》を発揮させ、また超高貴な姻戚《いんせき》として**光源氏**《ひかるげんじ》一統に花を添える役割を果たします。その合間合間で、時勢に媚《こ》びて裏切ったり、その罰をしたたかに食らったり、彼なりに戦略をもって**後宮**《こうきゅう》政争に参戦したりと、この時代の上層貴族らしい動きも見せます。源氏物語がシンプルな継子いじめ譚を卒業し、よりリアルで複雑な文学を追求していった軌跡が窺《うかが》える人物です。

式部卿宮の北方
しきぶきょうのみやのきたのかた

2人登場します。1人めのほうが重要人物で、**紫上**《むらさきのうえ》の父・兵部卿《ひょうぶきょうの》宮《みや》（のちに**式部卿宮**）の本妻です。**継子**《ままこ》**いじめ譚**《たん》の継母キャラに当たり、紫上の**母**を圧迫したことや、紫上の幸せを妬《ねた》み不幸を喜ぶ姿が描かれます。のちの31巻「**真木柱**《まきばしら》」や34・35巻「**若菜**《わかな》**上・下**」ではよりハッキリ「さがな者（**さがなし**＝性格の悪い者）」と書かれ、**光**《ひかる》**源氏**《げんじ》一統がリードする理想的世界の中で、揉《も》め事を起こす悪役となっています。

2人めは52巻「**蜻蛉**《かげろう》」に一瞬だけ登場します。やはり悪い継母キャラで、継子・宮君《みやのきみ》を自分の兄弟と下方婚させようとします。宮君が**女房**に落ちる元凶です。

樒
しきみ

シキミ科の常緑樹です。春に黄白色の**花**をつけ、枝は芳香を持っています。葉や樹皮から抹香《まっこう》を作る、**仏教**のイメージが強い植物です。**薫**《かおる》が喪中の**大君**《おおいぎみ》のもとへ押し入ったとき、その衝動に水を差したのは、仏前の樒の香りでした。

しぐさ

源氏物語の登場人物らは、現代とは異なる習俗の中を生きています。したがって、キャラのしぐさが何を意味しているのかを理解するには、源氏物語や同時代の他の資料を研究し、そのしぐさが現れる状況を知る必要があります。

現在のところ、「走る」「立つ」が成人女性には好ましくないしぐさであることは、ほぼ定説となっています。そのため、幼い紫君《むらさきのきみ》（**紫上**）が走って現れる初登場シーンは、年少さが愛らしいだけでなく、「大人のマナーに縛られないパワフルさ・衝撃性を感じさせたのでは」といわれています。また**女三宮**《おんなさんのみや》が**垣間見**《かいまみ》されたとき立っていたのは、その迂闊《うかつ》な性格とともに、非日常感・意外性を感じさせる姿であり、男性陣に強い印象を残したと考えられます。そのほか、女性は抗議・反対を口にせず、代わりに体を背けたり衣をかぶったりして表現します。

淑景舎　しげいしゃ／しげいさ

▼登場シーン

後宮《こうきゅう》の建物の一つです。壺《つぼ》(庭)に桐の木が植えられていたため、「**桐壺**《きりつぼ》」とも呼ばれました。**桐壺更衣**《こうい》が住んだ殿舎であり、その死後は息子・**光源氏**《ひかるげんじ》が曹司《ぞうし》(控室)とし、のちには光源氏の娘・**明石姫君**《あかしのひめぎみ》が春宮妃《とうぐう》(皇太子妃)として入るという、血縁による継承が観察されます。

侍従　じじゅう

男性官人の官名です。中務省《なかつかさしょう》に属し、天皇の身辺で雑事や補佐に当たりました。従五位下《じゅごいのげ》という中流貴族層の位に相当する官ですが、源氏物語は超セレブが主体の話なので、名門の子弟が若年時に務める様がよく描かれます。若い中将《ちゅうじょう》(従四《し》位下《いのげ》)や少将(正《しょう》五位下)が花形キャラであるのに対し、一段下がる引き立て役、または年少者というイメージです。

侍従は**女房**(侍女《じじょ》)名にもよく見られ、彼女らの父・兄弟が侍従だと思われます。落ちぶれ宮家の姫・**末摘花**《すえつむはな》の乳姉妹《ちきょうだい》や、富裕な**受**《ず》**領**《りょう》の継娘《ままむすめ》・**浮舟**《うきふね》の側近が侍従であり、「上の下／中の上」レベルの女房と想定できる呼称です。

女三宮《おんなさんのみや》の乳姉妹が**小侍従**《こじじゅう》なのは、その**母**の女房名が侍従だからです。女三宮ほど高貴な女性の場合、侍従の**乳母**《めのと》は複数いる乳母の中で、格下のほうだと思われます。その娘の小侍従が、女三宮の一番の側近となっているのは、やや異常です。女三宮やその父・**朱雀院**《すざくいん》が女房集団を統率できておらず、序列が乱れているものと思われます。

淑景舎の登場シーン【澪標巻】

この大臣《おとど》の御宿直所《とのいどころ》は昔の淑景舎なり。梨壺《なしつぼ》に春宮《とうぐう》はおはしませば、近隣《ちかどなり》の御心寄せに、何ごとも聞こえ通ひて、宮をも後見《うしろみ》たてまつりたまふ

光源氏(この大臣)は時の天皇・**冷泉**《れいぜい》帝の後見人ですが、次代の**帝**《みかど》・春宮《とうぐう》(今上帝《きんじょう》)とは縁が稀薄《きはく》です。それで殿舎が隣であるのを幸いに、パーソナルな絆《きずな》を築こうと試みています。春宮側も、母方祖父・**右大臣**《うだいじん》は既に亡くなっているらしく、おじ・**髭黒**《ひげくろ》はまだ位が低く頼りになりません。双方の利が合致したこの粗い同盟は、10年後の明石姫君(光源氏の娘)輿入《こしい》れでやっと安定したものとなりました。

紫檀　したん

舶来《はくらい》の高級木材です。現代ではインド原産のマメ科常緑高木を指しますが、平安期にはもっと漠然と、赤褐色《せきかっしょく》の良質木材を総称したと思われます。熱帯地域から国際交易で入手される極めて高価な材木であり、食器類や家具などに使われました。源氏物語では、超セレブの婚礼時など特に豪華なイベントの折に紫檀材の調度《ちょうど》や食器が描かれます。いわば威信財《いしんざい》です。

漆器　しっき

漆《うるし》の樹液を用いた工芸品です。木や紙などの上に漆を塗り重ねることで、耐久性や防腐・防虫効果が増し、見た目も美しくする技術で、家具や調度《ちょうど》に多用されました。漆器に貝殻をちりばめる螺鈿《らでん》、金粉・銀粉で模様を描く蒔絵《まきえ》など、手の込んだ装飾技法が発達し、評判となるほどの職人もいました。

物語に出てくる場合は屋敷・**儀式**の豪華さを語る際、螺鈿や蒔絵が引き合いに出されます。落ちぶれると、過去の栄華や家格の由緒正しさを切なく表す品となります。

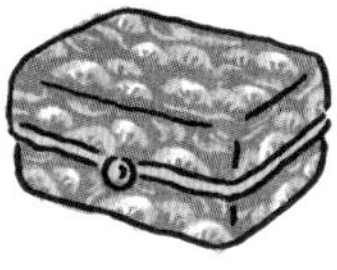

視点　してん

源氏物語の独特な文章を理解するには、この文は誰の視点から述べられているのかが重要です。基本は「**女房**が昔を語る」という体裁です。ただし、主要キャラの内心を自分の気持ちかのように記述したり、はたまた急に客観的に描写したりもします。読者を感情移入させると同時に説得力も持たせるテクニックです。

しのぶ

「人目につかないようにこっそりと何かをする」という意味です。恋においては忍ぶ仲がクールとされ、親のもとで華やかに**結婚**した場合でも、結婚当初は新郎が夜間のみ密《ひそ》やかに逢《あ》いに来るのがマナーでした。「心を押し隠す、我慢する」という意味もありました。また、古代には「偲《しの》ふ（**恋う**、懐かしむ）」だった語が平安期には「忍ぶ」と混同されるようになっており、人を恋しがる意味も帯びています。

柴 しば

山野に生える雑木《ざつぼく》の枝のことです。燃料や建材に幅広く利用されました。立て並べた柴垣、その小ぶりなものである小柴垣《こしばがき》・小柴は、山荘など田舎によく見られる垣根でした。柴刈りや柴を積んだ小舟《こぶね》の往来は、庶民の生活の有り様として描写されています。

紙魚 しみ

紙や衣類を餌《えさ》とする昆虫です。書籍が貴重で、相続（**処分**《そうぶん》）される宝物だった当時には、深刻な害虫でした。

紫明抄 しめいしょう

鎌倉時代後期の源氏物語**注釈**書です。**河内本**《かわちぼん》を校訂した源光行《みなもとのみつゆき》（1163〜1244）の子・素《そ》寂《じゃく》が著し、将軍家に献上しました。源氏物語に出てくる**和歌**や故事、モデルとなった史実などについて、問答形式で記述しています。最古級の注釈書の一つです。

従者 じゅうしゃ／ずさ／ずんざ

貴人の側《そば》につき従う家来です。私的な従者は**乳母**《めのと》や家人の子など、血縁によるコネがある者たちで、自身も官人として朝廷に仕えつつ、同じくらい大事な仕事として主君に付き添い、雑用や護衛を務めました。公的には、朝廷から与えられる「**随身**《ずいじん》」という者がいました。随身の職務内容は私的な従者と同等でしたが、貴人に官命で与えられる特権性や、容姿・家柄を考慮して選抜されること、弓矢・剣を携行する美々しい身なりから、主君たる貴人の勢威を象徴する存在となり、その質・数は世間の羨望《せんぼう》を集めました。公的・私的な従者は完全なる別ものではなく、私的な主君を持ちつつ職場の上司の従者も務めたり、公的な随身が私的な側近に転じたりしています。

源氏物語では、**光源氏**《ひかるげんじ》の従者として**藤原惟光**《ふじわらのこれみつ》・**源良清**《みなもとのよしきよ》が決まり文句のように登場します。彼らは格下の存在であり、ファーストネームで名指しされます。光源氏や**薫**《かおる》・**匂宮**《におうみや》など、主役のセレブに付いている従者らは、作者と同じ中流貴族層です。その行く末は、主要キャラ以上に淡泊に扱われ、いつの間にか退場しているのが常道です。

さ

重服　じゅうぶく　▼Check

服喪《ふくも》の種類で、期間が1年に及ぶもの（1年未満は**軽服**《きょうぶく》）。天皇・父母・夫などが死去した場合が該当します。最も濃い黒色の喪服を着用しました。

入水譚　じゅすいたん

複数の男からの求愛に悩んだ女が入水するという悲恋物語です。古代に人気の**話型**だったらしく、万葉集《まんようしゅう》（8世紀末頃成立）に「葛飾《かつしか》の真間《まま》の手児奈《てこな》」「葦屋《あしや》の菟原処女《うないおとめ》」の話があります。菟原処女の話は大和《やまと》物語（10世紀半ば頃成立）にも、「生田川《いくたがわ》での昔話」と脚色されて収められています。もともとは、倭健命《やまとたけるのみこと》のために身を投じた弟橘比売《おとたちばなひめ》など海神の犠牲となった「水の女」の話だったものか、あるいは乱婚時代の女性首長の伝説だったものかと思われますが、婚姻観の変化や**仏教**の浸透とともに「心惹《ひ》かれるが野蛮な古伝承」となっていたようです。

源氏物語（11世紀初頭成立）では最後のヒロイン・**浮舟**《うきふね》が、**薫**《かおる》・**匂宮**《におうみや》の板挟みになり入水を決意します。「田舎育ちで気高い処世術を知らなかったせいだろう」「おずかるべきこと（恐ろしいこと）」などと言い訳しつつも、作者がこの話型をあえて選んだのは、よほどの思い入れがあったためと思われます。なお源氏物語のヒットで、この話型は**狭衣**《さごろも》**物語**の「飛鳥井《あすかい》の女君」の話にも引き継がれるなど、後世に命脈をつなぎました。

浮舟も実際には投身せず、未然に救出されますしね…。

Check

服喪の侘しさを色で表現

殿上人などなべて一つ色に黒みわたりて、ものの栄《はえ》なき春の暮なり

19巻「**薄雲**《うすぐも》」にある、3月（晩春）に**藤壺宮**《ふじつぼのみや》（薄雲女院《にょいん》）が死去し、1年の諒闇《りょうあん》（天子の父母の喪）に一同が服するシーン。源氏物語は執筆当時より数十年前を舞台とする時代小説なので、殿上人の袍《ほう》の色は四位《しい》=深緋、五位《ごい》=浅緋、六位《ろくい》=緑でしょう。それらがみな黒一色となった侘《わび》しさを語る文です。21巻「**少女**《おとめ》」で、「年変はりて宮の御果ても過ぎぬれば、世の中、**色**あらたまりて…」と喪の明ける様が描かれています。

主題　しゅだい

源氏物語はさまざまな**話型**の集合体であり、それぞれが異なる主題を持っています。そのほかにも、**結婚**に直面した寄《よ》る辺《べ》ない女性がどう生きるかという主題は、**朝顔《あさがおの》宮《みや》・紫上《むらさきのうえ》・玉鬘《たまかずら》・落葉宮《おちばのみや》・大君《おおいぎみ》**を通して何度も展開されており、作者の強い関心が感じられます。理想の政治や教育、**出家**なども、キャラの生き様を通して追求されています。

出家　しゅっけ

平安貴族は**仏教**を信じており、出家を本意《ほい》（本来の目的）としていました。しかし彼らは同時に恋人・親・子を愛し、美衣美食・美しい自然など、現世《げんせ》の素晴らしさを愛《め》でていました。そのような愛着を「煩悩《ぼんのう》」と見下げる仏教は、正直、受け入れにくい教えでした。家族や職責は「絆《ほだし》（仏道の妨げ）」とされましたが、それらを投げうって出家すると、現実問題、残された人は深刻に困りました。

それらの事情から出家への印象はポジティブ一辺倒ではなく、特に若年者や女性の出家は後ろ暗い理由や、**物《もの》の怪《け》**による錯乱《さくらん》が勘ぐられがちでした。リタイア後・夫の死後など条件が満ちてからの出家はあるべきものとされましたが、それでも社会的な死への忌《い》まわしさ・悲しみは猛烈で、一同が寄ってたかって引き留めました。出家の現場では、みなの号泣がつきものでした。

出家遁世譚　しゅっけとんせいたん

「遁」は「逃げる」の意。したがって、人間が**出家**して俗世から逃れる話を指します。その原因は、男性の場合社会とのトラブル、女性は**結婚**への絶望がほとんどです。源氏物語では、人に侮《あなず》られた恥から出家した**明石入道《あかしのにゅうどう》**、三角関係に追いつめられた**浮舟《うきふね》**などが該当します。

ただし一般的な出家遁世譚は、出家を話の締めくくりとします。対して源氏物語は、明石入道・**藤壺宮《ふじつぼのみや》**など、出家後も現世《げんせ》での役目を担い、目的を達成したのちに修行に専心する人を描きます。また**紫上《むらさきのうえ》・秋好《あきこのむ》**中宮・俗聖《ぞくひじり》である**八宮《はちのみや》**は、出家せず信仰を深めていきます。**光源氏《ひかるげんじ》**が目指したのは仮にもこの世をかえりみない完璧な出家でした。作者の考える理想の出家像、およびその**ジェンダー**差が感じられます。

源氏物語で出家した主な人物

出家した人物	理由
藤壺宮（p.199）	光源氏の懸想を断ち切り、冷泉の治世を護持するため。物語的には有夫女性の密通の罪ゆえであろう。
六条御息所（p.247）	病および「罪深きほとり（仏教と懸隔した伊勢の神域）」にいた罪のため。二夫の罪とは考えにくい。
空蝉（p.43）	配偶者（伊予介）の死後、継子（紀伊守）の懸想を避けて。物語的には有夫女性の密通の罪ゆえであろう。
朧月夜（p.61）	配偶者・朱雀の出家後（死後に準ずる）、および老齢ゆえの出家。物語的には有夫女性の密通罪の償い。
朝顔宮（p.27）	老齢および「罪深きほとり（仏教と懸隔した賀茂の神域）」にいた罪のため。
女三宮（p.62）	光源氏のつれなさを悲観して。物語は六条御息所の死霊のしわざとしている。有夫女性の密通罪に該当。
朱雀院（p.138）	重病のため。筋書き上の都合が大きいだろうが、父・桐壺帝の遺言に背いた罪や老齢もあるか。
光源氏（p.191）	絵合巻（31歳）で延命無事祈願の出家志向が語られ、幻巻（52歳）後に出家したが物語には描かれない。

平安貴族は、**仏教**の教えに基づく前世・現世・来世と輪廻《りんね》転生（生まれ変わり）を信じていました。また平安中期頃からは、「死後は輪廻転生から脱出し、西方の極楽浄土《ごくらくじょうど》へ往生したい」という気運が盛りあがりました。そのため、「現世で（仏教的に）善い行いをしよう」と考え、財力に応じて、寺を建てたり仏像・仏画を制作させたり法会《ほうえ》を開いたりしました。中・上流貴族が行うこれらの仏事は、下流貴族や庶民も遠目に拝観し、精神的な救いを得ていました。

仏教では「前世および現世の行いの結果がこの世での報《むく》いとなる」としていたため、美貌や高貴さなど生まれつきの良さは、前世での善行の証しと考えられました。男女の関係が成立したり子どもが生まれたりするのも、前世からの縁でした。不幸に遭った場合、「前世または現世で**罪**を犯したのだろう」と捉え、諦めとともに受け入れようとしました。そもそも現世の日本が「世も末の汚れた小国」とされていたため、この世に絶望し来世だけを期待して、仏道修行に励むのが平安の意識高い系でした。

出家のスタイル

史実では尼削ぎから剃《てい》髪《はつ》へ段階を進める**尼**が見られるが、源氏物語中の尼はみな尼削ぎである。尼姿は不吉で忌《い》まわしいものとされた。

出産 しゅっさん

人数の多さ＝一族の勢力、という時代だったため、出産は大歓迎されました。一方で、妊婦・産婦・赤子の死亡は、数例に1件程度の割合で起きる身近な不幸であり、きわめて恐れられました。出産という弱り目には家に伝わる**物《もの》の怪《け》**が出現する、出産絡みで死ぬ女は**罪**が深いなどの思想のせいもあります。そのため出産時には衣服や調度《ちょうど》を白一色にして清浄を心がけ、**僧**による**加持祈祷《かじきとう》**で物の怪防衛ラインを張り、器を割って音で魔を追い払おうとしました。出産後は、奇数日ごとに9日めまで「産養《うぶやしない》」という祝宴を開催し、赤子を披露するとともに産婦をねぎらいます。産養の主催は親類縁者であり、その顔ぶれは母子の社会的地位に関わりました。ポイントは「実父が主催するか（赤子を大事なわが子だと思っているか）」「最も重要な7日めの主催者は誰か」です。産後50日と100日にも「五十日《いか》／百日《ももか》の祝い」という、餅《もちい》を赤子に含ませる**儀式**がありました。

准拠 じゅんきょ

源氏学の用語です。源氏物語に描かれる人・出来事、先例の、モデルとなった史実のことです。17巻「**絵合《えあわせ》**」で開催される絵画コンテストが、天徳《てんとく》4（960）年に**村上《むらかみ》天皇**主催で行われた歌合《うたあわせ》を絵画バージョンに変えたもののように見えることから、「絵合の准拠は天徳歌合と思われる」というなどです。准拠研究は早くも13世紀頃から源氏学の重要ジャンルとなってきました。この研究を通じて、貴人の日記の文章やそこに記された行事・しきたりなど、その後失われることとなる古記録の断片が後世に多々伝わり、貴重な史料となっています。また、作者が何をイメージして創作したのかを知る貴重な手がかりです。一方で、物語内の出来事は多くが複数の准拠のブレンドであり、作者がわざと准拠ありげに書いている箇所もあるため、注意が必要です。

譲位 じょうい

天皇が位を譲ることです。「御国譲り」「降りゐさせ給ふ（退位なさる）」などとも表現されます。天皇は上皇《じょうこう》となり（**出家**すると法《ほう》皇《おう》）、**内裏《だいり》**を出て後院《ごいん》（退位後の御所。**朱雀院《すざくいん》**や**冷泉院《れいぜいいん》**が代表例）に住みます。

源氏物語では、天皇たる規範から解放された上皇が、より気軽に外出や面会をしたり、愛する后妃《こうひ》と「ただ人（一般貴族）のやう」に好きなだけ共に過ごす様が描かれます。内裏では、新天皇の身内が政権担当者となり、側近が新たに取り立てられるなど人事異動が起きます。**後宮**《こうきゅう》では后妃や**女官**が一新または配置替えされます。

障子　しょうじ／そうじ／さうじ

今日の襖《ふすま》に当たる建具です。実質的な壁である嵌《は》め込みタイプのものと、スライドして開閉できる戸タイプとがあり、表面には山水画が描かれて、美術品としても価値がありました。**御簾**《みす》や**几帳**《きちょう》に比べれば確固たる仕切りであり、姫君が男と対面する際は、間の障子に鍵をかけた上で会うのが定番です。ただし、そのような対面の直後に情事となっている例が多いため、姫または**女房**（侍女《じじょ》）が口説《くど》き落とされて開錠《かいじょう》するか、障子をたわめる／穴を開けるなどにより男性が押し入っているかだと思われます。

浄土　じょうど

仏の世界のことです。多くは、阿弥陀仏《あみだぶつ》がいる極楽《ごくらく》浄土のことを指します。源氏物語では、盛大な法事や**光源氏**《ひかるげんじ》が建てた**六条院**《ろくじょういん》がしばしば極楽浄土に例えられます。一般的な生活水準が低い時代だったため、財力権力を費やして清掃し華やかな衣装・調度《ちょうど》で彩った空間・イベントは、理想郷のように見えたのでしょう。

浄土信仰　じょうどしんこう

仏教の教えの一つで、死後の極《ごく》楽往生《らくおうじょう》（**浄土**へ行くこと）をひたすら祈る信仰です。平安貴族に浸透していた仏教は、家の繁栄・**病**《やまい》の治癒など現世《げんせ》での御利益をもたらすものでしたが、源氏物語が書かれた頃からは来世《らいせ》での救済のみを祈る浄土信仰が人気となりました。1052年に末世《まっせ》に入るとする末法《まっぽう》思想や、頻々《ひんぴん》と起きる疫《えき》病《びょう》・飢饉《ききん》、先行きの知れた身分社会などが、絶望感を煽《あお》ったからです。貴人でも、自分や家族の突然の死やそれに伴う零落《れいらく》に怯《おび》えており、寺の建立や法事の開催など、仏教的善行に励んでいました。とはいえ、「愛する人も楽しみもすべて捨て、仏・浄土のみを祈念する」というハードルは高く、その葛藤は源氏物語でもテーマとなっています。

白河天皇　しらかわてんのう（1053～1129）

第72代天皇（在位1072～1086）。**譲位**の後、天皇3代43年にわたって政治を執りました。「院政《いんせい》」という、平安後期の政治体制を確立した人物です。孝行《こうこう》を美徳とする価値観のもと、天皇の父だからこそ権力を握るという姿には、**冷泉**《れいぜい》の実の父として君臨した**光源氏**《ひかるげんじ》を彷彿《ほうふつ》とさせるものがあり、白河院自身もそれを意識していました。元永《げんえい》2（1119）年には、養女である鳥羽《とば》天皇中宮・璋子《しょうし》のために**源氏絵**の制作を申しつけています。現在、「**国宝源氏物語絵巻**」と呼ばれている現存最古の源氏絵は、この白河院が発注した絵巻ではないかという説があります。用紙や絵の具の高価さ、**絵師・書写者**の技量の高さから国家的プロジェクトで制作されたことが窺《うかが》われるためです。

沈　じん

黒色の香木《こうぼく》です。東南・南アジア産の樹脂性沈着物が熟成されたもので、後世には香道《こうどう》の主原料となったほど、高雅《こうが》な芳香を有します。当然輸入品で、きわめて貴重でした。平安中期に主流だった合わせ**薫物**《たきもの》（各種の香料を調合したお香）でも、主要な素材として記録に残っています。ただし平安文学では、食器など高価な木工品の素材としてもよく出てきます。現在「沈」と呼ばれているものは、加熱しなければ無香であり、また樹脂由来の生成物で木工には適しません。そのため、舶来《はくらい》の黒い高品質木材も「沈」と呼ばれていたと考えられます。

身体論　しんたいろん

登場人物の身体の描写、および**しぐさ・身振り**に着目する読み方です。紫君《むらさきのきみ》（**紫上**）が初登場のとき、走ってくるという平安レディにしては破格の激しい身動きをしていること、それが当時の読者には驚き・新鮮さを与えたであろうことを現代人に気づかせるなど、新たな**視点**を切り拓《ひら》きました。ヒロインの長い**髪**は、撫《な》でたり梳《す》いたりしてケアする親との絆《きずな》を表現するツールになっていること、ヒロインの反応として**汗**が特筆され書き分けられること、男女共によく泣くけれど涙を「おし拭《ぬぐ》ふ」しぐさは男性が見せるもの、つまりマッチョなしぐさであったろうことなど、興味深い視点が提出されています。

心内語　しんないご

「心中思惟《しい》」「内話」などとも呼ばれます。登場人物の心中を語る文章です。源氏学では古来注目されてきました。場面を淡々と描写する文章に、心内語が混在する文体は、源氏物語のきわだった特徴です。ナレーターがキャラに時に同化するため、読者もキャラ自身になり代わり、**物語**の世界を見ている錯覚に陥ります。心内語に注意を払って読むと、作者のテクニックが見えてきます。

神話　しんわ

古事記《こじき》、日本書紀《にほんしょき》に見られるような神話は、源氏物語に強い影響を与えています。例えば「邇邇芸《ににぎの》命《みこと》が美貌のコノハナサクヤビメと醜貌《しゅうぼう》のイワナガヒメを献上され、イワナガヒメを嫌った結果長寿を失った」というエピソードは、「バナナ型神話」と呼ばれる**話型**です。東南アジアを中心にさまざまなバリエーションが広い地域で観察されています。この神話は、6巻「**末摘花**《すえつむはな》」の、美しい紫君《むらさきのきみ》（**紫上**）と不器量な**末摘花**の話に似ています。ただし**光源氏**《ひかるげんじ》は末摘花を捨てず、その結果、岩の長寿、醜《しこ》のパワーをも得て、邇邇芸命よりスケールの大きい帝王となっています。また、海神の娘で子別れするトヨタマビメは、**明石君**《あかしのきみ》の原型となっています。**夕顔**《ゆうがお》のもとに顔も見せずに通う光源氏は、「三輪山《みわやま》神話」の三輪山神のイメージです。光源氏・**藤壺宮**《ふじつぼのみや》の逢瀬《おうせ》と子の誕生は、「一夜孕《いちやばら》み」という神婚を連想させる書き方がされ、荘重《そうちょう》な雰囲気が付与されています。

末摘花　すえつむはな

第6巻です。メインストーリーには絡まない内容で、いわば番外編です。冒頭で、4巻「**夕顔**《ゆうがお》」を受けての話だと明記されており、帚木三帖《ははきぎさんじょう》に直結しています。中流女性とのロマンス短編で、**光源氏**《ひかるげんじ》が親友・**頭中将**《とうのちゅうじょう》と恋を競い、やっと射止めたらすべてがダメダメな姫だった…という笑い話です。キューピッドを務める大輔命婦《たいふのみょうぶ》、張り合ってくる頭中将など、脇役キャラがそれぞれ魅力的な巻です。

この巻では、常陸宮家の古くさい暮らしぶりが描かれます。当時の流行りすたりがわかる史料にもなっています。

末摘花 すえつむはな

「紅花《べにばな》」ともいいます。キク科の二年草です。西アジア原産と推定され、紀元前2500年頃のエジプトでミイラ布の染色に使われるなど、歴史的・地理的に広く長く利用されてきました。現代でもエジプト、インド、中国、日本、オーストラリア、アメリカなど、世界各地で食用・観賞用・薬用・染料用に栽培されています。日本へは、中央アジアのシルクロード経由で伝わったと思われ、6世紀後半のものらしき藤《ふじ》ノ木《き》古墳から花粉が検出されています。

10世紀初頭の規定「延喜式《えんぎしき》」では、「唐紅《からくれない》」を染めるには綾絹《あやぎぬ》一疋《ひき》（約18m強）につき紅花大十斤《きん》（約7・5kg）を用いるとしています。高価な染料をそれほど要する贅沢《ぜいたく》さから、紅は禁色《きんじき》とされ、憧れの的となりました。茎《くき》の先（末）から摘んで染めに使うことから、「末摘花」の別名が生まれました。

末摘花 すえつむはな

個性的なサブキャラです。セレブ男性に愛され救出される尊い血筋の不幸な姫…という、絵に描いたようなヒロインですが、実は器量・教養・家事能力、すべてが低レベルと判明する道化役です。ニックネームの末摘花は、彼女の赤鼻（紅鼻）にちなみます。紹介者・大輔命婦《たいふのみょうぶ》の巧妙な演出により、「**琴**《きん》の弾ける奥ゆかしい姫」と**光**《ひかる》**源氏**《げんじ》に誤解され、結ばれました。光源氏をけなげに待ち続けて、ついには**二条東院**《にじょうひがしのいん》に引き取られ、終生扶養を勝ち得た女性です。

末松謙澄 すえまつ・けんちょう（1855〜1920）

明治時代の政治家・文学者です。新聞記者を経て官僚となり、イギリス・ケンブリッジ大に留学、帰国後は政界入りして逓信《ていしん》大臣、内務大臣を歴任しました。在英中、日本の文化を紹介する必要を感じ、1882年、源氏物語の英訳を刊行しました。範囲は1巻「**桐壺**《きりつぼ》」〜17巻「**絵合**《えあわせ》」で、しかも抄訳ではありましたが、初の英訳（**外国語訳**）です。「**藤壺宮**《ふじつぼのみや》は密通したが、その結果、死後に罰を受ける様が描かれている」などと付記しており、当時のイギリスの性に厳しい空気や、異文化ギャップを埋める困難が感じられます。

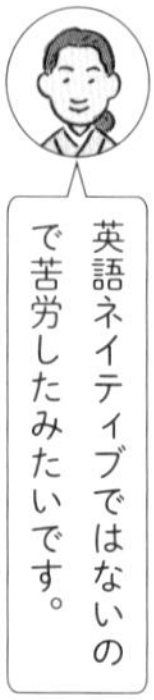
英語ネイティブではないので苦労したみたいです。

さ

好き　すき

恋愛を好むことを意味する動詞「好く」の名詞形です。情事だけでなく、エモい恋歌のやり取りや心の浮き沈みなども引っくるめて味わう、洗練された嗜好ではありますが、性への視線が厳しくなる中、ネガティブなニュアンスが強まっていました。**色好み**と似た概念ですが、恋愛全体を対象とし、男性の行為により特化した語です。**光源氏**《ひかるげんじ》が一般的な「すきごと」はしないこと、**まめ**人の**夕霧**《ゆうぎり》・**薫**《かおる》はさらに厳格な態度を取ることが特筆されています。同時に、美貌で魅力的、男盛りの貴人が「すき」と無縁なのも「さうざうし（物足りない）」としており、否定し難い魅力があったようです。

宿世　すくせ

今風にいえば運命です。ただ、前世《ぜんせ》・現世《げんせ》の自分の行為に起因するのがミソです。善行を積み悪行を避ければこの世や来世《らいせ》で出世・幸福を得られる…という**仏教**の思想が根底にあります。賞罰以外に人間関係も含まれ、恋愛関係や人の誕生は、前世の縁によるものとされます。ただし前世で何があったかは人間には知りようがありません。そのため、現世で努力・善行をした（と思う）にもかかわらず不幸に陥った場合は、過去にも原因があると考え、宿世は逃れきれなかったと嘆いて諦めようとします。

反対に、規格外の出世や**結婚**ができた人は、前世の功績により高き宿世を持って生まれてきたということになります。夫婦・親子の縁に関しては、「契《ちぎ》り」「さるべき」という語もほぼ同じ意味で使われますが、こちらは善悪より、縁の深さ浅さを気にするニュアンスです。

宿曜　すくよう

星の位置関係と個人の誕生日を考え合わせ、運命や寿命、吉凶を判定する占星術です。災いを福に転じる祈祷《きとう》術も含んだと思われます。源氏物語では、**桐壺帝**《きりつぼてい》が**光源氏**《ひかるげんじ》を臣下に降《くだ》す際、判断材料に宿曜を用いています。光源氏に「子を3人授かる。**帝**《みかど》と**后**《きさき》と太政《だじょう》大臣」と予言したのも宿曜でした。出自の低い**明石姫君**《あかしのひめぎみ》が畏《おそ》れ多いと、父に丁重に育てられることとなった根拠です。

朱雀院　すざくいん

平安京の西京、四条《しじょう》の朱雀大路《すざくおおじ》沿いにあった天皇家の屋敷です。8町（1町は約120m四方）という、きわめて広大な面積を持つ豪邸でした。後院《ごいん》（**譲位**後の天皇の住まい）として宇多上皇《うだじょうこう》（**宇多の帝**《みかど》）や朱雀上皇（**朱雀天皇**）が居住しましたが、天暦《てんりゃく》4（950）年に焼亡。復興されたものの、記録に残るような催事は見られなくなります。**紫式部**《むらさきしきぶ》の時代には、皇室やその身内が住む屋敷の一つで、「かつて上皇御所として華やいだ御殿《ごてん》」というイメージでした。

源氏物語では、**朱雀院**（**光源氏**《ひかるげんじ》の異母兄）が退位後にここに住み、愛娘・**女三宮**《おんなさんのみや》の**裳着**《もぎ》を「柏梁殿《はくりょうでん》（柏殿《かえどの》とも）」という、朱雀院に実在した御殿で行っています。

朱雀院　すざくいん

源氏物語には、朱雀院に住む上《じょう》皇《こう》が2人登場します。1人めは、**桐壺帝**《きりつぼてい》の父かと思われる一院《いちのいん》です。7巻「**紅葉賀**《もみじのが》」では一院の**算賀**《さんが》（長寿祝い）がゴージャスに描写されており、「一院＝宇多《うだ》上皇（**宇多の帝**《みかど》）」と匂わせるとともに、桐壺帝・**光源氏**《ひかるげんじ》の時代の繁栄ぶりを物語るエピソードとなっています。

2人めは桐壺帝と**弘徽殿大后**《こきでんのおおきさき》の間に生まれた、光源氏には異母兄に当たる人物です。源氏物語関連で「朱雀／朱雀帝／朱雀院」といった場合、この人を指すことがほとんどです。桐壺帝の跡を継いで天皇になり、8、9年で異母弟（実は光源氏の子）・**冷泉**《れいぜい》に**譲位**しました。資質の面では光源氏に負けつつも、兄弟愛で深く結ばれ、**朧月夜**《おぼろづきよ》をめぐっては三角関係を黙認しました。第二部では**出家**に際し、愛娘・**女三宮**《おんなさんのみや》を光源氏に嫁がせ、のちには**出産**で弱った宮を出家させて、光源氏一家に波乱をもたらします。光源氏同様、「**雲**《くも》**隠**《がくれ》」巻に相当する8年間に死去しました。

貴人らしい教養・優しさを持ち、それが気弱という欠点にもなっている人物です。母后《ははぎさき》らの横暴を抑えきれず、父の**遺言**《ゆいごん》を破って光源氏を**須磨**《すま》へ追い、「不孝《ふこう》の**罪**」の罰で目を患いました。比較的短い在位期間、中宮（天皇の正妻）を立てられなかったこと、本作内の**帝**《みかど》で唯一出家したこと、出家後も子への愛執《あいしゅう》に惑うところなど、力量不足やそれゆえの報《むく》いが感じられる人物です。4人の娘のうち2

人（女三宮・**落葉宮**《おちばのみや》）が異性スキャンダルを起こしていることは、当時の感覚からいえば、子女教育の拙《つたな》さ／問題解決能力の低さを表します。一方で、光源氏への憧れや恨《うら》み、女三宮への子煩悩《こぼんのう》などに繊細で奥深い人柄が表れ、特有の魅力となっています。

朱雀天皇　すざくてんのう（923〜952）

第61代天皇（在位930〜946）で、退位後は**朱雀院**に住みました。父・**醍醐**《だいご》**天皇**（延喜《えんぎ》の治）と同母弟・**村上**《むらかみ》**天皇**（天暦《てんりゃく》の治）が後人に好印象を残したことと比べると、朱雀天皇は「母・穏《おん》子《し》に溺愛《できあい》されて柔弱に育った」「治世に平将門《たいらのまさかど》・藤原純友《ふじわらのすみとも》の乱が起きた」など、ネガティブな印象だったようです。父を継ぎ弟に**譲位**した点や、同母兄・保明親王《やすあきらしんのう》（903〜923）が春宮《とうぐう》（皇太子）のまま亡くなり「**前坊**《ぜんぼう》」と呼ばれたことなど、源氏物語の「朱雀（**朱雀院**）」と呼ばれるキャラを彷《ほう》彿《ふつ》とさせる人物です。ただし、朱雀天皇という号は後世に定められたものなので、同名なのは偶然です。

鈴虫　すずむし

第38巻です。**女三宮**《おんなさんのみや》の密通事件が相手・**柏木**《かしわぎ》の死で収束し、人々は苦悩や悲嘆を抱えつつも、日常がふたたび始まります。**出家**した女三宮が法事をひらき、鈴虫の音を聞いて**光源氏**《ひかるげんじ》と**和歌**を交わし、光源氏は**冷泉**《れいぜい》を訪問して、月を愛《め》で出家について語り合う…という、一見事件性のない巻です。英訳者**アーサー・ウェイリー**は、重複した内容が繰り返されるのみだと、この巻を省いて訳したほどです。ただ実際は、それぞれの思いが行間を交錯し、典雅《てんが》な文体・情景も相まって、味わい深くもそら恐ろしくもある巻です。

例えば光源氏は、出家した女三宮に却《かえ》って心惹《ひ》かれ、宮はうるさがりつつも光源氏の琴には聞き惚《ほ》れてしまう…と、執着断ち切れぬ2人が描かれます。生別後の夫婦ならではの感傷です。宮の法事用具を作ったのは**紫上**《むらさきのうえ》です。自分を追い落とした宮の仏具を、どんな気持ちで縫ったのか。光源氏が訪ねた冷泉は、彼と**藤壺宮**《ふじつぼのみや》との不義の子です。その報《むく》いを受けてなお光源氏は、冷泉を我が子として愛《いと》おしみます。続く39巻「**夕霧**《ゆうぎり》」で物語はいっそう陰影を増し、40巻「**御法**《みのり》」の紫上の死で第二部は実質終結するのです。

簀子 すのこ

当時の貴族が住んだ建物の、外周部分です。簀子とその内側の**廂**《ひさし》との間には、**御簾**《みす》と格子《こうし》がありました（格子は日中は開けてありました）。この御簾・格子が内と外を分ける仕切りでした。ここより内は家族と女性の空間、簀子は来客と男性の場です。家族ではない男性が来訪した場合、簀子に円座《わろうだ》という座布団を出して席を設けました。男性が特に親しい関係だったり、高貴な方で簀子では畏《おそ》れ多い場合は、廂に招き入れました。男性が「もっと親しい者として扱ってください」と恨《うら》み、**女房**（侍女《じじょ》）が「ごもっとも」と姫君を説得して、円座を簀子から廂に移すやり取りは、半ば挨拶《あいさつ》の一環です。

修法 ずほう

仏教の中でも現世《げんせ》の御利益が特に期待されていた**密教**《みっきょう》による、**加**《か》**持祈祷**《じきとう》などの宗教行為です。土を塗り固める、木の台を置くなどして壇《だん》を設け、目的に合わせた仏像をまつって、その前で**僧**が祈祷しました。不動明王《ふどうみょうおう》を本尊とする「五壇の御修法《みしほ》」は、天皇や国家のための重大な祈祷として行われていました。平安人にとっては災いを鎮《しず》める手立てであり、特に医療行為として頼りにされました。壇の多さは治療の手厚さと信じられていました。土を用意し塗り固めて壇を築くには、当然、人手を動員する権力と彼らに与える対価の品々が必要です。したがって、当主が死去したり権勢を失ったりした家では、よい治療がしにくくなるものでした。恋心や悲嘆など理性で制御できぬ情動も、修法による治療の対象でした。

須磨 すま

第12巻です。**光源氏**《ひかるげんじ》の**須磨**への退去、それに先立っての人々との惜別、仏道修行に明け暮れるわび住まい、**頭中将**《とうのちゅうじょう》の見舞い、大嵐（**須磨の嵐**）の襲来などが語られ、「違《たが》ひ目」と表現される、光源氏の生涯最大の逆境です。**弘徽殿大后**《こきでんのおおきさき》側が**朧月夜**《おぼろづきよ》との仲や**朝顔宮**《あさがおのみや》との文通を、朱雀《すざく》帝（**朱雀院**）への謀叛《むほん》に仕立てあげようとしたものです。光源氏は、先手を打って謹慎に入ることで、春宮《とうぐう》（皇太子）・**冷泉**《れいぜい》が連座させられることを防ぎました。これは、**藤壺宮**《ふじつぼのみや》との不義の**罪**への**禊**《みそぎ》（水による浄罪）、今風にいえば懲役に服したわけです。

須磨 すま

現・兵庫県神戸市の地名です。律令《りつりょう》という古代の法律で定められた畿内《きない》（王化《おうか》の地、天皇の威光が及ぶ文明地帯）の、西端に位置していました。在原行平《ありわらのゆきひら》（818〜893、業平《なりひら》の兄）が左遷され、謹慎生活を送った地という伝説もあります。官位を剥奪《はくだつ》された**光源**《ひかるげん》**氏**《じ》は、ここで仏道修行に明け暮れる贖罪《しょくざい》の日々を過ごしました。作者が須磨を選んだのは、**明石**《あかし》とも歌枕《うたまくら》、いわばブランド地名であり、行平伝説にオーバーラップさせられる地だったからと思われます。光源氏の立場から分析すると、許可なく畿外へ出ないという律令規定を守りつつ、その中では最も辺鄙《へんぴ》な場所に籠《こも》ることで、朝廷への忠実さと謹慎の意の深さを表現できる地です。京から1、2日の距離で、西の要衝・大宰府《だざいふ》へ行き来する人により京の口コミ網にも乗りやすく、**都**への影響力をぎりぎり保てます。また、光源氏所有の荘園《しょうえん》が近くにあり、**国司**《こくし》も息のかかった者で、経済的にも物理的にも、生計と身の安全を確保できる場所でした。

須磨返り すまがえり

源氏物語を頑張って読み進めたけれど、**光源氏**《ひかるげんじ》が**須磨**・**明石**《あかし》から帰京する辺りで挫折し、その後また1巻「**桐壺**《きりつぼ》」から再挑戦する…という現象を指すスラングです。冒頭数巻のみで挫折することも含みます。江戸時代の、嫁入り道具として誂《あつら》えられた源氏物語の草子《そうし》一式、現代では○○訳など**現代語訳**されたシリーズ一式に、最初のほうのみ手ずれしている痕跡がしばしば観察されます。須磨返りの可視化事例です。

須磨の嵐 すまのあらし

12巻「**須磨**」の終盤から13巻「**明石**《あかし》」の冒頭にかけて起きる嵐です。3月1日に行われた「上巳《じょうし》の**祓**《はらえ》」で、神々に無実を訴える**和歌**を**光源氏**《ひかるげんじ》が詠んだとたん始まり、13日まで続いています。父・桐壺《きりつぼ》院《いん》（**桐壺帝**）の霊が光源氏を助けるために出現し、**明石**への転居や朱雀《すざく》帝（**朱雀院**）の帰京命令などを導くことから、**神**が光源氏の訴えを聞き入れたと解釈できます。とはいえ、祓を完結できず、光源氏の住み家が落雷・炎上に遭っていることから、「無実と唱えるが実は**罪**を犯しているではないか」と天が怒ったとも取れる箇所です。

須磨流離　すまりゅうり

光源氏《ひかるげんじ》が**罪**に問われ、20代後半の2年強を**須磨**、次いで**明石**《あかし》で過ごした件を指します。**貴種流離譚**《きしゅりゅうりたん》という、主人公が流浪の試練を経て再生し成功する**話型**の、試練の部分に当たります。12巻「**須磨**」では、主に悲嘆と贖罪《しょくざい》（仏道修行）が暗いトーンで描写され、13巻「**明石**」では**明石君**《あかしのきみ》との出会い、運命の子の受胎など復活の兆《きざ》しが述べられます。

執筆当時は、菅原道真《すがわらのみちざね》（845〜903）、源高明《みなもとのたかあきら》（914〜983）など、政争で不当に敗北した人々への同情と、その怨霊《おんりょう》化への恐怖が色濃い時代でした。彼らへの哀《あわ》れみや鎮魂の思いが、須磨流離ストーリーの底流となっています。

受領　ずりょう

国司《こくし》（国の長官）として任地へ実際に赴く人です。**都**では中流、任国では最上位の存在です。都が最も尊貴な場所と考えられていたため、離京する受領は都人《みやこびと》には蔑《べっ》視《し》されました。しかし高収入だったため、中流層には憧れの官職でした。上流層も、出世に必要な出費を賄《まかな》うため、やや不面目なのはガマンして受領の婿《むこ》になることがよくありました。そのほか、上流層の子弟が、兄弟の多さから父の地位を引き継げず、受領層にずり落ちることもよくありました。そのような微妙な立ち位置だったため、受領の屈折した心情やあざとい言動が源氏物語には活写されています。

誦ず　ずんず／ずず／ずうず

「誦す（ずす／じゅす）」とも。**声**に出して読むことです。源氏物語では、セレブなキャラが**漢詩**や古歌を誦す様子の**雅**《みやび》さ、声の美しさがよく称《たた》えられます。52巻「**蜻蛉**《かげろう》」には、**浮舟**《うきふね》の死（と思われた）に直面した**薫**《かおる》が、「「人木石にあらざればみな情あり」と、うち誦じて臥《ふ》したまへり（『人は木や石ではない』と呟《つぶや》いて横になっていらっしゃる）」というシーンがあります。誦される言葉でキャラの内心を描写しているのです。

誦経《ずきょう》、つまり尊いお経を声に出して読むことは、御利益のある有り難い行為でした。特に**僧**に布施を与えて誦経させることは、医療の一環と見なされるほどでした。

青海波　せいがいは

舞楽《ぶがく》の名です。左右2組に分かれて演奏する舞楽の、左グループが披露する曲で、2人ペアになって舞う二人舞です。7巻「**紅葉《もみじの》賀《が》**」では、**光源氏《ひかるげんじ》**と**頭中将《とうのちゅうじょう》**の舞う姿が2回にわたって重要シーンとなっています。その後、33巻「**藤《ふじの》裏葉《うらば》**」、34巻「**若菜上《わかな》**」でも語り草にされ、古き良き**聖代**の象徴扱いされています。なお、この舞は、西域渡来の青海波紋様《もんよう》をつけた衣装で舞います。この波模様も後世、「青海波」と呼ばれるようになりました。

聖代　せいだい

聖天子（徳の高い天皇）が治める時代のことです。10世紀前半に実在した**醍醐《だいご》天皇**・**村上《むらかみ》天皇**の時代は、延喜《えんぎ》・天暦《てんりゃく》の治と呼ばれ、源氏物語執筆当時（1008年前後）の人々には古き良き聖代とイメージされていました。

源氏物語では、**光源氏《ひかるげんじ》**の父・**桐《きり》壺帝《つぼてい》**の治世と、その子（実は光源氏の息子）・**冷泉《れいぜい》**帝の治世が聖代扱いです。7巻「**紅葉賀《もみじのが》**」に描かれる天皇**行幸《ぎょうこう》**や、17巻「**絵合《えあわせ》**」の絵画コンテストは、醍醐・村上帝時代の行事を彷彿《ほうふつ》とさせる書きぶりがされています。物語が史実であるようなないような、絶妙なリアリティを醸《かも》し出す仕掛けです。光源氏が官人・政治家として働いた時代が聖代だったということで、その優秀さを物語るエピソードでもあります。

清涼殿　せいりょうでん

内裏《だいり》（皇居）の建物です。天皇が寝起きする殿舎で、執筆当時には、政務が行われる場所としての重要度も高まっていました。后妃《こうひ》らは、勢力の強い者が清涼殿に近い棟を割り当てられました。**光源《ひかるげん》氏《じ》**の母（**桐壺更衣《きりつぼのこうい》**）は、清涼殿から遠い**桐壺**に住んでおり、勢力の弱さが感じられます。その彼女のために休憩場所として、新たに与えられたスペースは後涼殿《こうりょうでん》にありました。清涼殿と後涼殿は隣接しているため、会いやすくなったわけです。光源氏の**元服《げんぷく》**も清涼殿で行われました。更衣が産んだ、臣下に降《くだ》る皇子への扱いとしては、格段の厚遇でした。

関屋 せきや

第16巻です。中流の人妻・**空蝉**《うつせみ》との**再会譚**《たん》、その弟・**小君**《こぎみ》（現・衛門佐《えもんのすけ》）を介しての**和歌**の贈答、空蝉の夫の死、連れ子から空蝉へのアプローチ、空蝉の**出家**などが描かれます。独立性の強い短編で、「逢瀬《おうせ》」を思わせる地名の「**逢坂**《おうさか》**の関**」で、儚《はかな》い縁があった人にばったり会う…という、文字どおり絵物語的な設定です。詠まれる和歌が見どころとなっています。**光源氏**《ひかるげんじ》・空蝉・小君、三者それぞれの心理が深みをもって描かれる佳品です。光源氏の**須磨**《すま》**流離**の折、小君は逃げ出し、その義理の甥《おい》・右近将監《うこんのぞう》は忠義を通したことも語られ、当時の中流階層の生き方も感じられます。

瀬戸内寂聴 せとうち・じゃくちょう（1922〜2021）

現代日本の作家です。1998年、源氏物語の**現代語訳**を完成し、300万部を超えるベストセラーとなりました。『女人源氏物語』『源氏物語の脇役たち』など、源氏物語を題材にした作品も多く、2000年代の源氏ブームを牽引《けんいん》しました。

前坊 ぜんぼう

「坊」とは春宮《とうぐう》（皇太子）のこと。つまり「前・皇太子」という意味です。源氏物語では、**六条御息所**《ろくじょうのみやすどころ》の亡夫を主に指します。**桐壺帝**《きりつぼてい》の同母弟（后腹《きさきばら》親王）で、娘（**秋好**《あきこのむ》）を遺して死去しました。先帝（**藤壺宮**《ふじつぼのみや》の父）の后腹皇子（**紫上**《むらさきのうえ》の父）を差し置いて、桐壺帝・前坊の系統に皇位が渡ったということを意味します。また10巻「**賢木**《さかき》」に記述される六条御息所の年齢情報を加味すると、**朱雀院**《すざくいん》（桐壺帝の第一皇子）と前坊の春宮在位期間がダブってしまいます。これらの件から、「廃太子（春宮が位を剥奪《はくだつ》されること）事件」などと政争を読む解釈があります。作者が構想を練り直した結果年齢が矛盾したという見方、正確性よりムードや**引き歌**を重視して年齢を記述したという説も存在します。

僧 そう

「法師」とも呼ばれます。社会生活を捨て（**出家**）、**仏教**の信仰に身を捧げている男性宗教者を指す語です（女性は**尼**《あま》）。戒律（仏教信者が守るべき規則）を八つ（八戒）または十（十戒）以上、師たる僧から授かり、守って暮らす存在です。肉食や女犯《にょぼん》（女性との性交渉）を断つことと、「六時《ろくじ》の勤め」という1日6回（晨朝《じんじょう》・日《にっ》中《ちゅう》・日没《にちもつ》・初夜《そや》・中夜《ちゅうや》・後夜《ごや》）の読経《どきょう》などが主要な義務です。修行を積んだ高僧が持つ知識・パワーは、平安人にとって、出世や**病《やまい》**の治癒など現世《げんせ》の御利益をもたらすものでした。余生は僧となり、来《らい》世《せ》のよりよい転生、究極は極楽《ごくらく》行きを目指して修行に専念する生き方が理想とされ、「本意《ほい》（本来の志）」と呼ばれていました。兄弟の中から1人を僧にし、一家の守護を担わせる習わしもありました。

　源氏物語では病人が出ると、典《てん》薬寮《やくりょう》の医師《くすし》や民間の祈祷師《きとうし》よりも、僧の**加持祈祷《かじきとう》**が頼られ、また効果も発揮しています。一方で僧特有の厳《いか》めしい振る舞いや、家族への愛を「（仏道への専心を妨げる）迷い」と切り捨てる態度は、親しみにくく恨《うら》めしいものでもあったようです。僧を「妬《ねた》み深いもの」と書いており、尊敬と嫌悪の両方が向けられています。**光源氏《ひかるげんじ》**の僧になった姿は描かれず、出家した**朱雀院《すざくいん》**・**明石入道《あかしのにゅうどう》**は子への愛に心を乱すありさまです。僧へのネガティブな感情は、かなり強かったと思われます。

象《ぞう》

平安人にとっては、中国の文献または仏像・仏画でしか知らぬ生き物でした。源氏物語では、**光源《ひかるげん》氏《じ》**が**末摘花《すえつむはな》**の鼻を見て普賢菩薩《ふげんぼさつ》の乗り物（白象《びゃくぞう》）を連想しています。

草子地《そうしじ》

本文《ほんもん》の中で、作者の意見・感想がじかに述べられている部分を指す用語です。**物語**が文字どおり「語る」ものであった名残で、語り手が草子（冊子）を読みあげつつも自分の感想をちょいと挟んだかのような文言です。源氏物語では草子地が意識的に使われ、「**光《ひかる》源氏《げんじ》**らの様子を目撃した**女房**」「その女房から聞き取って書き記した女房」「今、この話をナレーションしている女房」が、実在するかのような効果をあげています。そのことにより、すべての事件がナレーターの目を通した記録という体裁になっており、別**視点**の解釈が存在する余地を生んで、多様な読みが可能となっています。

葬送　そうそう

死が確認されると枕を北向きにし、屏風《びょうぶ》・几帳《きちょう》の裏表を逆にします。陰陽師《おんようじ》に葬儀の日時や場所を占わせ、男性近親者が徒歩で送っていって、都の外で火葬します。母親は同行しない習わしです。主要な葬送地は愛宕《おたぎ》・鳥辺野《とりべの》（鳥辺山）で、遺骨の埋葬地としては藤原《ふじわら》氏の木幡《こはた》（宇治《うじ》市）が有名です。死の穢《けが》れは極度に恐れられ、亡骸《なきがら》にとりすがる遺族を侍女《じじょ》（女房）が衣にくるんで引き離す、死穢《しえ》に遭った人・家には立ちながら接近するなどの措置が取られました。特に内裏《だいり》（およびそこに住まう天皇）は、清浄を保つ必要があったため、病人は実家へ帰されました。

源氏物語では桐壺更衣《きりつぼのこうい》が死去した時、臨終や葬送への立ち会いも許されぬ桐壺帝《きりつぼてい》、侍女の体裁で野辺《のべ》送りする母を通して、その悲しみを描いています。葵上《あおいのうえ》は、なかなか北枕に出来ない（死を認められない）両親を通じて追悼されます。紫上《むらさきのうえ》や宇治の大君《おおいぎみ》は、高貴な夫・恋人が穢れをいとわず死に立ち会い、徒歩で送る様を通して愛され度が描写されます。

処分　そうぶん

財産・遺産を分配することです。それにより得たものも指します。死期や出家を意識した際に当人が行うのが原則です。動産（書籍や家具など）や不動産、荘園《しょうえん》が、遺《ゆい》言《ごん》や慣行、律令《りつりょう》（古代の法律）に基づき分配されました。受取人は家族のほか、養子女や家人（仕える者）らです。当人の意向が大きく働く分野で、親に愛されている子がほかのきょうだいより格段に多くの処分を受ける様は、その子の優秀さや幸運の象徴として、平安文学で入念に描かれます。

源氏物語では、朱雀院《すざくいん》が愛娘・女三宮《おんなさんのみや》に質・量ともに別格の処分を割り当て、その評判や財産が求心力を生んで、彼女を政治的にも重要な存在に押しあげます。明石《あかしの》入道《にゅうどう》から家人や寺・娘（明石君《あかしのきみ》）への処分、光源氏《ひかるげんじ》が妻たち・玉鬘《たまかずら》に分けた遺産は、功徳や余生の安泰、受取人一同の一体感など、ポジティブな効果をもたらしています。宇治十帖《うじじゅうじょう》では、八宮《はちのみや》のおっとりした貴人らしさが、処分をあとかたもなく盗まれる様子で表現されます。

承香殿

そきょうでん／じょうきょうでん／しょうきょうでん／しょうこうでん

后妃《こうひ》らが住む**後宮**《こうきゅう》の建物の一つです。天皇がいる**清涼殿**《せいりょうでん》に近く、後宮の中では最も南面する殿舎で、格の高さが感じられたようです。

源氏物語では、**桐壺帝**《きりつぼてい》の時代、承香殿女御《じょうきょうでんのにょうご》が産んだ第四皇子が舞をほめられています。格の高い皇子が見せる童舞《わらわまい》（**子ども**の舞、愛らしさが人気だった）が、**光源氏**《ひかるげんじ》・**頭中将**《とうのちゅうじょう》の**青海波**《せいがいは》に次いで見物だったと語ることで、光源氏らの素晴らしさを強調する文脈です。朱雀帝《すざくてい》（**朱雀院**）の時代には、**右大臣**《うだいじん》の娘（**髭黒**《ひげくろ》の姉妹）がここの女御となり、ラッキーにも皇子を授かって国母《こくも》（天皇の母）となっています。

大学寮

だいがくりょう

人事・**儀式**・教育の省庁である式部省《しきぶしょう》が管轄する、官吏《かんり》養成機関です。**光源氏**《ひかるげんじ》は息子・**夕霧**《ゆうぎり》を大学の紀伝道《きでんどう》（文章道《もんじょうどう》）という学科に入れ、三史（史記《しき》・漢書《かんじょ》・後漢書《ごかんじょ》）を学ばせました。大学寮の試験・寮試《りょうし》に合格すると擬文章生《ぎもんじょうしょう》になり、式部省での省試に合格すると文章生（進士《しんし》）になって任官できるようになります。夕霧も省試に相当する「放島《ほうとう》の試み（カンニングを防ぐため乗船し池の上で作詩する試験）」を経て、冠（五位《ごい》）を獲得し、「**侍従**《じじゅう》」という官職につきました。

なお大学は無料で、当初は広く人材を集めるという趣旨でした。しかし平安中期には、血筋が重視され身分が固定化されて、大学を出ても任官できるとは限りませんでした。それでいて内容は極めて難しかったため、上流貴族は進学しなくなり、中・下流層の学問所となっていました。

大饗

だいきょう

大きな饗宴《きょうえん》、つまり「盛大な宴会」という意味です。毎年正月、二宮《にぐう》の大饗という、春宮《とうぐう》（皇太子）・中宮（后《きさい》の宮《みや》）主催のものが開かれていました。また、**大臣**が任命されたときにも、臨時に大饗が行われました。春宮・中宮は、天皇の左右を固める存在であり、大臣も臣下の頂点です。そのような貴人が主催するイベントに、みなが参加して、上位者からのもてなしを受けることは、序列を確認し合い、宮廷を安定させる効果がありました。

平安貴族の一生

節目に行う儀式

生後9日間

産養《うぶやしない》

子どもが誕生した日から3・5・7・9日目の夜ごとに産養という祝宴をひらいた。7夜めは最も有力な身内が主催した。親戚や知人から新生児用品が贈られ、産婦をねぎらった。

⇓

生後50日

五十日《いか》の祝い

生後50日目に行われる儀式。餅を箸で子どもの口に形式的に含ませる。生後100日目にも、同様の儀式を行った。

⇓

3歳頃

袴着《はかまぎ》

初めて袴を着ける儀式。男女ともに3〜7歳ごろに行い、現在の七五三に痕跡をとどめている。袴の腰紐《こしひも》を結ぶ役は重要で、子どもの後見人が担当した。

誕生すると、産養《うぶやしない》や五十日《いか》の祝いで祝われます。3歳頃から髪を伸ばし始め、また袴着《はかまぎ》で世間にお披露目されます。その後、男児のうち恵まれた境遇の子は、10歳前後から童殿上《わらわてんじょう》して、宮中で雑用を務め知識や人脈を培います。また男女ともに十数歳になると、後見人（親や主君）に成人式（男児は**元服**《げんぷく》、女児は**裳**《も》**着**《ぎ》）を行ってもらい、大人の世界へデビューしました。

男性は、兄弟のうち1人程度が**僧**になって一家の安泰を宗教面から守るほかは、みな官人となり出世レースに参戦しました。女性は妻かつ**母**として生きるのが貴婦人の理想で、その最高位が**后**《きさき》でしたが、中流層だったり落ちぶれたりすると、侍女《じじょ》（**女房**）として宮仕《みやづか》えに出ることもありました。

10代

元服《げんぷく》

男の子の成人式。だいたい12～16歳頃に行われる。子どもの髪型をやめ、初めて冠をつけることから、「初冠《ういこうぶり》」ともいわれる。成人と同時に名前や官位も授かる。

裳着《もぎ》

女の子の成人式で、初めて裳を着ける。初潮を迎えた後、結婚を視野に入れて行われる。高貴な人に、裳の腰を結ぶ「腰結《こしゆい》」となってもらう。

⇓

40歳

算賀《さんが》

長寿のお祝い。「算」とは年齢のこと。40歳から10年ごとに行われる。お祝いの品は、40の賀なら「白馬を40頭」といったように、年数にちなむ。源氏物語では、**光源氏**や上皇などの算賀の場面が描かれている。

⇓

老後

出家

俗世を離れて仏道の修行を行うこと。世の中に絶望して出家する人も多かった。男性の場合は剃髪《ていはつ》（髪を剃ること）、女性の場合は、尼削《あまそ》ぎ（伸ばしていた髪をセミロング程度に切ること）をする。

男女交際は、（親のガードが堅い高貴な令嬢を除き）自由かつ柔軟に行われました。関係が続いたり子が増えたりすると、世間から認知され婚姻状態と見られました。女性の実家に勢力があれば、結婚披露宴（露顕《ところあらわし》）を派手に開いたり婿《むこ》を華やかに接待したりして、認知度を上げることが可能でした。

40歳の年、およびその後10年ごとに、**算賀**《さんが》（敬語では御賀）が親族主催で行われました。男性は長生きするほど年功序列で官位が上がり、子女を庇護《ひご》することができました。男女共に老衰を自覚すると引退し、子に養われながら仏道の修行をして、中には**出家**する人もいました。死去すると多くが火葬され、親族は家に籠《こも》って服喪《ふくも》しました。

醍醐 だいご

仏教の書物にある、乳を精製しきわめて美味な飲料の名。また**平安京**の南東に清水の湧くところがあり、美味だとしてその地域を「醍醐」、建てられた寺を「醍醐寺」と呼ぶようになりました。天暦《てんりゃく》5（951）年創建の京都最古の塔が現存する寺です。源氏物語では、**末**《すえ》**摘花**《つむはな》の兄である**阿闍梨**《あじゃり》がここに所属しています。故・常陸宮《ひたちのみや》の子、つまり**皇族**であるため、**醍醐天皇**ゆかりの天皇家の寺に入ったものと思われます。

醍醐天皇 だいごてんのう（885〜930）

第60代天皇（在位897〜930）。父・宇多《うだ》天皇（**宇多の帝**《みかど》）が臣下だった時代に生まれました。現時点では日本史上唯一の、臣下として誕生し即位に至った天皇です。摂政《せっしょう》・関白《かんぱく》を置かず自身で政治を執る天皇親政や、法律細則『延喜式《えんぎしき》』・勅撰《ちょくせん》和歌集『**古今**《こきん》**和歌集**』の編纂《へんさん》などにより、その治世は息子の第62代・**村上**《むらかみ》**天皇**の治世と併せて「延喜《えんぎ》・天暦《てんりゃく》の治」と称《たた》えられました。

後宮《こうきゅう》に多くの后妃《こうひ》がおり、多数の源氏（醍醐源氏）の祖になりました。更衣《こうい》・源周子《みなもとのしゅうし》との間に儲《もう》け臣籍降下《しんせきこうか》させた子が、のちに左遷される悲劇の**左大臣**《さだいじん》・源高明《たかあきら》（914〜983）です。それらの点から、源氏物語の**桐壺帝**《きりつぼてい》のモデルとされています。物語内に先帝（**藤壺宮**《ふじつぼのみや》の父）という、別系統らしき天皇が存在する点も、退位させられた史実の**帝**《みかど》・陽成《ようぜい》天皇（第57代、在位876〜884）を彷《ほう》彿《ふつ》とさせ、**桐壺前史**にクーデターを想定させる要因となっています。

また、醍醐時代には菅原道真《すがわらのみちざね》（845〜903）の左遷事件がありました。皇嗣《こうし》の相次ぐ死や**清**《せい》**涼殿**《りょうでん》への落雷が道真の祟《たた》りと恐れられ、その心労が醍醐帝を**譲位**・死去に追いやっています。とはいえ、4世代あとの**紫式部**《むらさきしきぶ》の時代にはその記憶も薄れ、醍醐朝は古き良き**聖代**《せいだい》（理想的な時代）となっていました。

大床子 だいしょうじ

「床子」とは、ちゃぶ台状の長方形の台で、座るために使われました。これを二つ並べ、中央に円座《わろうだ》という座布団を置くと「大床子」という天皇用の正式な着座台となります。天皇が日常的に過ごす建物・**清涼殿**《せいりょうでん》の母屋《もや》（中央部分）に設置されていました。天皇がここでる正式な食事は、「大床子の御膳《おもの》」と呼ばれました。

大臣　だいじん

「おとど／おおいどの」と和訓（**訓読み**）で呼ばれることも。律《りつ》令《りょう》（古代の法律）制度の中で最高官庁に当たる太政官《だじょうかん》の上官という、男性官人ヒエラルキーの最上層に当たる官職です。そのすぐ下の大《だい》納言《なごん》も高官ですが、大臣とは明確な格差がありました。極官《ごっかん》（生涯で到達した最高の官職）が大納言どまりか、大臣まで行けたかは、本人およびその家族の階層を大きく左右しました。女子が入内《じゅだい》した場合、その父が大納言以下なら更《こう》衣《い》、大臣（および親王《しんのう》など）なら女御《にょうご》となるのが慣例でした。

なお、大臣の序列は上から太政大臣・**左大臣**《さだいじん》・**右大臣**《うだいじん》・内大臣《ないだいじん》です。左右大臣は常置されましたが、太政大臣は相応《ふさわ》しい徳のある人がいなければ置かないとされ、名誉職の雰囲気も漂う立場でした。内大臣は、左右の大臣が塞がっていても大臣に任命されるべき人物がつくポジションです。したがって、天皇の身内が任命され政治の実権を取ることが多く、左右大臣を飛ばして太政大臣に昇進することもしばしばでした。

タイトル

平安期の**物語**のタイトルには、作者がつけたものもあれば、読者のつけた名が定着したものもあります。源氏物語の場合、**紫式部**《むらさきしきぶ》が日記に「源氏の物語」と書いており、前者に当たります。「源氏」は「源《みなもと》」という氏《うじ》をいただいて臣下に降《くだ》った元**皇族**を指すものであり、高貴な人を主人公に据えた格調高い物語を、作者が意図したことが感じられます。一条天皇《いちじょう》（第66代、在位986〜1011）が楽しんでいることからも、帝王のあり方を模索したメインストーリーの巻々が「源氏の物語」だったものでしょう。したがって、いわゆる**並び**の巻、中流の女性とのロマンスの巻などは、作者が「源氏の物語」に入れていなかった可能性があります。

台盤所　だいばんどころ

「台盤」とは、食卓として使われた長方形のちゃぶ台です。主に多数の接客時に使われました。台盤所は、その台が置かれる場所の意で、食事の調理所を指しました。要するに台所です。そこから転じて**女房**（侍女《じじょ》）らの詰所《つめしょ》も意味するようになりました。**内裏**《だいり》の**清涼殿**《せいりょうでん》（天皇の日常の殿舎）の台盤所は、命婦《みょうぶ》など**女官**たちの控え室となっていました。

大夫 たいふ／だいぶ

五位《ごい》の者の総称です。厳密な意味で「貴族」といった場合、五位以上を指しますが、現代人が「平安貴族」と呼ぶ人々の中では五位は**受領**《ずりょう》（地方官庁のトップとして赴任する人）など中流層に該当します。

なお「だいぶ」と発音した場合は、中宮職《ちゅうぐうしき》（后《きさい》の宮《みや》に関する事務を司《つかさど》る役所）・春宮坊《とうぐうぼう》（同・皇太子）・左右の京職《きょうしき》（京内の行政担当）・修理職《しゅりしき》（殿舎の造営・修繕部署）の長官を指し、「たいふ」より上級の官職に当たります。

大夫監 たいふのげん

「監《げん》」とは大宰府《だざいふ》（現・福岡県に置かれた役所）の、大弐《だいに》・少弐《しょうに》に次ぐ官です。通常は正六位下《しょうろくいのげ》に相当するポストですが、特別に従五《じゅご》位《い》をいただくと「**大夫**（五位の者の総称）」を冠して呼ばれました。

源氏物語では、22巻「**玉鬘**《たまかずら》」に登場する敵役男性が大夫監です。肥《ひ》後《ご》国（現・熊本県）に勢力を張っている豪族で、ヒロイン・**玉鬘**（**夕顔**《ゆうがお》の遺児）に権勢づくで求婚します。その言葉の訛《なま》りやマナー知らず、**和歌**のまずさは、野蛮で滑稽《こっけい》なものとして描かれます。一方で裕福な男前でもあり、当時の地方で成長しつつあった武士集団のリーダーを連想させます。恋文を書く、和歌を詠む、美女を集めたいと思う**好き心**があるなど、**都**に憧れ、京文化を学んでいる武士で、後世の大名《だいみょう》の先駆け感があります。

内裏 だいり

「宮中」「うち」とも。官公庁街である大内裏《だいだいり》（宮城《きゅうじょう》）の中央やや東北寄りにある、天皇の住居エリアです。その北半分は**後宮**《こうきゅう》で、后《こう》妃《ひ》・**女官**らが住み働く区域でした。南半分は、天皇の御座所であるとともに、陣定《じんのさだめ》など国権の最高機関に当たる政務の場でもありました。原則徒歩通行のエリアで、天皇の許可を得た特別な人（主に女性）のみが**輦車**《てぐるま》に乗って出入りでき、大変な名誉とされました。

鷹狩り たかがり

魚を獲《と》る**鵜飼**《うか》**い**と**雉**《きじ》などを捕らえる鷹狩りは、水界の漁と陸の狩りを代表する技であり、帝王のシンボルとして古来重んじられてきました。鷹狩りは男性らには、スポーツでもありました。そのため鷹は、引き出物や家禽《かきん》として大事にされました。

源氏物語では**光源氏**《ひかるげんじ》が**明石君**《あかしのきみ》を**大堰**《おおい》に訪ねた際、別荘・**桂の院**《かつらのいん》で小型の鷹を用いた小鷹《こたか》狩りが行われます。**冷泉**《れいぜい》帝の**大原野行幸**《おおはらのぎょうこう》では、先例の情報を読者に教示するかのように、史実をモデルにした鷹狩り風景が描かれます。

薫物　たきもの

お香です。香木《こうぼく》の一片だけをたく香道《こうどう》や、便利な線香はまだなかった時代であり、各種の香料を調合した、合わせ薫物（ただ「薫物」とも）が使われました。**沈**《じん》、**白檀**《びゃくだん》、麝香《じゃこう》、丁子《ちょうじ》など外国産の貴重な素材を、家に伝わる秘伝や世間に知られたレシピを参考に、鉄《かな》臼《うす》で搗《つ》いて筒状に丸め、切って加熱しました。源氏物語の32巻「**梅**《うめ》**枝**《がえ》」は、当時育まれていた香文化の豊かさを現代に伝える資料ともなっています。

生活水準が低く、道ばたが排泄《はいせつ》所、側溝が下水となっていた当時、よい香りは稀少・貴重なもので、極楽《ごくらく》を連想させました。また場を清める薬効もあると考えられていました。衣服には火取《ひとり》（香炉《こうろ》）で薫物をたき、芳香を沁《し》み込ませるのが身だしなみで、男のおしゃれでもありました。香料を入手するには財力だけでなく、輸入品を召し上げる朝廷や交易関係者とのコネが必要でした。そのため、薫物を豊富に使っている人は高貴な人という印象を与えました。

竹　たけ

イネ科のタケ類の総称です。細く裂いて**御簾**《みす》や**網代**《あじろ》に編む、竹垣を作るなど、用具に活用されました。**笛**の素材でもあり、「笛竹《ふえたけ》」は**和歌**に詠まれる場合は笛を指します。「糸竹（いとたけ／しちく）」は弦楽器と管楽器の総称です。しなやかで折れぬ様子が縁起のよいものとされ、また植栽としても愛《め》でられました。タケノコは食用にもされました。

竹河
たけかわ

第44巻です。冒頭に「紫の跡にも似ざらめど」と、**紫式部**《むらさきしきぶ》ではない人間が書いたことを仄《ほの》めかす文があります。内容も、**冷泉**《れいぜい》院（**光**《ひかる》**源氏**《げんじ》の秘密の子）が男児を授かる、後続の巻では**右大臣**《うだいじん》のはずの**夕霧**《ゆうぎり》が**左大臣**《さだいじん》に昇進するなど、矛盾する点が見られます。そのため、作者別人説が根強い巻です。

筋としては、34・35巻「**若菜**《わかな》**上・下**」以来消えていた**玉鬘**《たまかずら》の、その後の姿が描かれます。夫・**髭黒**《ひげくろ》に先立たれ、息子たち娘たちの出世・**結婚**がトラブル続き、という話です。この巻だけが独立性の強い短編となっています。注目すべきは、本編で（おそらくは不義の子であるため）皇嗣《こうし》なし、とされた冷泉院が、玉鬘の娘を迎えて2人も子を持つことです。玉鬘が、夫に先立たれてだいぶ経ち、娘らの縁談も片づいたという、老齢**出家**相応の身であるにもかかわらず、強く引き留められ未出家に終わる点もポイントです。この巻を書いた人間が、冷泉院・玉鬘を**罪**軽き人と見ていることが感じられます。

竹取物語
たけとりものがたり

平安初期に書かれた作り物語（フィクション）です。源氏物語の17巻「**絵合**《えあわせ》」に「物語の出で来《い》始めの祖《おや》」と書かれています。平安中期、大流行していた新興エンタメ・**物語**というジャンルで、元祖とされていたことがわかります。

橘
たちばな

柑橘《かんきつ》類です。冬につく実は食用で、初夏（4、5月）に咲く**花**は香りと見た目が愛《め》でられました。恋の鳥・**ホトトギス**（男）を、誠実に待ち続ける花（女性）というイメージがありました。**古今**《こきん》**和歌集**の「五月《さつき》待つ　花橘《はなたちばな》の　香《か》をかげば　昔の人の　袖《そで》の香ぞする」という**和歌**がよく知られており、「昔おぼゆる（昔を思い出させる）」という語としばしばセットで言及されます。

田辺聖子
たなべ・せいこ（1928〜2019）

現代の作家です。大阪弁を駆使し、男女の心の機微《きび》を繊細に描きました。古典にも関心が深く、古文の雰囲気を保ちつつも現代の感性に訴えるよう翻案した作品を多く手がけました。『新源氏物語』と『霧ふかき宇治の恋』は、源氏のほぼ全編をカバーした縮約版で、「田辺源氏」とも呼ばれます。

谷崎潤一郎　たにざき・じゅんいちろう（1886〜1965）

明治〜昭和期の作家です。女性美を妖《あや》しく崇《あが》める作風で、若年時から老境まで『刺青《しせい》』『春琴抄《しゅんきんしょう》』など傑作・問題作を著し続け、ノーベル文学賞の候補にも名が挙がる世界的な文豪となりました。関西転居後、伝統文化の美に関心を深め、『陰翳礼讃《いんえいらいさん》』などエッセイにも秀作を残しています。源氏物語の**現代語訳**にも三度取り組みました（『潤一郎訳源氏物語』『潤一郎新訳源氏物語』『潤一郎新々訳源氏物語』）。その3作を比較すると、新仮名遣いの採用など日本語に起きた時代的変化がわかります。敬語の増減・語り口調の使用など、大作家が源氏物語と格闘した痕跡も見てとれます。また最初の訳は「頑迷固陋《がんめいころう》な軍国主義者」の攻撃を恐れて、**藤壺宮**《ふじつぼのみや》と**光源氏**《ひかるげんじ》の密通や**冷泉**《れいぜい》の即位などが、校閲者・山田孝雄《やまだよしお》（1873〜1958）や谷崎自身により削除されています。古典とその時代の道徳観との摩擦、表現の自由と検閲などの観点から、よく例に挙げられる作品です。

玉鬘　たまかずら

第22巻です。新ヒロイン・**玉鬘**が登場します。その数奇な育ち方と、**長谷寺**《はせでら》などの霊験《れいげん》（御利益）によって**光源氏**《ひかるげんじ》の豪邸・**六条院**《ろくじょういん》に養女として迎え取られる幸運が描かれます（**貴種流離譚**《きしゅりゅうりたん》、**霊験譚**）。末尾の「**衣配り**《きぬくばり》」は、服飾史の資料としても、ヒロインたちの個性の見せ場としても有名なエピソードです。

玉鬘　たまかずら

夕顔《ゆうがお》と**頭中将**《とうのちゅうじょう》の娘で、**光源氏**《ひかるげんじ》の養女です。夕顔が光源氏に連れられて消息を絶った後、夕顔の**乳母**《めのと》一家に九州で育てられ、強引な求婚に遭って逃げるように帰京、困窮の果てに**六条院**《ろくじょういん》の花形レディになるという、源氏物語の中で最もドラマチックな生涯を送る女君です。出会う男性すべてに恋されるという逆ハーレム型ヒロインで、彼女が主役を張る**玉鬘十帖**《じゅうじょう》は少女マンガ的な小品となっています。行いが正しい（宗教的善行を積んでいる）娘で向学心に富み、育った環境は劣悪でも得られた機会をフル活用して琴や振る舞い方を周囲から学び取った、庶民派の理想的女性です。

源氏物語以後の日本文学・文化・政治

源氏物語の注釈書と変遷

源氏物語の和歌の研究や、モデルとなった人物・出来事の探究、平安風俗の調査など、注釈書の目的は多岐にわたる。江戸時代の国学者・本居《もとおり》宣長《のりなが》は、源氏物語の「もののあはれ（心の動きの表現）」を評価した。

本居宣長

主な注釈書

時期	名称	著者
平安時代	源氏釈	藤原伊行
鎌倉初期	源氏物語奥入	藤原定家
13世紀中頃	水原抄	源光行・親行
13世紀後半	紫明抄	素寂
1364年	原中最秘抄	源親行
1360年代	河海抄	四辻善成
1472年	花鳥余情	一条兼良
1477年	源語秘訣	一条兼良
1504年	弄花抄	三条西実隆
1530年	明星抄	三条西実枝
1598年	岷江入楚	中院通勝
1673年	湖月抄	北村季吟
1698年	源注拾遺	契沖
1796年	源氏物語玉の小櫛	本居宣長
1854-1861年	源氏物語評釈	萩原広道
1905年	国文学全史 平安朝編	藤岡作太郎
1953-1956年	源氏物語大成	池田亀鑑

源氏物語が書かれた平安中期という時代は、その太平《たいへい》さや文化の成熟度から、後世憧れの対象となりました。特に源氏物語は、天皇の地位から外された**光《ひかる》源氏《げんじ》**が実力で帝王となるという内容であったため、政治的な意味も帯びるようになりました。

例えば鎌倉時代、幕府側も朝廷側も源氏物語を威信財《いしんざい》として所有しようとしました。江戸時代初期、徳川家康《とくがわいえやす》は京都・二条城で、源氏物語に由来する**青海《せいがい》波《は》**を披露させました。それらは、「(名目はどうあれ) 真の帝王は自分である」というアピールの意味を持ったのです。

また文学の面では、源氏物語は、**和歌**や謡曲、俳諧《はいかい》、川柳、読み本など、各時代に流行したジャンルに取り込まれ、さまざまに二次創作されました。能や

源氏物語×美術・文化

源氏絵

源氏物語を題材にした絵は、古くは絵巻や扇絵、屏風絵として描かれ、江戸時代には挿絵入りの版本《はんぽん》も刊行された。

源氏物語の浮世絵

江戸時代には、源氏物語の登場人物を、当時の風俗に当てはめて表現した浮世絵が制作された。

能

「葵上」など、源氏物語をテーマにした能の演目がある。

投扇興《とうせんきょう》

江戸時代の的当てゲーム。のちに源氏物語にちなんだ点数方法を採用。

『好色一代男』

江戸時代に成立した井原西鶴《いはらさいかく》の文芸作品。源氏物語や伊勢物語のパロディ要素もある。

歌舞伎でも翻案作品が生まれました。美術分野では絵画、工芸品の題材となり、「**源氏絵**」と呼ばれる源氏物語をモチーフとした絵画群や、蒔絵《まきえ》の傑作「初音調度《はつねのちょうど》」が制作されました。

このように源氏物語は過去千年間、さまざまな分野に影響を与えてきました。そのため源氏物語の享受史を調べると、各時代の雰囲気がリアルに見えてくるという面白さがあります。

た

玉鬘十帖　たまかずらじゅうじょう

第一部中の22～31巻の十巻を指す用語です。新たなヒロイン・**玉鬘**が登場し、準主役を務めるためこの名があります。

直前の21巻「**少女**《おとめ》」では、**光源**《ひかるげん》**氏**《じ》派閥の**妃**《きさき》・**秋好**《あきこのむ》が中宮（**后**《きさき》）に昇進し、**冷泉**《れいぜい》帝の時代における光源氏の覇権が確立されました。妻たちも、**紫上**《むらさきのうえ》を頂点に序列が固まり、公私ともにドラマは収束済みです。あとは32巻「**梅枝**《うめがえ》」、33巻「**藤**《ふじの》**裏葉**《うらば》」の大団円を待つばかり。その時間稼ぎをするかのように、玉鬘十帖が配置されています。光源氏の豪邸・**六条院**《ろくじょういん》のゴージャスさ、そこに住む淑女《しゅくじょ》たちの素晴らしさ、催されるイベントの**雅**《みやび》やかさ、玉鬘の成長・成功などを描くパートです。田舎育ちの娘が自分を磨き、光源氏はじめ出会う貴公子みなに恋され、**帝**《みかど》をも魅了するレディとなって出世頭の夫を射止め唯一の妻になる…という少女マンガ的プロセスが見どころとなっています。続く32・33巻には玉鬘は影も形もなく、第二部の冒頭（34巻）にはまた登場します。そのため、後から挿入されたという説が根強い十巻です。

玉鬘系　たまかずらけい

第一部を、内容で大別した場合の、サブストーリーのほうに当たる巻々を指す用語です。2巻「**帚**《はは》**木**《きぎ》」、3巻「**空蝉**《うつせみ》」、4巻「**夕顔**《ゆうがお》」、6巻「**末摘花**《すえつむはな》」、15巻「**蓬生**《よもぎう》」、16巻「**関屋**《せきや》」、22巻「**玉鬘**《たまかずら》」、23巻「**初音**《はつね》」、24巻「**胡蝶**《こちょう》」、25巻「**螢**《ほたる》」、26巻「**常夏**《とこなつ》」、27巻「**篝火**《かがりび》」、28巻「**野分**《のわき》」、29巻「**行幸**《みゆき》」、30巻「**藤**《ふじ》**袴**《ばかま》」、31巻「**真木柱**《まきばしら》」が該当します。

１９４０年代半ば～１９６０年代末、源氏物語の成立過程をめぐる議論「成立論」が、国文界で激しく戦わされました。中でも論議の的となったのが、武田宗俊《たけだむねとし》（１９０３～１９８０）が唱えた、「第一部は**紫上系**《むらさきのうえ》・玉鬘系の２系統に分けられ、紫上系が執筆されたあと玉鬘系が書かれ挿入された」という説です。武田説は、初出が紫上系の登場人物は玉鬘系にも現れるが、初出が玉鬘系の人間は紫上系に書かれないなどの特徴を指摘し、その理由を紫上系の執筆後に玉鬘系が書かれ挿入されたため、としました。客観的な物証等がない以上、正しいと確言はできませんが、可能性の高い学説です。第二部（34～41巻）でも、34

・35巻「**若菜**《わかな》**上・下**」でキラリと目立った**玉鬘**が、そのあとは姿を見せません。執筆の順序の問題か、草稿が複数存在したせいかなど、さまざまな可能性が考えられます。

玉藻　たまも

「玉」は、美しいものや高価な品をほめ称《たた》えるニュアンスを添えるための言葉、「藻」は海藻です。つまりは美しい水草の意です。海藻の収穫風景から生まれた言い回し「玉藻（を）刈る」などが**和歌**によく詠まれたため、海のない都人《みやこびと》にも馴染《なじ》みの単語でした。

「藻」と「裳《も》」を掛けて女性衣装も指します。源氏物語では、初夜の翌朝の**文**使《ふみづか》いに与える禄《ろく》（ご褒美）の衣装の意で使われています。

「裳」と呼ばれる女性衣装のパーツ。

致仕　ちじ　▼登場シーン

官職を辞めること、辞職・退職です。平安の政界では、重臣が高齢・**病**《やまい》を理由に「致仕の表（辞職届）」を出すと、天皇は却下するのが慣例でした。貴方に辞められたら困るというジェスチャー、つまり慰留です。重臣が天皇への示《じ》威《い》行為として、いわば脅しに用いることもあれば、政治・待遇への不満表明であるケースもありました。通常は、天皇の代替わりの際に致仕するものでした。新天皇の身内が政権担当者に昇格し、それにつれて人事異動が大規模に起こるため、高齢者や非・身内の重臣が退職したのです。源氏物語では、**左大臣**《さだいじん》（**葵上**《あおいのうえ》の父）や**頭中将**《とうのちゅうじょう》（葵のきょうだい）が致仕し、その後は「致仕の**大臣**」と呼ばれています。

致仕の登場シーン【賢木巻】

致仕の表たてまつりたまふを、帝《みかど》は…用ゐさせ給はねど、せめて返さひ申し給ひて籠《こも》りゐ給ひぬ

桐壺院《きりつぼいん》（**桐壺帝**）の死後、**弘徽殿大后**《こきでんのおおきさき》派が横暴に振る舞います。自派閥に従来のような官職を確保してやれなくなった左大臣は、屈辱に耐えかねて辞表を出しました。気の優しい朱雀《すざく》帝は慰留しますが、左大臣も無理やり再提出して自邸に籠《こも》る（出勤を絶つ）…という場面です。

注釈　ちゅうしゃく

源氏物語は古来、多くの注釈書が書かれてきました。江戸時代までに書かれたものを「古注《こちゅう》」といいます。古注はさらに、延宝《えんぽう》3（1675）年初版の『**湖月抄**《こげつしょう》』までを「旧注」、元禄《げんろく》9（1696）年成立の『源註拾遺《げんちゅうしゅうい》』以降を「新注《しんちゅう》」と呼び分けます。明治以降は、西欧から近代的な古典研究手法が到来し、それにのっとった「近代注釈」が書かれました。何に関心を持って注をつけているか（**引き歌**か、モデルとなった人物・イベントか、執筆目的かなど）、レイアウトはどうなっているか（脚注か頭注か、**本文**《ほんもん》の配置は）という点に、その時代の雰囲気が感じられ、貴重な史料となっています。

中将　ちゅうじょう　▼登場シーン

近衛府《このえふ》という天皇の身辺警護をする花形部署の、次官に当たる官職です。源氏物語では、名門の御《おん》曹司《ぞうし》キャラに多いポジションです。**光源氏**《ひかるげんじ》・**頭中将**《とうのちゅうじょう》・**夕霧**《ゆうぎり》・**柏木**《かしわぎ》が青年期に務め、若さと美貌を愛《め》でられます。**明石入道**《あかしのにゅうどう》は、この華のお役目を自分から放棄して、身分劣る（代わりに収入はよい）**受領**《ずりょう》になったため、変わり者扱いされました。

しばしば兼官される役職で、蔵人《くろうど》（**帝**《みかど》の秘書）の頭《とう》（かみ＝長官）と兼ねると「頭中将」、三位の位を特別に頂くと「三位中将《さんみのちゅうじょう》」、公卿《くぎょう》（閣僚）の最下位・参議《さんぎ》（中国風にいうと宰相）と兼官すると「宰《さい》相中将《しょうのちゅうじょう》」と呼ばれます。光源氏の親友・頭中将も、この順に務めており出世の過程が窺《うかが》えます。また、身内が中将である宮仕《みやづか》え女性は、しばしば「中将」と名乗ります。

中将の君　ちゅうじょうのきみ

宇治十帖《うじじゅうじょう》の登場人物です。おば（**八宮**《はちのみや》の本妻）に**女房**（侍女《じじょ》）として仕える身に落ちぶれた女性で、八宮の愛を受け**浮舟**《うきふね》を産みました。しかし妻に格上げされるどころか関係を絶たれ、居たたまれず辞職して、**受領**《ずりょう》・常陸介《ひたちのすけ》の後妻となりました。そのため「**常陸殿**《ひたちどの》」とも呼ばれます。連れ子の浮舟を溺愛《できあい》して幸せな**結婚**という夢を託し、結果として入水《じゅすい》に追い詰めることとなりました。浮舟が**出家**後も会いたい気持ち（愛執《あいしゅう》の**罪**）を断てない唯一の存在です。

浮舟のため、相応な縁談を探していた中将の君。しかし薫・匂宮を見たとたん、玉の輿願望が湧きあがった！

長恨歌　ちょうごんか

平安貴族に大人気だった唐《とう》の**漢詩人**・**白居易**《はくきょい》（白楽天）の代表作です。モデルは唐の玄宗《げんそう》皇帝と愛妃・楊貴妃《ようきひ》。皇帝が楊貴妃に溺《おぼ》れた結果、戦乱が起き、責任を問われた楊貴妃は自害、皇帝は悲嘆に暮れて過ごした…と、だいたい史実どおりの内容です。最終章は、楊貴妃の魂の転生先が幻（幻術《げんじゅつ》士）によって突きとめられ、愛の言葉と形見《かたみ》の品が皇帝に届けられます。**桐壺帝**《きりつぼてい》が**桐壺更衣**《こうい》を、**光源氏**《ひかるげんじ》が**紫上**《むらさきのうえ》を追悼する場面は、この長恨歌がベースとなっています。季節や悲哀《ひあい》を美文でうたいあげる名場面です。

朝拝　ちょうはい

元旦に臣下が朝廷に参上し、天皇に挨拶《あいさつ》した**儀式**です。本来は中国式の朝賀《ちょうが》で、天皇が大内裏《だいだいり》の正殿・大極殿《だいごくでん》に出て、春宮《とうぐう》（皇太子）以下**皇族**・臣下一同から祝われる壮麗なものでした。しかし次第に催行されなくなり、正暦《しょうりゃく》4（993）年、一条《いちじょう》天皇のときを最後に廃絶します。代わって実施されるようになったのが略式の小《こ》朝拝《ちょうはい》です。天皇の住居部分である**内裏**、それも御座所・**清涼殿**《せいりょうでん》の東庭で開かれ、参列者も中流・上流の貴族（殿上人《てんじょうびと》以上）に減らされました。

源氏物語では**桐壺帝**《きりつぼてい》の時代に、**光源氏**《ひかるげんじ》が朝拝に出かける姿が描かれます。一条朝期の前後に書かれた源氏物語が、古き良き時代のこととして描いているため、盛大な朝賀のことだと思われます。

中将の登場シーン【帚木 巻】

「中将の君はいづくにぞ。人げ遠き心地してもの恐ろし」「中将召しつればなむ」

受領の後妻に落ちぶれた**空蝉**《うつせみ》ですが、さすがは中納言《ちゅうなごん》の娘。腹心の**女房**は「中将の君（おそらく四位《しい》の娘）」です。人けの少なさを怖がるのも、箱入りの育ちや用心深さを感じさせます。一方の光源氏はこのとき近衛中将、名前にかこつけて「呼ばれたので参りました」と接近します。受領の家の日常に、突然現れた貴公子感が漂う名乗りのシーンです。

使い　つかい

使者のことで、主君の**文**《ふみ》（手紙）や品物を運んだり伝言を伝えたりしました。とはいえただの運搬人ではなく、主君の印象を体現した存在でもあり、主《あるじ》の耳・目・口の代わりとなって、見聞きしたり説得したりするのもお役目でした。空気を読んで禄《ろく》（お駄賃）を遠慮する、適宜嘘《うそ》をついて主君の秘密を守ることなども、気の利いた使者の務めでした。見た目のよい使用人は、その魅力で好感度を高めたり返事をもぎ取ったりできるため、使いとして重宝されました。特に**子ども**の使者は大人気で、大人顔負けに立ちまわる姿が描かれます。一方で身分が低い使者は物を知らぬ下衆《げす》などと蔑視され、しばしば失態を演じる存在です。

司召　つかさめし

官吏を任命する**儀式**「除目《じもく》」のこと。平安貴族たちの採用や異動です。春（1月頃）に行われたのは地方官の任命で、そのため「県《あがた》召《めし》」「春の除目／司召」とも呼ばれました。秋（8月頃）には、**都**で働く官人（**大臣**を除く）の任命を行いました。つまりこちらはエリート層の昇進機会です。「秋の除目／司召」とも呼ばれました。当時は縁故《えんこ》社会だったので、一族《いちぞく》郎党《ろうどう》（身内と家来）に官職を分《ぶん》捕《ど》ってくれるのがよいボスでした。派閥の人数が増えるほど一門の勢力が増すため、男性たちは子どもや家人を増やそうと**結婚・利益誘導**に努めました。その結果貴族の人数は増え、一方でポストは限られているため、兄弟の年少者やボスに貢《みつ》げない者、勢力の弱い派閥のメンバーは、ますます零落《れいらく》してゆきます。そのため司召は貴族の主戦場でした。

源氏物語では**葵上**《あおいのうえ》が、司召のため男性陣が出払った隙を突かれ、**物**《もの》**の怪**《け》に襲われて急逝します。**弘**《こ》**徽殿大后**《きでんのおおきさき》らは**藤壺宮**《ふじつぼのみや》を圧迫し、中宮一派にふさわしいポスト数を割り当てず、**頭中将**《とうのちゅうじょう》も昇進を止められます。**冷泉**《れいぜい》帝と**光源氏**《ひかるげんじ》・**夕霧**《ゆうぎり》も、司召をめぐり人間ドラマを繰り広げます。

月草　つきくさ

染料に用いられる**ツユクサ**とい

う植物です。**色**が変わりやすいことから、移り気・心変わりの比喩に用いられました。47巻「**総角**《あげまき》」では、「なほ、音に聞く月草の色なる御心なりけり（やはり、〈**匂**《におう》**宮**《みや》は〉噂《うわさ》どおり移ろいやすい恋心でいらしたのだ）」と、**大君**《おおいぎみ》が絶望を深めています。

筑紫　つくし

筑前と筑後（ともに現・福岡県）を指す地名です。源氏物語では、筑前に置かれた役所・大宰府《だざいふ》やその一帯の意でも使われます。かつて**五節**《ごせち》で舞姫を務めた**光源氏**《ひかるげんじ》の恋人は、父が大宰大弐《だざいのだいに》（大宰府の次官）を経験したため、「**筑紫五節**」と呼ばれます。また、**玉鬘**《たまかずら》とその使用人たちは、大宰府へ赴任しその周辺に約20年間住んでいたため、「筑紫人」とも称されます。

筑紫五節　つくしのごせち

光源氏《ひかるげんじ》の身分低い恋人です。そのなれそめは語られず、「美しい思い出をひっそり共有している」**雅**《みやび》やかな仲として描かれます。呼び名から類推するに、**五節**で舞姫を務めた際、儚《はかな》い縁を結んだものでしょう。宮廷で思いがけず知り合い、おそらくは一夜の恋で、その後は折にふれ**文**《ふみ》（手紙）を交わすのみ…という関係だったと思われます。そのような契《ちぎ》りは、**朧月**《おぼろづき》**夜**《よ》・**花散里**《はなちるさと》との出会いを彷彿《ほうふつ》とさせる、宮中らしい恋模様です。万《まん》葉集《ようしゅう》の**歌**にゆかりのある表現「赤《あか》裳《も》垂れ引き、いにし姿を（赤い裳を引いて去っていった貴女の姿を）」が仄《ほの》めかす歌垣《うたがき》（古代のアバンチュール）を思わせます。平安時代にはやや淫《みだ》らな風習となりつつも、捨てがたい恋愛パターンだったのでしょう。

同じく万葉集に収められた引田《ひけた》部赤猪子《べのあかいこ》のイメージも筑紫五節に重なります。赤猪子は手の届かぬ貴人・雄略《ゆうりゃく》天皇（第21代、5世紀後半）を、老女になるまで待った一途な娘です。光源氏は「后《きさき》がね（皇后候補）として育てたい姫が生まれたら、五節を**女房**（侍女《じじょ》）として預けよう」と考えています。自分の情人だからこそ信頼して娘を託せる、という格差恋愛が存在した模様です。

平安文学史

平安文学の発展

「源氏物語」以前（9〜10世紀）	**作り物語** 古代から伝わる神話・民話などを発展させた、架空の物語。 例：竹取物語 うつほ物語 落窪物語	**歌物語** 和歌を中心にした短編を集めた物語集。平安人視点では、作り物語より純文学。 例：伊勢物語 大和物語	**日記** 出来事・体験を日付つきで記したもの。公開を前提に描かれているものが多い。 例：土佐日記 蜻蛉日記
1004〜1012年頃	**源氏物語**		紫式部の幅広い教養がもたらした、多数の物語の集大成的作品。
11世紀以降	**『狩衣《さごろも》物語』** 源氏物語に影響を受けた作り物語＋歌物語。より仏教的。	**『夜半《よわ》の寝覚《ねざめ》』** 源氏物語に影響を受けた作り物語＋歌物語。心理描写が巧み。	**『栄花《えいが》物語』** 源氏物語を意識した歴史物語。道長一族の栄華を描く。

多くの文学作品が生まれた平安時代。その中で、源氏物語はしばしば最高峰といわれます。それは平安の文学作品が、内容やスタイル（作品の形式）面から見て、源氏物語以前か以後かで大別できるからです。

源氏物語より古い作品には、「作り物語」「歌物語」「日記」という3ジャンルがありました。作り物語は今でいうフィクションです。歌物語は、平安貴族が重視していた**和歌**を中心に据えたジャンルで、ある**歌**が詠まれた経緯とその結果を列挙していく文学です。日記は、個人の体験や感情の記録です。

源氏物語はこの先行3ジャンルをすべて取り込んだ、集大成的作品となっています。架空のエンタメという意味では作り物語であり、和歌がストーリーと不可分な点は歌物語であり、心情を散文で表現するところは日記です。加えて、**仏教**の理念や漢籍の要素も取り入れており、その壮大さと完成度は抜きん出ていました。

そのため後続の平安文学は、多かれ少なかれ源氏の影響を受けています。作り物語と歌物語は融合したジャンルとなり、源氏のキャラクターや文章を踏まえた作品作りがされました。また源氏には、行事や朝廷人事の記録という要素もあり、これは**紫式部《むらさきしきぶ》**のもう一つの作品『紫式部日記』と併せて、歴史物語という新ジャンルにつながりました。

なお、このような平安文学史の流れのどこにも属さない、孤高の作品が『**枕草子《まくらのそうし》**』で、随筆の先駆けとなりました。

土筆　つくづくし

ツクシのことで食用です。48巻「**早蕨**《さわらび》」では、**宇治**《うじ》の**中君**《なかのきみ》のもとへ馴染《なじ》みの**僧**である**阿闍梨**《あじゃり》から、新春の挨拶《あいさつ》と共に「初穂《はつほ》（初物の野菜）」として贈られています。

黄楊　つげ

ツゲ科の木です。その黄褐色《おうかっしょく》の木材は櫛《くし》や枕《まくら》の素材として定評がありました。**和歌**でも「黄楊の小《お》櫛《ぐし》」は定番の表現です。伊勢《いせ》の**斎**《さい》**宮**《ぐう》は出立に当たり、天皇からツゲ製の「別れの櫛」を**髪**に挿《さ》される習わしがありました。

源氏物語では**譲位**後の**朱雀院**《すざくいん》が、娘・**女三宮**《おんなさんのみや》の**裳着**《もぎ》に際し**秋好**《あきこのむ》（元・斎宮）から櫛を贈られ、「告げ／黄楊」の掛詞《かけことば》で和歌を詠んでいます。

蔦　つた

ツル性植物の総称です。紅葉することから、常磐木《ときわぎ》（常緑樹）にかかる風情が愛《め》でられました。

源氏物語では**宇治十帖**《うじじゅうじょう》に頻出し、**宿木**《やどりぎ》（他の樹木に寄生する植物）とも呼ばれて「宿りき（泊まった）」と掛詞《かけことば》にされています。49巻「**宿木**」には、**薫**《かおる》が**中君**《なかのきみ》への土産にしようとして、**宇治**の蔦を取って持ち帰るシーンがあります。「中君は育った宇治を離れ、今は京住まい。懐かしいであろう植物の、それも美しく紅葉したものを届けてあげよう」という薫の心遣いです。

筒井筒　つついづつ

丸い筒状の井戸の外枠のことです。源氏物語より数十年早く成立した**伊勢**《いせ》**物語**には、「筒井筒」という、井戸周りで遊んで育った幼なじみどうしの一途で純粋なロマンスを描いた**物語**があります。**光**《ひかる》**源氏**《げんじ》の息子・**夕霧**《ゆうぎり》と**頭中将**《とうのちゅうじょう》の娘・**雲居雁**《くもいのかり》のピュアな初恋物語には、このエピソードの影響が感じられます。しかし源氏物語は伊勢物語の時代より、親の許可なき恋への視線が厳しくなっていたらしく、「雲居雁は何も知らなかった／夕霧がおませだった／親の許可を得られるまで待つ」という点が強調されています。貴公子の早熟は肯定的に見られる一方、姫の自発的な恋は非難されるという、恋愛観の**ジェンダー**差が顕著です。

罪 つみ ▼登場シーン

古来「禁忌《きんき》を犯すこと」というニュアンスがあった言葉ですが、この時代には「欠点・過失」という軽い意味とともに、**仏教**的な罪《ざい》業《ごう》という重いニュアンスも加わっています。「前世《ぜんせ》や今生《こんじょう》で**罪**を犯すと現世《げんせ》または来世《らいせ》で罰を受ける」という発想が根づいており、キャラクターらの意識に影響を与えています。登場人物は軒並み貴人なので、前世で善行を積んだ方々ということになります。同時に、「生きる上で罪が皆無な人はいない」という思想もあり、理想的君主とされる**桐壺帝**《きりつぼてい》も、自然と罪を犯していたため、死後、その償いを課せられています。**光源氏**《ひかるげんじ》の**須**《す》**磨**《ま》**流離**に当たっては、当人が無実を主張しており、「当時の人が何を罪と感じていたか」「**弘徽殿大**《こきでんのおお》**后**《ぎさき》サイドは光源氏を何の罪に問うたのか」という観点から、研究が蓄積されています。

源氏物語で**出家**が特筆される人は、何らかの罪を犯しています。複数の男と並行して関係があった女性（**藤壺宮**《ふじつぼのみや》・**朧月夜**《おぼろづきよ》・**空蝉**《うつせみ》・**女**《おんな》**三宮**《さんのみや》・**浮舟**《うきふね》・源典侍《げんのないしのすけ》）、神域にあり仏事から離れていた人（**六条御**《ろくじょうのみ》**息所**《やすどころ》・**朝顔宮**《あさがおのみや》）、親の**遺言**《ゆいごん》に背いた子（**朱雀院**《すざくいん》）です。後半へ行くにつれ、「因果応報《いんがおうほう》」「女性の罪業」への意識が強まっていきます。作者の心境の変化も併せて、探究すべきことがまだまだ豊富なテーマです。

露草 つゆくさ

ツユクサ科の一年草で、藍《あい》色の**花**をつけます。「**月草**《つきくさ》」ともいいます。37巻「**横笛**《よこぶえ》」に、「頭は露草して、ことさらに色どりたらむやうにて…（赤子の**薫**《かおる》の頭は、剃《そ》り跡も青々と露草で染めたかのようで…）」とあるように、花の汁は染料として用いました。

亭子院 ていじのいん

左京《さきょう》の七条にあった邸宅で、「東《ひがし》七条宮《しちじょうのみや》」とも呼ばれます。**光源氏**《ひかるげんじ》や一院《いちのいん》を彷彿《ほうふつ》とさせる宇多《うだ》天皇（**宇多の帝**《みかど》）が、**譲位**後に住んだ屋敷です。そのため宇多上皇《じょうこう》自身の呼び名でもあります。

輦車 てぐるま

手車とも。牛車《ぎっしゃ》同様、屋形（乗車スペースの覆い）と車輪がある乗り物ですが、牛ではなく人がひく、より格の高い**車**です。**内裏**《だいり》は貴婦人でも徒歩通行が原則という

た

聖域でしたが、天皇が「輦車の宣《せん》旨《じ》」という特別許可を与えた御おぼえ格別な方々は、この輦車に乗って出入りできました。女御《にょうご》（高位の妃《きさき》）でさえ許可を得られず歩いた例があるほどで、源氏物語では、レディにとって最高に晴れがましい場面として描かれます。

手習　てならい

第53巻です。入水《じゅすい》を図った浮舟《うきふね》が**横川僧都**《よかわのそうず》に助けられ、その妹尼《いもうとあま》のもとに身を寄せて、**出家**を遂げるけれど**薫**《かおる》に生存を知られてしまう、と語られます。**尼**になって心が晴れたけれど、一方で過去を忘れ切れてはいない…という、半端な心境がポイントです。現実面でも、庇護《ひご》してくれる横川僧都は老い先短く、新たな求婚者・中将《ちゅうじょう》はなおも情熱的であり、ダメ押しに薫が動き出すという、先行き危うい状態です。ストーリーは最終巻「**夢浮橋**《ゆめのうきはし》」へと盛りあがってゆきます。

横川僧都という聖職者は、当時の人々やその後の**仏教**思想に多大な影響を与えた僧侶・源信《げんしん》（942～1017）を彷彿《ほうふつ》とさせるキャラクターです。浮舟の救助と出家に尽力する人徳者であり、しかしその生存情報を宮廷に漏らしたのも僧都です。聖人なのか俗物なのか、その描かれ方は複雑です。また、浮舟の現況は妹尼から亡き娘の代わりとして愛され、この尼君の婿《むこ》だった中将にも懸想《けそう》されるというもので、浮舟が逃れてきた過去とほぼ同じです。出家したからといって、救済に辿《たど》り着けるものなのか…物語の絶望感は深まるのです。

罪の登場シーン【御法巻】

わが御身をも、罪軽かるまじきにやと、うしろめたく思されけり

夫（光源氏）の許可を得られず出家できない**紫上**《むらさきのうえ》が、「我が身は罪が軽くないのではないか」と不安になっている場面です。美貌、**式部卿宮**《しきぶきょうのみや》の娘、准太《じゅんだ》上《じょう》天皇の妻に生まれついた紫上は、（平安人の考え方では）前世・現世で善行を積んだに違いない人。にもかかわらず周囲の状況が出家を許さないということは、「実は何らかの罪を犯していたのではないか」という発想です。なお、当時の女性にとって理想的な出家は、光源氏の姑《しゅうとめ》・**大宮**《おおみや》のような、夫の死後の老齢出家だったと思われます。

手習ひ てならい

「手」は筆跡の意。つまりお習字です。書道が公私両面で必須のスキルの時代だったため、手習ひは身近なお稽古ごとでした。同時に**遊び**の一つでもあり、名歌・名書を写し書きしたり**絵**を交えたり、**和歌**を詠み合ったりして楽しみました。一方で、紙や墨・書籍が高価な時代だったため、生まれや育ちのいい人のほうが手習ひが上手《うま》くなりがちで、格差が感じられる趣味でもありました。

踏歌 とうか

新年の行事です。**催馬楽**《さいばら》などの歌謡を歌いながら、集団で大地を踏み鳴らし豊穣《ほうじょう》を祈願しました。源氏物語では、男性らによる**男踏**《おとこどう》**歌**《か》が数回描かれますが、この行事は10世紀後半には既に絶えていたと考えられます。作者は、源氏物語が昔の話であるかのように演出するため、あえて男踏歌を書いたという説が有力です。白い綿の頭飾りや若者らの美声などが、**玉鬘**《たまかずら》**十帖**《じゅうじょう》で特に詳しく描写されます。23巻「**初音**《はつね》」で男踏歌の巡回先となった**六条院**《ろくじょういん》が、31巻「**真木柱**《まきばしら》」では省かれるところに、六条院（とその主《あるじ》・**光源氏**《ひかるげんじ》）の衰兆を見るべきかもしれません。

登花殿 とうかでん ▼Check

后妃《こうひ》たちが住まう**後宮**《こうきゅう》の建物の一つです。**光源氏**《ひかるげんじ》との恋愛スキャンダルのため入内《じゅだい》できなくなった**朧月夜**《おぼろづきよ》が、御匣殿《みくしげどの》（衣服調製の部署、およびその長官）という高級**女官**に就任し、登花殿に住んでいます。10巻「**賢木**《さかき》」に、「弘徽殿《こきでん》には尚侍《かん》の君住みたまふ。登花殿の埋れたりつるに…（**弘徽殿**には朧月夜の君がお住まいになります。登花殿がやぼな所だったのに対し…）」とあるように、登花殿は陰気な殿舎とされていますが、**枕草子**《まくらのそうし》では定子《ていし》中宮の御座所として賑《にぎ》わっている様子が描かれます。

Check
朧月夜の君の不安定な立場

桐壺帝《きりつぼてい》から朱雀《すざく》帝への代替わりに伴い、実質的な后妃である朧月夜は御匣殿から尚侍《ないしのかみ》（天皇の女性秘書）に異動、住まいも奥まった登花殿から、天皇居所に近い弘徽殿へ移っています。事実上、朱雀帝の弘徽殿女御《にょうご》ですが、肩書はあくまでも女官です。

道心 どうしん

仏道を志す気持ちのことです。災害が頻々《ひんぴん》と起こり、若死《わかじ》にも珍しくない中、信仰にすがって生きていた平安人には、持つことが望ましい心ばえでした。**仏教**を学ぶには学識・人脈・資本が要るため、エリート感がある精神でもありました。一方でこの世の喜びや家族への愛情を「むなしいもの／救いから遠ざける邪魔もの」と捉える道心は、受け入れ難い価値観でもありました。

源氏物語では、後半の主人公・**薫**《かおる》が道心深いキャラクターです。そのため仏道の友・**八宮**《はちのみや》とその娘たちを誠実に後援し続けるのです。とはいえ**出家**は遂げられず、また恋にも迷うというジレンマが、終盤のテーマとなっています。

藤典侍 とうないしのすけ

光源氏《ひかるげんじ》の**従者**《じゅうしゃ》・惟光《これみつ》（**藤原惟光**）の娘です。**五節**《ごせち》舞姫を務めたことをきっかけに、光源氏の息子・**夕霧**《ゆうぎり》の目に留まり、恋愛関係を長く維持しました。深窓《しんそう》の令嬢こそが第一級のレディだった時代に、**女官**という立場の弱み強みを心得て賢く振る舞い、格上パートナーの子を多数産んでのし上がった、ある意味勝ち組な女性です。

子どもたちは「本妻・**雲居雁**《くもいのかり》の子らより優秀」と書かれ、**花散里**《はなちるさと》や**落葉宮**《おちばのみや》の養子女となり、中でも**六君**《ろくのきみ》は**匂宮**《におうみや》と結ばれて、未来の**后**《きさき》か!?という地位まで達しています。このような藤典侍のサクセスストーリーは、忠臣・惟光への作者からのご褒美です。また、同様に中流階層の出であった作者や読者たちには、夢を託せる存在でもあったことでしょう。

頭中将 とうのちゅうじょう

この場合の「頭」とは、蔵人所《くろうどどころ》（天皇の秘書的な男性たちの部署）の実質的トップ。「中将」は近衛《このえ》府《ふ》（天皇の身辺警護の部署）の次官を指します。要するに、この両者を兼任している人のことです。若くして頭中将になれるのは、身分と実力を兼ね備えた有望エリートだけであり、**物語**のヒーローキャラによく見られます。

頭中将 とうのちゅうじょう

光源氏《ひかるげんじ》の親友かつライバルです。作者または読者がつけた呼び名はなく、若年時の官職名「頭中将」が通称です。父は**左大臣**《さだいじん》（のちに摂政《せっしょう》太政大臣）、**母**は**桐壺帝**《きりつぼてい》の姉妹で后腹《きさきばら》内親王という、別格に高貴な出自の持ち主で、**葵上**《あおいのうえ》（光源氏の最初の本妻）の唯一の同母きょうだいでもあります。加えて官人としても優秀で、光源氏に挑戦し続けるキャラです。両者の出世&恋の競争と、逆境にも変わらぬ熱い友情は、多くの見せ場を生み出しています。一方で、光源氏の生涯を決定づける秘事「**藤壺宮**《ふじつぼのみや》との恋と**冷泉**《れいぜい》帝の即位」を、頭中将は気配さえ察知できず、晴れ舞台である7巻「**紅葉賀**《もみじのが》」、8巻「**花宴**《はなのえん》」の舞シーンでも引き立て役です。頭中将はあくまでも人として最高の男であり、半ば**神**である光源氏には敵わないのです。

第二部では頭中将の息子・**柏木**《かしわぎ》が光源氏体制への挑戦者となります。第三部では、柏木の子・**薫**《かおる》が**匂宮**《におうみや》（光源氏の孫）と張り合うこととなり、対立&友情の構図が持続しています。

唐名　とうみょう／からな／とうめい

唐風の呼び名のことで、主に官職名に見られました。**紫式部**《むらさきしきぶ》と接点のあった上流貴族・藤原実資《ふじわらのさねすけ》（957～1046）が「右府《うふ》（**右**《う》**大臣**《だいじん》の唐名）」と呼ばれるなど、当時の史料には頻出します。

格式や男性性を感じさせる呼称だったので、女性向け読み物である源氏物語にはあまり見られません。例外が宰相《さいしょう》（参議《さんぎ》の唐名）で、貴公子の呼び名や**女房**名としてよく使われています。

宰相は公卿（閣僚）の末席。「最上級貴族に仲間入りできた！」という特別感のせいか、人気の呼び名ですね。

徳川美術館　とくがわびじゅつかん

愛知県名古屋市にある美術館です。尾張《おわり》徳川家に伝来した美術品・工芸品を収蔵展示しています。江戸期にすでに由緒ある骨董《こっとう》品扱いされていた、現在国宝となっている源氏物語絵巻の3巻分（蓬生・関屋・絵合・柏木・横笛・竹河・橋姫・早蕨・宿木・東屋）が所蔵されています。また、3代将軍家光《いえみつ》の娘・千代姫《ちよひめ》の婚礼調度「**国宝初音調度**《はつねのちょうど》」も有名です。「**初音**」巻を中心とした源氏物語ゆかりのモチーフで装飾されていることから、この呼び名がつきました。源氏物語や王朝文化が、江戸時代にどう受け止められ親しまれていたかがわかる史料です。

常夏 とこなつ

第26巻です。**玉鬘**《たまかずら》をゲスト・ヒロインに据えた**玉鬘十帖**《じゅうじょう》の5巻めに当たります。猛暑を氷や釣殿《つりどの》でしのぐ**六条院**《ろくじょういん》のゴージャスさ、**光**《ひかる》**源氏**《げんじ》と玉鬘の艶《つや》っぽくも知的な交流、内大臣《ないだいじん》（**頭中将**《とうのちゅうじょう》）が新たに引き取った娘・**近江君**《おうみのきみ》の不出来などが描かれます。近江君の騒々しさ、不用心に昼寝する**雲居雁**《くもいのかり》のだらしなさ、家の不始末をしゃべってしまう内大臣家の若者たちなど、頭中将サイドの粗《あら》が目立つ巻です。その結果、六条院や玉鬘など、光源氏サイドの優秀さが際立つ筋書きとなっています。とはいえ、内大臣家の面々の個性や人間的なやり取りが魅力的で、家庭ものコメディとして楽しい巻です。

常夏 とこなつ ▼登場シーン

夏の**花**、**撫子**《なでしこ》の異称です。撫子という名が「撫でし子（撫でた子ども、つまり幼児）」を連想させるのに対し、常夏は「床《とこ》（寝床、つまり情事）」から大人の恋人をイメージさせました。源氏物語では、**光源氏**《ひかるげんじ》から見た**藤壺宮**《ふじつぼのみや》と**冷泉**《れいぜい》、**頭中将**《とうのちゅうじょう》視点の**夕顔**《ゆうがお》・**玉鬘**《たまかずら》が、恋人を「常夏」、我が子を「撫子」と呼び分ける形で言及されます。

野老 ところ

ヤマイモ科のつる草で食用です。**光源氏**《ひかるげんじ》の異母兄・朱雀法皇《すざくほうおう》（**朱雀院**）が**出家**後、居住している西山《にしやま》の寺（仁和寺《にんなじ》がモデルか？）の周辺で採らせています。そして娘の**女三宮**《おんなさんのみや》に贈り、「野老／所」を掛《かけ》詞《ことば》に**和歌**を詠み交わしています。

常夏の登場シーン【帚木巻】

「咲きまじる　色はいづれと　分かねども　なほ常夏に　しくものぞなき」

大和撫子をばさしおきて、まづ塵《ちり》をだになど親の心をとる

娘の行く末を案じた夕顔は、夫・頭中将に「撫子（娘）に情をかけてください」という**和歌**を贈りました。しかし頭中将は、本妻が夕顔を脅迫しているという深刻な背景を知らなかったため、夕顔が女として拗《す》ねているものと勘違いします。それで撫子をさしおいて、「常夏が一番だよ」と親の機嫌（夕顔の女心）をとろうとしました。これを機に、夕顔の気持ちは離婚（失踪）へ傾いてゆきます。

土佐派　とさは

日本画の一流派です。平安以来の「やまと絵」の伝統を引き継いで室町時代に成立し、漢画の狩野《かのう》派《は》と並ぶ画派として幕末まで続きました。**源氏絵**を多く残しており、その**絵師**たちが選択した場面やキャラの衣服の**色**からは、継承されていたルールや絵画観が見て取れます。**石山寺**《いしやまでら》が所有する土佐光《みつ》起《おき》（１６１７〜１６９１）の「紫《むらさき》式部《しきぶ》図」は特に有名で、**紫式部**の肖像にはこの**絵**や、これをモデルにした絵がよく採用されます。

年立て　としだて

紀年とも。年表のことです。源氏物語に関しては、主人公である**光源氏**《ひかるげんじ》・**薫**《かおる》の年齢を基準として事件を整理した年表のことをいいます。登場人物の年齢はところどころにしか書かれていないため、官職名から類推できる出世の過程、季節・年月日・行事から読み取れる時間の推移など、**本文**《ほんもん》の内容を細かく解析し、時系列を整理して作成します。現在よく知られている年立ては、**一条兼良**《いちじょうかねよし》がまとめた旧年立てと、**本居宣長**《もとおりのりなが》が整理した新年立てです。主流は新年立てをベースとして、矛盾点や自説を注の形で明記するスタイルです。

隣の爺型　となりのじいがた

民話の定型の一つです。「瘤《こぶ》取り爺さん」が代表例で、善人が成功した経緯を悪人が真似《まね》して、ひどい目に遭うというパターン。古くは古事記《こじき》の「海幸山幸《うみさちやまさち》」が典型です。源氏物語では、**玉鬘**《たまかずら》と**近江**《おうみの》**君**《きみ》のくだりに見られます。**光源氏**《ひかるげんじ》は優秀な玉鬘を、事前審査した上で密《ひそ》かに迎え、**六条院**《ろくじょういん》の花形に育てあげました。それを羨《うらや》んだライバル・**頭中将**《とうのちゅうじょう》は、不出来な近江君を軽率に、しかも華々しく迎えてしまい、世間の笑い種となる…という次第です。そのほかにも、光源氏は**藤壺宮**《ふじつぼのみや》に恋をして栄華をもたらす息子・**冷泉**《れいぜい》を授かりますが、**柏木**《かしわぎ》は**女三宮**《おんなさんのみや》との不義を経て、**薫**《かおる》が生まれ破滅します。また光源氏自身の人生も、**紫上**《むらさきのうえ》を育てて理想の妻を得たけれど、女三宮の育成ではひどい目に遭うという点では、この**話型**です。このように話型を特定できると、作者が加えた改変にはどんな意味があるのかを考察でき、当時の世相がつかめます。

妬婦譚 とふたん

「妬婦」とは嫉妬する女のこと、「譚」とは話／**物語**を意味します。古事記《こじき》や日本書紀《にほんしょき》にもスセリビメや磐之媛《いわのひめ》皇后が、夫や他の妻に嫉妬・怒りを見せる話が収められています。**紫式部**《むらさきしきぶ》の時代にも、先妻《こなみ》が後妻《うわなり》の家を襲撃するという「うわなり打ち」が起きました。平安文学では、嫉妬や愛欲を**罪**とする**仏教**の影響もあってか、妬婦はポジティブには描かれません。**伊勢**《いせ》**物語**の「**筒井筒**《つついづつ》」では、先妻は嫉妬をまるで見せず、夫を気遣うけなげさや**和歌**を詠める**雅**《みやび》さで愛を取り返します。源氏物語では、嫉妬に囚《とら》われた**六条御息所**《ろくじょうのみやすどころ》は成仏できず、炎の責め苦に遭っていると語られます。とはいえ、**蜻蛉**《かげろう》**日記**では嫉妬や他の妻への憎悪《ぞうお》があからさまに書かれました。源氏物語でも、**紫上**《むらさきのうえ》が利口に嫉妬する様子が描かれます。男性の多妻・多妾《たしょう》が珍しくなく、愛執《あいしゅう》や女性への罪意識が強まっていた時代ならではの、女性たちの強い関心が感じられます。

豊明節会 とよのあかりのせちえ

▼Check

平安の宮廷にとって、一年で最大の祭祀《さいし》は11月に開催される**五節**《ごせち》でした。新嘗会《しんじょうえ》（収穫祭）を中心とした4日間にもわたる**祭り**です。豊明節会はその最終日に行われる催しで、天皇が家臣一同に新米・酒を振る舞う宴会でした。五節では、舞姫《まいひめ》たちの舞のリハーサルが初日・2日目と入念に繰り返されましたが、その本番は豊明節会で披露されます。

Check

豊明節会を欠席しても評価が上がる⁉

「豊の明は今日ぞかし」と京思ひやり給ふ

47巻「**総角**《あげまき》」で、五節を欠席して**宇治**《うじ》に籠《こも》り、**大君**《おおいぎみ》の看病に当たっていた**薫**《かおる》が、はたと「豊明節会は今日だ」と気づくシーンです。それほどまでに、大君への愛に心を乱していたという事実を表します。中納言《ちゅうなごん》という高官が最重要行事より大君を優先したことから、縁故者は宇治まで見舞いに参上し、また快癒の**加持祈祷**《かじきとう》も実施しました。その結果、大君・**中君**《なかのきみ》姉妹への社会的評価が皮肉にも上昇し、中君は**匂宮**《におうみや》の妻として京へ転居できることとなったのです。

鳥辺野　とりべの

平安京の東方、現・京都府東山《ひがしやま》付近の**葬送**地です。辺りの山を指して「鳥辺山」ともいいます。源氏物語では、**光源氏**《ひかるげんじ》の最初の本妻・**葵上**《あおいのうえ》がここで火葬にされています。庶民は風葬《ふうそう》（実質的には投棄）することも多く、腐乱《ふらん》から骸《がい》骨《こつ》に至るさまざまな段階の亡骸《なきがら》が、鳥・**犬**に食われて散乱していました。

現代の鳥辺野の様子。

とはずがたり　とわずがたり　▼Check

質問されないのに自発的に語り出すことです。話し相手の少ない老人・老女がやりがちなことだったようです。また、自分が語って聞かせる話を、「つまらない話をムリにお聞かせして…」というニュアンスで、「問わず語り」と謙遜《けんそん》することもありました。源氏物語は「老いた**女房**が昔見聞きしたことを喋《しゃべ》っている」という体裁で書かれているため、物語全体が問わず語りだというノリのナレーションがよく挿入されます。問わず語りが巫女《みこ》や**物**《もの》**の怪**《け》のしわざめいた超常的作用を持ち、物語を推し進める場面もあります。なお**光**《ひかる》**源氏**《げんじ》は**明石君**《あかしのきみ》との**結婚**を、**紫上**《むらさきのうえ》に問わず語りに（詰問《きつもん》される前に自発的に）報告することで、妻妾《さいしょう》集団の秩序を保ちました。当時の家庭の規範意識が窺《うかが》えます。

Check

日記『問はず語り』

鎌倉時代後期、後深草院《ごふかくさいん》（第89代、在位1246〜1259）に仕えた女房・二条《にじょう》が書いた日記。後深草院や亀山院《かめやまいん》、西園寺《さいおんじ》実兼《さねかね》（雪の曙）ら、宮廷の貴人らに愛された前半生や、**出家**して鎌倉から厳島《いつくしま》、四国など諸国を行脚《あんぎゃ》した後半生が書かれています。「女楽《おんながく》」を再現する催しがあったが身分低い明石君の役を割り当てられて腹が立ったというエピソードなど、源氏物語の影響が文章・内容に深く及んでおり、当時の宮廷で愛読されていたことがわかります。

内侍所
ないしどころ

女官である内侍が住んだ場所です。**内裏**《だいり》にある「**温明殿**《うんめいでん》」という建物の母屋《もや》の北半分でした。なお南半分は「賢所《かしこどころ》」という神鏡・八《や》咫鏡《たのかがみ》が安置されている場所で、その守護も内侍の仕事でした。温明殿そのものを内侍所または賢所と呼んだり、八咫鏡を指して内侍所といったりすることもあります。

源氏物語では、**色好み**の老女・源典侍《げんのないしのすけ》が内侍所で、**光源氏**《ひかるげんじ》・**頭中将**《とうのちゅうじょう》とラブコメを繰り広げました。また**玉鬘**《たまかずら》の**結婚**後、「神事が多い11月なので内侍所が慌ただしい」という描写が見られます。ただし女官や内侍は、玉鬘が住む**六条院**《ろくじょういん》まで裁可を求めにやって来ています。内侍の長官である尚侍《ないしのかみ》は、在宅ワークが可能だったわけです。

長門局
ながとのつぼね
（生没年不詳）

12世紀前半に宮中にいた**女官**または**女房**と思われます。「**源氏絵陳状**」と俗に呼ばれる史料に、源氏物語絵巻20巻の主要な**絵師**として、**紀局**《きのつぼね》と共に記録されています。

中君
なかのきみ

貴人の次女を指す言葉です。2人姉妹の場合や、逆に4人以上のケースでも「中君」と呼びます。源氏物語関連では、**宇治**《うじ》の**八宮**《はちのみや》家の次女を指すことがほとんどです。ただし**式部卿宮**《しきぶきょうのみや》（**紫上**《むらさきのうえ》の父）の次女や、**紅梅**《こうばい》・**真木柱**《まきばしら》夫婦の次女、**玉鬘**《たまかずら》・**髭黒**《ひげくろ》夫妻の次女（尚侍《ないしのかみ》）も中君と呼称されています。

中君
なかのきみ

宇治十帖《うじじゅうじょう》の3ヒロインの一人。**八宮**《はちのみや》の次女です。父の死後、姉・**大君**《おおいぎみ》は**薫**《かおる》と中君の**結婚**を希望しますが、薫自身は大君に恋しており、中君を**匂宮**《におうみや》と結ばせました。大君没後の中君は京・**二条院**《にじょういん》へ迎えられ、匂宮の妻の一人に収まります。求愛してくる薫に困り果て、身分低い異母妹・**浮舟**《うきふね》を取り持ったことが、浮舟の破滅を招きました。薫の恋慕や夫の多情、**六君**《ろくのきみ》（匂宮の勢力ある妻）の存在など、多くの苦悩・困難を抱えつつ、幸運と才気で乗り切って安定を手に入れる、3ヒロイン中、唯一の成功者です。立場が落ち着くにつれ出番が減り、浮舟に光が当たることから、中君は、作者が求めるヒロイン像からズレていったと考えられています。

なつかし

「なつく」の形容詞形で、なつきたい／くっついていたいような魅力的な様子を意味します。源氏物語では、**光源氏**《ひかるげんじ》や**紫上**《むらさきのうえ》など、作者お気に入りのキャラによく見られる属性です。社会が制度や組織より、人と人とのエモーショナルな絆《きずな》によって動いている時代だったため、このようなカリスマ性は非常に役立ちました。

須磨時代、光源氏も紫上もこの魅力で使用人らをつなぎとめた！

撫子　なでしこ

夏の**花**です。日本古来の大和《やまと》撫子（またの名は**常夏**《とこなつ》）と、中国から来た唐《から》撫子（石竹《せきちく》）がありました。「撫《な》でし子」という響きから、**子ども**を連想させる花でした。

源氏物語では**光源氏**《ひかるげんじ》と**藤壺宮**《ふじつぼのみや》が、秘密裏に儲《もう》けた子・**冷泉**《れいぜい》に寄せて、撫子を詠んだ**和歌**を贈答しています。その直後に登場する幼い紫君《むらさきのきみ》（**紫上**《むらさきのうえ》）は、撫子のごとき風情で光源氏を癒やします。また、**頭中将**《とうのちゅうじょう》と**夕顔**《ゆうがお》のカップルも、娘・**玉鬘**《たまかずら》を話題に撫子の和歌を交わしました。「撫子襲《がさね》」という、装束のカラーバリエーションも登場します。

なまめく

漢字だと「生めく／艶く」。「なま」は未熟さや若さを表し、「〜めく」は「〜の雰囲気を醸《かも》し出す」というニュアンスです。つまりは「清新さを放つ」の意味で、形容詞形の「なまめかし」ともども、若さ・生命力あふれる魅力を表す言葉です。注意すべきはこの語が、官能性のある「色っぽい」という意味も持ちつつ、天皇家特有の美質や、高貴さ・上品さを表現する語だということです。**桐壺**《きりつぼ》**帝**《てい》や源典侍《げんのないしのすけ》など、旺盛《おうせい》なエロスを持つ貴人こそが（やや古風な価値観となりつつも）帝王らしい、**皇族**らしい人と描かれていることから、子宝をめぐむ力と直結する官能美は、高貴な魅力だったようです。異性への関心を持ち続けられるほどの体力や心のゆとりが、富裕な人特有のものと感じられるほど、生活水準が低かったということかもしれません。

並び ならび

源氏物語全54巻の中で、独立性の強い短編的な巻を指す用語です。主人公の生涯という、ストーリーラインが明瞭な巻々に並行して、主にロマンス短編として存在しています。第一部に多く見られます。

空蝉、夕顔、末摘花は有名な女君ですけど、実は並びの巻の単発ヒロイン！　彼女らを除外したほうが、メインストーリーはわかりやすくなるんですよね…。

にほふ におう

「丹《に》（赤色の顔料）」が「生《お》ふ（表面に出る）」が語源といわれます。平安時代には、発散される艶麗《えんれい》な魅力を表す単語です。視覚的な美にも嗅覚的な香気《こうき》にも使われ、後者の用法が今に伝わっています。源氏物語では、高価な食料・輸入香料をふんだんに利用できる人に使われる語です。高貴さや裕福さを背景とした、別格の美を表しています。

匂兵部卿 におうひょうぶきょう

第42巻です。**光源氏**《ひかるげんじ》没後の世界を解説し、新ストーリーへの序章となる巻です。新たな主人公・**薫**《かおる》と**匂宮**《におうみや》の紹介、ヒロイン候補である**右大臣**《うだいじん》家の**六君**《ろくのきみ》（**夕霧**《ゆうぎり》の娘）の登場、そのほかの遺族たちの行く末が語られます。

光源氏の陰の部分を引き継ぐ薫、陽性・帝王性を継承した匂宮、2人の貴公子が華々しくお披露目される巻です。特に薫は、いかにも主役らしく、その美質が誇張ぎみに語られます。一方で人物の紹介に終始し、筋の展開はない巻です。**冷泉**《れいぜい》院の女一宮《おんないちのみや》という際立って尊貴なヒロインが本命めいて点描されますが、結局は最終巻まで登場することなく終わります。総じて新章を開幕した作者が、華麗な話を書こうと自身を鼓舞し、でも構想を決めかねているような気配が漂う巻です。**仏教**知識を前面に出す書きぶりも、宗教への関心を深めている作者の姿を感じさせます。このあとの筋が舞台を**宇治**《うじ》に移し、絶望にじむ展開となっていくことも併せて、作者の心境や執筆動機が気になる巻です。

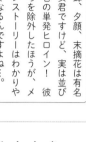

匂宮 におうみや

第三部でダブル主役の一方を担う男性キャラです。今上帝《きんじょうてい》と明石《あかしの》姫君《ひめぎみ》（光源氏《ひかるげんじ》の娘）の第三皇子で春宮《とうぐう》（皇太子）候補という輝かしい身の上で理想の伴侶を自力で見つけ出そうとする「色好み」です。宇治《うじ》の中君《なかのきみ》と深く結ばれて自邸・二条院《にじょういん》に妻として住まわせ、政治的に重要な婚姻（夕霧《ゆうぎり》右大臣の六《ろくの》君《きみ》との縁）も両立させ、皇位に近い地位を占めるという、祖父・光源氏を彷彿《ほうふつ》とさせる生き方をしています。しかし、第一部の光源氏・頭中将《とうのちゅうじょう》コンビが、光源氏＝花形、頭中将＝引き立て役だったのに対し、第三部の中心人物は薫《かおる》（頭中将の孫）です。匂宮は言動や心情がストーリーの推進力となってはいるものの、薫が抱える闇を際立たせる光として機能し、脇役のまま退場していきます。

ちなみに、語調のよさから「におうのみや」とも呼ばれますが、厳密にいえば「匂ふ兵部卿《ひょうぶきょう》（宮）、薫る中将」に由来するニックネームなので「におうみや」が正解です。

西の方 にしのかた

屋敷内では西の棟（対《たい》）、建物の中では西側（面）を指します。寝殿《しんでん》造りの建築とその居住スタイルを踏まえた言い回しです。西の対／西（面）に住んでいる人も指します。特殊事例として、西方にあるとされた極楽浄土《ごくらくじょうど》を意味することもあります。

二条院 にじょういん

源氏物語で、最も長期間舞台となる屋敷です。1巻「桐壺《きりつぼ》」で桐壺更衣《こうい》の最期の場となり、光源氏《ひかるげんじ》に相続されて桐壺帝の特命で豪華に修築されました。「このような所で理想の人と住みたい」という光源氏の念願は、葵上《あおいのうえ》を迎え入れず、朧月夜《おぼろづきよ》・六条御息所《ろくじょうのみやすどころ》を断って、紫《むらさきの》上《うえ》を本妻格とすることで実現します。光源氏の須磨《すま》退去の際、紫上に法的にも譲渡されたと思われます。21巻「少女《おとめ》」でより豪壮な六《ろく》条院《じょういん》が完成すると、二条院は一時姿を消しました。34巻「若菜上《わかな》」では、女三宮《おんなさんのみや》降嫁により遠慮すべき立場となった紫上が、ここ二条院で光源氏の四十賀《しじゅうのが》（算賀《さんが》）を開き、35巻「若菜下」では六条御息所の死霊に六条院から叩《たた》き出されて、40巻「御法《みのり》」では、二条院で死去しました。その後は匂宮《におうみや》に引き継がれ、48巻「早蕨《さわらび》」で宇治《うじ》の中君《なかのきみ》が迎えられて、再び真に愛する女性との住まいになります。しかしその後は、匂宮・**浮舟**《うきふね》の出会いの舞台となり、52巻「**蜻蛉**《かげろう》」では浮舟の死を匂宮が中君・**侍従**《じじゅう》と悼む場となって終わります。

モデルとしては陽成院《ようぜいいん》、法興院《ほこいん》などが挙げられています。源氏物語では、桐壺更衣の父・按察使大《あぜちのだい》納言《なごん》やその兄である**大臣**（**明石入**《にゅう》**道**《どう》の父）は、運つたなく政治的に衰退した派閥ということになっています。当時の読者が「二条の豪邸」と聞いて想起する屋敷が、誰の、どんないわくつきの屋敷だったかを調べることで、**桐壺前史**の考察が深まることでしょう。

二条東院 にじょうひがしのいん

光源氏《ひかるげんじ》が父・**桐壺帝**《きりつぼてい》から相続した別邸です。14巻「**澪標**《みおつくし》」で、**明**《あか》**石姫君**《しのひめぎみ》を**后**《きさき》候補として育てる場として修築され、18巻「**松風**《まつかぜ》」では**花散里**《はなちるさと》が西の対《たい》に入居しています。しかし**明石君**《きみ》は結局移転して来ず、23巻「**初音**《はつね》」では**末摘花**《すえつむはな》・**空蝉**《うつせみ》らが余生を送る場所となっています。作者が構想を変え**六条院**《ろくじょういん》を思いついたためと思われます。六条院が登場しない写本「**国冬本**《くにふゆぼん》」などと併せて研究することで、作者の構想の変化や執筆過程が見えてくるかもしれません。なお最後に言及されるのは42巻「**匂兵部卿**《におうひょうぶきょう》」です。花散里が遺産として相続し再入居して、養子・**夕霧**《ゆうぎり》に変わらず仕えられていると綴《つづ》られます。

偐紫田舎源氏 にせむらさきいなかげんじ

源氏物語の翻案作品です。作者は柳亭種彦《りゅうていたねひこ》（1783〜1842）、**絵**は歌川国貞《うたがわくにさだ》（1786〜1864）で、文政《ぶんせい》12（1829）〜天《てん》保《ぽう》13（1842）年に刊行されました。密通は「訳あっての見せかけで実事には及んでいない」とするなど、当時の庶民が受け入れやすいよう改変されています。御家騒動（大名《だいみょう》の家内の派閥争い）や、失われた三種の重宝を探索・回収していく筋書きなど、当時大人気だった要素を豊富に盛り込んでおり、江戸時代の雰囲気がいきいきと感じられます。筋書きは原典に忠実な点や、**光源氏**《ひかるげんじ》を光氏《みつうじ》、**弘徽**《こき》**殿大后**《でんのおおきさき》を富徽前《とよしのまえ》とするネーミングなどが、ディープな原作ファンのツボもくすぐるパロディ作品です。絢爛《けんらん》豪華な作風と、「大奥をモデルとし風刺している」と見られたことが災いして、天保の改革で絶版に処され、未完に終わりました。

女房　にょうぼう

貴人に仕える女性使用人です。側《そば》にいること自体が価値となる出自のよい者、**和歌・書**などスキルをいかして活躍するタイプなど、さまざまな女房が史実でも**物語**でも活躍していました。とはいえ、親に先立たれたなど訳ありの令嬢が女房に「身を落とす」ものであり、蔑視《べっし》もされる悲哀《ひあい》含みの存在でした。

女房の中でも主君の側近となる者は、主君の姪《めい》・従姉妹《いとこ》などの近親者、**乳母**《めのと》の子、親の代から仕えている縁故者などです。**逢瀬**《おうせ》に当たっては彼女らの協力が不可欠であるため、物語に必須の役回りです。姫が没落しても扶養する、異性にオクテな姫に代わってよい縁談を推進するなど、ハッピーエンドの陰の立役者であることもしばしばです。一方で、密通の仲介となる例も頻出します。その動機は、姫の内心の思いを推察しての忠義心であることがほとんどです。自身と姫を同一視する傾向があり、自分に熱心に言い寄ってきて金品も贈ってくる貴公子にほだされて姫の寝所《しんじょ》へ導く例もあります。

女官　にょかん

男性は宮中で官人として、女性は家で妻・**母**として働くのが大原則の平安貴族ですが、一部の女性は官人となって働きました。それが女官です。神器《じんぎ》を守る**内侍所**《ないしどころ》や御服の裁縫を司《つかさど》る御匣殿《みくしげどの》など、女官が占める部署もあり、その長官である尚侍《ないしのかみ》や御匣殿別当《べっとう》（略して御匣殿）は、社会的地位の高い高級女官でした。**女房**は、貴人がプライベートに雇用する女性使用人なので女官とは厳密には異なります。とはいえ天皇の身辺の世話も女官の任務だったり、上皇《じょうこう》・春宮《とうぐう》（皇太子）・**后**《きさき》・斎王《さいおう》の側近女房が勤務実績・血縁を考慮して女官の官職を授与されたりしていたため、職務内容は女房と同様だったり、女房が女官になったりすることもありました。「仕える」が心身捧《ささ》げての忠勤を意味する時代だったため、天皇のお手がつくこともしばしばでした。また宮廷の古来の雰囲気や貴公子との接点の多さも影響して、華やかな恋模様が売りの存在でもありました。

源氏物語では尚侍の立場の曖昧《あいまい》さが、ストーリーに大きく影響しています。ご寵愛《ちょうあい》を頂いて当然の女性公務員であるため、**帝**《みかど》のご不興《ふきょう》が畏《おそ》れ多いという観点では尚侍との恋は遠慮されるべきものですが、原理原則を問えばただの官人なので夫を持ってもよいということになるからです。好色な老女・源典侍《げんのないしのすけ》と**光源氏**《ひかるげんじ》のコミカルな恋が7巻「**紅葉賀**《もみじのが》」という重要な巻に描かれるのは、彼女が**桐壺帝**《きりつぼてい》とも関係があったであろうことから、**藤壺宮**《ふじつぼのみや》をめぐる三角関係を婉曲に描いたエピソードなのではないかという説もあります。桐壺帝が采女《うねめ》・女蔵人《にょくろうど》などの下級女官までイイ女を喜ぶという一文には、セクシーさが才能の一つであったことが感じられます。貴人の**色好み**が子宝ひいては氏族の繁栄に直結したからでしょう。

塗籠　ぬりごめ

四隅を壁で囲んだ部屋です。母屋《もや》に設けられるのが一般的で、通常は物置として使われます。壁は土で厚く塗り固めたものと思われ、当時の感覚では最も堅牢《けんろう》なスペースでした。ただし戸は二方、三方にあり、また当時の錠《じょう》はそれほど強固ではないため（腕力でこじ開けている例あり）、現代人がイメージするほどの密閉性はありません。

源氏物語では**光源氏**《ひかるげんじ》や**落葉宮**《おちばのみや》が恋愛絡みで身を隠したほか、**紫上**《むらさきのうえ》が法事で母屋を使う際ここを臨時に居場所としています。両側の戸を開けて通過する例も見られます。

猫　ねこ

家畜化され世界に伝播《でんぱ》していったイエネコは、遅くとも弥生時代には日本に到来していました。棲《す》み着いた先々で特定のグループ内での交配を繰り返し、外見的特徴の固定化が起きていたようです。その証拠に平安期の文献では、在来の猫と新たに渡来したばかりの「唐猫《からねこ》」の違いが意識されています。他の文物でもそうだったように、輸送コストがかかっている唐猫には、ゴージャス感・ブランド性がありました。

能　のう

日本の伝統的な演劇です。猿楽《さるがく》という平安以来の民間のエンタメが、鎌倉時代の歌謡や舞を取り込み、室町時代に大成されたものです。その台本である謡曲《ようきょく》には、源氏物語を素材としたものが多く存在します。中世に源氏物語や**紫式部**《むらさきしきぶ》がどのように解釈されていたのか、知る上で貴重な史料です。

軒端荻　のきばのおぎ

3巻「**空蝉**《うつせみ》」のヒロインです。**空蝉**の継娘《ままむすめ》で、空蝉を目当てに忍んできた**光源氏**《ひかるげんじ》に勘違いされ、一夜を共にしました。超セレブに縁づくチャンスだったわけですが、あけすけで品を欠く軒端荻は近優《ちかまさ》り（接近後に魅力が増すこと）感を与えられず、翌朝の**文**《ふみ》さえ貰《もら》えずに縁が絶えてしまいました。のちに蔵人少将《くろうどのしょうしょう》の妻となり、光源氏と荻に付けた**歌**を交わしたことから、この呼び名が生じました。

野分　のわき

第28巻です。**光源氏**《ひかるげんじ》の息子・**夕**《ゆう》**霧**《ぎり》が、野分（台風）の見舞いに**六**《ろく》**条院**《じょういん》を訪れ、光源氏の妻・娘らの美貌を**垣間見**《かいまみ》て惑乱する巻です。作者としては、六条院の女性たちの美しさ・素晴らしさを描きたかったものと思われます。通常なら垣間見など許すはずのない、たしなみ深いレディたちを描写する口実として、「天災直後」「主人の息子が見た」という設定にしたものでしょう。**紫上**《むらさきのうえ》が**樺桜**《かばざくら》、**玉鬘**《たまかずら》が**八重山吹**《やえやまぶき》、**明石姫君**《あかしのひめぎみ》が**藤**《ふじ》に例えられ、中宮・**秋好**《あきこのむ》の垣間見はさすがに遠慮されて代わりに**女房**、女童《めのわらわ》の**雅**《みやび》さが記述されます。なお平安の価値観では、天災は為政者への警告です。野分が光源氏の城・六条院を揺さぶり、女性らが夕霧に見られるのは、光源氏体制の動揺を意味します。夕霧が紫上を見て心を奪われるというエピソードは、光源氏・**藤壺宮**《ふじつぼのみや》の密通の因果《いんが》応報《おうほう》として、夕霧・紫上の不義が予定されていた（が結局は書かれず、**柏木**《かしわぎ》・**女三宮**《おんなさんのみや》に置き換えられた）ためだ、という説もあります。

袴着　はかまぎ

「着袴《ちゃっこ》」ともいいます。**子ども**時代の3歳頃に行う、初めて袴を着せる**儀式**です。恋愛は「**忍ぶ仲**」も珍しくなかった当時、袴着は子の誕生・存在をお披露目する機会であり、子とその母の社会的地位を高める効果がありました。

源氏物語では、身分の低い**明石**《あかしの》**君**《きみ》が産んだ子・**明石姫君**《ひめぎみ》が、**紫上**《むらさきのうえ》の養女となってから、**光源氏**《ひかるげんじ》の屋敷・**二条院**《にじょういん》で袴着をしてもらっています。后《きさき》がね（皇后候補）として恥ずかしくないよう、盛大に行う必要があったためです。なお、生母・明石君のもとでは袴着が行えなかったわけではありません。この時代、子どもは**母**一族の成員という意識が強いので、父が不在または非協力的でも通過儀礼は可能でした。ただ、光源氏・紫上がタッグを組んだ袴着ほどの身分・数の来賓は呼ぶことができないため、お披露目効果は乏しいものになったはずです。

萩 はぎ

マメ科ハギ属の植物の総称です。秋の七草の一つで、紅紫色《こうししょく》または白色の**花**をつけます。細い枝が風に揺れるたおやかさ、葉の上の露《つゆ》が散る儚《はかな》さが、愛《め》でられ惜しまれる花でした。源氏物語では**桐壺帝**《きりつぼてい》が、母亡きあとの**光源氏**《ひかるげんじ》を小萩に例え、死期近い**紫上**《むらさきのうえ》がおのが命を萩の露になぞらえて**和歌**を詠んでいます。

白居易 はく・きょい（772〜846）

中国、唐《とう》の時代の詩人です。字《あざな》が楽天《らくてん》であることから白楽天とも呼ばれます。わかりやすく流麗な文体で、平安貴族に大人気でした。玄宗《げんそう》皇帝と楊貴妃《ようきひ》の悲恋を歌った「**長恨歌**《ちょうごんか》」、58歳で子を儲《もう》けて歌った「自嘲」などが、源氏物語に内容と深くリンクさせて取り入れられています。**光源氏**《ひかるげんじ》の**須磨**《すま》**流離**に当たっても、その詩集「白氏文集《はくしもんじゅう》」を持参した、中秋の名月を見て「二千里外故人心《にせんりのほかこじんのこころ》」と口ずさんだなど、白居易にちなむ場面が出てきます。

橋姫 はしひめ

第45巻です。新たな物語・**宇治**《うじ》**十帖**《じゅうじょう》がこの巻から始まります。**光源氏**《ひかるげんじ》の異母弟・**八宮**《はちのみや》の不運な人生、光源氏の子（とされているが実は**柏木**《かしわぎ》の子の）**薫**《かおる》と八宮の交友、八宮の娘2人と薫の出会い、薫の出生を知る老女・**弁**《べん》（弁君《べんのきみ》、のちに弁尼《べんのあま》）の登場などが描かれます。

新主人公・薫は、出生への疑いから俗世を嫌いつつ、栄華を満喫している青年です。一方、八宮は不幸続きで零落《れいらく》した老人。対照的な2人が仏道の友となり、煩悩《ぼんのう》を捨てる方向へ共に歩みつつ、薫は宮の姫たちへの恋、宮は娘たちへの愛執《あいしゅう》に足を取られます。心の恋は初めての薫をさらに惑わすように、プレイボーイな従兄弟《いとこ》・**匂宮**《におうみや》が奔放に生き、一方で弁君は実父の死を語ります。「憂《う》し」に通う名の土地・**宇治**を舞台とする、陰《いん》鬱《うつ》なロマンスの序章です。

橋本治《はしもと・おさむ》（1948～2019）

現代日本の作家です。国文科卒の知識をいかし、『桃尻《ももじり》語訳 **枕草子《まくらのそうし》**』『双調《そうじょう》 **平家物語**』など、古典を題材にした作品を多数発表しました。1991年から刊行を開始した『窯変《ようへん》源氏物語』は、ほぼ原典に沿って記述されつつも単純な**現代語訳**ではなく、近代フランス小説風に大胆にアレンジした翻案作品で、深い洞察が反響を呼びました。

恥づかし《はずかし》

現代語同様、「(自分が至らないので) 恥ずかしい」という意味もありますが、「恥ずかしく感じるほど相手が立派だ」という意味でよく使われます。平安文学の重要単語です。

長谷寺《はせでら》

奈良県桜井市初瀬《はせ》に現存する寺です。「はつせ」と読んで、「初瀬／泊瀬」と表記することもあります。貴族女性が厚く信仰した観音《かんのん》を本尊としており、**石山寺《いしやまでら》**・清水《きよみず》寺と並ぶ観音信仰の名所として、平安貴族に大人気でした。

源氏物語では**玉鬘《たまかずら》**と、亡き**母**の忠実な**女房**（侍女《じじょ》）だった**右近《うこん》**との再会が、長谷寺へ詣《もう》でる途上のこととセッティングされています。落ちぶれて田舎で育った玉鬘が、**光源氏《ひかるげんじ》**の養女に迎えられ、太政《だじょう》大臣の本妻になるというサクセス・ストーリーは、長谷観音を信じた御利益だったというわけです。**宇《う》治《じ》十帖《じゅうじょう》**では、**匂宮《におうみや》**が長谷寺参詣《さんけい》の途次宇治に宿り、**八宮《はちのみや》**の姫たちと接点を作っています。また**浮舟《うきふね》**は母と**乳母《めのと》**の手配で長谷寺に複数回詣でており、幸せを祈願されていたことが感じられます。

長谷寺の五重塔。

長谷寺名物は二本《ふたもと》の杉《すぎ》！玉鬘と再会した右近や、失踪後の浮舟が歌に詠んでいます。

蓮 はちす

植物です。**仏教**の神聖な**花**でした。極楽《ごくらく》には蓮華《れんげ》（ハスの花）が咲いているとされ、善《よ》い行いを積んだ人は死後、極楽へ往生《おうじょう》して、その蓮華の上に生まれると信じられていました。そのため、恋し合う男女どうしは「来世《らいせ》、同じ蓮の上に一緒に座ろう」と誓うのが定番でした。そのほかは23巻「**初音**《はつね》」で、**光源氏**《ひかるげんじ》の妻たちが「自分のハスが開花するまで時間がかかる」という表現で、なかなか訪ねてもらえない悲哀《ひあい》を表しています。

八宮 はちのみや

「八番目の親王《しんのう》」を指す言葉です。理論上は、各天皇が八宮を持つ可能性がありますが、源氏物語では**桐壺帝**《きりつぼてい》の第八皇子をいいます。**光源氏**《ひかるげんじ》の異母弟に当たる親王で、政争に担《かつ》ぎ出されて立場をなくし、**宇治**《うじ》で信仰に生きている俗《ぞく》聖《ひじり》（**出家**していない仏道修行者）です。その遺児である3人の女性（**大君**《おおいぎみ》・**中君**《なかのきみ》・**浮舟**《うきふね》）と、光源氏の子（実は**柏木**《かしわぎ》の子）の**薫**《かおる》との、すれ違う恋が**宇治十帖**《じゅうじょう》のテーマとなっています。

初音 はつね

第23巻です。理想の御殿《ごてん》・**六条**《ろくじょう》**院**《いん》が完成し、初めての正月を過ごす**光源氏**《ひかるげんじ》一家が描かれます。物語屈指のにぎにぎしい巻です。後世、慶事の物品に「初音」巻由来の景物・紋様《もんよう》を描いたりするなど、吉祥の王朝柄の代表にもなりました。

ストーリーに新展開はありません。光源氏が正月を過ごす様が、妻・娘たちへの年賀回りをメインに記述されます。女性たち一同が22巻「**玉鬘**《たまかずら》」の**衣配**《きぬくば》**り**で光源氏から贈られた晴れ着をまとい、思い思いに過ごしているという、女君総出演のようなゴージャスさが見どころです。かつてサイドストーリーで活躍したヒロイン・**空蝉**《うつせみ》や**末摘花**《すえつむはな》の後日譚《たん》でもあります。**紫上**《むらさきのうえ》を頂点に女性たちのヒエラルキーが安定し、みながのどかに過ごしている様子が称《たた》えられる一方、第一の妻になれなかった女性たちの哀感《あいかん》も点描されます。

果て　はて

「果つ（終わる、死ぬ）」の名詞形です。催しの終盤など終わり全般に使われます。「御はて」といった場合、服喪《ふくも》期間の終わり（川に出て**禊**《みそぎ》を行う）や一周忌を指し、改めての悲しみや日常への回帰がしばしばフォーカスされます。

花　はな

今よりも娯楽が少なく、環境も不衛生だった平安時代、花は貴重な美観でした。極楽《ごくらく》には**蓮**《はちす》をはじめ花が咲き誇っているとされ、豪邸であるほど庭に花が四季折々絶えぬようガーデニングされました。

源氏物語では、ただ花といえばこれを指す**桜**を筆頭に、**藤**《ふじ》の宴、**萩**《はぎ》の宴など花見の集いが政治や出会いの重要シーンを生み出しています。**紫上**《むらさきのうえ》を桜、**玉鬘**《たまかずら》を**山吹**《やまぶき》、**明**《あか》**石姫君**《しのひめぎみ》を藤に例えるなど、登場人物の個性もしばしば花で表されます。ちなみに当時の花は現代ほど品種改良が進んでおらず、桜は葉も花と共につくヤマザクラ系のもの、**菊**も小ぶりの花だったと考えられています。

放出　はなちいで

古来諸説ある室内アレンジです。常設の設備ではなく、行事の折、寝殿《しんでん》造りの建物内に**儀式**を行う場所として設けられました。母屋《もや》と**廂**《ひさし》の間の**障子**《しょうじ》を取り払い、壁代《かべしろ》や**屏風**《びょうぶ》で母屋の空間を一方角へ向けて括《くく》り出したものと思われます。西に向けて設定した場合「西の放出」、東なら「東の放出」と呼びました。

花散里　はなちるさと

第11巻です。桐壺院《きりつぼいん》（**桐壺帝**）没後から**光源氏**《ひかるげんじ》の**須磨**《すま》行きまでの間の夏の一夜（5月20日頃）、光源氏が旧知の姉妹を訪ね、しっとり語り合って過ごすという、詩情豊かな短編です。

話型は**伊勢**《いせ》**物語**の「初冠《ういこうぶり》」です。貴公子がとても魅力的な姉妹を訪ね、**歌**を詠みかけるなど**雅**《みやび》なひと時を過ごした…という話に当たります。ただこの巻では、姉妹の姉は故・父帝の**妃**《きさき》であり、身寄りもないこの継母《ままはは》を光源氏が物心両面で支えている、という美談になっています。また妹（**花散里**《はなちるさと》）は、光源氏と**忍ぶ**仲にあり、出しゃばらず疑わず待ち続ける淑《しと》やかな態度が描かれます。彼女らの引き立て役として「中川《なかがわ》の女」が登場します。光源氏と一夜の縁を持てたのに、待っていられず他の男に乗り換えた女性です。その中川の家で鳴いていた**ホトトギス**が、光源氏の牛車《ぎっしゃ》についてきて、花散里姉妹の庭で美声を響かすことにより、**なつかしき**（慕い寄りたくなる）人は光源氏や花散里姉妹であると、象徴的に示される巻です。

花散里　はなちるさと

光源氏《ひかるげんじ》の妻の一人です。桐壺院《きりつぼいん》（**桐壺帝**）の**妃**《きさき》・**麗景殿**《れいけいでんのにょうご》女御の妹・三君《さんのきみ》で、姉妹揃《そろ》って光源氏の庇護《ひご》を受けており、**須磨**《すま》・**明石**《あかし》流離の折も保護下にありました。光源氏の帰京後は**二条東院**《にじょうひがしのいん》、次いで**六条院**《ろくじょういん》の夏の町に迎えられ、**夕霧**《ゆうぎり》・**玉鬘**《たまかずら》の養母となります。どちらかといえば不器量で早くから床去《とこさ》り（性関係を終える）し、**紫上**《むらさきのうえ》とも良好な関係を築いて、その死後は代わって更衣《ころもがえ》を担当しました。

温和な人柄で家事・育児の能力に長《た》け、通われることが少なくとも心変わりせず、夫を待ち続けた貴婦人です。その生き方は、一《いち》の妻《つま》にはなれずとも妻の座を確保・維持するもので、当時の女性の理想像の一つだったと思われます。

花散里姉妹、11巻では姉のほうが目立っていました！

花宴　はなのえん

第8巻です。**光源氏**《ひかるげんじ》と敵方の姫・**朧月夜**《おぼろづきよ》との馴《な》れ初《そ》めを語ります。宮中で**桜**の宴のあと、名乗らぬ姫と一夜の契《ちぎ》りを結び、後日、政敵・**右大臣**《うだいじん》家の**藤**《ふじ》の宴で再会するという、平安ロマンスの決定版といえる短編です。**巻名**の「花宴」（桜の宴会）は、7巻「**紅葉**《もみじの》**賀**《が》」（紅葉の祝い）とペアになっています。「紅葉賀」巻では、光源氏の未来を拓《ひら》く子・**冷泉**《れいぜい》（将来の**帝**《みかど》）が誕生し、「花宴」巻では、最大危機をもたらす恋の種が播《ま》かれる、という筋立てです。のちに光源氏は、朱雀《すざく》帝（**朱雀院**）の愛人・朧月夜との恋が謀叛《むほん》の**罪**に問われますが、その人とは知らずに縁を結んだという経緯がこの巻で明かされており、謀叛は冤罪《えんざい》だと読者にはわかる仕掛けとなっています。

ちなみにこの巻は、約140年後、名歌人・**藤原俊成**《ふじわらのしゅんぜい》に「源氏見ざる歌詠みは遺恨のことなり」「花宴は特に優」と称《たた》えられました。これを機に、源氏物語は**和歌**のテキストとして名を挙げました。

母　はは

平安時代は、警備や消防、老後の扶養といった社会インフラを、親族が協力し合って担《にな》っていた時代です。そのため母は、一族のメンバーを産み増やした人として、存在感と発言力を持ちました。母を同じくするきょうだい（同胞《はらから》）は強い家族意識を有し、出世を引き立て合う、扶養・育児・介護で協働するなど、一体となって世間に立ち向かっていました。婚姻においても、子のない／少ない妻とは関係が自然消滅する傾向があります。子を多く産んだ女性は夫から、生来の身分より高い扱いを期待できました。上流貴族は特に、政権を取るには娘の入内《じゅだい》が必須だったため、女児を産んだ妻を尊重しました。

源氏物語でも、后妃《こうひ》が子を産むと御息所《みやすどころ》と呼ばれる、**光源氏《ひかるげんじ》**の**藤《ふじ》壺宮《つぼのみや》**への想いに「母恋い」があるなど、社会的にも感情面でも母の重みが描かれます。母を亡くした子の哀《あわ》れは、悲しみだけでなく、後見人を欠き不利益をこうむるものとして特筆されます。未婚の姫が世間知らず／恥ずかしがりを美徳とされるのに対し、母は世間・人情の裏表を弁《わきま》え、強く行動することが良しとされました。このことが、女性の**結婚**において大きな意味を持っています。姫本人は恋に慎ましくあらねばならないため、男性にOKを出したり来訪を促したりと、潤滑油《じゅんかつゆ》を差すのは母の役目でした。したがって母亡き姫は、名誉を保っての結婚が難しい、縁が絶えやすいなどの問題に直面するものでした。

帚木　ははきぎ

第2巻です。前半は「**雨夜《あまよ》の品定め**」と呼ばれる、男性4人の女性談義です。後半は**光源氏《ひかるげんじ》**と、中流貴族の人妻・**空蝉《うつせみ》**との恋が語られます。「雨夜の品定め」は、超セレブの光源氏が中《なか》の品《しな》（中流）の女性に興味を持つきっかけと位置づけられるエピソードですが、芸術論や人生訓、各自の恋の体験談まで、内容は多岐にわたります。ストーリー面では、のちに「**夕顔《ゆうがお》**」「**玉鬘《たまかずら》**」と呼ばれるヒロイン母娘が、**頭中将《とうのちゅうじょう》**の思い出話を通して初登場する点に要注目です。恋の体験談にはそのほかに、頼りになる妻だが嫉妬《しっと》深い「指食いの女」、魅力的だが浮気な「木枯《こがらし》の女」、**紫式部《むらさきしきぶ》**自身を彷彿《ほうふつ》とさせる「学者の娘」など、キラリと光る中流女性たちが登場し、その後は再登場なく消えていきます。そのため、作者がかつて書いた習作小説の残存ではないかという見方もあります。

この巻の後半のロマンスは、「空蝉」という呼び名がのちに定着するヒロインとの一度きりの逢瀬《おうせ》です。16巻「**関屋**《せきや》」では、むしろ「帚木」と呼ばれる女性です。一見地味な人妻が、格上男性に熱烈に求められ、しかし堅実に振る舞って相手の忘れ得ぬ女になるという、ロマンチックな筋書きとなっています。同じく中流貴族だった紫式部の、実体験を美化したかのような話であり、当時のリアルな日常、身分意識、中流の生き方などが活写されています。なお、こののち光源氏を拒《こば》み通した空蝉は、後世「貞女」と称《たた》えられた時期もありました。

宮廷や政治を語った荘重《そうちょう》な1巻「**桐壺**《きりつぼ》」とはガラリと変わり、2巻「帚木」はゴシップ本めいた語り口でスタートします。中流の女との恋はセレブ男性にとり、評判に障《さわ》るものだったようです。続く4巻までは光源氏と中流女性3人との一話読み切り的なロマンスで、俗に「帚木三帖《さんじょう》」と総称されます。

帚木　ははきぎ

園原《そのはら》（現・長野県下伊那《しもいな》郡）に生えているといわれた木です。園原は古来よく**歌**に詠まれた地名、つまり歌枕《うたまくら》でした。京から東国へ東山道《とうさんどう》で向かった場合、難所・神《み》坂峠《さかとうげ》を越えて最初の人里であり、その地理的な重要性から歌に詠まれ伝えられたものと思われます。園原には、遠くからは見えるが近づくと見えなくなる「帚木」と呼ばれる木が生えているという伝説があり、都人《みやこびと》にも知られていました。

源氏物語では**光源氏**《ひかるげんじ》が、**空蝉**《うつせみ》の真意を測りかねて戸惑い、「帚木（貴女の心）が見えないので園原で（恋の）道に迷っている」と詠みます。対して空蝉は落ちぶれた我が身を「伏屋《ふせや》に生えた／消える帚木」に例えて返歌し、教養と心深さを示しました。

長野県阿智村に残る帚木。
（写真提供：阿智村全村博物館協会）

祓 はらえ

▼登場シーン

罪や穢《けが》れ、災いなどの不浄を除去するための神事・呪術のことです。神前で祓詞《はらえことば》を唱えて祈ったり、代償の祓物《はらえもの》を捧げて罪・穢れを償ったりしました。古代には、6月晦日《みそか》と12月晦日に朱雀門《すざくもん》前に集まって大祓《おおはらえ》を行う宮廷行事がありました。この行事は平安以降にも6月晦日の水無月祓《みなづきばらえ》（夏越祓《なごしのはらえ》とも呼ぶ）として、半年間の不浄を祓《はら》い清めるため行われていました。祓そのものが、自身・家の保安や**病**《やまい》の治療のため実施される、生活に根づいた祭祀《さいし》だったのです。摂津の難波《なにわ》、近江の唐崎《からさき》など祓の名所があり、貴族女性にも人気の行楽先でした。水で不浄を洗い清める**禊**《みそぎ》とは厳密には別物ですが、不浄の除去を目的とする神事という点が同じであり、しばしば同一視されました。

版本 はんぽん

木版による印刷本です。書籍は長らく手写による制作が中心で高級品でしたが、江戸期に普及した版本は町人層にも読書習慣を広めました。源氏物語も版本化され、挿絵《さしえ》つきの絵入本《えいりぼん》、読みやすい梗《こう》概《がい》書など多種類出版されて、読者層を開拓しました。とはいえ、54帖セットの源氏版本には、読んだ形跡が前半のみに限られるものも見られ、当時も「**須磨**《すま》**返り**（途中で挫折すること）」する読者が多かったことが窺《うかが》えます。

雛 ひいな

女児の玩具です。10歳を超えたら止《や》めるべき遊戯とされています。紫君《むらさきのきみ》（**紫上**）に関しては、少女時代の無邪気さや人柄のよさなど、美質を物語る小道具として描写されますが、**女三宮**《おんなさんのみや》については幼稚さというネガティブ面を表すツールとなっています。

光る ひかる

光を発して（または反射して）輝くことです。日本書紀《にほんしょき》では神々や**神**の御子の属性であり、天照大《あまてらすおお》神《みかみ》を祖先神とする天皇やその跡取りに捧げられるほめ言葉です。作り物語では「かぐや姫」（**竹取**《たけとり》**物語**）以来、主人公の超人的美質を象徴します。源氏物語は主人公が、そのものズバリの「光る」人であり、そのほか**藤壺宮**《ふじつぼのみや》・**冷泉**《れいぜい》・**紫上**《むらさきのうえ》・**薫**《かおる》など、**皇族**系の主役級キャラがこの語で形容されています。

光源氏　ひかるげんじ

第一部と第二部の主人公です。**帝**《みかど》の血を引く美貌の主役は、当時の作り**物語**の定石《じょうせき》ですが、中でも天皇の子という高貴さは群を抜いています。その上「**光る**」という超人的属性を帯び、由緒ある異国人・高麗人《こまうど》によって「光る君」と命名されるという、ゴージャスなキャラに造型されています。美しい**声**《こえ》は極楽《ごくらく》の鳥・迦陵頻伽《かりょうびんが》のごとく、舞えば天が感応して時雨《しぐれ》るという点も、当時の主人公キャラ特有の誇張ぎみな美質を表します。第一部は、この神聖なヒーローが皇位から排除されつつも、秘密の実子の即位と娘の入内《じゅだい》により、皇統と一体化していく話が本筋です。**玉鬘十帖**《たまかずらじゅうじょう》では、その絶対性が揺らぎ始め、第二部では因果応報《いんがおうほう》を味わいつつも、最後まで威光を保って退場します。

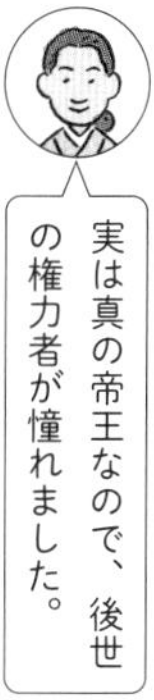
実は真の帝王なので、後世の権力者が憧れました。

引き歌　ひきうた

古歌の一部または全部を、自作の**歌**や文章に取り入れるテクニックのことです。引用された古歌を指すこともあります。古歌の暗記を教育としていた平安貴族は、会話や作歌でごく自然に引き歌をしていました。源氏物語は、作者がずばぬけた教養人であったため、登場人物の会話や**和歌**、地の文にも引き歌が頻出します。元の古歌の意味に注意して読むと、会話のニュアンスやキャラの性格が別の意味に解釈されることも多く、きわめて奥深い領域です。当時の読者には常識だったと思われますが、時の経過につれ意味がわからなくなったり、元となった歌が失われたりしたものも多く、その探究は世々行われてきました。

祓の登場シーン【浮舟巻】

「御祈りなど、せさせたまへ、祭《まつり》、祓《はらえ》などもすべきやう」など言ふ。御手洗川《みたらしがわ》に禊せまほしげなるを、かくも知らでよろづに言ひ騒ぐ

痩《や》せてしまった**浮舟**《うきふね》を見て、**母・常陸殿**《ひたちどの》が心配し、「ご祈祷《きとう》などをさせなさいませ、**祭り**や祓もすべき」と言う場面です。「浮舟が洗い流したいのは恋の悩みなのも知らないで」という文が、シニカルにも哀《あわ》れです。

髭黒　ひげくろ

玉鬘十帖《たまかずらじゅうじょう》の主要キャラです。朱《す》雀院《ざくいん》が天皇だったときの藤少将《とうしょうしょう》が同一人物ならば、初登場は10巻「賢木《さかき》」です。24巻「胡蝶《こちょう》」で、玉鬘の求婚者の一人として現れて求婚譚《たん》を盛り上げ、30巻「藤袴《ふじばかま》」で春宮《とうぐう》（皇太子）のおじ、つまり次代の政権担当者であることが明かされ、31巻「真木柱《まきばしら》」では玉鬘を射止めて、玉鬘十帖を締め括《くく》ります。

色黒・髭がち・武官の装いの強調・思い切った夜這《よば》い婚など、野蛮性・暴力性が目立つ異色の存在です。玉鬘への求婚ストーリーが、同様の人物・大夫監《たいふのげん》に始まり、髭黒の最終勝利で終わるのは、地方を掌握《しょうあく》する武士集団への、作者（都人《みやこびと》）の危惧・嫌悪がにじんでいるのかもしれません。髭黒は夕《ゆう》霧《ぎり》・薫《かおる》と同様「まめ人（真面目／堅実な人）」であり、長年の妻やその父（紫上《むらさきのうえ》の父・式部卿宮《しきぶきょうのみや》）との調整に失敗して、后《きさき》にできたはずの娘・真木柱《まきばしら》を奪われてしまいます。摂関《せっかん》期の政治家としては力量不足であり、光源氏《ひかるげんじ》や夕霧、頭中将《とうのちゅうじょう》より劣位の男性キャラであることを示すポイントです。唯一の妻として大事にされることに憧れつつも、そのような夫のネガティブな面を見過ごせないという、作者の男性観が窺《うかが》える人物です。

第二部では34・35巻「若菜《わかな》上・下」で、姻戚《いんせき》として光源氏を盛り立てる様が描かれます。第三部の44巻「竹河《たけかわ》」では既に故人であること、その人望のなさゆえに遺族が苦労していることが語られます。

髭黒の北方　ひげくろのきたのかた

玉鬘十帖《たまかずらじゅうじょう》、および34・35巻「若《わか》菜《な》上・下」に登場する女性です。24巻「胡蝶《こちょう》」で「髭黒が別れたがっている年上妻」と語られ、30巻「藤袴《ふじばかま》」で式部卿宮《しきぶきょうのみや》の長女（紫《むらさきの》上《うえ》の異母姉）と明かされます。31巻「真木柱《まきばしら》」では、長年「物《もの》の怪《け》が憑《つ》いている」ことが判明し、また娘（真木柱）の存在も示されて、話は政治的にも緊迫します。しかし結局は、娘を連れて実家へ帰ります。

彼女の離婚により、玉鬘は髭黒の妻の座を独占でき、明石姫君《あかしのひめぎみ》（光源氏《ひかるげんじ》の娘）にとっては将来のライバル候補・真木柱が脱落し、髭黒という次世代の権力者が玉鬘を通じて光源氏の姻戚《いんせき》になりました。つまりは、光源氏側の大団円を導くための、離婚されて当然の妻だったといえます。実際、落窪《おちくぼ》物語などの**継子《ままこ》いじめ譚《たん》**では、意地悪な継母《ままはは》は実子もろとも不幸になる（罰を受ける）のが定石《じょうせき》でした。ただし、「真木柱」巻での彼女はシンプルな悪役ではなく、その家庭悲劇は繊細に、リアリティと悲哀《ひあい》をこめて綴《つづ》られます。女性が名誉を保って生きることへの絶望感が強くにじんだキャラといえましょう。第二部の紫上・**落葉宮《おちばのみや》**や、第三部の**大君《おおいぎみ》**・**浮舟《うきふね》**を連想させる女性像です。

廂 ひさし

寝殿《しんでん》造りの建物で、母屋《もや》（中心部）の外縁、**簀子《すのこ》**の内側にあたる部分です。通常は**女房**（侍女《じじょ》）らがいる場所で、異性の客は血縁者か特に親しい人、または貴人ならば、特別に招き入れられ着座できました。当主の妻・娘に当たる貴婦人は、屋敷の奥深くで守られているべき人なので、廂にいると「端近《はしぢか》だ（端に近い／軽薄だ）」と非難されました。一方で、豊かな感性のあまり廂に出てしまうことは、**雅《みやび》**でエモい**しぐさ**であったりもしました。

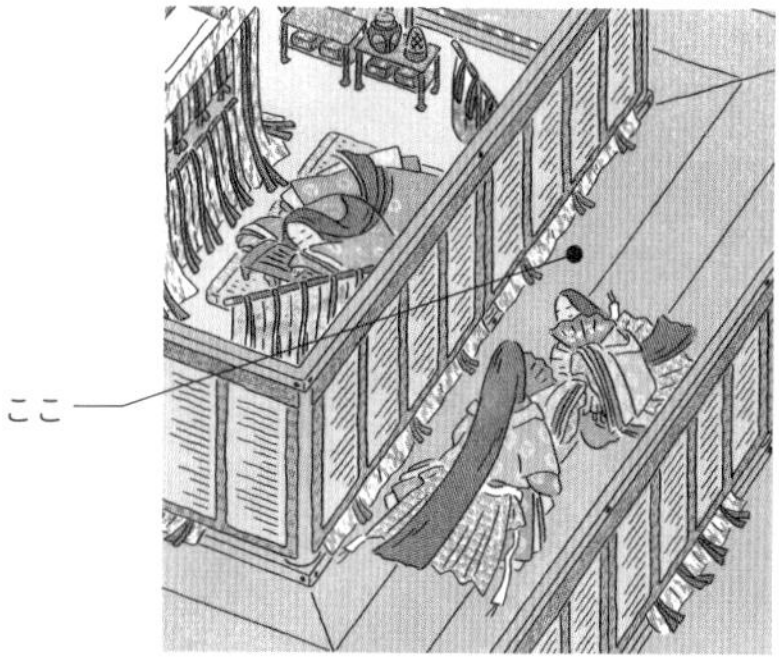

聖 ひじり

徳の高い人のことです。源氏物語では、「聖の**帝《みかど》**」などと立派な天皇を指すこともありますが、大半は**仏教**の信仰厚い人をいいます。その多くは高位の**僧**であり、**加持《かじ》祈祷《きとう》**のパワーや説経の尊さなどが敬意をこめて描かれます。ただし、尊敬一辺倒ではありません。悟りきっているあまり人情を煩悩《ぼんのう》と切り捨てる聖に対しては、拭《ぬぐ》い難い違和感と反発が示されています。反対に、俗っぽい言動をする聖も登場します。はたまた、**光源氏《ひかるげんじ》**の瘧《おこり》を治した「北山《きたやま》の聖」、「俗聖《ぞくひじり》／聖の親王《みこ》」と呼ばれた**八宮《はちのみや》**など、僧の階層には属していない有徳者もいます。仏教に対する、作者の知識と迷いが窺《うかが》えます。

常陸 ひたち

現・茨城県を指す国名です。親《しん》王任国《のうにんこく》（親王が守《かみ》に任命されることが慣例となっていた国）の一つで、守に次ぐ官である常陸介《ひたちのすけ》が実質的なトップとして赴任しました。

源氏物語では、常陸以外の東国があまり出てこないほど、頻々《ひんぴん》と言及される遠国です。**受領**《ずりょう》（地方へ赴任する中流貴族）にとっては、「親王任国」というブランドイメージがある国でした。一方親王家の中では、常陸宮《ひたちのみや》といえば田舎くさい雰囲気でネガティブなイメージでした。そのような意識は、常陸宮の姫・**末摘花**《すえつむはな》が「鄙《ひな》びた」と馬鹿にされるところに窺《うかが》えます。**空蟬**《うつせみ》・**浮舟**《うきふね》など中流にしては出色《しゅっしょく》のヒロインは、常陸介の縁者です。

常陸殿 ひたちどの

宇治十帖《うじじゅうじょう》後半の主要キャラです。「**中将君**《ちゅうじょうのきみ》」という名で**八宮**《はちのみや》家に仕えた**女房**（侍女《じじょ》）でした。北方《きたのかた》（八宮の本妻）の姪《めい》という高貴な女房で、北方の死後八宮に愛され**浮舟**《うきふね》を産みました。しかし八宮に妻・子として認められず、**受領**《ずりょう》の後妻となって陸奥《むつ》・**常陸**へ下り、浮舟を育てあげました。受領の妻に落ちぶれた屈折感や、現在の夫への意趣《いしゅ》返しなどから、浮舟の玉《たま》の輿《こし》計画を推し進め、結果として入水《じゅすい》に追いやります。**出家**後の浮舟が「**母**にだけは会いたい」と、未練を残す存在です。

一夜妻譚 ひとよづまたん

来訪した**神**と土地の巫女《みこ》の、一夜の聖婚を語る話です。それによる懐妊（一夜孕《いちやばら》み）が伴う**話型**も多く見られます。男性（神または英雄）が旅をし、その先で女性と恋をするというロマンスの形をとりますが、大国の王が征服先の美女・巫女をわがものとする服属儀礼であるケースや、氏族の始祖伝説である例も見られます。平安宮廷最大の年中行事・**五節**《ごせち》での舞姫《まいひめ》も、服属儀礼・一夜妻の名残をとどめています。

源氏物語では、**方違え**《かたたが》で訪れた**光源氏**《ひかるげんじ》に、紀伊守《きのかみ》が継母・**空蟬**《うつせみ》を差し出し、光源氏―紀伊守の主従関係が強められるエピソードが、典型的な一夜妻譚です。光源氏と**藤壺宮**《ふじつぼのみや》の逢瀬《おうせ》や、光源氏と**夕顔**《ゆうがお》・**朧月夜**《おぼろづきよ》の出会いも、一夜孕み／名乗らぬ女など、一夜妻譚の雰囲気が漂っています。

人笑へ　ひとわらえ

「人笑はれ」という形もあります。世間から**嘲笑**《ちょうしょう》される状態を指す言葉です。平安貴族、特に女性にとっては、死よりも嫌な屈辱だったようです。**藤壺宮**《ふじつぼのみや》は密通や**罪**の子の**出産**より、「人笑はれ」になるほうを恐れて産後回復し、**宇治**《うじ》の**大君**《おおいぎみ》は反対に、人笑へを恐れて衰弱死します。現代人が感じる「恥ずかしい」とは、似て非なる部分があるため注意が必要です。夫にあまり愛されなかったり捨てられたりするのはもちろん、先立たれることも人笑へに該当します。「不幸になるのは前世《ぜんせ》・今生《こんじょう》の罪の報《むく》い」という**仏教**的な考えから、「寡婦《かふ》になったということは何か悪事をしたのだろう」などと、周りから要らぬ勘ぐりを受け噂《うわさ》になることが、貴族としては恥だったと思われます。藤壺宮のケースも、もし産後死んでしまうと、特に罪深いとされた産褥死《さんじょくし》になってしまう上、**弘徽殿大后**《こきでんのおおぎさき》の呪詛《じゅそ》が当たってしまうほど運がつたない（つまり前世・今生の悪事の反映）ということになるため、皇女に生まれるほど前世で善行をした証しを、誇りにかけて示そうとしたものと思われます。

鄙　ひな

都（平安京）に対し、地方を指す言葉です。平安貴族は都こそ尊貴な場所と考えていたので、「鄙」という言葉には田舎を見下すニュアンスがありました。**近江君**《おうみのきみ》、**浮舟**《うきふね》、常陸介《ひたちのすけ》（浮舟の継父《ままちち》）など、実際に地方にいた人だけでなく、京生まれ・育ちと思われる**末摘花**《すえつむはな》（常陸宮《ひたちのみや》の娘）も、常陸という語のイメージのせいか、鄙びた雰囲気を非難されています。

白檀　びゃくだん

香木《こうぼく》です。黄がかった白色が美しい木地と、加熱しなくとも芳香を放つ性質から、仏像・仏具の素材に好まれます。熱帯の産なので当然きわめて高価な舶来《はくらい》品でした。38巻「**鈴虫**《すずむし》」で、**出家**した若い妻・**女三宮**《おんなさんのみや》のために**光源氏**《ひかるげんじ》が仏像をみな白檀で作らせています。その財力、舶来品を入手できる権力・人脈を意味します。

平等院　びょうどういん

宇治《うじ》にある寺院です。**藤原道長**《ふじわらのみちなが》（**紫式部**《むらさきしきぶ》の雇用主）の別荘を、受け継いだ頼通《よりみち》（道長の子）が寺にしたものです。「末法《まっぽう》の世（仏法《ぶっぽう》が衰え乱れる時代）に入る」と信じられた永承《えいしょう》7（1052）年に寺院化されました。鳳凰堂《ほうおうどう》（当初は阿弥陀堂《あみだどう》）が現存します。現世《げんせ》への絶望から極楽往生《ごくらくおうじょう》に望みを託した、平安人の感じ方・考え方が窺《うかが》える建築物です。

源氏物語では、**光源氏**《ひかるげんじ》から**夕霧**《ゆうぎり》に相続された別荘が、寺になる前の平等院を彷彿《ほうふつ》とさせる存在です。46巻「**椎本**《しいがもと》」で**匂宮**《におうみや》が**長谷寺**《はせでら》（初瀬）詣《もう》での途中に1泊し、**八宮**《はちのみや》の姫たちと文通を始めるきっかけとなった別邸です。

屏風　びょうぶ

平安の必須家具です。そのため贈答品になることも多く、表面を飾る**絵**・**書**・**和歌**などはアート作品としても注目されました。**紫上**《むらさきのうえ》主催の**光源氏**《ひかるげんじ》四十の賀（**算賀**《さんが》）では、紫上の父・**式部卿宮**《しきぶきょうのみや》が「後ろの御屏風（主役の背後の屏風）」を制作しています。これは紫上が親王《しんのう》の娘であるという尊貴さを象徴するものですが、同時に**女三宮**《おんなさんのみや》の降嫁《こうか》以降、もはや光源氏の愛のみを頼りにしては立ちゆかない、紫上の立場の揺らぎも表します。

終盤のヒロイン・**浮舟**《うきふね》は、姉・**中**《なかの》**君**《きみ》のもとへ身を寄せたとき、「屏風の袋に入れこめたる（畳んで袋に入れてある屏風）」などがゴタゴタ置かれたスペースにいて、**匂**《におう》**宮**《みや》に見つかり、言い寄られます。物置《ものおき》的な場所に隠れ住まざるを得ない、不幸な身の上の表れです。また、この訳あり感が宮の関心をそそり、浮舟を破滅へ導いていきます。

蒜　ひる

ノビル（野蒜）やニンニクの総称です。食用・薬用に用いられました。2巻「**帚木**《ははきぎ》」で思い出話に登場する学者の娘は、風邪をひいたとき薬草として蒜を服用したことから、「蒜食いの女」とも呼ばれます。

枇榔毛車　びろうげのくるま

「檳榔毛」または「毛車《けのくるま》」とも書きます。南国産のヤシ（枇榔）の葉という、高価な稀少《きしょう》素材を用いた高級かつ大型の牛車《ぎっしゃ》でした。

源氏物語では、今上帝《きんじょうてい》の愛娘・

女二宮《おんなにのみや》が**薫**《かおる》と**結婚**し、新居に移る際の行列に「黄金《こがね》造り六つ、ただの檳榔毛二十（金具が金の枇榔毛車6台と、金の金具ではない枇榔毛車20台）」が見られます。お供の**女房**たちがそんなに大勢いた、しかも高価な牛車を集められるほど資金またはコネがあった、という意味です。

琵琶《びわ》

琴《こと》（弦楽器）の一つです。大陸から伝来し、男女共に奏でられました。源氏物語では、**光源氏**《ひかるげんじ》の異母弟・**螢宮**《ほたるのみや》が上手とされるほか、中務君《なかつかさのきみ》、源典侍《げんのないしのすけ》、**明石君**《あかしのきみ》など、光源氏の格下の恋人がしばしば名手です。**宇治十帖**《うじじゅうじょう》では、**中君**《なかのきみ》と**匂宮**《におうみや》が共に琵琶弾きで、２人の縁を強める役割を果たします。

封《ふう》

封印です。紐《ひも》や針金で縛り、結び目に封印者の名前を墨で書いたり、彫りつけたりしました。

笛《ふえ》

横笛《よこぶえ》（竜笛《りゅうてき》）、高麗笛《こまぶえ》（狛笛）、篳篥《ひちりき》、笙《しょう》（鳳笙《ほうしょう》）、尺八など、管楽器の総称です。琴《こと》（弦楽器の総称）は男女共に奏でますが、笛は男性の楽器です。

源氏物語では、男性陣が宴で名演を披露するほか、由緒ある贈り物としてやり取りもされます。また、伝来する家の由緒や、血統による音色の相似《そうじ》も強調されます。37巻「**横笛**」では、遺愛の笛が**柏木**《かしわぎ》の魂を呼び寄せ、笛をわが子（**薫**《かおる》）に伝えたいと夢告します。46巻「**椎本**《しいがもと》」では、**八宮**《はちのみや》が薫の笛音に**頭中将**《とうのちゅうじょう》一族の響きを聞き取り、また49巻「**宿木**《やどりぎ》」では、女二宮《おんなにのみや》の降嫁《こうか》を迎える花婿・薫が、**柏木**の形見《かたみ》の笛を奏でています。

服《ぶく》

母・**桐壺更衣**《きりつぼのこうい》の死後、服喪のため
服喪《ふくも》のことです。敬語は「おん服」といいます。死穢《しえ》にじかに触れた場合は30日間忌《い》み籠《こも》り、また七日ごとに49日まで法事をします。そして父母・夫は1年、妻は3カ月など、**葬送**令に規定された日数のあいだ喪に服しました。服喪中は喪服を着て酒・肉を断ち、神事・宮廷行事への出席や音曲《おんぎょく》などを避けます。喪が明けることは「はて」といい、川に出て**禊**《みそぎ》を行い、**陰陽師**《おんようじ》の祓《はら》いを受け、喪服や鈍色《にびいろ》の調度《ちょうど》品を流し捨てました。また死去した日を忌日《きにち》とし、毎月または毎年、追善供養をしました。故人が亡くなった月は忌月（きづき／きげつ）とし、遊興《ゆうきょう》を避けます。

源氏物語では、3歳の**光源氏**《ひかるげんじ》が**母・桐壺更衣**《きりつぼのこうい》の死後、服喪のため宮中を出ます。ただし、延喜《えんぎ》7年の勘文《かんがえぶみ》によれば「7歳以下の**子ども**は服喪の必要がない」とされており、物語の時代がそれ以前という設定だと思われます。また9巻「**葵**《あおい》」では、妻・**葵上**《あおいのうえ》の死後49日まで**左大臣**《さだいじん》家に籠っていた光源氏が、無紋《むもん》の衣に纓《えい》を巻いた服喪姿で父・桐壺院《きりつぼいん》（**桐壺帝**）のもとに参上します。父院が痩せたと案じるのは、精進《しょうじん》料理生活をしていたためです。さらに、故人への思いが深い場合、喪服を規定よりも濃いめに染めたり、喪が明けても紋《もん》様《よう》入りの衣は控えたりしました。

藤《ふじ》

植物です。**桜**などの後に咲く晩春~初夏の**花**で、ツル性植物のたおやかな風情、風に波打つ「藤波」が愛《め》でられました。藤という漢字から藤原《ふじわら》氏を象徴し、**松**を皇室に例えて「藤のかかる松」で双方を表しました。

源氏物語でも8巻「**花宴**《はなのえん》」では、**右大臣**《うだいじん》家（藤原氏）の藤がことに見事だといわれ、33巻「**藤裏葉**《ふじのうらば》」では、**夕霧**《ゆうぎり》が藤の宴で**頭中将**《とうのちゅうじょう》家（藤原氏）に婿《むこ》取られます。一方、花の**色**が高貴な紫だからか、**皇族**筋の女性にも「藤／紫」がよく使われます。**藤壺宮**《ふじつぼのみや》は先帝の四宮《よんのみや》であり、その姪《めい》が**紫上**《むらさきのうえ》（**紫のゆかり**）で、**后**《きさき》になる宿命の娘・**明石姫君**《あかしのひめぎみ》は藤のごとき美貌です。皇族と藤原氏の両面を持つ花といえます。

藤壺《ふじつぼ》

天皇家の后妃《こうひ》らが住む**後宮**《こうきゅう》の、12ある建物の一つです。天皇の居場所・**清涼殿**《せいりょうでん》のすぐ横で、勢力ある后妃の住まいでした。史実では、

紫式部《むらさきしきぶ》の女主人・彰子《しょうし》中宮が藤壺に住みました。

藤の花の色・紫が位階《いかい》の上で高貴な色だったためか、平安文学では「藤壺の后妃」が人気キャラです。源氏物語でも、光源氏の運命の人・**藤壺宮**《ふじつぼのみや》をはじめ、朱雀帝《すざくてい》（**朱雀院**）の藤壺は**女三宮**《おんなさんのみや》の**母**であり、今上帝の藤壺は女二宮《おんなにのみや》の母と、ひときわ目立つ存在です。

藤壺宮　ふじつぼのみや　▼Check

光源氏《ひかるげんじ》の運命を支配したヒロインです。**桐壺更衣**《きりつぼのこうい》に似ていることから入内《じゅだい》し、**桐壺帝**に寵愛《ちょうあい》されました。先帝の后腹《きさきばら》内親王という至高の身分で、容貌も資質も比類なく、光源氏と並んで日月のごとく輝きます。光源氏が長じるに及び、その懸想《けそう》を受けて**冷泉**《れいぜい》を産み、中宮の位に登りました。桐壺院死後は光源氏に再度言い寄られるも拒《こば》みきり、**出家**して冷泉の無事を宗教的に守護しました。冷泉の即位後は、母后《ははぎさき》として光源氏と協働し、**聖代**を実現させます。37の厄年、不義の**罪**を負う形で死去しました。20巻「**朝顔**《あさがお》」では、その罪ゆえ成《じょう》仏《ぶつ》できていないことが示されます。

物語内では最高の女性ですが、その詳細はほとんど描写されません。最大ヒロイン・**紫上**《むらさきのうえ》がほめ尽くされ、「よく似ているが藤壺宮が少し優れて見える」と、読者の想像に任されます。臨終には「栄華も物思いも人一倍だった」と、晩年の光源氏と相似《そうじ》の思いを吐き、この2人の運命的なペアぶりが示されます。そして光源氏に立ち会われつつ、「灯火《ともしび》が消えるように」と、釈迦《しゃか》入滅と似た表現で死去しました。

Check

「藤壺宮」の称号

藤壺ならびたまひて、…かかやくひの宮と聞こゆ

光源氏の運命の人・藤壺宮は、女御《にょうご》ではなく「妃（ひ）」だったのでは、という説があります。右の文章は「日／妃の宮」の掛《かけ》詞《ことば》だというわけです。

妃とは、律令《りつりょう》（古代の法律）で規定された后妃《こうひ》。律令は時が経って実態と合わなくなり、平安中期の后妃の称号は、律令にない女御・更衣《こうい》がほとんどでした。しかし内親王《ないしんのう》である藤壺宮は妃になることが可能です。また、女御より格の高い妃だからこそ、弘徽殿《こきでん》女御を圧倒できたのでは、というわけです。

藤裏葉　ふじのうらば

第33巻です。第一部の最終巻で、みなが報《むく》われるハッピーエンドが描かれます。まずは**夕霧**《ゆうぎり》が、内大《ないだい》臣《じん》（**頭中将**《とうのちゅうじょう》）の許しをついに得て、**雲居雁**《くもいのかり》との純愛を実らせます。一方、夕霧のひそかな恋人・**藤典侍**《とうないしのすけ》（惟光《これみつ》の娘）は、現在の地位を安《あん》堵《ど》されます。**明石姫君**《あかしのひめぎみ》は華やかに春宮《とうぐう》（皇太子）へ入内《じゅだい》し、実母・**明石君**《きみ》と晴れて再会。養母・**紫上**《むらさきのうえ》も明石君と和解します。**光源氏**《ひかるげんじ》は准太上天皇《じゅんだじょう》（準・上皇《じょうこう》）の位を得て、1巻で示された「**帝**《みかど》でも臣下でもない」という謎の予言が解き明かされます。最後に、**冷泉**《れいぜい》帝と**朱雀院**《すざくいん》、つまり天皇と上皇そろっての**行幸**《ぎょうこう》（みゆき）を自邸・**六条**《ろくじょう》**院**《いん》にお迎えするという、最大の栄誉をたまわります。内大臣は太政《だじょう》大臣に出世し、光源氏には及ばなかったと認めつつ、自分や子らの幸せを噛《か》みしめます。完璧にして盛大な大団円です。

藤袴　ふじばかま

第30巻です。**玉鬘十帖**《たまかずらじゅうじょう》の9巻めに当たります。ヒロイン・**玉鬘**の出生が明かされたことで、きょうだいではないと知った**夕霧**《ゆうぎり》は思いが刺激され、一方、求婚者だった異母弟・**柏木**《かしわぎ》は嘆きを訴えます。**光源氏**《ひかるげんじ》は、晴れて言い寄れる身にはなったものの、夕霧から世間体を指摘され、抑制に追い込まれます。最も**雅**《みやび》な求婚者・**螢宮**《ほたるのみや》は、玉鬘の出仕を前に**和歌**を贈り、ただ1人、返歌を勝ち得ます。各自の懸想《けそう》が優婉《ゆうえん》に入り乱れ、玉鬘の情味ある、しかし品行方正な言動が称《たた》えられます。

玉鬘十帖は求婚譚《たん》、多くの男が姫に言い寄り、振られる様子が見どころです。屈指のイケメンたちが悶々《もんもん》と嘆く胸キュン仕様、突っぱねても突っぱねても求愛される姫のモテモテぶり、それらが秋景色の中で描かれる文字どおり絵物語のような一章です。長年ほったらかされて育った玉鬘が、実父・**頭中将**《とうのちゅうじょう》、養父・光源氏という大物2人に認められる、胸アツな逆転サクセスストーリーでもあります。求婚者のダークホース・**髭黒**《ひげくろ》の尊貴さや、**髭黒の北方**《きたのかた》が**紫上**《むらさきのうえ》の異母姉であることが明かされ、玉鬘十帖の終幕が迫ります。

玉鬘十帖は逆ハーレム型。光源氏、夕霧、冷泉帝も、みな玉鬘に夢中！　というお話です。

藤袴　ふじばかま

蘭《らに》ともいいます。秋に淡紫色《たんししょく》の小花をつける植物です。秋の七草ですが、その薄紫は喪服《もふく》の袴にも例えられます。30巻「**藤袴**」は、**夕霧**《ゆうぎり》が**玉鬘**《たまかずら》に蘭を贈り、「いとこどうし、同じく祖母（**大宮**《おおみや》）の服喪中ですね」と**和歌**を詠みかけたことに由来します。

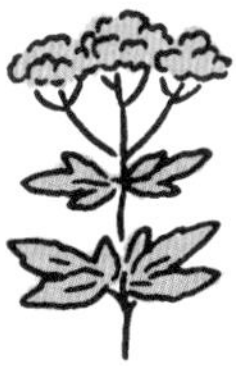

藤原公任　ふじわらのきんとう

（966〜1041）

紫式部《むらさきしきぶ》の同時代人です。関白太《だ》政《じょう》大臣・藤原頼忠《よりただ》の子という名門の出身で、血筋という点では**藤原道長**《みちなが》より嫡流《ちゃくりゅう》側でしたが、身内の后妃《こうひ》が皇子を産まず、権力を失いました。政務に明るく、**和歌**・**漢詩**・**音楽**いずれにも秀でた、一条《いちじょう》朝期屈指の官人・文化人です。寛《かん》弘《こう》8（1008）年11月1日、公任が紫式部に「わか紫やさぶらふ」と話しかけたことが、源氏物語研究史上、貴重な記録となっています。源氏物語の存在が確認できる最古の資料であり、**紫上**《むらさきのうえ》と**光**《ひかる》**源氏**《げんじ》の物語がこの時点でかなり流布していたことがわかるからです。当時の**物語**が評価の低い娯楽だったことを考えると、公任ほどの知識人が（多少のお世辞込みではあったにせよ）、言及した点も驚くべきことです。

藤原惟光　ふじわらのこれみつ

光源氏《ひかるげんじ》の乳母子《めのとご》で腹心の**従者**《じゅうしゃ》です。恋の冒険には必ずお伴《とも》する家来であり、気の利いた立ち回りと小粋《こいき》なずうずうしさ、危険なときには身を投げうつ忠義が魅力のバディです。惟光自身が言及されるのは第一部のみですが、32巻「**梅枝**《うめがえ》」では宰相《さいしょう》（参議《さんぎ》）という、上流貴族の末席まで出世しています。さらにその娘・**藤典侍**《とうないしのすけ》は**夕霧**《ゆうぎり》のお手がつき、本妻の子女より優秀な子らを産んで、中でも**六君**《ろくのきみ》は春宮《とうぐう》候補・**匂宮**《におうみや》の妻となります。惟光の忠勤が手厚く報われた形です。なお惟という漢字は「思う」の意味であり、「光（源氏）を思う」という意味の名前です。惟光が遠慮なく本名で名指しされ、また**国宝源氏物語絵巻**では鼻の高い顔立ちに描かれるのは、主要キャラ層より身分が低いためです。

は

藤原俊成 ふじわらのしゅんぜい（1114～1204）

平安末～鎌倉初期の歌人です。後白河院《ごしらかわいん》の命令で千載《せんざい》和歌集を編《へん》纂《さん》するなど、当時の歌壇を担《にな》う存在でした。**和歌**のスキルアップには源氏物語の知識が役立つと考え、「源氏見ざる歌詠みは遺恨のことなり」と述べたことで、源氏物語は歌学の聖典とも評されるようになりました。娘（俊成女）も名高い歌人で、物語評論『**無名草子**《むみょうぞうし》』の著者といわれ、息子の**藤原定家**《ていか》も源氏学への貢献が多大です。

藤原定家 ふじわらのていか（1162～1241）

平安末期～鎌倉初期の歌人です。**藤原俊成**《しゅんぜい》の子で、小倉《おぐら》百人一首の編纂《へんさん》など歌壇で活躍し、資料として貴重な日記『明月記《めいげつき》』、自作の**物語**『松浦宮物語《まつらのみやものがたり》』を残しました。

古典文学の保存・継承にも精力を傾け、『夜半の寝覚《よわのねざめ》』『**更級日記**《さらしな》』など多数の書写を行いました。中でも源氏物語の校訂・書写に熱心で、一部が現存する「**青表紙本**《あおびょうしぼん》」のほか、**注釈書**『**源氏物語奥入**《おくいり》』も残しています。**紫式部**《むらさきしきぶ》の時代から約200年も経過した時代ではありましたが、この時点で写本の整理・保存が図られたこと、定家自身の名声により写本の価値が増したことで、源氏物語は他の平安文学に比し、格段に良質・多量の写本を後世に残すことができたのです。

藤原道長 ふじわらのみちなが（966～1028）

摂関《せっかん》政治と藤原氏の全盛期を実現した、平安時代を代表する貴族・政治家です。名門の子とはいえ五男（嫡妻《ちゃくさい》の子の中では三男）に生まれ、晩婚だったため出世を支える子女の成長も遅れるという、平安政界では致命的な弱みを持っていました。しかし強運に恵まれ、一家三后（3人の**后**《きさき》を娘たちで占める）という未曽有《みぞう》の栄華に到達。亡兄・道隆《みちたか》とその娘・定子《ていし》皇后、定子サロンが生み出した清少納言《せいしょうなごん》の**枕草子**《まくらのそうし》、女流歌人・馬内侍《うまのないし》に対抗して、娘たちに優れた**女房**を集めたことから、一条《いちじょう》朝期の宮廷が活気づき、平安文学の黄金時代となりました。**紫式部**《むらさきしきぶ》もその女房の一人で、道長の長女である中宮彰《しょう》子《し》に仕え、家庭教師的に漢籍を教えたり、公式記録『紫式部日記』をつけたりしていました。当時の二大女流歌人・和泉式部《いずみしきぶ》と赤染衛《あかぞめえ》門《もん》、和泉式部の娘でこれまた名歌人だった小式部内侍《こしきぶのないし》も、道長一家の女房でした。

藤原行成 ふじわらのゆきなり（972～1027）

紫式部《むらさきしきぶ》の同時代人。日記『権《ごん》記《き》』を残しました。一条《いちじょう》朝期を代表する官人で、日本史上屈指の書家でもあります。清少納言《せいしょうなごん》へ宛てた手紙が定子《ていし》皇后に召し上げられた、詩を書いただけの扇《おうぎ》を献上したところ一条天皇が特に愛《め》でたなど、その筆跡の美しさは語り草でした。平安の美形キャラは必ず達筆で、恋文による悩殺が見せ場の一つですが、行成はそのモデルだったことでしょう。

臥す ふす

横になる／寝ることです。平安貴族は、この姿勢をとることが多いものでした。特に女性は、現代だと失礼だと思われるような状況、例えば対面時や**女房**（侍女《じじょ》）の勤務中でも、意外と臥して過ごしています。恋人たちの逢瀬《おうせ》の最中は、「添ひ臥す（寄り添って横になる）」スタイルがお約束でした。

仏教 ぶっきょう

5～6世紀頃日本に伝わった、天竺《てんじく》（現ネパールおよびインド）発祥の宗教です。古来の信仰である神道と対立・融合しつつ、日本の政治・文化・経済に多大な影響を与えてきました。平安時代には仏教の御利益が深く頼りにされ、国の安全から個人の**病**《やまい》の治癒まで、**僧**による**加持祈祷**《かじきとう》で対処されていました。一方で、御利益も効かない天災・疫病《えきびょう》の猛威は平安人に絶望・諦めももたらし、来世《らいせ》の極楽《ごくらく》行きのみを念願する**浄土**《じょうど》**信仰**が急速に広まりつつありました。

源氏物語では、登場人物たちは神仏の両方を厚く信仰し、御利益を得ています。しかし同時に神職を「（仏教的に）**罪**深いもの」と捉えたり、「俗世を捨てよ」という仏教を重んじつつも現世《げんせ》の幸せを堪能したりと、仏教に対して相反する態度をとっています。理性と信心《しんじん》では仏教に依存しても、親子・夫婦の愛は断てないという葛藤は、物語後半へ行けば行くほど、暗く重いものに育ってゆきます。さらに、仏教にすがっても救われないのでは、という苦悩さえ漂い始めるのです。

文殿　ふどの

書庫のことです。紙や筆自体が高価なうえ、手書きで複写した時代であるため、書籍やその中の情報は今の比でなく貴重でした。ほぼ同時期に書かれた**うつほ物語**には、先祖伝来の蔵に舶来《はくらい》の漢籍、特に医学書や易学《えきがく》書が詰まっている様が描かれ、宝物同様に扱われています。火事や鼠《ねずみ》・**紙魚**《しみ》の害を受けやすい、繊細なお宝でもありました。文殿は、そのような書籍の置き場です。

源氏物語では、**光源氏**《ひかるげんじ》と親友・**頭中将**《とうのちゅうじょう》が逆境の時代、文殿をひらいて稀覯《きこう》本を取り出し、**漢詩**の集いをひらいています。由緒ある書籍を保有する文化力が、**右大臣**《うだいじん》派（この時の太政《だじょう》大臣派）への批判として示される場面です。また**玉**《たま》**鬘**《かずら》を養女に迎える際は、文殿として使っていた**六条院**《ろくじょういん》の夏の町の西《にし》の対《たい》から書籍を移転して、彼女の居住スペースを空けています。

ふみ　▼Check

「書」と書けば漢籍のことであり、「文」なら手紙のことです。源氏物語では登場人物どうしで交わされる手紙が、ストーリーや心理を動かしていきます。密事の発覚は、しばしば文がきっかけです。**光源**《ひかるげん》**氏**《じ》や**匂宮**《におうみや》らイケメンキャラの文は、紙・筆跡・内容・香りの総合効果で女性の心をメロメロに溶かし、ロマンスを推進します。女性は恋文など見もしないのが令嬢らしさです。しかしTPOによっては返事をしてやることが、男性の暴走を抑制したり、自分の評判を高めたりします。

Check
男女交際における女性直筆の文《ふみ》の重み

姫は異性に対し顔・声だけでなく筆跡も隠すもの。だからこそ44巻「**竹河**《たけかわ》」では、以下の小事件が起きたのです。ある日のこと。恋文を送られた姫が「こう返事しなさい」と侍女《じじょ》にメモを渡しました。しかし侍女は男に手なずけられていたため、その自筆メモ自体をあげてしまいます。姫の直筆を目にできて男は狂喜乱舞、興奮した文を送りつけてきました。それを読んで姫は「自筆を見られた」と危険を察知し、以降の音信を絶ったのです。

黒貂　ふるき

クロテンという動物です。その毛皮は渤海《ぼっかい》国からの輸入品で、10世紀の初頭には珍重されました。

源氏物語では、貧しい常陸宮《ひたちのみや》家の**末摘花**《すえつむはな》が黒貂の皮衣（毛皮の衣）をまとっており、その時代遅れぶりを象徴しています。常陸宮家の栄光の残滓《ざんし》でもあります。実在の皇族である重明親王《しげあきらしんのう》（**醍醐**《だいご》**天皇**皇子、906〜954）が、渤海使節団の来朝時に黒貂の皮衣を8枚も着てみせたというエピソードが『故事談《こじだん》』にあり、末摘花の父宮のモデルとされています。

平安京　へいあんきょう

平安時代の**都**です。東西1504丈《じょう》（約4・5km）、南北1753丈（約5・3km）の長方形で、最盛期の人口は12万〜13万人、そのうち大内裏《だいだいり》に勤める官人は約1万人と推定されています。現代人が「平安貴族」という語でイメージするような中・上流貴族は女性・子ども含めてせいぜい2千〜3千人でした。この2千〜3千人が同じ職場（大内裏）を中心に生計を立て、**結婚**を繰り返して約180年経ったのが、**紫式部**《むらさきしきぶ》の生きた平安中期です。当然、ほぼ全員が親戚、姻戚《いんせき》、同僚、知人のムラ社会でした。この均質性の高さゆえに、遠回しな物言いや古歌を踏まえてのやり取り（**引き歌**）など洗練された文化が育ちましたが、反面、同調圧力や集団心理が働きやすい息苦しい社会でもありました。平安貴族が噂《うわさ》を極度に恐れるのは、このような社会で生涯過ごすことが多かったためでしょう。

平家物語　へいけものがたり

平安末期〜鎌倉初期に起きた、源氏と平氏の争乱を描く軍記物語です。作者は信濃前司行長《しなののぜんじゆきなが》といわれます。13世紀初頭の頃に成立し、増補や改変を施されつつ広まっていきました。源氏物語の影響が表現や人物描写に見られ、特に平清盛《たいらのきよもり》の孫・維盛《これもり》は、**光源氏**《ひかるげんじ》を彷彿《ほうふつ》とさせます。

平維盛は『建礼門院右京大夫集』にも、「光源氏のようだと皆が言う」と書かれています。

弁 べん

「弁官」ともいい、太政官《だじょうかん》の庶務担当官の名称です。左右に分かれ、それぞれ上から大・中・少があります。弁官で蔵人頭《くろうどのとう》（天皇の秘書官長）を兼務する者は、「頭弁《とうのべん》」と呼ばれます。また以上のような弁官を身内に持つ**女房**（侍女《じじょ》）が、しばしば「弁」、または「弁君《べんのきみ》」と名乗ります。源氏物語では、**藤《ふじ》壺宮《つぼのみや》**の乳母子《めのとご》、**紫上《むらさきのうえ》**の乳母子（少《しょう》納言乳母《なごんのめのと》の娘）、**玉鬘《たまかずら》**づきの女房、宇治《うじ》**八宮《はちのみや》**家の女房の4人が「弁」という名で、女主人と男君の情事に関わる役回りを担《にな》います。特に重要なのは、八宮家の弁です。元は乳母子として**柏木《かしわぎ》**に親しく仕え、その死後は西国へ行き、帰京後は父方の血縁である宮の娘たちの後《うし》見《み》（後見人）的な侍女となりました。巫女《みこ》を思わせる登場で、**薫《かおる》**に出生の秘密を明かします。現実的な観点から宮の娘たちと薫の縁談を取り持ち、**中君《なかのきみ》**・**匂宮《におうみや》**カップルには幸せを、**大君《おおいぎみ》**・**浮舟《うきふね》**には破滅をもたらします。

酸漿 ほおずき

ナス科の植物です。初夏に淡黄白色の**花**をつけ、秋には実がついて、実を包む咢《がく》ごと赤く熟します。源氏物語では、**玉鬘《たまかずら》**の豊かな頬《ほお》を酸漿に例えることで、その健康的な美しさを表現しています。また栄花物語《えいがものがたり》でも、紫式部の女主人・彰子《しょうし》中宮を同様の表現で描写しています。

螢 ほたる

第25巻です。**玉鬘十帖《たまかずらじゅうじょう》**の4巻めで、ヒロイン・**玉鬘**と風流な求婚者・**螢宮《ほたるのみや》**のやり取り、それに絡む**光源氏《ひかるげんじ》**の懸想《けそう》が描かれます。異性になぞ興味を持たない品行方正な令嬢が、**雅《みやび》**な貴公子2人にグイグイ迫られ、ピシリと切り返したり惑乱したりする艶麗《えんれい》なロマンスが見どころです。

後半では、玉鬘はじめ**六条院《ろくじょういん》**のレディたちが**物語**・物語絵の複写に夢中な場面が描かれます。当時人気だった作品や登場人物が列挙され、物語が女児向けの教育的エンタメであった事情もわかる、文化史上貴重な資料です。光源氏が物語を虚言《そらごと》と軽んじつつも「それだけに留《とど》まるものではない」と弁護するくだりは「**物語論**」と呼ばれ、作者の物語観を示したものと見られています。「日本紀《にほんぎ》などは、ただ片そばぞかし。これら（物語の諸作品）にこそ道々《みちみち》しく詳しき事はあらめ（歴史書などはただの片端だ。物語にこそ学問的で詳細なことが書かれている）」という文章が特に有名です。

蛍宮　ほたるのみや

光源氏《ひかるげんじ》の異母弟です。最初は帥《そちの》宮《みや》で、21巻「**少女**《おとめ》」以降は兵部卿《ひょうぶきょうの》宮《みや》となっています。8巻「**花宴**《はなのえん》」の帥宮は前任者かもしれません。

光源氏の仲のよい弟かつ風雅の友で、**絵合**《えあわせ》・**薫物合**《たきものあわせ》では判者を務め、**明石姫君**《あかしのひめぎみ》の入内《じゅだい》は叔父として支援します。**須磨**《すま》**流離**の折も離反せず、**紫上**《むらさきのうえ》の死後は誠心から慰問するなど、心のきれいな貴公子キャラです。ロマンス・パートでは**玉鬘**《たまかずら》・**女三宮**《おんなさんのみや》の婿《むこ》候補として、競争力ある引き立て役を演じ、最後は**真木**《まき》**柱**《ばしら》と不幸な**結婚**をしました。この失敗は、真木柱の祖母・大北方《おおきたのかた》（紫上の継母《ままはは》）のせいにされており、**継子**《ままこ》**いじめ譚**《たん》定番の因果応報《いんがおうほう》です（よい娘は幸せな結婚で報《むく》われ、悪い継母の実子は結婚にしくじる）。蛍宮に責はなかった証拠として、「真木柱は亡き妻に似ていなかった」という話が唐突に出てくるのが興味深いところです。亡き妻を忘れぬ心長さが理想視されたことや、似た女性が崇高《すうこう》な縁を感じさせたことなど、当時の思潮が感じられます。

時鳥　ほととぎす

ホトトギス科の鳥です。4月は山里でひっそりと、5月は里に出てきて高く鳴くとされていました。**花橘**《はなたちばな》・卯《う》の花・**藤**に宿るイメージがあったため、さまざまな**花**（女性）をめぐり歩く多情な鳥（男）に例えられました。古歌にちなむ「五月《さつき》待つ花橘」という表現は、「ホトトギスが里に来る五月をひたすら待つ、けなげな花橘（女性）」を想起させる言葉です。

また、「死出《しで》の田長《たおさ》」という別名もあり、冥界《めいかい》と行き来する鳥とされました。

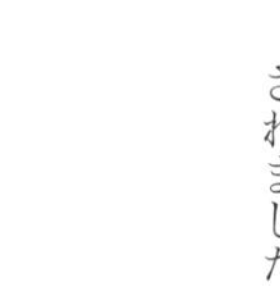

ホリ・ヒロシ（1958～）

現代の人形作家・パフォーマーです。自身が制作した等身大の人形を舞台上で舞いつつ操作する「人形舞」を創出し、表現活動を続けています。そのライフワークの一つが源氏物語で、多くの源氏物語関係書籍・イベントに採用されています。

本文　ほんもん

　読解や**注釈**などの元にする文章のことです。源氏物語の場合、平安中期に作者が書いたものが本文ですが、作者の自筆本は残っておらず、最古の写本は鎌倉時代のものです。それらの写本が、原本の文章をどれほど正確に伝えているのか。そもそも、原本は何通り存在したのか（作者の自筆稿、彰子《しょうし》の采配による名書家の清書稿、**藤原道長**《ふじわらのみちなが》が持ち出して妍子《けんし》に与えた草稿などがあったはず）。これらを考え合わせつつ、原本に近づこうとする研究が現在も不断に行われています。最近は、諸写本を「**青表紙本**《あおびょうしぼん》系」「**河内本**《かわちぼん》系」「別本系」と分けてきた従来の研究にとらわれない、別のアプローチも出現しています。

真木柱　まきばしら

　第31巻です。**玉鬘十帖**《たまかずらじゅうじょう》の最終巻で、ヒロイン・**玉鬘**の物語が終結します。前巻「**藤袴**《ふじばかま》」と本巻との間に、**髭黒**《ひげくろ》が玉鬘との夜這《よば》い婚を成功させ、その波紋を描くことから始まる巻です。端的には、玉鬘の成功と幸せな結末で締めくくられます。未来の太政《だじょう》大臣の唯一の妻となり、尚侍《ないしのかみ》・従三位《じゅさんみ》という高い官位を得て、**冷泉**《れいぜい》帝、養父・**光**《ひかる》**源氏**《げんじ》、実父・**頭中将**《とうのちゅうじょう》（内大臣）らみなに好意を寄せられ、宮中に参上したときは抜群の勢力とおしゃれを称《たた》えられる…と最終章らしい、めでた尽《ず》くめです。

　夫に溺愛《できあい》され子宝にも恵まれるという結末は、**うつほ物語**や落窪《おちくぼ》物語も描いた、当時の定番ハッピーエンドでした。源氏物語は、そこへさらに「超セレブな求婚者らが切々とすがってくる」「ヒロインのあまりの魅力ゆえに他の妻子が捨てられる」という、**竹取**《たけとり》**物語**、うつほ物語の要素を加えています。当時の女性読者を満足させる、集大成ロマンスだったといえるでしょう。

　ただ、「真木柱」巻の特異さは、捨てられる妻子の描写が詩的でなく、生々しいことです。髭黒の元妻を**紫上**《むらさきのうえ》の異母姉としたことや、その娘・**真木柱**が離婚により母の一族となる点、髭黒が春宮《とうぐう》（皇太子）のおじである件は、家庭悲劇に政争の要素を加え、物語の奥行きを増しています。妻の悲劇を書く暗い雰囲気は、第二部の先駆けと見られ、作者の心理の暗転が感じられます。

真木柱 まきばしら

髭黒《ひげくろ》が長年つれそった本妻（**髭黒の北方**）との間にもうけた娘です。12～13歳のとき、父・髭黒が**玉鬘**《たまかずら》と**結婚**し、激怒した祖父・**式**《しき》**部**《ぶ》**卿宮**《きょうのみや》によって**母**とともに宮邸へ引き取られました。今上帝《きんじょうてい》が父方の従兄弟《いとこ》であり、母方の血統も尊貴なため、**明石姫君**《あかしのひめぎみ》に対抗し得る后《きさき》がね（皇后候補）でした。真木柱を奪われた髭黒は**後宮**《こうきゅう》戦略で大きく出遅れ、**光源氏**《ひかるげんじ》派の後塵《こうじん》を拝することになります。その後の真木柱は、**柏木**《かしわぎ》との縁談は実現せず、**螢宮**《ほたるのみや》との結婚では愛されないという、**継子**《ままこ》**いじめ譚**《たん》の悪役サイド特有な罰を受けることとなりました。螢宮の死後は、娘・宮御方《みやのおんかた》を連れて**紅梅**大納言《こうばいだいなごん》と再婚し、息子も儲《もう》けて幸せに暮らしました。

枕草子 まくらのそうし

清少納言《せいしょうなごん》が執筆した、平安を代表する文学作品です。源氏物語と共通点、相違点を持ち、しばしば並び称されます。共通点は、同じ平安中期に書かれたこと、作者がともに女性で一条帝《いちじょうてい》の**后**《きさき》に仕える**女房**（侍女《じじょ》）だったこと、天才による作品であることです。相違点は、源氏がそれ以前の歌物語・作り**物語**の集大成であり、その後の物語に影響を与えたのに対し、枕草子は清少納言という人間の個性が開拓した「随筆」という新ジャンルであることです。また、平安期の美意識が結実した作品という点は同じですが、源氏が人間関係や成り行きの絡み合いから生じる情緒を動画的に捉えるのに対し、枕草子は感情を排して絵のような美を瞬間的に捉え、短文で表現する傾向があります。とはいえ、**紫**《むらさき》**式部**《しきぶ》と清少納言は同時代人であり、中流貴族に生まれた才ある女性で、同じ職業でもあるため、2人を比較すると多くのことがわかります。枕草子のほうが先行する作品であり、清少納言が特筆した春の曙《あけぼの》、冬の雪山などが、源氏物語に影響を与えたとする見方もあります。

松 まつ

マツ科の常緑樹です。冬でも青々と茂る様子が心の不変や長寿・繁栄を連想させ、縁起のよい木とされました。住吉《すみよし》大社を象徴する存在でもあり、揺らす風の音は琴《こと》の音とよくペアにされます。**和歌**では「待つ」との掛詞《かけことば》です。

松尾芭蕉　まつお・ばしょう（1644〜1694）

江戸時代の俳人です。旅を愛し、『奥のほそ道』など旅行記と俳句を併せた作品を残しました。江戸の文化人らしく古典文学にも親しんでおり、**須磨**《すま》を訪ねた折は**光源氏**《ひかるげんじ》の滞在を想定した句を詠むなどしています。

松風　まつかぜ

第18巻です。**明石君**《あかしのきみ》の上京、光源氏との再会、**明石姫君**《ひめぎみ》の養女話スタート、といった出来事が語られます。前巻「**絵合**《えあわせ》」で**冷泉**《れいぜい》帝時代の政権争奪戦に初戦勝利を飾った**光源氏**《ひかるげんじ》が、次世代をにらみ布石を打ち始める話です。のちの21巻「**少女**《おとめ》」で露呈する、**頭中将**《とうのちゅうじょう》（内《ない》大臣《だいじん》）の付け焼き刃な**雲居雁**《くもいのかり》育成に対し、光源氏の中長期的視点が際立つくだりです。

源氏学的には、冒頭で**二条東院**《にじょうひがしのいん》が完成する点が焦点です。明石君母子の入居を見込んだこの邸宅に、結局2人は転居して来ず、代わって姫の養子縁組が持ちあがります。14巻「**澪標**《みおつくし》」で予定された、**筑紫**《つくしの》**五節**《ごせち》の入居と姫君の後見も実現しません。**紫上**《むらさきのうえ》の出番・見せ場をより増やす方向に舵を切った、**六条院**《ろくじょういん》の建設を思いつき話を仕切り直したなど、構想の変化が考えられます。**明石入道**《にゅうどう》の世慣れた別荘修築や個性のにじむ惜別シーン、先例を感じさせる**桂**《かつら》**の院**《いん》遊宴など、細部まで見どころの多い巻です。

松平忠国　まつだいら・ただくに（1597〜1659）

明石《あかし》藩の第5代当主です。源氏物語ファンで、物語内の記述をもとにゆかりの地を領内に設定しました。それが語り伝えられて生じた文学遺跡が現在も**明石**近辺に残っています。**明石入道**《あかしのにゅうどう》の館跡とされる善楽寺《ぜんらくじ》、娘の**明石君**《きみ》が住んだ地とされる岡《おか》之《の》屋形跡、**光源氏**《ひかるげんじ》の住まい「浜の館《たち》」とされる無量光寺《むりょうこうじ》、その境内にある源氏稲荷《いなり》、光源氏が月見をした寺とされる朝顔光明寺《こうみょうじ》、光源氏が通ってくる際通ったとされる蔦《つた》の細道などです。琴を橋代わりにしたという言い伝えから生じた「琴ノ橋」という地名もあります。

祭り　まつり

平安文学でただ「祭り」といえば葵祭《あおいまつり》（賀茂《かも》神社の例祭）を指しますが、それ以外にも、朝廷の仕事として実施すべき祭りが多々ありました。平安人視点では、**神**を喜ばせたり宥《なだ》めたりして天災を鎮《しず》

ま

めてもらうのは、重要な政務だったのです。「祭りの使い」に選ばれるのは重要かつ名誉なお役目で、立派な衣装を調達したり家族総出で見物に行ったりと、家じゅうが大騒ぎになりました。個人的にも、**病**《やまい》の治療として祭りを行いました。**浮舟**《うきふね》の失踪後、**匂宮**《におうみや》が寝込んで「世の人立ち騒ぎて、**修法**《ずほう》、読経《どきょう》、祭《まつり》、**祓**《はらえ》と、道々に騒ぐ」事態となっているのは、手厚い看護がなされていることを意味します。

幻　まぼろし

第41巻です。**紫上**《むらさきのうえ》の死後の翌年を、年初から師走《しわす》まで綴《つづ》ります。行事ごとに詠まれる追悼の**和歌**が見どころです。**光源氏**《ひかるげんじ》が現れる最後の巻であり、その終活模様が描かれます。光源氏の、「**栄華も物思いも人に勝る身**」という述懐は、**藤壺宮**《ふじつぼのみや》・紫上もたどりついた心境であり、「これほど生きる甲斐《かい》ありげな人にも苦悩は尽きない」「世の無常を知らせるために仏が作った存在」という箇所に、作者の**仏教**的な執筆動機が感じられます。

継子いじめ譚　ままこいじめたん

継子への親の虐待を描く**話型**です。世界的に広く観察されます。多くの場合主役は女児で、継子いじめをくぐりぬけ良縁により幸せを得ます。敵役がいじわるな継母《ままはは》で、その実子の**結婚**は不幸に終わるという、因果応報《いんがおうほう》要素も定番です。平安でも人気の話型だったらしく、落窪《おちくぼ》物語が典型で、**うつほ物語**には男児が**出家**に至るバッドエンド版が見られます。平安期には親への不孝《ふこう》は**罪**であり、また、親に愛されることこそ優れた子の証しだったことを反映して、父はおっとり過ぎて主役を守れなかった／本当は主役をとても愛していたとなるのがお約束です。

源氏物語にも継子いじめ譚は頻出します。**紫上**《むらさきのうえ》の話はあまりにも典型的すぎて、作者が「物語にことさらに作り出でたるやうなる御ありさま（フィクションにわざわざ創作したようなご様子）」と言い訳しているほどです。**雲居雁**《くもいのかり》や**玉鬘**《たまかずら》、蜻蛉《かげろう》式部卿宮の宮君《みやのきみ》も、悪い継母の存在がちらつきます。**浮舟**《うきふね》は継父《ままちち》がつれない例です。ただし、虐待シーンはそれほど明記されません。また紫上・玉鬘がよい継母になったように、逆バージョンも描かれるのが特徴です。

まめ

真面目、堅実、実用的などを意味する言葉です。「まめなり／まめやかなり／まめだつ／まめ人」など派生語が多く、また多方面に使われます。対義語としては、「あだ（浮気な）」、「**すき**（異性／風流好み）」、「**みやび**か（みやびな）」、「なよびか（優美な）」、「しどけなし（だらしない）」などが当てはまります。現代語の「生《き》真《ま》面《じ》目《め》」のごとく、頼もしく頼りになるというポジティブな意味と、融通が利かない、人情味がないなどネガティブな面を持っていました。平安貴族は全般に、原則を厳格に守るよりも人情を柔らかに汲《く》むほうを好んだので、「まめ」は「立派ですね（…建前はね）」のような条件つきでほめられる美徳でした。

源氏物語では、**夕霧**《ゆうぎり》・**髭黒**《ひげくろ》・**薫**《かおる》が「まめ人」と呼ばれます。彼らは職務に有能で武官のトップ（近《この》衛《え》府《ふ》の大将）を務めた経歴があり、プライベートでは妻1人を通します（**女房**などとの交渉はある）。一方で、ひとたび恋をすると融通が利かず、離婚や死が絡む騒動を引き起こします。

マリー・アントワネット（1755～1793）

大航海時代の到来から100年以上経ったヨーロッパでは、日本発祥の開閉式の扇《おうぎ》が女性ファッションの小道具となるなど、東洋の物品が上流階層で珍重されていました。特に漆器《しっき》は人気で、日本国内で流通していた品が買われるだけでなく、西洋の生活に合った家具・手回り品が特注されるほどでした。のちに革命で処刑されるフランス王妃マリー・アントワネットは、母であるオーストリア女帝のマリア・テレジアから漆器コレクションを受け継ぎ、さらに拡充していたようです。現在「マリー・アントワネットの東方コレクション」と呼ばれるそれらには、当時の日本で漆器の人気モチーフだった源氏物語の場面を描いた品が複数含まれています。

見 み ▼登場シーン

「見る、見す、見ゆ」などの形を取り、現代語とおおむね同じ意味ですが、性的関係を持つ／面倒を見るなど、拡張された含意《がんい》もあるので注意が必要な語です。平安の貴人は非活動的なライフスタイルで、家族でも別の棟・家に住むことが多かったため、見る／見える機会は貴重でした。画像・動画など、ビジュアルを記録できるツールがなかったことも対面の重みを増しています。医学が未熟だったため、大事な人に会えてホッとすることが治癒の一つと考えられていたせいもあるでしょう。

　真面目で孝行《こうこう》な**夕霧**《ゆうぎり》が父と祖母に毎日見えるよう訪問を心がけたり、男性が人妻に言い寄る際「自分のほうが先に見た（関係を持った）」と正当化を試みたりすることに、「見」の重みが感じられます。

　敬語になると「御覧ず」となり、主君・親に自分が「御覧ぜらるる（『見られる』の敬語）」よう忠勤／孝行を尽くす様が頻出します。

澪標　みおつくし

第14巻です。**冷泉**《れいぜい》帝への代替わり、**光源氏**《ひかるげんじ》による新政権スタートと**左大臣**《さだいじん》派復権、**明石姫君**《あかしのひめぎみ》の誕生と**乳母**《めのと》の派遣、住吉《すみよし》大社へのお礼参り、**明石君**《きみ》との遭遇と**和歌**贈答、**六条御息所**《ろくじょうのみやすどころ》の死と**秋好**《あきこのむ》の入内《じゅだい》準備が語られます。

　新体制の発足とともに、政界が大きく動きます。兄弟・子が極度に少ない光源氏は、弱体な短期政権になることを避けて、左大臣派と協働体制を組みます。それは長年後見してくれた左大臣への恩返しでもあり、世間にも好感されました。ただし、左大臣の跡継ぎで**右大臣**《うだいじん》家の婿《むこ》でもある**頭中将**《とうのちゅうじょう》が、強大なライバルとなる事態も招きました。そこへ六条御息所から強力なヘルプ・秋好がもたらされる…という政治の季節の始まりです。**須磨**《すま》・**明石**《あかし》にもついてきた忠実な家臣団が報われる一方、格差を突きつけられた明石君の恋心・親心が哀切《あいせつ》です。

見の登場シーン【若菜下 巻】

見え奉《たてまつ》らざらむ、罪深く、いぶせかるべし。今はと頼みなく聞かせたまはば、いと忍びて渡りたまひて御覧ぜよ

　落葉宮《おちばのみや》の屋敷に婿《むこ》入りしていた**柏木**《かしわぎ》は、臨終に至り、**母**の「などか、まづ見えむとは思ひたまふまじき」という懇願を受け入れて実家に帰ります。その理由は、母にお目にかからないのが**罪**深いからでした。そして落葉宮に、「実家を訪ねてきて私をご覧になってください」と頼みます。三者の「見」を望む気持ちが交錯するシーンです。

ま

帝　みかど

天皇のことです。平安貴族の考え方では、太陽に例えられる、世を照らす存在でした（**后**《きさき》は月）。平安の身分制社会の頂点であり、当時の文学にはその存在・血統への憧れがにじんでいます。天災は天皇の徳のなさや誤った行いへの天の警告（諭《さと》し）と考えられていました。長期間の在位や子への皇位継承は、徳ある天皇の証しとされました。

源氏物語には4人の帝が登場します。**桐壺帝**《きりつぼてい》・朱雀《すざく》帝・**冷泉**《れいぜい》**帝**・今上《きんじょう》帝です。桐壺帝と冷泉帝の治世は長く、詩歌や舞楽《ぶがく》・書画の催しが高レベルで、**聖代**として描かれています。先帝（**藤壺宮**《ふじつぼのみや》の父）という、皇子（**式部卿宮**《しきぶきょうのみや》＝**紫上**《むらさきのうえ》の父）に皇統を残せなかった帝の存在は、**桐壺前史**の**視点**から深読みし甲斐《がい》があります。政争に一度敗れた派が、女系で皇統に入るという敗者復活戦（**光源氏**《ひかるげんじ》・明石《あかし》一族）も、見どころの一つです。物語の終盤では、今上帝の治世が異様に長くなっており、後継者選びの不明朗さもあって、**中君**《なかのきみ》の子が帝位に!?　というスリリングな展開となっています。

水草　みくさ

水中または水辺に生える草の総称です。人手不足で庭が放置ぎみの屋敷では、遣水《やりみず》や池が水草で埋もれるものでした。そのため、水草の生えた情景は家の衰退や男性に忘れ去られた女性を連想させ、物悲しさを醸《かも》し出しました。逆に水草が除去されるのは、リニューアル感や明るさを感じさせました。

御簾　みす

簾《すだれ》の敬語です。当時の対面作法は、男性どうしは直接、家族でない男女は御簾と**几帳**《きちょう》越しが基本でした（ちなみに女性どうしは几帳越し、男性も貴人なら御簾越しも可）。この原則が守られないのは、人間関係の親疎《しんそ》や特別な理由が関わっています。

光源氏《ひかるげんじ》は**藤壺宮**《ふじつぼのみや》と当初、几帳だけを隔てて会うという近しい仲でしたが、成人したことにより御簾もプラスされました。またヒロインになるほどの女性は魅力的すぎて、几帳だけの隔てだと異性は惹《ひ》かれてしまうのが定番です。

ま

御荘《みそう》

荘園《しょうえん》の敬語です。律令《りつりょう》制の崩壊により、官位などに応じて給付される**御封**《みふ》が減少していたため、私有地である荘園が貴族の重要な収入源となっていました。

源氏物語には、荘園からの上がりが**都**の屋敷の倉に納められる様や、荘園の民が労役を務めたり秣《まぐさ》などを運んできたりする様子が描かれ、また彼らの振る舞いが蔑視されています。**光源氏**《ひかるげんじ》は**須磨**《すま》**流離**の折、荘園などの地券をまとめて**紫上**《むらさきのうえ》に預け、また謹慎先の近くにある荘園の収益・労役を生計の柱にしています。当時は、主君が落ちぶれると地代が横領される、地券が盗まれるなどのトラブルが頻繁にあったため、このような描写は光源氏や紫上に人望および力量があり、財産や荘園側の人々を掌握《しょうあく》できていることを意味します。

見立絵《みたてえ》

古典や故事、伝説の有名シーンを、画家が生きた時代の人物や衣服、風俗で描いた**絵**のことです。江戸時代の浮世絵《うきよえ》に特に多く見られます。源氏物語を題材にした浮世絵作品も多く、江戸の庶民に源氏物語がどう受け止められていたのかがわかる貴重な資料です。

源良清《みなもとのよしきよ》

光源氏《ひかるげんじ》の**従者**《じゅうしゃ》です。身近く仕える従者たちの中では、惟光《これみつ》（**藤原惟光**）が最も活躍し、次点が良清です。5巻「**若紫**《わかむらさき》」で播磨守《はりまのかみ》の息子として登場し、**明石君**《あかしのきみ》の情報をもたらしました。光源氏が**須磨**《すま》・**明石**へ蟄居《ちっきょ》した折も従って都落ちした忠臣であり、**明石入道**《にゅうどう》との出会いも仲介しました。明石君と釣り合う身の程であり、求婚したこともあるという裏事情が、明石君・光源氏の格差婚ぶりを際立たせ、また良清の心情・言動も描写されて見せ場となっています。14巻「**澪**《みお》**標**《つくし》」では、光源氏の住吉詣《すみよしもう》でに晴れ晴れしく随行、21巻「**少女**《おとめ》」では近江守《おうみのかみ》兼左中弁《さちゅうべん》で、惟光と共に娘を**五節**《ごせち》舞姫に出しています。

源姓＝天皇の末裔。光源氏の子孫も零落したら従者になる…とわかる存在です。

御法　みのり

第40巻です。最大ヒロイン・**紫**《むらさきの》**上**《うえ》の死を描くための巻です。まず紫上の**出家**希望と**光源氏**《ひかるげんじ》の制止、法華八講《ほっけはっこう》の開催、妻仲間の**和歌**贈答、**明石姫君**《あかしのひめぎみ》と光源氏に看取《みと》られての死、**葬送**と一同の悲嘆が綴《つづ》られます。

紫上が出家しなかった件については、多くの議論がなされています。作者が紫式部《むらさきしきぶ》日記で表明している「出家しても救済は遠い」という絶望的な心情に理由を求める説や、密通や神域在住などの**仏教**的な**罪**を犯していないため、という意見もあります。法華八講を通じては紫上の、出家しないまま仏教を深く学んでいる様や、他の妻たちから進んで協力される様子が描かれます。妻妾《さいしょう》集団の人望あるリーダーであったことや、**明石君**《きみ》・**花散里**《はなちるさと》との、かつてはライバルだったが今は同志という温かい関係を物語るエピソードです。そして**后**《きさき》である娘（養女）・明石姫君と准太上《じゅんだじょう》天皇の夫・光源氏が死《し》穢《え》もいとわず付き添うという、格の高い末期が与えられます。大将という高官である**夕霧**《ゆうぎり》の哀惜《あいせき》と葬儀主催、光源氏自身の徒歩での野《の》辺《べ》送りと**葵上**《あおいのうえ》を上回る**色**の喪服、元・太政《だじょう》大臣（かつての**頭中将**《とうのちゅうじょう》）および**冷泉**《れいぜい》院の后・**秋好**《あきこのむ》から贈られるお悔やみの和歌などは、平安貴族が重視した面目を十分に満たす、ゴージャスな追悼です。スーパー主役・光源氏の人生に、ほぼ最初から最後まで伴走した女君にふさわしい壮大なジ・エンドといえましょう。光源氏自身の死・葬送は、物語内で記述されません。その代わりに、この紫上の最期によって（それ以上のものであっただろう）と、読者に想像させる仕組みとなっています。

御封　みふ

封戸《ふこ》の敬語で、律令《りつりょう》（古代の法律）により、**皇族**や貴族、官位がある者などに朝廷から与えられた給付のことです。つまり、貴人たちの収入です。

源氏物語では、**光源氏**《ひかるげんじ》や**女三宮**《おんなさんのみや》が、時の天皇の愛顧によって御封を加えられ、勢力を増す様が描かれます。反対に**藤壺宮**《ふじつぼのみや》は**出家**後に中宮（**后**《きさき》）ではなくなったという名目で御封を停止されます。政敵・**弘徽殿大后**《こきでんのおおきさき》らによる不当な措置という位置づけで、その悪役ぶりを強調するエピソードになっています。

貴族たちのフトコロ事情

平安の皇族・貴族は、授かっている位階《いかい》や官職などに応じて、国からお給料を支給されました。よい官職に就けるかどうかは、本人の実力よりも家柄で決まりました。その種類や内容は複雑ですが、源氏物語を読む上で重要なのは、品位《ほんい》（皇族の位）や位階が上がると給付される封戸《ふこ》（敬語は**御封**《みふ》）も増え、収入が増す点です。封戸とは、給与として割り当てられる集落のこと。そこから納められる税が貴人の収入になったのです。

もう一つポイントなのが年給（年官・年爵《ねんしゃく》）です。天皇や**后**《きさき》、上皇《じょうこう》など格別に高貴な人が持つ特権で、官職・位階を得る者を推挙できる権利でした。配下の者に位や職を世話してやることができる上、その者からお礼の品が貢《みつ》がれるため、事実上、貴人の収入源となっていました。

地方にある私有地の荘園《しょうえん》（敬語は**御荘**《みそう》）も、貴族の重要な財産でした。米など農産物を得られるほか、そこに属する民を家来として使役できます。荘園は、相続や献上により譲渡されるものでした。とはいえ自力救済の時代なので、失脚して権勢が衰えたり男性当主が死去したりすると、地代を踏み倒されたり地券を盗まれたりして、所有権が有名無実化することもしばしばでした。

都　みやこ

原義は「宮こ（宮の在処《ありか》）」、つまり皇居所在地です。平安時代には**平安京**を指します。平安貴族は、天皇に近ければ近いほど素晴らしいという価値観を持っていました。この「近い」とは、血統や身分、気持ちの親近感などから、物理的な距離までも含みます。したがって、宮（御屋《みや》つまりお屋敷、この場合は天皇の住居）がある平安京は、地方より絶対的に優れた場所、と考えられていました。地方育ちの**玉鬘**《たまかずら》や**浮舟**《うきふね》はもちろん、**宇治**《うじ》育ちの**大君**《おおいぎみ》・**中君**《なかのきみ》でさえ都人《みやこびと》に対し卑屈になるのは、この意識のためです。

雅　みやび

「宮び」ていること、つまり宮廷風な美意識です。水墨画などの枯《こ》淡《たん》美、わび・さびを理想とするようになるのは後世で、平安中期には豪華さやカラフルさ、新たな創意工夫がもてはやされました。為政者が出す過差《かさ》（贅沢《ぜいたく》）禁止令、**仏教**が勧める富・欲の放棄とは矛盾するのを承知で贅沢や恋を謳歌《おうか》するのが平安貴族の雅ライフでした。当然ながら当時も流行《はや》りすたりがあり、宮（**内裏**《だいり》）と接点の薄い者は乗り遅れます。零落《れいらく》して宮廷人の出入りが減った家や地方に赴任した者たちは、**鄙**《ひな》び（田舎び）て嘲《あざけ》られるのが常でした。

行幸　みゆき

第29巻です。**冷泉**《れいぜい》帝の**大原野行**《おおはらのぎょう》**幸**《こう》、**玉鬘**《たまかずら》の**裳着**《もぎ》と実父との対面、**近江君**《おうみのきみ》の引き立て役ぶりが語られます。

行幸シーンは装束・**儀式**が細かく書かれ、服飾史の重要資料です。そのモデルとなった催事も研究されてきました。**光源氏**《ひかるげんじ》・**頭中将**《とうのちゅうじょう》が旧交を温め、玉鬘との対面も実現と、終盤へ向け心理ドラマが盛りあがります。尚侍《ないしのかみ》や**女官**職への当時の見方も興味深い点です。**末摘**《すえつむ》**花**《はな》・近江君という二大道化者（おこ者）が騒々しく乱入し、裳着という晴れ舞台にふさわしい、賑々《にぎにぎ》しい巻となっています。

海松布　みるめ

海松《みる》はミル科の食用海藻、布《め》はワカメなどと同様、海藻を指す語です。海のない**平安京**でも、海藻類は干物としてよく食べられ、海松はその外見も愛《め》でられました。源氏物語では、「**見る目**」の掛詞《かけことば》として**和歌**に登場します。

三輪山式神婚譚 みわやましき しんこんたん

日本書紀《にほんしょき》に記録されている、人間の娘と大物主神《おおものぬしのかみ》の婚姻譚です。女性は倭迹迹日百襲姫《やまとととびももそひめ》または活玉《いくたま》依毘売《よりびめ》で、正体を隠し夜のみ通ってくる男神とむつまじく過ごしますが、男の正体をあばいたため別れとなる、という**話型**です。**光源氏**《ひかるげんじ》と**夕顔**《ゆうがお》の恋物語はこれらを踏まえていると見られます。**朧月夜**《おぼろづきよ》と光源氏の密会露顕《ろけん》も、**右大臣**《うだいじん》により男の正体があらわされ引き裂かれるパターンです。男が夜のみ通う／夜明けや正体暴露を嫌う傾向の、平安の恋に通底する極端な形であり、古代の**結婚**のあり方や性への意識が形骸《けいがい》化しつつも残っているものと思われます。

岷江入楚 みんごうにっそ／みんごうじっそ

安土桃山時代の**注釈書**です。公卿《くぎょう》・歌人の中院通勝《なかのいんみちかつ》（１５５６〜１６１０）により、慶長《けいちょう》３（１５９８）年に成立しました。先行する注釈書**『河海抄《かかいしょう》』『花鳥余情《かちょうよじょう》』**『弄花抄《ろうかしょう》』などの集成として、師・三条西実枝《さんじょうにしさねき》（１５１１〜１５７９）の説や自説も加えたものです。

葎 むぐら

ツル草系の植物です。手入れできなくなった庭で繁茂し門や建物に絡みついて、零落を実感させました。さらに茂って何重に這《は》い登ると「八重葎《やえむぐら》」と呼ばれます。

無名草子 むみょうぞうし

鎌倉時代の１１９６〜１２０２年に書かれた、現存する最古の物語評論書です。著者は藤原俊成女《ふじわらのしゅんぜいのむすめ》（１１７１頃〜１２５２頃）説が有力です。源氏物語を中心に、さまざまな**物語**の名・筋・感想・作者などを綴《つづ》っており、失われた作品も多く含まれることから、貴重な史料となっています。法華経《ほけきょう》の引用が無い点を源氏物語の欠点としたり、**秋好**《あきこのむ》を養女にして親友・**頭中将**《とうのちゅうじょう》を負かしたことを批判したりと、当時の女性視点の感想が新鮮です。**狭衣**《さごろも》**物語**の狭衣の即位を批判し、比較して「**光源氏**《ひかるげんじ》の准太上《じゅんだじょう》天皇もどうかとは思うが、**帝**《みかど》の御子だから許容範囲」と述べるなど、当時の皇統意識も興味深いところです。源氏物語の話になると感情移入してしまい、誰が好き、何がひどいなどと言い出す点が共感できます。なお、著者のご贔屓《ひいき》は**夕霧**《ゆうぎり》のようです。

村上天皇 むらかみてんのう（926〜967）

第62代天皇（在位946〜967）。**醍醐**《だいご》**天皇**の子で、兄・**朱雀**《すざく》**天皇**の後を継いで即位しました。その治世が父・醍醐天皇ともども「延喜《えんぎ》・天暦《てんりゃく》の治」と称《たた》えられ**聖代**視されたこと、兄帝の後継となったこと、源氏の**絵合**《えあわせ》のモデルといわれる天徳歌合《てんとくうたあわせ》を開催したことなど、源氏物語の**冷泉**《れいぜい》帝の**准拠**とされる人物です。才色兼備の宣《せん》耀殿女御《ようでんのにょうご》（藤原芳子《ふじわらのほうし》）を寵愛《ちょうあい》し、琴を伝授した点は、**明石入道**《あかしのにゅうどう》に奏法を伝えた「先の大王」を彷彿《ほうふつ》とさせます。源氏物語が書かれた頃の読者にとっては、文化力が高い憧れの時代の**帝**《みかど》だったのでしょう。

紫 むらさき

ムラサキ科の植物です。夏に小さい白い**花**をつけます。根（紫根）は高貴な紫色を染め出だす貴重で高価な染料でした。源氏物語ではこの草を踏まえ、**藤壺宮**《ふじつぼのみや》と**紫上**《むらさきのうえ》の縁（叔母《おば》・姪《めい》）を「**紫のゆかり**／草のゆかり」と表現します。

紫式部 むらさきしきぶ（生没年不詳）

平安中期、西暦1000年前後に生きていた作家・歌人です。『紫式部日記』と歌集『紫式部集』の著者であり、源氏物語の執筆に関しても中心的人物だったと思われます。現在の全54巻すべてを紫式部が書いたかは不明で、父・藤原為時《ふじわらのためとき》との共作説、娘・大弐三《だいにのさん》位《み》が引き継いで後半または**宇治十**《うじじゅう》**帖**《じょう》を書いたという説も伝えられています。

漢学者の娘として漢籍、日本紀《にほんぎ》（日本の正史）を読みこなして育ち、**音楽**や**仏教**にも造詣《ぞうけい》が深かったようです。生没年も本名も不詳であり、母や姉を早くに亡くしたらしいこと、父の赴任先・越前《えちぜん》に滞在したこと、藤原宣孝《のぶたか》（?〜1001）と**結婚**して娘・賢子《けんし》（のちの大弐三位）を産んだことなどが断片的に知られています。時の**后**《きさき》・彰子《しょうし》に女房（侍女《じじょ》）として仕え、彰子の父・**藤原道長**《みちなが》、弟・頼通《よりみち》と交流があり、「賢人右府《うふ》」と呼ばれた政界の大立者藤原実資《さねすけ》の信頼も得ていました。その生存は、1013年まで確認できます。

紫式部供養塔 むらさきしきぶくようとう

京都市上京《かみぎょう》区・**引接寺**《いんじょうじ》の境内にある石塔です。南北朝時代の至徳《しとく》3（1386）年、円阿《えんあ》上人の勧《かん》進《じん》により建立され、現在は重要文化財です。上人が「地獄に堕《お》ちた

紫式部を成仏させよう」と、建立した供養塔と伝えられます。

紫式部堕地獄伝説　むらさきしきぶだじごくでんせつ

紫式部が「狂言綺語《きょうげんきご》（飾り立てたたわごと）」の**罪**により、地獄に堕《お》ちたとする伝説です。「詩歌や**物語**、**音楽**などは、耳目を無意味に楽しませるもので、仏の妄語《もうご》戒《かい》という教えを破る」という、**仏教**の考え方に基づきます。そのため紫式部を救済しようと「源氏供養」という法事が行われ、「源氏一品経《いっぽんきょう》」「源氏表白《ひょうびゃく》」などが唱えられました。**紫式部供養塔**も、同じ発想で建立されたものです。しかし同時に「狂言綺語」は仏の真実の教えに導く方便であるという思想も好まれ、白氏文集《はくしもんじゅう》や和漢朗《ろう》詠《えい》集に採り入れられて広まっていました。

紫上　むらさきのうえ

第一部と第二部の最大ヒロインです。**光源氏**《ひかるげんじ》にとっては**紫のゆかり**（運命の女性・**藤壺宮**《ふじつぼのみや》の姪《めい》）であり、最愛の妻となります。

最高の貴公子に、色恋ではなく縁（運命の人との相似《そうじ》）ゆえに愛され、父母かつ夫として愛育・庇《ひ》護《ご》してもらい、実家の権勢や子どもを欠くにもかかわらず第一の妻として生涯大事にされるという、平安女性の夢・憧れを凝縮した存在です。美貌と才能・高貴な血筋を持ち、家事能力や**女房**（侍女《じじょ》）らを束ねるリーダーシップにも優れ、夫の浮気は程よく妬《や》いてコントロールし、養女を迎えては**母**としても優秀、貴婦人たちとのお付き合いも巧み、夫の失脚中は家産を守り抜くという、理想的要素てんこ盛りのレディです。

育ちも立場も性格も**物語**の姫君のように出来すぎの紫上ですが、より上の身分・世評を持つ女性（**朝顔宮**《あさがおのみや》・**女三宮**《おんなさんのみや》）が出現すると第一の妻の座をおびやかされ、物思いに苦しめられます。特に第二部以降、女三宮との関わりを通して描かれる孤独・苦悩は、紫上の人物像を深化させており、作者のクリエイターとしての成長が感じられます。また、女性の**結婚**拒否、人と宗教などのテーマが示され、第三部へとつながっていきます。最大ヒロインであるだけに「正妻だったのか」「**出家**しなかった意味は何か」など、古くて新しいトピックが今なお議論され続けています。

紫上系　むらさきのうえけい

第一部を、内容で大別した場合の、メインストーリーのほうに当たる巻々を指す用語です。1巻「**桐壺**《きりつぼ》」、5巻「**若紫**《わかむらさき》」、7巻「**紅葉賀**《もみじのが》」、8巻「**花宴**《はなのえん》」、9巻「**葵**《あおい》」、10巻「**賢木**《さかき》」、11巻「**花散里**《はなちるさと》」、12巻「**須磨**《すま》」、13巻「**明石**《あかし》」、14巻「**澪標**《みおつくし》」、17巻「**絵合**《えあわせ》」、18巻「**松風**《まつかぜ》」、19巻「**薄雲**《うすぐも》」、20巻「**朝顔**《あさがお》」、21巻「**少女**《おとめ》」、32巻「**梅枝**《うめがえ》」、33巻「**藤裏葉**《ふじのうらば》」が該当します。

1950年代に武田宗俊《たけだむねとし》（1903～1980）が唱えた、第一部は紫上系・**玉鬘系**《たまかずら》の2系統に分けられ、紫上系が執筆されたあと玉鬘系が書かれ挿入されたという説に基づきます。

紫上の祖母　むらさきのうえのそぼ

「尼君」とも呼ばれます。**北山僧都**《きたやまのそうず》の姉妹で、5巻「**若紫**《わかむらさき》」の登場人物です。「按察使大納言《あぜちのだいなごん》」という高官の寡婦《かふ》で、一人娘の遺児・紫君《むらさきのきみ》（**紫上**）を育て、**光源氏**《ひかるげんじ》に託して死去しました。紫君に、古風で貴《あて》な教育を施したとされます。光源氏の紫君引き取りは、祖母による婚約で正統性を保ち、**女房**（侍《じ》女《じょ》）集団ごとの移転により、按察使大納言家の文化資産を継承しています。

紫のゆかり　むらさきのゆかり

古今《こきん》**和歌集**の**和歌**「紫の　ひともとゆゑに　武蔵野の　草はみながら　あはれとぞ見る」（**紫**草1本＝妻が愛しいので、その草が生えている野原のすべての草＝妻の家族である貴女も大事に思える）。それを**引き歌**として**光源氏**《ひかるげんじ》が詠んだ和歌「ねは見ねど　あはれとぞ思ふ　武蔵野の　露《つゆ》わけわぶる　草のゆかりを」（まだ寝てはいないが愛しく思う、手に入れ難い人の縁者のこの子を）。この二首から生まれた言葉です。「紫」は高貴な**色**かつ**藤**の花の色で、光源氏の運命の女性・**藤壺宮**《ふじつぼのみや》を表します。「ゆかり（縁）」は縁故、関係という意味で、夫婦や親子、血縁など前世《ぜんせ》に由来する血・肉の縁を指します。つまり「紫のゆかり」とは、藤壺宮と縁がある人を指す語です。44巻「**竹河**《たけかわ》」や**更級**《さらしな》**日記**での使われ方から類推するに、特定の巻々が「紫のゆかり」と呼ばれることもあったのかもしれません。

紫のゆかり（藤壺宮と**紫上**の縁）は、血縁だけでなく、容姿の相似《そうじ》でも強調されます。**桐壺更衣**《きりつぼのこうい》と藤壺宮、**六条御息所**《ろくじょうのみやすどころ》と**明石君**《あかしのきみ》も似ていると記述されますが、血縁については言及されません。また**女三宮**《おんなさんのみや》も藤壺宮の姪《めい》ですが「紫のゆかり」という語は使われず、似ているとも言われません。

召人　めしうど　▼Check

出仕先の主君と男女の仲であり、そのことが世間にある程度知られている**女房**（侍女《じじょ》）です。女房に、主君や出入りの貴公子の手がつくのはよくあることでしたが、その中でも関係が継続し自他共に認める愛人となった人をいいます。ポイントは、通われるか、召されるかです。貴公子が他家の女房に通うなら、それは通い所、つまり恋人または下位の妻で、主君が自邸に召した（命じて来させた）女房を相手にするなら召人です。

ただし源氏物語は「召人とか憎《にく》げなる名のりする人」と書いており、自分から召人アピールする女を嫌っています。「召人」と明記される女房を持つのは、**色**に流れ過ぎる**螢宮**《ほたるのみや》と乱暴者イメージの**髭**《ひげ》**黒**《くろ》だけであり、**光源氏**《ひかるげんじ》や**夕霧**《ゆうぎり》、**薫**《かおる》などのお手つきは、「情け」「忍び思す」「御足参り」などの言葉で婉曲に語られます。その逢瀬《おうせ》がしばしば**雅**《みやび》に書かれるのも、身分違いの恋には慎ましく殉《じゅん》じるべきという、作者の美学を感じさせます。史実では、和泉式部《いずみしきぶ》を派手に召人にした敦道親王《あつみちしんのう》（９８１〜１００７）や、召人を北方《きたのかた》に格上げした藤原実資《ふじわらのさねすけ》（９５７〜１０４６）もいることから、源氏物語世界のほうが価値観が厳格なようです。

Check

参上する女は召人に見える

明石君《あかしのきみ》は婚姻時、参上は厳に拒んだため、召人ではなく下位の妻に収まることができました。同居の夫婦も棟は分け、夫が妻のもとへ適宜渡るものでした。天皇家だけは例外で、大陸渡来の制度により后妃《こうひ》が参上する習慣を維持していました。とはいえ天皇が后妃の殿舎へ逢《あ》いに行く姿もよく見られます。それほどまでに、男が通うのが自然であり、女が出向くのは卑《いや》しく見えたのでしょう。**清涼殿**《せいりょうでん》に侍《はべ》りどおしだった**桐壺更衣**《きりつぼのこうい》が、軽い女に見えたのも当然でした。

乳母　めのと

貴人の子に授乳する役目の女性です。育児の実務を担う存在で幼い主君（養い君）とは強い愛情で結ばれるものでした。主君の**結婚**にあたっては、乳母の意見や仲介が大きな意味を持ちました。平安文学では親を亡くすなどして没落した貴人を、乳母とその一族が支える様がよく描かれます。逆に養い君が出世すると、乳母一族も官職をいただいたりするのが定石《じょうせき》です。血縁ならぬ〝乳〟縁、文字どおり運命共同体だったといえましょう。乳母の子は乳母子《めのとご》といい、養い君の側近に育っていきます。特に乳主《ちぬし》（養い君と同時に生まれた乳母子のことといわれる）とは強い絆《きずな》が醸成されたようです。

なお、乳母は複数いるものであり、それぞれが自身の子らと小集団を成していました。乳母（とその子ら）どうしに摩擦が起きることも少なくなく、**夕顔**《ゆうがお》の遺児・**玉**《たま》**鬘**《かずら》の行方不明に関しては、「西の京の乳母」と**右近**《うこん》との異人《ことひと》意識が行き違いを生んでいます。なお、天皇の乳母たちは、養い君が即位すると功労賞として、名誉職的に典侍《ないしのすけ》・命婦《みょうぶ》に任じられたり位を授かったりしました。**后**《きさき》の乳母らにも同等の褒美がありました。

裳着　もぎ

女子の成人式です。婿《むこ》募集を始める、婚約したなど、**結婚**を意識すると行われるものであったようです。裳を結いつける腰結《こしゆい》役は、親類縁者の中で声望ある人に依頼するものでした。

源氏物語内では、**紫上**《むらさきのうえ》の裳着が成婚後となっている例が論点となっています。作者が詳細を書いていないことからも、イレギュラー事例だったものと思われます。優秀な貴公子であればあるほど、妻方が一族を挙げてかしずき、貢《みつ》ぐようになっていた時代であり、紫上や落窪君《おちくぼのきみ》のような「貢がれ妻」は、創作しにくくなっていたのでしょう。

藻塩草　もしおぐさ

「藻《も》」とは海藻類を指します。干物として身近な食材でした。海の景物やあま（海人、海女、**尼**）は**和歌**にもよく詠まれたため、裳《も》との掛詞《かけことば》としても馴染《なじ》みの語彙《ごい》でした。製塩の素材である藻塩草は、焼かれる様が燃やされる恋文を彷《ほう》彿《ふつ》とさせ、立ちのぼる煙が旅情・儚《はかな》さを感じさせて、これまた人気の歌語でした。

源氏物語では、**紫上**《むらさきのうえ》の手紙が焼き捨てられる**光源氏**《ひかるげんじ》終活の場に出てきます。

餅　もちい

餅のことです。現代でも鏡餅など縁起物として扱われていますが、平安時代には更に重く、呪術的な意味を持つ食品でした。

餅鏡《もちいかがみ》は鏡餅のルーツに当たるものと考えられ、23巻「**初音**《はつね》」で**六**《ろく》**条院**《じょういん》の新春を豪奢《ごうしゃ》に演出する小道具となっています。宮中では「戴《いただき》餅《もちい》」という、幼児の頭に餅をのせて成長を祈る行事がありました。

椿餅《つばいもちい》は34巻「**若菜**《わかな》**上**」で、六条院に集った若者にもてなしの間食として出されています。亥子《いのこ》餅は10月の最初の亥の日に、イノシシの多産にあやかろうと食されました。9巻「**葵**《あおい》」で、服喪《ふくも》中の**光源氏**《ひかるげんじ》には控えめに、喪中でない紫君《むらさきのきみ》（**紫上**）には華やかに提供されています。なお、このとき2人は新婚2日目であり、光源氏はこの亥子餅にことよせて三日夜餅《みかよのもちい》（新婚3日目の固めの餅）を惟光《これみつ》に発注しています。すばやく「（亥日の翌日だから）子子《ねのこ》餅ですね」とシャレを返す惟光の機転が示されます。

本居宣長　もとおり・のりなが（1730～1801）

江戸時代の歌人・国学者です。契沖《けいちゅう》（1640～1701）、賀《か》茂真淵《ものまぶち》（1697～1769）らの先行学者の業績を継承・発展させ、国学の大成者となりました。源氏物語の研究にも熱心で、その主旨を「**もののあはれ**を知る」と唱え、**注釈書『源氏物語玉**《たま》**の小櫛**《おぐし》**』**や新**年立て**の作成を行いました。**光源**《ひかるげん》**氏**《じ》と**六条御息所**《ろくじょうのみやすどころ》の馴れ初めを二次創作した『手《た》枕《まくら》』の作者でもあります。

物語　ものがたり

平安時代、文学作品だと思われていたものは一に**漢詩**、二に**和歌**であり、物語は女性や子どもの遊び道具と見られていました。ただし紙・墨・筆・絵具が高価だったため、制作できるのは富豪に限られました。となると物語とは、上流階級の（主に幼い）お姫さまがおもちゃとして作ってもらうもの、ということになります。25巻「**螢**《ほたる》」にも描かれているように、好ましからざる内容の作品は排除され、教育的に好ましいものがメインを占めたと想像されます。

また、物語を「読ませて聞く」という表現や**国宝源氏物語絵巻**49巻「**宿木**《やどりぎ》」の描写から見て、姫君が物語絵（名場面を描いた絵）の冊子を眺め、声のよい**女房**が文章の冊子を読みあげて、ほかの女房たちも集まって聞くというスタイルが、物語の一般的な楽しみ方だったと考えられています。17巻「**絵合**《えあわせ》」で、**絵**のコンテストをするといいつつ物語絵が審査されているのは、絵と物語が一体化して楽しまれていたためと思われます。

物語論　ものがたりろん

物語とはどうあるべきかという議論です。源氏物語の17巻「**絵**《え》**合**《あわせ》」で登場人物らが討議しており、また25巻「**螢**《ほたる》」では、作者の物語観だと思われる意見を**光源氏**《ひかるげんじ》がとうとうと語っています。それらから見て取れるのは「よい物語とは登場人物の言動が称賛に値する作品だ」という見方です。例えば**竹**《たけ》**取**《とり》**物語**は、かぐや姫の天人に生まれたという**宿世**《すくせ》の高さがほめられています。また源氏物語そのものも、「（光源氏は）人に難つけられ給はぬ方」と作品内で述べられています。つまり、お手本になるようなキャラが出てくる物語こそ良作であり、作者は源氏物語を良作のつもりで書いたということです。加えて作者（作中で光源氏）が述べているのは、「子々孫々まで語り伝えたいことを記録したものだ」という見解です。当時、子孫に残してあげたい知的財産として、日記（**儀式**など職務ノウハウの記録）が細かくつけられていましたが、物語にもその性格があったという意味になります。実際、源氏物語には史書や古記録を参照したと思われる儀式の式次第や引き出物、服装などの情報が盛り込まれています。イベント開催のハウツーを、子どもが楽しく学べる作品だったといえるでしょう。

もののあはれ

平安人にとっての美や芸術、人情などのよさ・深さを表す言葉です。「もののあはれ」に感動できる柔らかな感性は貴人の美徳であり、時には善悪よりも優先すべき価値観でした。

江戸時代には国文学者・**本居宣**《もとおりのり》**長**《なが》が「**伊勢**《いせ》**物語**や源氏物語などの**物語**は、人にもののあはれをわからせるためのもの」と主張します。江戸時代には、臣下として忠義であるか、子として孝行《こうこう》であるか、という観点から勧善懲悪するエンタメが主流だったため、これは画期的な文学観でした。現在でも「源氏物語は**あはれ**の文学」といわれるなど、古文における専門用語として使用されます。

物の怪　もののけ

▼Check p228

個人にとりつき、**病**《やまい》や**出家**、死に追い込む霊です。源氏物語には、当時の人が真剣に恐れていた呪詛《じゅそ》は曖昧《あいまい》にしか描かれず、代わって物の怪が暗躍します。中でも生き霊は、当時およびそれ以前の史実・作品に見られず、作者が創った架空の脅威だった可能性があります。それだけに自在に書けたものか、**六条御息所**《ろくじょうのみやすどころ》が生き霊と化す様はまるで現代の心理学の知見を踏まえたかのようにリアルです。反面死《し》霊《りょう》に関しては、当時の常識に引きずられたものか、4巻「**夕顔**《ゆうがお》」で死《し》穢《え》の忌明けと同時に病が癒える、35巻「**若菜**《わかな》**下**」で死霊が依坐《よりまし》に移ると死者が蘇生するなど、現代の目には非現実的な描写が見られます。

物見　ものみ

見物することです。**賀茂祭**《かものまつり》（葵《あおい》祭《まつり》）の行列や天皇の**行幸**《ぎょうこう》など、貴人・官人たちのパレードを見ることを主に指します。娯楽の少ない時代なので、カラフルな新調衣装や美男美女、豪華な牛車《ぎっしゃ》・輿《こし》を見られる物見は大人気でした。ふだん外に出ない貴婦人のレアな外出機会であり、**葵上**《あおいのうえ》・**六条御息所**《ろくじょうのみやすどころ》の**車争い**（駐車場所トラブル）、**玉**《たま》**鬘**《かずら》による求婚者たちの品定め、大団円を目前にして**光源氏**《ひかるげんじ》・**紫上**《むらさきのうえ》がむつまじく楽しむ物見など、ドラマの見せ場となっています。

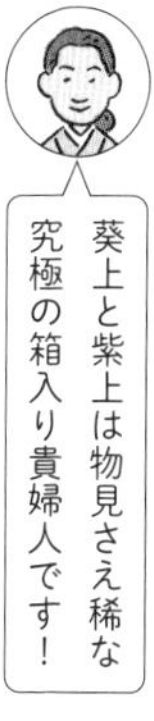
葵上と紫上は物見さえ稀な究極の箱入り貴婦人です！

物詣で ものもうで

神仏に参詣《さんけい》することです。救済や御利益を求める真剣なものから、行楽がてらの参詣まで、幅広く行われる行事でした。平安人は基本的に信心《しんじん》深いため、豪華または頻《ひん》回《かい》のお参りは、そのキャラの善人ぶりの描写でもあります。人望・勢力のある人が物詣でを企画すると、親類縁者、部下たちがお相伴《しょうばん》にあずかりたがってついてゆきます。そのため大人数の移動となり、人目を惹《ひ》く晴れがましい催事となりました。

Check

病気と物《もの》の怪《け》

平安の世にも典薬寮《てんやくりょう》という医療を司《つかさど》る役所や、医術書『医心方《いしんぼう》』などがありました。丹波《いたみ》氏と和気《わけ》氏が医師を輩出し、舶来《はくらい》の香料から丹薬などを調製・処方したり、針治療を施したりもしました。虫歯には抜歯という処置もありました。

とはいえ、飲み食い・接触を伴う治療や、それに携わる典薬寮の人間は、貴婦人には下品なものと見えたようです。文学作品にはあまり描かれず、出てきてもネガティブな例であることがほとんどです。医学が未熟で、効果が見えにくかったせいでもあるでしょう。

それらよりも頼りにされていたのが、大陸渡来の先端科学、**仏教**です。仏教の中でも「密教《みっきょう》」という、**加持祈祷《かじきとう》**で御利益をもたらす教えが尊崇《そんすう》され、評判の高い**僧**は引っ張りだこでした。

病気の原因としては、物の怪説が信じられていました。魔物が災いをもたらすほか、人の恨《うら》みを買うとその生き霊・死霊や呪詛《じゅそ》により**病《やまい》**で苦しむとされました。そのため、人に恨まれる筋合いのない善玉キャラは、病んでも苦しみ方がマイルドです。

紅葉賀 もみじのが

第7巻です。一院《いちのいん》（おそらく**桐**《きり》**壺帝**《つぼてい》の父）の長寿祝い行事、**光源**《ひかるげん》**氏**《じ》と**頭中将**《とうのちゅうじょう》が舞った**青海波**《せいがいは》の見事さ、**藤壺宮**《ふじつぼのみや》の**冷泉**《れいぜい》出産、**色好み**な老女・源典侍《げんのないしのすけ》とのコミカルな恋、光源氏の公卿《くぎょう》（閣僚）への出世、藤壺宮の**立后**《りっこう》が語られます。

本編のストーリー起点である、5巻「**若紫**《わかむらさき》」から直結する内容の巻です。光源氏の子が表むきは桐壺帝の皇子として誕生し、立坊《りつぼう》（皇太子になること）に備えて**母・藤壺宮**が**后**《きさき》に立てられます。桐壺帝の治世のすばらしさや光源氏の優秀さを示すエピソードとして、紅葉の季節の**算賀**《さんが》（長寿祝い）が描かれます。ラストシーンは、后として宮中に入るという貴婦人最大の晴れ舞台に臨む藤壺宮と、その伴《とも》をせざるを得ない光源氏という、華やかでドラマチックな場面となります。

守屋多々志 もりや・ただし（1912〜2003）

昭和〜平成に活躍した日本画家です。歴史画を主に描き、時代考証の知識と現代的感性を融合させた、多くの傑作を生みだしました。法隆寺《ほうりゅうじ》金堂《こんどう》壁画、高松塚《たかまつづか》古墳の壁画など、文化財の修復・復元模写にも関わっています。源氏物語にも関心が深く、「守屋多々志展―源氏物語と歴史を彩った女性たち」などを開催しました。

文章博士 もんじょうはかせ

大学寮紀伝道《きでんどう》（文章道）の教官です。従五位下《じゅごいのげ》の位に相当し、算《さん》博士や陰陽《おんよう》博士など博士（教官）たちの最高位でした。定員は2名で菅原《すがわら》氏・大江《おおえ》氏が世襲しており、願文《がんもん》（神仏への祈願内容を美麗な漢文で記したもの）の作文や、貴人への漢籍教授に当たっていました。なお**光源氏**《ひかるげんじ》の子・**夕霧**《ゆうぎり》は進士《しんし》ですが、学識ある人という意で「博士」と呼ばれる場面もあります。

やつす

姿や形を、粗末でみすぼらしいものに変えることです。自動詞形の「やつる」も頻出します。超セレブである**光源氏**《ひかるげんじ》が、お忍びの外出をする際わざと身分低い者風の狩衣《かりぎぬ》を着たり、12巻「**須磨**《すま》」で官位を剥奪《はくだつ》されたため質素な無紋《むもん》の衣をまとったりする際に使われています。女性の場合、美の象徴である長髪を切り、**尼**《あま》姿になることを指しています。

宿木

やどりぎ

第49巻です。**薫**《かおる》は今上帝《きんじょう》の女二宮《おんなにのみや》、**匂宮**《におうみや》は**夕霧**《ゆうぎり》右大臣の**六君**《ろくのきみ》という、ふさわしい妻をそれぞれ迎えます。これまで主眼とされてきた**宇治**《うじ》でのロマンスは、**都**《みやこ》の大物たる2人にとり、別荘地の恋に過ぎなかったことが明示されるくだりです。それでも心は満たされない薫と、匂宮の**結婚**に泣く**中君**《なかのきみ》、2人の心が近づいていき、しかし結ばれぬ過程が描かれます。中君と匂宮は結局お似合いの夫婦であり、男児も授かり、安定します。急きょ、新たなヒロイン・**浮舟**《うきふね》が創造され、流し捨てられる**形代**《かたしろ》のイメージを付与されて薫の前に登場します。

政治的には、中君の男児が台風の目となります。今上帝の春宮（皇太子）と二宮《にのみや》に、息子がいるかどうか未記述だからです。もし他に男子がいないならば、落ちぶれ宮家の娘・中君が国母《こくも》となる逆転ホームラン展開があり得ます。しかし作者は、第一部と第二部では政争を熱心に描きましたが、ここでは関心を見せません。その目は新ヒロイン・浮舟に向けられて、入水《じゅすい》する運命をつむいでいきます。

宿木

やどりぎ

狭義にはヤドリギ科の寄生植物を指しますが、古語では絡《から》み生えるツタも含みます。**宇治**《うじ》の**八宮**《はちのみや》邸を訪問した**薫**《かおる》がツタを見て、「宿りき（泊まった）」と掛詞《かけことば》にして**和歌**を詠んでいます。

柳

やなぎ

ヤナギ科の木です。仲春（2月）の景物とされ、芽《も》が萌えたての初々《ういうい》しい**色**や優美な枝ぶりが愛《め》でられました。**平安京**には街路樹として**桜**ともども柳も植えられ、春景色の一部となっていました。また、装束でも柳は男女問わぬ人気色です。

病

やまい

平安時代は医学・衛生・栄養の水準が低く、慢性的に寄生虫や体調不良に悩む日々でした。道に遺《い》骸《がい》が遺棄されるレベルの疫病《えきびょう》も珍しくなく、「ものさはがし」程度に受け止められていました。病をちやほや看病（**加持祈祷**《かじきとう》）する余裕があるのはセレブだけであり、特に貴婦人はすぐ倒れたり疲れたりして、可憐《かれん》に寝込むのが「らしい」態度でした。貴婦人が病むと身内や家来が駆けつけ、大人数で護衛するものでした。

山路の露　やまじのつゆ

後世の人が書いた、源氏物語の続編です。鎌倉時代初期頃の成立かと思われ、作者には藤原伊行《ふじわらのこれゆき》説や、その娘の建礼門院右京大夫《けんれいもんいんうきょうのだいぶ》説があります。54巻「**夢浮橋**《ゆめのうきはし》」の直後の数カ月間を扱い、**浮舟**《うきふね》が、**薫**《かおる》や**母**と再会したものの尼僧《にそう》暮らしを続ける様を描きます。現行の「夢浮橋」巻の終わり方の、斬新さ・卓越性を再認識できる作品です。

山吹　やまぶき

晩春に咲くバラ科の植物です。その**花**の赤みを帯びた黄色は、染め色や襲《かさね》の色目の山吹襲（濃緑の上に黄色と山吹色を着重ねる配色パターン）としても人気色でした。

紫上《むらさきのうえ》は、**光源氏**《ひかるげんじ》と3月下旬に初めて出会ったとき山吹襲を着用しており、またのちには**六条院**《ろくじょういん》で、**秋好**《あきこのむ》の「春の御読経《みどきょう》」という法事に**桜**と山吹を贈っています。女君の中では**玉鬘**《たまかずら》の明るい美貌に、山吹のイメージが与えられています。

やむごとなし　やんごとなし

「高貴な、格別な」という形容詞です。身分が絶対的な平安社会では、極めて貴重な属性でした。源氏物語の主要キャラはみな「やむごとなき」人です。その中でわずかに劣る者からドラマが生まれています。例えば**光源氏**《ひかるげんじ》は天皇の子ですが、**母・桐壺更衣**《きりつぼのこうい》が「いと（とても）やむごとなき」人ではなかったために、**紫上**《むらさきのうえ》は親王の娘ながら母方が弱かったせいで、波乱や苦悩を経験します。

やむごとない妻子と真の愛との葛藤も頻出テーマです。**桐壺帝**《きりつぼてい》から光源氏、**頭中将**《とうのちゅうじょう》、**匂宮**《におうみや》まで、愛しい伴侶を求める男性の理想主義は、現実の前にしばしば砕け散ります。とはいえ、やむごとない相手だからこそ感じる愛・絆《きずな》もありました。桐壺帝が**藤壺宮**《ふじつぼのみや》を、**冷泉帝**が**秋好**《あきこのむ》を愛したとき**聖代**となり、光源氏と紫上の結合が六条院の最盛期を生むように、やむごとなき妻＝愛しい妻の状態こそ、作者が夢みたものだったようです。

光る君ご一家のお受験事情

平安時代に貴族に生まれたら、男子は官人（政治家兼公務員）か僧侶、女子は主婦（一家の女主人）になるものでした。そのため、男児は漢学、女児は衣服の調製（染色法や製糸、縫い物）を習いました。男女共に必須のスキルは、書道や**和歌**です。教育は基本的に各家庭で行われたため、親や近しい親族がその技能に長《た》けていて子どもに教授できるか否かで差がつきました。親に可愛がられている子はそうでない子より、圧倒的に有利でした。

光源氏《ひかるげんじ》は息子の**夕霧**《ゆうぎり》を、六位《ろくい》という低い身分から官人生活をスタートさせ、**大学寮**《だいがくりょう》で漢学を専門的に学ばせています。この時代の貴公子には珍しい苦学コースです。作者・**紫式部**《むらさきしきぶ》の、漢学者の娘としてのプライドや、名門の子弟の早すぎる出世への批判精神が感じられるエピソードです。

一方、娘の**明石姫君**《あかしのひめぎみ》や養女の**紫上**《むらさきのうえ》・**玉鬘**《たまかずら》には、琴《こと》（弦楽器の総称）や書道を教えています。この時代の上流階級の姫君は、「一に書、二に琴、三に和歌が御学問」といわれていたため、こちらはスタンダードな教育方針です。女性キャラの中でも、**雲居雁**《くもいのかり》や**浮舟**《うきふね》は琴が不得手で、育ってきた環境がよくないことを示しています。

大学寮

官吏の養成を行う学校。卒業して試験に合格すると、成績に応じて位階《いかい》が授けられた。学ぶ学科は下の4つ（四道）に分けられていた。大学の学生は、「寮試《りょうし》」に合格すると擬文章生《ぎもんじょうしょう》になり、さらに「省試《しょうし》」に合格すると、官吏として仕事に就ける文章生になった。

紀伝道	中国の歴史や文学などを学ぶ。四道では最も重んじられた。
明経道	『論語』や『孝経』などから、儒教の教えを学ぶ学科。
明法道	律令《りつりょう》制を中心に、法律にまつわる教育を行う学科。
算道	算術を学ぶ学科。中国古代の『九章算術』などが教科書だった。

遺言《ゆいごん》

自分の死後に備えて言い残す言葉のことです。源氏物語では遺言を守ることに道徳的な価値が置かれており、「かの遺言違《たが》へじ」と努力する人が評価されます。特に親の遺言は、不孝《ふこう》が罪悪視された時代のせいもあり、特に重んじられました。**明石君**《あかしのきみ》や**末摘花**《すえつむはな》は、父が常々言い聞かせた言葉を犠牲を払っても守り抜き、最後に栄華を勝ち得ます。朱雀《すざく》帝（**朱雀院**）は**桐壺**《きりつぼ》**帝**の遺言にそむいて**光源氏**《ひかるげんじ》を**須磨**《すま》へ退去させたため、病んだ上に退位に追い込まれます。光源氏は**六条御息所**《ろくじょうのみやすどころ》の遺言を順守して**秋好**《あきこのむ》への**好き心**を抑制し、一家の繁栄につながります。一方で、**藤壺宮**《ふじつぼのみや》が秋好の入内《じゅだい》に、**夕霧**《ゆうぎり》が**落**《おち》**葉宮**《ばのみや》との**結婚**に、亡母の遺言を押し立てて利用したように、世間体の繕《つくろ》いに使われることもあります。**宇治十帖**《うじじゅうじょう》では**八宮**《はちのみや》の曖昧《あいまい》な遺言が、娘たちの心・結婚を拘束し、特に**大君**《おおいぎみ》を死に追いやっています。

夕顔《ゆうがお》

第4巻です。**光源氏**《ひかるげんじ》と身元不明の女（**夕顔**）との、激しく短く燃えた恋を描くサイドストーリーです。独立性の強い短編で、作者がかつて書いた習作を源氏物語に取り入れた可能性が窺《うかが》われますが、一方で、このヒロインは前後の巻でも言及され、前夫・**頭中将**《とうのちゅうじょう》や遺児・**玉鬘**《たまかずら》の存在が、のちの**玉鬘十**《じゅう》**帖**《じょう》を導きます。源氏物語の成立過程を考える上で、きわめて注目される巻です。

　内容も、ミステリー、ロマンス、怪談の要素が絶妙で、脇役まで個性的で見せ場があり、完成度の高い短編となっています。ヒロインを取り殺す**物**《もの》の**怪**《け》が、**六条御息所**《ろくじょうのみやすどころ》なのか廃院（なにがしの院）の魔物なのか、ヒロインはあだっぽいのか慎ましいのか、光源氏に**和歌**を贈ってきた訳は何かなど、論点が尽きない点も魅力です。

夕顔《ゆうがお》

ウリ科のツル草です。夏に白い**花**をつけます。夕方に開き、翌朝しぼむ儚《はかな》い花です。当時の**和歌**に用例は少なく、貴族には馴染《なじ》みの薄い花でした。実が食用である点も（干瓢《かんぴょう》の原料）、庶民性や下品イメージにつながったと思われます。

　4巻「**夕顔**」は、この花をきっかけに恋が始まる短編で、そのヒロインも「夕顔」と呼ばれます。

三位中将《さんみのちゅうじょう》という上流貴族の娘で、両親に先立たれて零落《れいらく》し、**頭中将**《とうのちゅうじょう》と縁づいた女性です。2巻「**帚**《ははき》**木**《ぎ》」で頭中将により「痴《し》れ者（愚か者）」「**常夏**《とこなつ》**の女**」と、思い出話もされています。気弱すぎて本妻や**物**《もの》**の怪**《け》につけ込まれる点が頼りない／痴れ者と批判されていますが、一方で、リーダーに素直に従うため、親や夫に庇護《ひご》されれば理想的な箱入り姫になれる人です。作者は**光源氏**《ひかるげんじ》の口を借りてこのような女性をほめ称《たた》え、のちには理想的な**后**《きさき》**・明石姫君**《あかしのひめぎみ》を、若年時はこのような性格に描いています。よき夫に導かれれば良妻賢母に育っていける女性という、作者理想のヒロインであったようです。

夕霧　ゆうぎり

第39巻です。第二部唯一のサイドストーリーです。「妻は**雲居雁**《くもいのかり》ひとり！」を守ってきた**まめ人**《びと》の**夕霧**が、親友の寡婦《かふ》・**落葉宮**《おちばのみや》に惚れ、猪突《ちょとつ》猛進してしまうという恋物語です。落葉宮の母・一条御息《いちじょうのみやす》所《どころ》が、醜聞《しゅうぶん》や誤解に苦悩して悶死《もんし》する、雲居雁との離婚騒動に発展するなど、女の身であることへの絶望が行間から立ちのぼる巻となっています。夕霧の長年の恋人で、忠義な**従者・**惟光《これみつ》（**藤原惟光**）の娘である**藤典侍**《とうないしのすけ》の現況も語られます。典侍が雲居雁を控えめに慰め、また子宝に恵まれて身分上昇したことも綴《つづ》られて、一抹《いちまつ》の救いとなっています。

夕霧　ゆうぎり

光源氏《ひかるげんじ》と**葵上**《あおいのうえ》の息子です。名家の嫡子《ちゃくし》でありながら、官人人生を六位《ろくい》という下位からスタートし、**大学寮**《だいがくりょう》で紀伝道《きでんどう》をマスターして、実務面でも優秀に育っていく少年です。幼なじみの従姉《いとこ》・**雲居雁**とは、**伊**《い》**勢**《せ》**物語**の「**筒井筒**《つついづつ》」的純愛で結ばれます。のちには朱雀《すざく》帝（**朱雀院**）の皇女・**落葉宮**《おちばのみや》をめとり、雲居雁と月に15日ずつ通い分けて丸く収めました。雲居雁および恋人・**藤典侍**から、12人もの優秀な子女も得ています。

太政《だじょう》大臣令嬢と皇女を共にめとった子福者《こぶくしゃ》な**大臣**——これは先行する**うつほ物語**の正頼《まさより》と同じ属性です。光源氏、太政大臣、および**狭衣**《さごろも》**物語**の狭衣も、太政大臣または**式部**《しきぶ》**卿宮**《きょうのみや》の娘という極上の妻を得た上で皇女までめとらされるパターンをたどっており、当時のフィクションにおける最高スペック男性は、このイメージだったと思われます。一方で夕霧の場合、落葉宮は父帝鍾愛《しょうあい》の皇女ではなく、子も生まれず、かつ許可を得ない私通婚と、ややケチのついた形となっています。物語終盤の**宇治十帖**《うじじゅうじょう》では、**右大臣**《うだいじん》という敵性キャラの官職で登場し、今上《きんじょう》帝を批判したり**匂宮**《におうみや》・**中君**《なかのきみ》の仲を邪魔したりと、好ましからざる振る舞いが描かれます。つまり、きわめてゴージャスな貴公子だけれども、光源氏／薫の引き立て役という役回りです。

優秀な官人なんだけど、人間力で劣るって感じです。

雪 ゆき

冬の風物詩です。平安貴族は雪が降ると、庭に山を築かせてその眺めを愛《め》でました。源氏物語では、**光源氏**《ひかるげんじ》と**紫上**《むらさきのうえ》が女童《めのわらわ》たちの雪遊びを鑑賞しています。また、雪・霙《みぞれ》が降る夜の心細さや、**儀式**や外出の折に雪で冷える辛《つら》さは、**文**《ふみ》（手紙）を贈るきっかけや心情を描くツールによく使われます。

夢 ゆめ

現代語のdreamのようにポジティブなものではなく、異界／冥《めい》界《かい》とのチャネルが通じた状態であり、現実か否か判別し難い、おどろおどろしく荘厳《そうごん》な体験です。**光**《ひかる》**源氏**《げんじ》や**明石入道**《あかしのにゅうどう》が見た、壮大な未来を指し示す夢は、正しく読み解いて実現に努めれば大成功できるチャンスでした。**末摘花**《すえつむはな》に対する父・常陸宮《ひたちのみや》、光源氏・**朱雀院**《すざくいん》にとっての桐壺《きりつぼ》院（**桐壺帝**）など、子を守ったり罰したりするため、亡き親が帰り来る手段も夢です。**女三宮**《おんなさんのみや》降嫁時の光源氏の夢に**紫上**《むらさきのうえ》が現れるなど、愛執《あいしゅう》のあまり恋人の夢に出るのも定番です。情事はしばしば、「夢のやう」とぼかして語られます。死者が夢に現れるのは、故人の姿をまた見られるという点では嬉しいものでしたが、成仏できていない証しでもありました。そのため、追善供養により救済が試みられました。

夢浮橋　ゆめのうきはし

第54巻です。**浮舟**《うきふね》の生存を知った**薫**《かおる》からのアプローチ、夫・弟への未練は断てた浮舟の、しかし**母**への執着は断てぬ様子、はぐらかされて愛執《あいしゅう》に惑う薫などを描いて突然ジ・エンドとなります。尻切れとんぼに見えるこの幕切れは、さまざまな憶測や二次創作を生んできました。この後の巻が散逸したのか、作者が意図的にここで止めたのか、それとも作者の急死など事情があって中断・未完となったのか、真相は藪《やぶ》の中です。ただ結果的に、リアルタイムで進行中の恋愛ドラマが「ちょっと休止！」でスタンバイになった状態、すぐまた再開できる…かの体で、執筆後千年が経過しています。未完に見えてこれ以上はありえない、完成度高い終幕になった感もあり、まるで前衛的ノベルの結末のような、斬新な雰囲気を放っています。

ゆゆし

神聖なもの、神事に関わるものに冠する語「斎《ゆ》」に由来する形容詞です。「おそれ多くてこちらが萎縮してしまう」という、超人的なものへの恐怖がにじむ言葉で、ネガティブな感情を表すようになり、「不吉だ、気味が悪い、嫌な感じ」という意味を持つようになりました。ただし、背景にあるのが**神**（善神と悪神の両方）への恐れ・敬意なので、別格の美しさを表す意味でも使われます。「神が惚《ほ》れて連れ去ってしまいそう」という感情です。源氏物語内では、**光源氏**《ひかるげんじ》の神性を帯びた美の表現として、前半で特に頻出します。

夜居僧　よいのそう

「夜居」とは夜間に居ることです。つまり貴人のお側《そば》に夜じゅう控え、護衛をしたり、お声がかかるとご用を務めたりすること・人を指します。平安人にとって夜は魔物・悪人の跳梁《ちょうりょう》する時間帯だったので、このような寝ずの番をする者がＶＩＰには必須でした。いわゆる宿直《とのい》（夜勤）ですが、平安の宮仕《みやづか》え人がよく務める宿直よりさらに集中して、警戒・警備に当たるお役目です。

源氏物語ではすべて**僧**が務めており、「夜居僧」と呼ばれます。貴人の側に詰め、最も卑近《ひきん》な現象まで見聞きしつつも、来世の救済など神聖なお役目を果たすという、聖俗両極端の性格を持つ存在でした。**冷泉**《れいぜい》帝の出生、**浮舟**《うきふね》の生存な

や

ど、当事者が世間的には丸く収めた秘密を、当該人物にピンポイントで伝える役目を果たします。

謡曲　ようきょく

能の台本、またはそれを**声**に出してうたうことです。謡曲には、古典文学を題材にしているものが多く、源氏物語に由来する作品も多々あります。「葵上《あおいのうえ》」「野宮《ののみや》」「半蔀（はしとみ／はじとみ）」など、物語を抜粋したもののほか、作者・**紫式部**《むらさきしきぶ》を地獄から救おうとする「源氏供養《くよう》」もあります（**紫式部堕地獄伝説**《だじごく》）。中世に源氏物語がどう受け止められ、二次創作されていたのかを知る上で、中心になる領域です。

世語り　よがたり

世間で語られること、つまりは世間話、噂《うわさ》です。マスメディアなき時代の人々には、情報源であり、気晴らし・娯楽でもあり、自分の言動を反省する材料にもなりました。スキャンダラスな面が強調されがちで、ムラ社会の**平安京**では人の印象・評判を形作ってしまうものでもありました。

源氏物語では、世語りをいかに収めるかが登場人物の力量となっています。**光源氏**《ひかるげんじ》は**夕顔**《ゆうがお》の怪死や**女三宮**《おんなさんのみや》の密事を、**藤壺宮**《ふじつぼのみや》は光源氏との密通を、**玉鬘**《たまかずら》は光源氏との関係を、世語りにさせずに乗り切りました。**紫上**《むらさきのうえ》と玉鬘はイレギュラーな**結婚**で立った世語りを、好印象のうちに収束させています。一方、**朧月夜**《おぼろづきよ》は光源氏との恋、**頭**《とうの》**中将**《ちゅうじょう》は不出来な娘・**近江君**《おうみのきみ》の扱いにしくじり、「**人笑へ**《ひとわら》（人々の笑いもの）」という最悪の結果に至りました。注目すべきは藤壺が、光源氏との密通そのものよりも、それが世語りになるほうを気にかけていることです。古来の慣習では婚姻とは、男が夜ひっそり女を訪れ、噂にならぬよう暗いうちに帰るものでした。世語りにならない密通なら、男女の仲とは本来そういうものと、スルーされる余地があったのかもしれません。

横川　よかわ

比叡山《ひえいざん》の地名です。比叡山には、延暦寺《えんりゃくじ》と総称される複数の堂宇《どう》が存在し、東の東塔《とうどう》、西の西塔《さいとう》、北の横川に分かれています。延暦寺は京から見て、鬼門の丑寅《うしとら》（北東）を守る王城鎮護《ちんご》の聖域でした。その中でも横川は最奥で、修行に専心する高**僧**が集まる場所というイメージでした。

横川僧都　よかわのそうず

宇治院《うじのいん》の裏で行き倒れていた**浮**《うき》**舟**《ふね》を助け、**加持祈祷**《かじきとう》で**僧**の死霊を追い払って救命した**僧**です。のちに浮舟を**出家**させ、その件を明石《あかしの》中宮《ちゅうぐう》（**明石姫君**）に世間話して、**薫**《かおる》に知られるきっかけも作りました。薫から経緯を聞いたのち、浮舟に手紙を書きますが、その内容が**還俗**《げんぞく》を勧めているのか否かは「横川僧都の還俗勧奨」問題として未《いま》だ論争になっています。

横川僧都とその妹尼《いもうとあま》は、実在の僧・源信《げんしん》（942〜1017）と妹の安養尼《あんように》をモデルにしたと言われます。源信は**浄土**《じょうど》**信仰**を集大成した日本**仏教**史上の要人です。その著書『往生要集《おうじょうようしゅう》』は中国へも伝わったほど充実した内容で、念仏の御利益や地獄などのイメージを世に広めました。

横笛　よこぶえ

第37巻です。**女三宮**《おんなさんのみや》と**罪**の子・**薫**《かおる》に対する**光源氏**《ひかるげんじ》の心情、**夕霧**《ゆうぎり》の**柏木**《かしわぎ》追悼とその妻・**落葉宮**《おちばのみや》への恋心、形見《かたみ》の**笛**の贈与と柏木の霊の出現、光源氏と夕霧の対話が描かれます。

密通事件が双方の命で償われ（**出家**は社会的な死）、収束へ向かう経過です。光源氏は怒りや口惜《くちお》しさを、さまざまな思い・思考の果てに静め、**宿世**《すくせ》（運命）と受け入れ受容します。一方、真面目な夕霧は、亡き友・柏木の遺言どおり落葉宮を慰めに通ううち宮に惹《ひ》かれるようになり、かつ薫の出生を察します。光源氏と女三宮、夕霧と落葉宮という男女の仲の難しさ、光源氏と夕霧という父子の葛藤、夕霧と長年の妻・**雲居雁**《くもいのかり》の行き違いなど、重い心理ドラマが展開されます。柏木の笛は、ひそかな血脈の証しとして薫に受け継がれ、のちに**宇治十帖**《うじじゅうじょう》で再登場します。

与謝野晶子　よさの・あきこ（1878〜1942）

明治〜昭和の歌人・評論家です。その青春時代は社会が激変し、「脱亜入欧」が唱えられて日本的なものが蔑視された時代でした。それを受けて晶子も、古い家庭観や和歌に大胆に反逆し、妻子ある与謝野鉄幹《てっかん》への生涯の恋や、官能の喜びをうたった歌集『みだれ髪』の発表を通して、女性の新しい生き方を世に示しました。

一方で、源氏物語を読んで育ち式子内親王《しきしないしんのう》を「古《ふ》りし御姉」と慕うなど、古典文学への愛も深く、それを歌作や女権《じょけん》拡張運動に活かしました。源氏物語を二度訳しており、**現代語訳**による普及の道を拓いた人です。関東大震災による訳稿焼失にもくじけず再度挑戦し、6男6女を産み育てつつ、夫の低迷する出版活動を自身の執筆活動でカバーしました。その功績・バイタリティは凄《すさ》まじく、彼女なくして源氏ブームはなかったろうと思わせます。

吉岡幸雄　よしおか・さちお（1946〜2019）

現代の染色家です。江戸時代以来の染屋「染司《そめのつかさ》よしおか」の5代目で、染師・福田伝士《ふくだでんじ》と共に日本の伝統色の研究・再現に取り組みました。美術工芸図書出版「紫紅《しこう》社《しゃ》」を設立し、『源氏物語の色辞典』など、染色や装束に関わる書籍も多数出版しました。

嫁盗み　よめぬすみ

盗み婚とは、女性を保護者の許可なく連れ出して妻とする**結婚**です。女性本人の同意・不同意は関係ありません。ロマンチックな結婚だったらしく、さまざまに**物語**化されています。姫が自分の意思で逃げてハッピーエンドとなる話もあります。古代にはオオクニヌシと共に逃げたスセリビメ、平安中期には少将・道頼《みちより》に救出される落窪君《おちくぼのきみ》、**更級《さらしな》日記**に記録された竹《たけ》芝寺《しばでら》縁起の皇女などです。しかし平安時代には儒学や**仏教**により「不孝《ふこう》の**罪**」という概念が浸透しつつありました。そのため、業《なり》平《ひら》・高子《たかいこ》を思わせる**伊勢《いせ》物語**でも女が鬼に食われて終わるように、悲劇的結末が多数派です。または間違った相手を盗んでしまったなど、コメディとなっています。

源氏物語にも、嫁盗みの要素は見られます。しかし、作者が漢籍・仏教に親しんでおり、また天皇・**后《きさき》**などを読者層としたためか、道徳的な書きぶりとなっています。**光源氏《ひかるげんじ》**が**紫上《むらさきのうえ》**を連れ出すくだりでは、母方親権者（故尼《あま》君《ぎみ》）の結婚許可を得ており、**柏木《かしわぎ》**が**女三宮《おんなさんのみや》**をどこぞへお連れしたいと思うのは幻想に終わります。また、**浮舟《うきふね》**が**匂宮《におうみや》**と逃げることは考えもしないなど、女性が同意して逃げるケースは全く見られません。当時の史実では、故・一条《いちじょう》帝の女御《にょうご》だった元子《げんし》が源頼定《みなもとのよりさだ》（977〜1020）と逃げ、世論も同情的で丸く収まったりしているので、源氏物語の内容は道徳面でかなり厳格なほうだったといえるでしょう。

蓬　よもぎ

キク科の多年草です。生い茂った状態は「蓬生《よもぎう》」と呼ばれます。男性当主が死んだり落ちぶれたりして、庭が草ぼうぼうになった屋敷を象徴する植物です。自宅を謙《けん》遜《そん》する際も引き合いに出されます。

蓬生　よもぎう

第15巻です。短編的なサイドストーリーで、赤鼻の姫君・**末摘花**《すえつむはな》が主役の小話としては2話めです。前話の6巻「**末摘花**」で**結婚**により貧困から脱却できた末摘花が、**光源氏**《ひかるげんじ》の**須磨**《すま》・**明石**《あかし》流離中に縁が絶えてしまい、再び貧苦に苦しむ様が描かれます。家財の売り食いや**女房**（侍女《じじょ》）落ち、地方行きなど、名誉と引き換えに提示されるカネと安全の誘惑を拒《こば》み、父宮の遺言を守って夫を待ち続けた気高《けだか》い姫が報《むく》われる話となっています。守られて育ち生活力皆無であることこそ姫君らしさであった当時、頼れる者がいない令嬢は、身体と生計の危機に直面しました。全編にわたり道化役（おこ者）である末摘花が、この巻では、笑い話めかしつつも気品がある女性に描かれており、零落《れいらく》した貴婦人に対する作者の同情・敬意が感じられます。末摘花の叔母《おば》が上流貴族の名誉を捨てて裕福な中流の妻に身を落とし、末摘花に敵意を向けてくる様子や、最後の味方であるはずの**乳母**《めのと》子《ご》・**侍従**《じじゅう》が、夫を選んで去り非難される姿など、心理描写や当時の価値観も興味深い秀作短編です。

四君　よんのきみ／しのきみ

貴人の四女を意味する呼称です。源氏物語では、**頭中将**《とうのちゅうじょう》の本妻を指すことがほとんどです。**右大臣**《うだいじん》、のちの太政《だじょう》**大臣**が大事に扱っている愛娘であり、**弘徽殿大后**《こきでんのおおきさき》、**朧月**《おぼろづき》**夜**《よ》（六君《ろくのきみ》）とおそらく同母姉妹です。物語序盤では悪役ポジションで、頭中将の恋人・**夕顔**《ゆうがお》を脅迫して失踪に追い込むなど、**光源氏**《ひかるげんじ》の母・**桐壺更衣**《きりつぼのこうい》を迫害した弘徽殿大后と同様の役回りを演じます。右大臣派の全盛期（光源氏側の凋落《ちょうらく》期）には頭中将が、四君への通いが稀《まれ》である＝尊重していないことを理由に昇進を差し止められています。頭中将の、舅《しゅうと》の権勢に媚《こ》び

や

ない心意気を称《たた》えるためのエピソードです。光源氏・**左大臣**《さだいじん》の関係が、人情と無欲さあふれるうるわしい婿《むこ》・舅関係であるのに対し、右大臣・頭中将の結合は欲得《よくとく》・打算のにおいがする世知辛い政略結婚に描かれていると言えるでしょう。右大臣派が頭中将の傘下に吸収された14巻「**澪標**《みおつくし》」以降は、四君腹の子らが頭中将の後継者として理想的な貴公子・姫君ぶりを見せます。長男・**柏木**《かしわぎ》の死の前後の四君は、かつての悪妻ぶりはまったくなく、立派な奥方・情ある**母**として柏木を看取《みと》り頭中将と嘆きを分かち合います。つまり、中盤以降の四君は、上皇《じょうこう》とのコネや堂々たる家柄を持つ非の打ちどころない本妻です。

源氏物語の執筆当時は、結婚が男女の交感から家・親が絡む**儀式**へと、急速に重々しくなってゆく時代でした。作者は古き良き純愛婚に憧れつつも、儀式婚できる豪《ごう》家《け》出身妻だからこその、コネ作りや子育てでの有能さを実感していたのでしょう。四君のイメージの変化を注視すると、作者が格式ある妻・**女三宮**《おんなさんのみや》を登場させ、純愛婚した**紫上**《むらさきのうえ》とせめぎ合わせるに至った、心境の変化が推察できます。

立后　りっこう　▼Check

后（天皇の配偶者、中宮とも）を、女御《にょうご》など**キサキ**らの中から選び正式に定めることです。「冊立《さくりつ》」という言い方もします。「居給《いたま》ふ（位におつきになる）」という表現でも表されます。

后は、キサキたちの中から功績（産んだ子の数）や勤続年数、天皇の愛、出自、実家の勢力などを考慮して選ばれます。その位には収入と人事権が付随し、また産んだ皇子は即位できる可能性が高まります。そのため立后は、有力貴族どうしの権力闘争の的となりました。

Check

立后と当時の価値観

35巻「**若菜**《わかな》**下**」では、源氏（**皇族系**）の后が連続することに世人が反発しています。**秋好**《あきこのむ》が「子もない自分の立后を推してくれた」と**光源氏**《ひかるげんじ》に感謝することに当時の世相が感じられます。なお遺児への貢献は亡魂《ぼうこん》への供養のはずですが、**六条御息所**《ろくじょうのみやすどころ》の死霊は鎮められず、このあとも暴れ回ることとなります。

律師 りっし

仏教の**僧**は朝廷の保護・管理のもとにあり、僧ならではの官位が与えられていました。中でも指導者層に当たる頂点のポジションが僧綱《そうごう》で、上から僧正《そうじょう》・僧都《そうず》・律師に分かれていました。

源氏物語では、**桐壺更衣**《きりつぼのこうい》の兄弟が律師です。当時の世相から類推するに、家を仏教的に守るため**出家**したが、力及ばず父・兄が早逝《そうせい》し、桐壺更衣一家は没落したという過去が想像できます。または逆に、幼時に父・兄に先立たれ、先行きを悲観して出家したのかもしれません。そのほかは一条御息所《いちじょうのみやすどころ》(**落葉宮**《おちばのみや》の母)が馴染《なじ》みの律師に治療(**加持祈祷**《かじきとう》)をしてもらっています。**宇治**《うじ》の**八宮**《はちのみや》と親しい**阿闍**《あじゃ》**梨**《り》が、のちに律師に昇進している様子も描かれます。ただ阿闍梨には、僧位のほかに高徳の僧というニュアンスもあり、律師が「阿闍梨」と呼ばれることもあります。

立坊 りつぼう

「坊」とは春宮《とうぐう》(皇太子)の意です。つまりは、皇太子を決定することを指します。平安中期は、皇位の継承順が読みにくい時代でした。父から子への**譲位**が理想視される一方で、弟に譲位されることも多く、従兄弟《いとこ》など別系統の**皇族**が立坊する例もあったためです。背景には、有力貴族の権力争いがありました。天皇の身内が政権を担う仕組みだったため、各自が自分の甥《おい》・孫・婿《むこ》などに当たる皇子を推し、激突したのです。このような立坊をめぐる政争は平安の常識で、文学にもナチュラルに描かれており、現代の読者には知識を要します。

柳花苑 りゅうかえん

左方唐楽《とうがく》にカテゴライズされる舞楽《ぶがく》です。天徳《てんとく》4(960)年の内裏歌合《だいりうたあわせ》で、春鶯囀《しゅんのうでん》とともに舞われたという記録があります。信西《しんぜい》古楽図《こがくず》や年中行事絵巻では、4人または6人の女性が舞う姿を描いていますが、源氏物語では**頭中将**《とうのちゅうじょう》が舞っています。**光源氏**《ひかるげんじ》の春鶯囀に張り合おうとする頭中将の性格や、見劣りしない優秀さを語る逸話です。出番を与えた**桐壺帝**《きりつぼてい》の心配りや、春宮《とうぐう》(朱雀《すざく》)ともども舞を求めて芸術を解する帝王ぶりを通じて、理想的な時代であることも描いています。

臨時客 りんじきゃく

正月2日に、摂政《せっしょう》・関白《かんぱく》・**大臣**など政界の重鎮が、親王《しんのう》・公卿《くぎょう》らを招いて開いた宴会のことです。**大饗**《だいきょう》のような定例の公式行事でないため、この名があります。

源氏物語では23巻「**初音**《はつね》」で**光**《ひかる》**源氏**《げんじ》が主催しており、その栄華を物語ります。私的な面では、新年第一夜を**明石君**《あかしのきみ》に与えたことで本妻格の**紫上**《むらさきのうえ》にとっちめられ、照れ隠ししている光源氏の微笑《ほほえ》ましさを表現するツールとなっています。集ったセレブ男性らの比でない光源氏の輝かしさや、**玉鬘**《たまかずら》が花形となりつつある様などを描写する小道具でもあります。

紫上のお怒りが怖い光源氏、臨時客で忙しいふりをして誤魔化しました…って話！

竜胆 りんどう

紫色の**花**をつける植物です。源氏物語では、秋を象徴する景物として描写されます。

瑠璃 るり

ガラスのことです。平安朝の日本には、トンボ玉（ガラス球）以外を作る技術はまだなく、ガラス器は海外からの輸入品でした。中国製、またはより高度な技術のイスラム・グラス（中東・中央アジア産）で、当然非常に高価です。

源氏物語では格別な贈答品や盛大な宴席の食器に用いられていました。また**玉鬘**《たまかずら》の幼名が瑠璃です。史実でも小一条院《こいちじょういん》・敦明親王《あつあきらしんのう》の**妃**《きさき》が、おそらく幼名にちなんで「瑠璃女御《にょうご》」と呼ばれており、人気の幼名だったようです。

麗景殿 れいけいでん

後宮《こうきゅう》の建物の一つで、そこに住む后妃《こうひ》も指します。

源氏物語では、一番手ではなくストーリー上重要でもない、しかし重みのある后妃キャラが麗景殿です。**桐壺帝**《きりつぼてい》のときには**花散里**《はなちるさと》の姉、朱雀《すざく》時代には**弘徽殿大后**《こきでんのおおきさき》の姪《めい》（大后のきょうだい・藤大納言《とうだいなごん》の娘。**朧月夜**《おぼろづきよ》より劣位）、今上帝《きんじょうてい》の場合は**左大臣**《さだいじん》の娘（**明石姫君**《あかしのひめぎみ》に敗れ**后**《きさき》になれなかった）、春宮妃《とうぐうひ》として**紅梅**《こうばい》大納言の大君《おおいぎみ》（**夕霧**《ゆうぎり》大君が先に入内《じゅだい》済み）です。

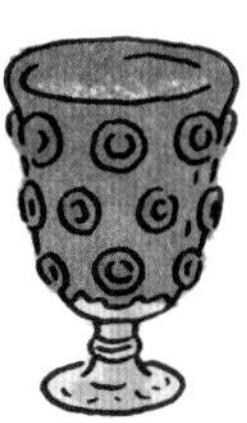

ら

霊験譚 れいげんたん

「霊験」とは信仰の結果もたらされる御利益のことです。霊験譚というと、真面目に信心《しんじん》したご褒美として素晴らしい結末となったというストーリーを指します。民話によくある筋書きです。源氏物語では、**光源氏**《ひかるげんじ》は亡父・**桐壺帝**《きりつぼてい》（つまり祖霊）や住吉《すみよし》神を厚く敬い、**須磨**《すま》・**明石**《あかし》への流離という最大の危機を好転させます。**明石入道**《あかしのにゅうどう》やその娘・**明石君**《きみ》は、住吉神への長年の信心の甲斐《かい》あって玉《たま》の輿《こし》に乗り、子孫が皇室入りするという成功をつかみます。**玉鬘**《たまかずら》の出世は、若い頃から年に3回精進をし、帰京後も石清水《いわしみず》・**長谷寺**《はせでら》へ徒歩で詣《もう》でるという敬虔《けいけん》な態度へのご褒美です。**浮舟**《うきふね》も長谷寺の観音《かんのん》に守護された結果、法師の死霊に征服され切らず、死を免れます。源氏物語は近代的にも読めますが、実態は信仰に裏打ちされた平安らしい文学なのです。

冷泉 れいぜい

譲位後、冷泉院に住んだ上皇《じょうこう》は「冷泉院」と呼ばれました。また第63代天皇（在位967〜969）に対しては、後世「冷泉院」という追号が贈られました。

源氏物語では、3人めの**帝**《みかど》の呼び名となっています。現代の読者は第63代天皇がモデルと思いがちですが、平安人にとってはむしろ、第62代**村上**《むらかみ》**天皇**を連想させるキャラクターです。この3人めの帝・冷泉は、**桐壺帝**《きりつぼてい》の第十皇子で母は**藤壺宮**《ふじつぼのみや》、実の父は**光源氏**《ひかるげんじ》です。光源氏の養女・**秋好**《あきこのむ》を后妃《こうひ》に迎えて、天徳歌合《てんとくうたあわせ》（村上天皇時代の伝説的催事）を想起させる盛大なイベント・**絵合**《えあわせ》（絵画コンテスト）を実現させ、理想的な天皇と描かれます。光源氏が父だと知ってからは、敬愛の念をもって陰《いん》に陽《よう》に仕え、当時重視された孝行《こうこう》の美徳を体現しています。皇位から排除された光源氏が血脈で皇父に返り咲くことこそ第一部の骨格ストーリーであり、冷泉は鍵となる人物。反面、皇嗣《こうし》を儲《もう》けられず一代だけの天皇となるところに、不義の**罪**の因果《いんが》応報《おうほう》が示されます。光源氏没後の物語世界では、秋好ともども**薫**《かおる》を子のように愛育し、宇治**八宮**《はちのみや》に引き合わせる役を果たして消えていきます。

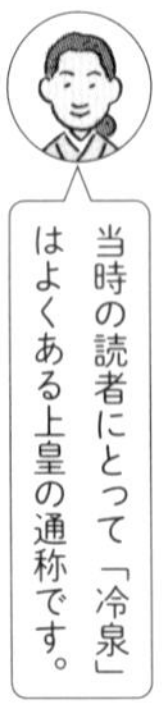
当時の読者にとって「冷泉」はよくある上皇の通称です。

冷泉家　れいぜいけ

藤原道長《ふじわらのみちなが》の六男・長家《ながいえ》に始まり、現存する家系です。平安末期～鎌倉初期に名歌人の**藤原俊成**《ふじわらしゅんぜい》・**定家**《ていか》を出し、鎌倉中期から冷泉と名乗るようになりました。**和歌**の家として、時代の変化や多くの戦乱を乗り越え文物・習わしを継承、冷泉家がなかったら伝わらなかったといわれる文学作品は、無数に存在します。京都御所《ごしょ》北隣の冷泉家住宅は、現存する唯一の公家《くげ》屋敷として国の重要文化財に指定されており、古文書類は財団法人「冷泉家時雨亭《しぐれてい》文庫」により保存・公開されています。

朗詠　ろうえい

漢詩や漢文、**和歌**などの名文を、声を長く引いて朗々《ろうろう》とうたいあげることです。

源氏物語では「**誦**《ずん》**ず**／うたふ」と書かれ、男性キャラの美声・教養をもてはやすシーンでよく描かれます。女性は、**声**を聞かせること自体が姫らしくないとされる時代ではありましたが、**色好み**の老女・源典侍《げんのないしのすけ》が**琵琶**《びわ》を弾きつつ**催馬楽**《さいばら》を「いとをかし」い声で歌っています。声・言葉の美しさや詩歌の素養に対する、当時の高評価がしのばれます。

老女恋愛譚　ろうじょれんあいたん

平均寿命が今より短かった平安時代。女性は30を過ぎると、「さだ過ぎぬる（盛りを過ぎてしまった）」年齢とされました。しかし、子宝が文句なく有り難いものであった古代、男女共に恋を謳歌《おうか》していた頃の雰囲気が、平安中期にはまだ残っていたようで、**伊勢**《いせ》**物語**には老女の恋が肯定的に描かれています。一方男性のほうは、老女へも情けあることが帝王らしさだったようです。

とはいえ、儒学や**仏教**の教えが浸透しつつある頃でもあり、またインテリの**紫式部**《むらさきしきぶ》はそういった大陸から来た先進的思想に馴染《なじ》んでいました。そのため源氏物語では源典侍が浅ましい例として描写されています。源典侍は7巻「**紅葉賀**《もみじのが》」で57～58歳、**光源氏**《ひかるげんじ》との儚《はかな》い関係にすがりつつ**頭中将**《とうのちゅうじょう》・修理大夫《すりのかみ》とも恋仲で、10年後の20巻「**朝顔**《あさがお》」では、**出家**後にもかかわらず色気を見せる姿が批判されます。紫式部だけでなく**清少納言**も熟年恋愛を激しく攻撃していることから、そのような恋がよくあったことが感じられます。

老人 ろうじん

平安中期の人々は、老いにとてもネガティブなイメージを抱いていました。**仏教**では老醜《ろうしゅう》は、この世が穢土《えど》たる証拠の一つだったのです（だからこそこんな現世は諦め、**出家**すべしと教えます）。小野の老尼を**物《もの》の怪《け》**並みに怖がる**浮舟《うきふね》**や、源典侍《げんのないしのすけ》・女五宮《おんなごのみや》の描写のシビアさには、そんな時代の空気が感じられます。一方で、**冷泉《れいぜい》**帝の**夜居僧《よいのそう》**や**明石姫君《あかしのひめぎみ》**にとっての**明石尼君**、**薫《かおる》**に対する**弁《べん》**は、まるで異界とのチャネルをつなぐシャーマンのような奇怪にも荘重なムードを漂わせ、重大な秘密を告知します。忌避《きひ》される要素と霊力は表裏一体だったのかもしれません。

六条院 ろくじょういん

21巻「**少女《おとめ》**」で建造される、**光《ひかる》源氏《げんじ》**の一国一城です。通常の上流貴族の邸宅が1町（約１２０ｍ四方）であった時代に4町の広さを持つ、文字どおり破格の豪邸です。多妻でも妻の家へ夫が通っていく**結婚**が多かった時代に、六条院は夫（光源氏）のもとに妻たちが集まるという、**内裏《だいり》**と同じスタイルを持っており、光源氏の帝王性を表しています。ただし、内裏は后《こう》妃《ひ》が参上し宿直《とのい》を勤める中国様式であるのに対し、六条院は光源氏が妻の棟へ訪ねていく和風スタイルです。4町のそれぞれが四季を象徴し、神である光源氏が統率する、春の**紫上《むらさきのうえ》**と秋の**秋好**中宮《あきこのむちゅうぐう》が優劣を張り合う（春秋優劣論）など、作者の理想像が窺《うかが》われる屋敷であり、光源氏の栄華の象徴となっています。

六条院の構想 ろくじょういんのこうそう

六条院は、**光源氏《ひかるげんじ》**の最盛期を象徴する御殿《ごてん》です。ただし、その出現は21巻「**少女《おとめ》**」で、語り始められるや否や建造終了するという唐突なものです。また、14巻「**澪標《みおつくし》**」～18巻「**松風《まつかぜ》**」にわたっては**二条《にじょう》東院《ひがしのいん》**の造営が記述されますが、匂わされていた**明石君《あかしのきみ》**・**明石姫君《ひめぎみ》**の入居は実現せず、東院自体が影が薄くなります。さらに、**紫上《むらさきのうえ》**は晩年、六条院と**二条院《にじょういん》**を奇妙に行き来しており、彼女を追悼する41巻「**幻《まぼろし》**」の光源氏は、二条院にいるはずなのに六条院にいます。これらの点から、作者は当初、二条京《きょう》極《ごく》邸を「最盛期のお屋敷」と構想していたのではという説や、作者が書き改めていった草稿が複数、それぞれが源氏物語として流通していたのでは、などという説が唱えられています。

六条御息所《ろくじょうのみやすどころ》

光源氏《ひかるげんじ》の別格の恋人です。4巻「**夕顔**《ゆうがお》」、5巻「**若紫**《わかむらさき》」、6巻「**末摘花**《すえつむはな》」でその存在が仄《ほの》めかされ、特に「夕顔」巻では庶民街・五条《ごじょう》の女（**夕顔**）と対比的に描かれます。9巻「**葵**《あおい》」で**前坊**《ぜんぼう》（前の皇太子）の寡婦《かふ》であること、娘（**秋好**《あきこのむ》）がいることが明示されるのは、作者がこの辺りで、養女を入内させて**冷泉**《れいぜい》帝時代の覇権を取るという構想を固めたものと思われます。物語中最も字の上手《うま》い女性で、最高の教養人です。**大臣**の娘、皇太子妃というステイタスも抜群で、物語らしいゴージャスなヒロインといえます。ストーリーの序盤、光源氏の本妻の座を**葵上**《あおいのうえ》と競い、**車争い**～生き霊事件で相討ちとなって、よるべない**紫上**《むらさきのうえ》が漁夫の利を得ました。娘・秋好を**后**《きさき》という女性最高の地位に押し上げてもらったことと、**六条院**《ろくじょういん》の建造で祖霊として手厚く祀《まつ》られたことから、鎮魂されたと思われていましたが、第二部で再び荒れ狂い、紫上の重病、**女三宮**《おんなさんのみや》の**出家**を引き起こしました。

六条御息所の遺言《ろくじょうのみやすどころのゆいごん》

恋には破れた**六条御息所**ですが、「野宮《ののみや》の別れ」で**光源氏**《ひかるげんじ》に手厚くケアされたことで、よき友として関係修復に至ります。その結果、御息所は死の間際に娘・**秋好**《あきこのむ》を光源氏に託し、これが光源氏の覇権につながりました。一方で御息所は**遺言**として、「娘を妻にはするな」と釘を刺します。これは、秋好との「養女との恋」というロマンス構想があり、それを盛りあげる障壁として、当時は神聖なものであった遺言が描かれたと思われます（この構想は結局、**玉鬘**《たまかずら》に転化しました）。

源氏物語にはもう一つ、六条御息所の遺言があります。ただしこちらは架空のものです。秋好を冷泉帝・**朱雀院**《すざくいん》が争う形になったとき、**藤壺宮**《ふじつぼのみや》（冷泉の母）が「故御息所のご希望という体にして押し切れ」と指令するのです。当時の上流レディ、特に女性皇族は、天皇との**結婚**こそ理想と思われていたため、亡き御息所のご希望といえば誰もが納得しました。それを逆手にとっての策略であり、藤壺宮の政治家ぶりを物語ります。

姫君・貴公子のお食事

貴族の食事（イメージ）

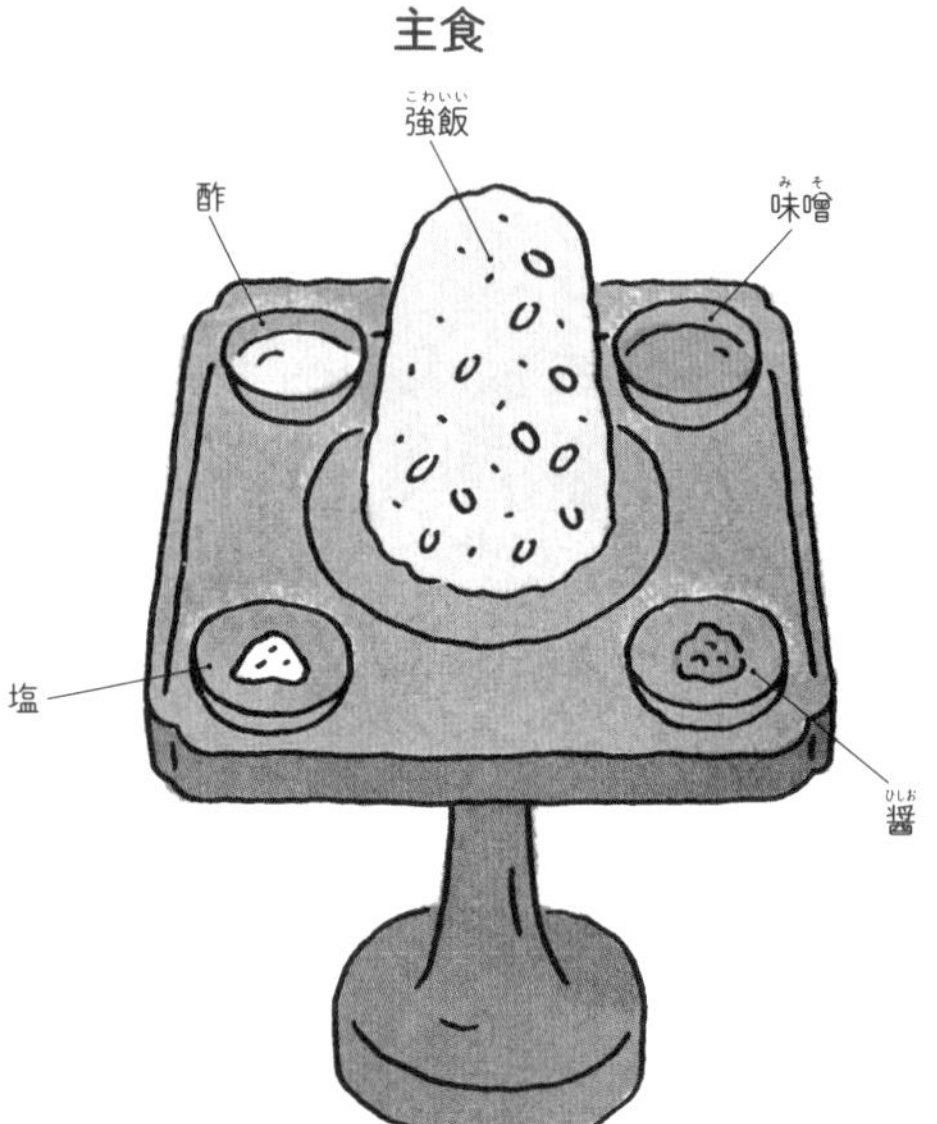

お米の食べ方はバリエ豊富

米は強飯や屯食《とんじき》だけでなく、粥《かゆ》としても食べられた。現在のおかゆのような「汁粥」と、現在のごはんに近い「固粥」があった。

調味料で自由に味付け

料理にはほとんど味付けされていなかったため、食事とともに出される塩や酢、醤などの調味料をつけて食べていた。

食事は一日に二度、朝夕に摂《と》るのが原則でした。強飯《こわいい》（おこわ）に汁物、おかずと調味料を盛った小皿数枚を載せた「御《お》膳《もの》」を出したようです。食材の中核はコメで、強飯と共に粥《かゆ》（現代の飯に相当）を食べたり、乾燥させた飯に湯を注いで湯漬《ゆづけ》、水を加えて水飯《すいはん》にしたり、宴会に屯食《とんじき》（おにぎり）が付き物だったり、主に使用人に固い焼き米を与えたりと、豊富な米飯バリエーションがありました。間食品は「くだもの」と総称しました。現代のスイーツに当たる唐菓子《からがし》、粉熟《ふずく》、椿餅、フルーツである**柑子**《こうじ》、梨、蓮《はす》、栗などが食べられていました。

　とはいえ、食べるという行為は下品なものでした。源氏物語では下々の者が食ふ（食べる）姿と、貴人が物思いのため参ら

副食とデザート

「あつもの」って何？

平安時代のスープ。「だしをとる」という調理法は存在せず、野菜や魚、鶏肉などを入れて煮込んだだけのもの。

魚介や野菜が多かった

平安時代は、殺生《せっしょう》（動物を殺すこと）を禁じた仏教が盛んだったため、肉食は控えられ、魚介類や野菜を多く食べた。僧・尼や信心深い人は魚も避けた。

唐菓子《からがし》はいろいろあった

米や麦、豆の粉をこねたものを、蒸す・茹《ゆ》でる・揚げるなどしてつくった。メインの「八種唐菓子」以外に、いくつも種類があった。

ぬ（食べない）様子をしばしば対比させています。食料が不足していた時代なので、日々飽食させられ食欲も感じない様子こそが、高貴で魅力的と見えたのでしょう。男女の仲でも付き合い始めの頃はクールさを心がけて、女性の家では軽めの飯である粥さえ摂らないものでした。反面、男性が女性のもとで食事するようになると、自他共に認める夫婦であり、交際から婚姻へのグレードアップでした。

　食事は衣類と同様に、貴人の下ろし（お下がり）を頂くのが普通であり名誉でした。つまり、料理や酒はまず主君が摂り、その食べ残しが目下のごはんとなったのです。宴会などの折はさらに豪華に、残飯を庭先へ放り投げて下々に施してやることもありました。

六君　ろくのきみ

貴人の六女の呼称です。源氏物語では、**朧月夜**《おぼろづきよ》と**夕霧**《ゆうぎり》六女（**匂宮**《におうみや》の妻）がともに**右大臣**《うだいじん》の六君です。どちらの姫も、権力を振り回すタイプの大立者《おおだてもの》が大勢の姫の中でひときわ自慢にしている娘であり、いわば花形の敵側ヒロインです。

源氏学で「六君」といった場合、一般には夕霧六女を指します。その**母**は夕霧の長年の愛人・**藤典侍**《とうないしのすけ》で、宮廷に仕える高位の**女官**であり、惟光《これみつ》（**光源氏**《ひかるげんじ》の**従者**《じゅうしゃ》）の娘にも当たります。中流層の惟光が忠勤の甲斐《かい》あって娘を玉《たま》の輿《こし》に乗せ、孫娘は匂宮の妻という**后**《きさき》の可能性ある地位まで昇ったわけです。このようなバックグラウンドや**落葉**《おちば》**宮**《みや》（夕霧の高貴な妻）の養女になった経緯は、物語前半の**明石姫**《あかしのひめ》**君**《ぎみ》を彷彿《ほうふつ》とさせます。ただし、明石姫君が運命的な出生をし、理想的な姫・妻・母へ育っていくのに対し、六君はやや偉ぶった言動を見せ、第一の妻にも母にもなれていません。第三部の他のキャラ同様に、第一部・第二部の人々に比べると、格落ち感があるヒロインです。

蘆山寺　ろざんじ

国文学者の角田文衛《つのだぶんえい》（1913〜2008）が考証し1960年に発表した、**紫式部**《むらさきしきぶ》が住んでいたと思われる地です。式部の曽祖父・堤中納言《つつみちゅうなごん》の家屋敷が式部の父・為時《ためとき》に伝わったと思われることなどを根拠とします。その推定地域に現在は蘆山寺があり、顕彰碑や「源氏の庭」が存在します。

和歌　わか

中国の**漢詩**に対し、「日本の**歌**」を指す語です。通常は五・七・五・七・七の短歌を指します。平安貴族にとっては魂の交感のツールでした。「歌物語」という、名歌とそれが詠まれた背景をエモくまとめた文学が大人気で、源氏物語もその性格を持っています。約800首もの和歌が含まれており、キャラがそれを詠むところが山場だったり、心理ドラマの要所になっていたりします。古歌を引用した会話・地の文は無数に見られます（**引き歌**）。引かれている古歌は何なのか、それを踏まえて作者は何を言おうとしているのか、その解明は古来、源氏学の一ジャンルとなってきました。平安の和歌は鎌倉以降、江戸時代までも和歌の手本とされたため、源氏物語は歌学の教科書としても重視されました。それにより写本や**版本**《はんぽん》、手引書、梗概《こうがい》書(要点をまとめたもの)が作成され、源氏物語の普及・継承に寄与してきました。

源氏物語を読み解く上では、当時の和歌の常識はむろん重要ですが、それから外れた場合のドラマ性が注目ポイントです。例えば、男女間では男が詠みかけるものでした。10巻「**賢木**《さかき》」では**朧月夜**《おぼろづきよ》が先に贈歌しており、そんな女は「御心には深う染まざるべし(**光源氏**《ひかるげんじ》さまの御心に深くは染み入らない)」と安い女扱いをされています。**桐壺更衣**《きりつぼのこうい》が**桐壺帝**に、**夕顔**《ゆうがお》が**頭中将**《とうのちゅうじょう》に詠みかけたのは、子の将来がかかった切羽《せっぱ》詰まった状態です。また**葵上**《あおいのうえ》は一首も詠んでおらず、心を開けなかった様を象徴しています。

和菓子　わがし

茶道を通じて洗練されてきた和菓子には、古典を踏まえたものが多く存在します。源氏物語も人気モチーフです。**巻名**・人名にちなむ菓銘、名場面にゆかりある植物や模様(牛車《ぎっしゃ》の車輪、扇《おうぎ》、**源氏香**など)を取り合わせた意匠など、ストーリーを思い起こさせるよう、工夫されています。源氏物語の享受史の一つです。

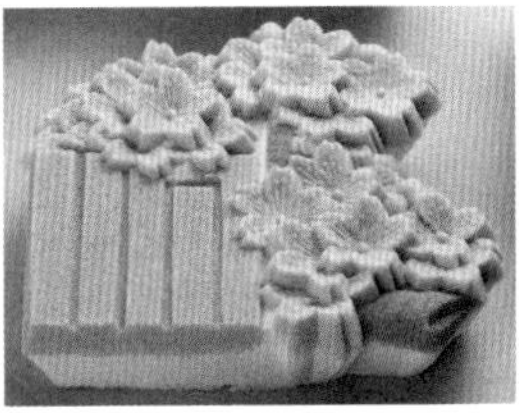

「花の宴」(画像提供:虎屋)

若菜　わかな

生えたばかりの食用植物のことです。1月の初めての子《ね》の日には「根《ね》延《の》び」を掛けて、小さな松を引き(**小松**引き)、若菜を摘む習慣がありました。また**算賀**《さんが》(長寿祝い)の際は、主賓に若菜の羹《あつもの》(スープ)を食させ、若返りと長寿を祈りました。34・35巻「**若菜上・下**」は、**光源氏**《ひかるげんじ》が**玉鬘**《たまかずら》から算賀を贈られたこと、若菜にちなむ和歌が詠まれたこと、**朱雀院**《すざくいん》(光源氏の異母兄)の算賀で若菜が献じられたことが**巻名**の由来です。

若菜 下　わかなげ

第35巻（または34巻とすることも）です。**光源氏**《ひかるげんじ》の娘・**明石姫君**《あかしのひめぎみ》は、子が春宮《とうぐう》（皇太子）になり**后**《きさき》の位をほぼ手中にします。住吉《すみよし》大社への華やかな御礼参りや、**女三宮**《おんなさんのみや》の二品《にほん》への昇進、**六条院**《ろくじょういん》のレディそろっての女楽《おんながく》など、慶事やイベントも続きます。しかし、心労を重ねた**紫上**《むらさきのうえ》が**出家**を望むようになり、果ては発病。光源氏一家は歯車が狂い出し、女三宮と**柏木**《かしわぎ》の密通が起きます。

この巻では、前半は栄華が描かれます。公卿《くぎょう》（閣僚）のほとんどが随行した盛大な住吉詣《もう》では、耐えてきた明石一族の晴れ舞台です。女楽は、二品内親王《ないしんのう》・女三宮、女御《にょうご》・明石姫君、**式部卿宮**《しきぶきょうのみや》の娘・紫上という錚々《そうそう》たる顔ぶれで、**夕霧**《ゆうぎり》に「**内裏**《だいり》にも劣らぬ」とジャッジされます。しかし後半では、女三宮の父・**朱雀院**《すざくいん》への**算賀**《さんが》（長寿祝い）が、挙行もままならぬ事態となり、空洞化した勢威が語られます。女三宮の不義は光源氏にとり、**藤壺宮**《ふじつぼのみや》との**罪**の因果応《いんがおう》報《ほう》でした。とはいえ、光源氏は事態をコントロールし、醜聞《しゅうぶん》を隠し切ることに成功します。密通した柏木を眼差《まなざ》しで病死に追いやる様は、光る君たる威光が未《いま》だ強いことの証左です。そのように表面はなだらかに収まった分、内面の苦悩がフォーカスされ、紫上同様「これほど高き身ながら物思いも尽きぬ」と語られます。高貴で時流に乗っている人（**帝**《みかど》・**后**《きさき》やその身内）には物思いがないという当時の通念には逆行する価値観で、**仏教**の影響が感じられます。

若菜 上　わかなじょう

第二部、冒頭の巻です。若き内《ない》親王《しんのう》・**女三宮**《おんなさんのみや》が**光源氏**《ひかるげんじ》に嫁いできて、**紫上**《むらさきのうえ》との絆《きずな》および**六条院**《ろくじょういん》の秩序を揺さぶります。一方、**明石姫君**《あかしのひめぎみ》は春宮《とうぐう》（皇太子）の男児をぶじ**出産**し、予言された国母《こくも》（天皇の母）の運命に近づきました。それを聞いて安堵《あんど》した祖父・**明石入道**《あかしのにゅうどう》は、少しずつ進めていた終活を総仕上げし、現世をすべて捨てて完全なる**出家**を遂げます。そのような慶事がある一方、幼稚な女三宮が柏木に**垣間見**《かいまみ》され、のちの密通の種が播《ま》かれる巻でもあります。

作者はこの巻で、女三宮という、これまで気配もなかったキャラを登場させ、25〜26歳も年上で40の**算賀**《さんが》（長寿祝い）間近い光源氏にめあわせるという、無理のあるストーリーを創出しました。その段取りをつけるため、異様に長い巻になったものと思われます。作者がそこまでして取りあげようとしたものは、「不義への因果応報《いんがおうほう》」というテーマでしょう。第一部では、**須《す》磨《ま》・明石《あかし》**での3年間の謹慎と**禊《みそぎ》**（水による浄化）によって、**罪**を償い、祓《はら》ったことになっていました。しかし作者に心境の変化があり（**仏教**により親しんだものか?）、より重い形で、光源氏に罰を与えることにしたものと思われます。

若紫　わかむらさき

第5巻です。生涯の伴侶となる2人の女性（**紫上《むらさきのうえ》**と**明石君《あかしのきみ》**）との接点が生じ、また運命の女・**藤壺《ふじつぼの》宮《みや》**との逢瀬《おうせ》、およびその懐妊が語られます。霊夢により想像もつかぬ未来（おそらく我が子が天皇になること）が仄《ほの》めかされ、また不幸が起きること（**須《す》磨《ま》・明石《あかし》**への追放）も予言されます。

1巻「**桐壺《きりつぼ》**」に直結する巻です。臣下へ落とされた**光源氏《ひかるげんじ》**の運命が皇統へ戻ろうと動いています。その運命は天皇の妻・藤壺との結合により叶《かな》えられるものであり、彼女は**神話**の如く「一夜孕《いちやばら》み」でのちの**冷泉《れいぜい》**帝を身ごもります。また藤壺に代わる女性、紫上と明石君にも出会いました（明石君は噂《うわさ》という形で）。紫上の祖母から将来の**結婚**許可を取り付けた光源氏は、彼女を継子《ままこ》いじめから救い出し、自邸・**二条院《にじょういん》**へ迎えて新生活を築きます。

話型　わけい

ストーリーの一定の型のことです。古くから伝わる民話には、一定のパターンが国境を超えて観察されます。例えば、継母《ままはは》に虐待されていたヒロインが男性に救い出され幸せになる**継子《ままこ》いじめ譚《たん》**、高貴な男性が他国をさまよい試練を経て大成する**貴種《きしゅ》流離譚**などです。文学は多くの国で、このような定型的ストーリーに工夫や美文が加えられることから、成長し洗練されていきました。

源氏物語にも多くの話型が確認できます。それらを調べると、作者が既存の話をどう取り入れ、消化し、成長していったのか、また作者はなぜ改変を加えたのかなどを知ることが出来ます。平安を生きた一女性の姿が見えてきて、作者研究という点で面白く、また作家や**物語**の成長過程、当時の世相なども解析できて、きわめて刺激的な学問が可能となります。

和琴 わごん／やまとごと／あずまごと／あずま

中国から伝来した**琴**《きん》・箏《そう》に対し、和琴は日本古来の楽器でした。源氏物語では、**光源氏**《ひかるげんじ》が高雅な楽器・琴の名手であるのに対し、**頭**《とうの》**中将**《ちゅうじょう》が和琴の達人とされ、中将の劣位を象徴する楽器となっています。しかし女性が弾く場合、**紫上**《むらさきのうえ》や**玉鬘**《たまかずら》など理想のレディが光源氏から伝授されて名手となっており、女性らしい魅力を象徴する役割を果たしています。

異国渡来の楽器に比べ、定まった奏法が存在せず弾きにくい面があったようで、35巻「**若菜**《わかな》**下**」の女楽《おんながく》シーンでは紫上に割り当てられ、その人柄・習練の素晴らしさを可視化しています。

忘れ草 わすれぐさ ▼登場シーン

萱草《かんぞう》という植物の美称です。この草が生える・生やす、または摘むという言い回しで、「忘却する」という意を詩的に表現しました。

蕨 わらび

食用のシダ植物です。早春に出た新葉を特に「早蕨《さわらび》」と呼びます。48巻「**早蕨**」では**八宮**《はちのみや》の仏道の師だった**阿闍梨**《あじゃり》が、八宮の娘・**中君**《なかのきみ》に、新年の挨拶《あいさつ》状に添えて蕨や**土筆**《つくづくし》など春の山菜を贈っています。寺は山中に建てられることが多いものであり、周辺で採れる山の幸は、パトロンである貴族へのもてなしによく使われたのです。なお、阿闍梨・中君が贈答した**和歌**が「早蕨」巻の名の由来になっています。

吾亦紅 われもこう

晩夏～秋に暗紅色《あんこうしょく》の**花**をつけるバラ科の多年草。香りを偏愛する**匂宮**《におうみや》が特に愛《め》でる、人気のない花です。

忘れ草の登場シーン【浮舟 巻】

親もしばしこそ嘆き惑《まど》ひたまはめ、数多《あまた》の子ども扱ひに、自《おの》づから忘れ草摘みてん

薫《かおる》・**匂宮**《におうみや》と三角関係に陥った**浮舟**《うきふね》が、醜聞になる前にと入水を決意する場面です。「母上（**常陸殿**《ひたちどの》）も多くの子の世話に追われて、私が死んだ悲しみも自然とお忘れになろう」という発想が、居場所なく生きてきた浮舟らしく感じられます。

参考文献

・田坂憲二『源氏物語の政治と人間』慶応義塾大学出版会
・藤井貞和『タブーと結婚』笠間書院
・青島麻子『源氏物語　虚構の婚姻』武蔵野書院
・森野正弘『源氏物語の音楽と時間』新典社
・保立道久『歴史のなかの大地動乱　奈良・平安の地震と天皇』岩波書店
・小泉和子ほか編『絵巻物の建築を読む』東京大学出版会
・野村育世『仏教と女の精神史』吉川弘文館
・倉本一宏『藤原道長の日常生活』講談社
・中井和子『源氏物語と仏教』東方出版
・山下克明『平安貴族社会と具注暦』臨川書店
・秋山虔、小町谷照彦、須貝稔『源氏物語図典』小学館
・池田亀鑑『平安朝の生活と文学』筑摩書房
・鈴木日出男編『源氏物語ハンドブック』三省堂
・川村裕子『王朝生活の基礎知識』KADOKAWA
・佐藤晃子『源氏物語 解剖図鑑』エクスナレッジ
・川村裕子『はじめての王朝文化辞典』KADOKAWA
・川村裕子『平安男子の元気な！生活』岩波書店

STAFF

イラスト　鈴木衣津子
装丁　八木孝枝
デザイン　株式会社ダグハウス
DTP　株式会社コーヤマ
校閲　若杉穂高
写真提供　阿智村全村博物館協会、宇治市源氏物語ミュージアム、国文学研究資料館、株式会社虎屋
編集協力　株式会社スリーシーズン（藤門杏子、永渕美加子）
執筆協力　菅原嘉子
編集　上原千穂、橋田真琴（朝日新聞出版 生活・文化編集部）

源《げん》氏《じ》物語《ものがたり》 もの こと ひと 事《じ》典《てん》

著者　砂崎　良
発行者　片桐圭子
発行所　朝日新聞出版
〒104-8011　東京都中央区築地5-3-2
お問い合わせ　infojitsuyo@asahi.com
印刷所　図書印刷株式会社

ISBN 978-4-02-333404-5

定価はカバーに表示してあります。
落丁・乱丁の場合は
弊社業務部（電話03-5540-7800）へご連絡ください。
送料は弊社負担にてお取り替えいたします。